Arne Dahl

Vier durch vier

PIPER

Zu diesem Buch

Der Countdown läuft. In drei Tagen soll der ehemaligen Zwangsprostituierten Nadja der Kopf abgeschlagen werden. Nadja, die so viel erdulden musste, die nach dem Fall des Eisernen Vorhangs von der Russenmafia verheiratet und nach Schweden geschleust wurde. Sam Berger ermittelt im russischen Migrantenmilieu Stockholms – und findet schnell mehrere Frauen, die das gleiche grausame Schicksal erlitten haben wie Nadja. Doch plötzlich steht die untergetauchte Molly Blom in Bergers Büro. Sie hat Myrina dabei, seine sechs Wochen alte Tochter. In Liebesdingen hält Molly vorerst Abstand, aber einem Fall wie dem von Nadja kann sich die Ex-Geheimdienstlerin nicht entziehen. Gemeinsam setzen sich die beiden Ermittler auf die Fährte der Kidnapper, die sie immer tiefer in Molly Bloms eigene Vergangenheit führt. Denn Molly schwebt längst in tödlicher Gefahr. Kann Sam Berger sie retten?

»Arne Dahl schreibt die raffiniertesten und spannendsten Krimis, die Skandinavien zu bieten hat.« *Ian Rankin*

»Wer bereit ist, mit jedem gelesenen Satz einen Schritt tiefer in die furchterregenden Verliese der menschlichen Seele hinabzusteigen, der kommt bei Dahl voll auf seine Kosten.« *Berner Zeitung*

Arne Dahl, geboren 1963, zählt zu den weltweit erfolgreichsten Kriminalautoren. International vielfach ausgezeichnet, verkauften sich allein im deutschsprachigen Raum über zweieinhalb Millionen Bücher. Alle fünf Bände seiner hochgelobten Serie um das Ermittlerduo Berger & Blom standen monatelang auf der SPIEGEL-Bestsellerliste. Zusammen mit Simon Beckett wurde Arne Dahl 2018 mit dem Ripper Award geehrt.

Arne Dahl

VIER DURCH VIER

Kriminalroman

Aus dem Schwedischen
von Wibke Kuhn

PIPER

Mehr über unsere Autorinnen, Autoren und Bücher:
www.piper.de

Wenn Ihnen dieser Krimi gefallen hat, schreiben Sie uns unter Nennung des Titels »Vier durch vier« an *empfehlungen@piper.de*, und wir empfehlen Ihnen gerne vergleichbare Bücher.

Von Arne Dahl liegen im Piper Verlag vor:

A-Team:
Band 1: Misterioso
Band 2: Böses Blut
Band 3: Falsche Opfer
Band 4: Tiefer Schmerz
Band 5: Rosenrot
Band 6: Ungeschoren
Band 7: Totenmesse
Band 8: Dunkelziffer
Band 9: Opferzahl
Band 10: Bußestunde
Band 11: Der elfte Gast

Opcop-Gruppe:
Band 1: Gier
Band 2: Zorn
Band 3: Neid
Band 4: Hass

Berger & Blom:
Band 1: Sieben minus eins
Band 2: Sechs mal zwei
Band 3: Fünf plus drei
Band 4: Vier durch vier
Band 5: Null gleich eins

Unser Versprechen für mehr Nachhaltigkeit
• Klimaneutrales Produkt
• FSC®-zertifiziertes Papier
• Hergestellt in Europa

FSC www.fsc.org MIX Papier | Fördert gute Waldnutzung FSC® C021394

Ungekürzte Taschenbuchausgabe
ISBN 978-3-492-31744-3
1. Auflage September 2021
3. Auflage August 2024

Titel der schwedischen Originalausgabe: »Friheten«,
Albert Bonniers Förlag, Stockholm 2020

erschienen im Verlagsprogramm Paperback
Umschlaggestaltung: zero-media.net, München
Umschlagabbildung: Evelina Kremsdorf / arcangel
Satz: Eberl & Koesel Studio, Kempten
Gesetzt aus der Stone Serif
Gedruckt von ScandBook in Litauen
Printed in the EU

I

1

Sam Berger war allein. Es war Nacht.

Die in den Ziegeln gespeicherte Sommerwärme brannte ihm auf dem Rücken, als er um die Ecke spähte. Hinter der Hecke sah er in einiger Ferne das Nachbarhaus. Es lag ein bisschen abgeschieden, auf einem Hügel, hinter einem kleinen Gehölz, dunkler noch als die Nacht selbst.

Es war die hellste Zeit des Jahres. Die Nacht war nicht länger als ein paar Stunden. Aber gerade die brauchte er. Er brauchte die Dunkelheit. Denn in der Dunkelheit lag die Wahrheit.

Sam Berger holte tief Luft und rannte los. Geduckt zwängte er sich durch das Loch, das er in der Hecke entdeckt hatte, und lief den Hügel hinauf. Als er sich dem Hain näherte, zog er seine Pistole aus dem Schulterholster.

Diese Juninacht war eigentümlich still, und jedes Geräusch, das er hörte, kam von ihm. In der Einsamkeit umgab ihn weiter nichts als der unverwechselbare Duft einer Sommernacht.

Er schlich vorsichtig durch das kleine Wäldchen, hielt Ausschau nach Überwachungskameras, konnte aber nichts entdecken. Da war nichts zu sehen. Die Nacht verhüllte alles. Doch die Taschenlampe konnte er noch nicht herausholen. Noch nicht.

Wider Erwarten gelang es ihm, sich lautlos bis zum Haus vorzuarbeiten. Was für eine Farbe es hatte, war nicht zu erkennen, im Grunde nicht mal, ob es aus Holz oder Stein gebaut war.

Er blieb kurz stehen, spürte die kühle Pistole an der Brust, die Wärme der Hauswand in seinem Rücken. Wartete, bis sein Atem wieder normal ging. Wenn hier denn überhaupt noch die Rede von normal sein konnte.

Dann spähte er um die Ecke. Konnte undeutlich eine Kellertreppe erkennen, die vor einer Tür im Souterrain zu enden schien. Jetzt holte er seine Taschenlampe heraus, stellte sie auf die niedrigste Helligkeitsstufe und richtete den Lichtkegel ins Hausinnere, auf den Boden, um ihn so klein wie möglich zu halten – für den Fall, dass über ihm jemand saß und durch die dunklen Fensterscheiben spähte.

Berger glitt die Kellertreppe hinunter, bewegte sich vollkommen lautlos. Er schlich sich weiter, Stufe für Stufe, leise, ganz leise. Noch leiser schob er den Dietrich ins Schloss. Ruckelte suchend, bis er einen Widerstand spürte und der Dietrich griff, und drückte dann vorsichtig die Klinke herunter. Zog lautlos die Tür auf.

Es war, als würde die schwarze Türöffnung ausatmen, wie ein Schwefelhauch von unten, aus unbekannten Höllenschlünden. Danach roch der Atem fast schon antiseptisch, klinisch. Er machte einen Schritt ins Haus, blieb stehen, geduckt, die Waffe erhoben, die Taschenlampe erhoben.

Trotzdem dauerte es eine gute Weile, bevor er das Geringste sehen konnte. Wenn ihm jemand aufgelauert hätte, wäre er jetzt tot gewesen.

Es fühlte sich an wie sein Mantra – die Verblüffung, immer noch am Leben zu sein.

Zu guter Letzt nahm der Raum, in dem er stand, doch erkennbare Konturen an. Er erstreckte sich über das gesamte Kellergeschoss des Hauses. Ein Hobbyraum, der zu einem Pflegezimmer umgebaut worden war. In der Ecke ein Bett mit einer Art Beatmungsgerät, ein elektrischer Rollstuhl, ein Rollator mit dazugehörigem Infusionsständer.

Der Raum war leer. Nächtlich leer.

In der Dunkelheit lag die Wahrheit.

Irgendwo in der Dunkelheit.

Er schob die Pistole wieder ins Schulterholster, drehte die Taschenlampe heller, leuchtete suchend um sich herum. Die Finsternis umschloss ihn. Der Lichtschein schien kaum bis zum Boden zu reichen. Als würde er auf halbem Wege zum Erliegen kommen, auf Widerstand treffen und quasi in der Luft hängen bleiben.

Berger bewegte sich mit der Langsamkeit eines Faultiers. Er schob sich am Rollator vorbei, der Beutel mit der Nährlösung schaukelte in dem leichten Windzug, den er verursachte; er ging vorbei am Rollstuhl, stand jetzt beim Bett neben dem stillen Beatmungsgerät, wie mitten in der Bewegung erstarrt. Es war, als wäre diese ganze schwarze Luft ansteckend, bakteriengesättigt. Als befände er sich in einem mittelalterlichen Pesthaus.

Die Zeit verging. Er suchte irgendetwas, irgendeinen Fehler, etwas, das hier nicht in Ordnung war. Ein Geräusch brachte ihn schließlich darauf. Einer seiner vorsichtigen Schritte klang anders, direkt neben dem Bett. Er machte ein paarmal auf derselben Stelle einen Schritt vor und zurück. Da war er wieder, der hohle Klang.

Berger bückte sich. Wie erwartet, lief ein dünner Strich über den Linoleumboden, ein kleiner Spalt, der bis unters Bett reichte. Vorsichtig schob er das Krankenbett beiseite und legte so das Viereck frei.

Es war äußerst geschickt gemacht. Der Spalt im Boden war nur wenige Millimeter breit, und daneben lag ein größerer Teppich. Der wohl normalerweise über die Falltür gezogen wurde. Denn es war garantiert eine Falltür.

Und wann wurde der Teppich nicht über die Falltür gezogen?

Wenn noch jemand dort unten war.

Vergeblich versuchte Berger, den Schauder zu unterdrücken, der ihm über den Rücken lief. Als er neben der Falltür in die Hocke ging und nach dem Griff suchte, befiel ihn das überwältigende Gefühl eines Déjà-vu. Nicht noch so ein Scheißkellerloch in seinem Leben.

Der Griff war sehr geschickt in den Linoleumbelag eingearbeitet. Er bekam ihn mit der Linken zu fassen, nahm die Pistole in die Rechte und die Taschenlampe zwischen die Zähne. Dann zog er die Falltür langsam und behutsam nach oben. Er sah die massive Isolierung, die auf der unteren Seite der Tür über die Holzbretter herausragte. Richtete den Strahl eine Treppe hinunter, welche in einem Gang endete. Doch auch dort unten war kein Lebenszeichen zu vernehmen.

Erdiger Grabgeruch stieg aus dem Keller unter dem Keller.

Berger seufzte tief, blickte zur Decke. Und empfand sein Leben plötzlich als etwas Wertvolles, etwas, was er wirklich gerne behalten wollte. Fast wie etwas, das er zärtlich in der Hand halten und befühlen konnte. Dann begann er mit der Taschenlampe in der einen und der Pistole in der anderen Hand hinunterzuklettern. Jeden seiner Schritte tat er mit äußerster Wachsamkeit. Bis er schließlich am Ende der Treppe angelangt war. Der Raum glich einem Erdkeller.

Er war eng, hatte eine niedrige Decke. Für einen Moment dachte Berger, er stünde wieder in einem der Củ-Chi-Tunnel vor Saigon, durch die er in seiner jugendlichen Verwirrung gekrochen war. Und Panik bekommen hatte. Seine Kameraden hatten ihn hinausschleppen müssen. Dabei waren sie doch bloß Touristen gewesen.

Genau wie die Gänge in Vietnam wurde auch dieser hier immer enger und enger. Er war kaum ein paar Meter vorangekommen, da hatte sich die Decke schon drastisch abgesenkt, und die Wände rückten immer näher an ihn heran. Am Ende kam er nicht mal mehr geduckt weiter. Er musste auf die Knie gehen und sich auf allen vieren durch den Gang kämpfen.

Diese Panik aus seiner Jugend hatte ihn wirklich schon lange nicht mehr erfasst. Auch jetzt spürte er sie nicht, aber er spürte ihre intime Nähe. Spürte, dass sie nicht weit war und ihm auflauerte. Seine Finger kratzten durch die Erdschichten, seine Knie wurden aufgeschürft. So angestrengt er auch nach vorne spähte, er konnte das Ende des Tunnels nicht erkennen. Ob er wohl einfach in einem Trichter ohne andere Ausgänge endete?

Berger musste innehalten. Die Augen schließen. Sich konzentrieren. Nicht in den Củ-Chi-Zustand verfallen. Er war jetzt ein erwachsener Mann. Ein Mann mit gewissen Erfahrungen.

Er schlug die Augen wieder auf. Nahm die Taschenlampe, die er aus der Hand gelegt hatte, kroch weiter.

Denn jetzt konnte er nur noch kriechen. Sein Rücken fühlte sich an, als hätte ihm die Tunneldecke bereits die Haut aufgerissen. Der Sauerstoff schien zu Ende zu gehen, das Atmen fiel ihm schwerer und schwerer. Um ihn herum war kein Platz mehr, und es kam Berger vor, als wäre er genauso breit, genauso hoch wie der Tunnel. Es kam ihm vor, als wäre er nicht mehr allein in diesem engen Gang: Die Panik kroch neben ihm, ganz dicht neben ihm. Er brauchte nur den Kopf zu wenden und sie einzuatmen.

Gerade als sein Inneres die Panik inhalieren wollte, geschah etwas. Ganz unvermutet erweiterte sich der Gang in sämtliche Richtungen, und auf einmal hatte er wieder Platz für alle Gliedmaßen. Kam gleich viel schneller voran.

Doch nachdem er etwas schneller weitergekrochen war, hielt Sam Berger genau deswegen inne. *Wie dafür gemacht.* Er atmete aus und lauschte, was da wohl vor ihm liegen mochte. Dort war eine Tür am Ende des Ganges. Eine Tür, die eine fast normale Höhe hatte. Alle Instinkte drängten ihn, darauf zuzugehen. Alle außer einem.

Seinem Polizisteninstinkt.

Der ihn niemals verlassen würde, auch wenn sie ihn zehnmal absägten und ausstießen. Und dieser Instinkt sagte ihm, dass hier etwas nicht stimmte.

Er lauschte nach unten, nach vorne, nach rechts, nach links. Er lauschte nach unten.

Er lauschte nach unten, zum Boden.

Doch da war kein Boden mehr.

Vielmehr war da ein Graben. Ein Loch. Und zwar fünf Zentimeter von seiner linken Hand entfernt. Wäre er auch nur zehn Zentimeter weitergekrochen, wäre er direkt hineingefallen.

Der Graben war einen knappen Meter breit. Er hätte keine Chance gehabt zu bremsen.

Dann entdeckte Berger, dass da im Boden mindestens fünf parallele Klingen steckten, die rasiermesserscharf vor ihm aufblitzten. Sie erstreckten sich von der einen zur anderen Seite der Kluft. Wenn Sam Berger seinen restlichen Instinkten gefolgt und Richtung Tür gerannt wäre, wäre er völlig verstümmelt worden. Da hätte es Körperteile von Körperteilen getrennt.

Weißglühende Wut baute sich in ihm auf. Es gelang ihm, sie in Schach zu halten, während er mit der größten Vorsicht über den tödlichen Graben kletterte.

Als er ihn überwunden hatte, konnte er fast aufrecht stehen. Er hatte die Taschenlampe bereits in den Mund gesteckt und den Dietrich gezückt, als er sah, dass die Tür sich nach innen öffnete. Da schob er den Dietrich wieder in die Tasche.

Ganz offensichtlich hatte niemand damit gerechnet, dass eventuelle Eindringlinge überhaupt so weit kommen würden, denn die Tür selbst war ziemlich marode. Und sie *flog* nicht auf, sie *zerbarst* förmlich, als Bergers weißglühende Wut sich ihren Weg nach draußen bahnte.

Der Mann an der Rudermaschine saß mit dem Rücken zu ihm und zog mit voller Kraft. Die Kopfhörer auf seinen Ohren waren zweifellos völlig schalldicht. Berger trat an ihn heran, riss ihm die Kopfhörer herunter und hob ihn mit einer Hand von der Rudermaschine. Sein Gesicht ganz nah vor der Nase des Mannes, starrte er in die reinste Form von Entsetzen.

Berger brüllte ihm direkt entgegen: »Verdammt noch mal, wie weit ist ein Mensch eigentlich bereit zu gehen für so einen Scheißversicherungsbetrug?«

Er gestattete sich, den Mann niederzuschlagen, der ihn um ein Haar zerstückelt hätte. Während der Typ schlaff über seiner Rudermaschine zusammensackte, wurde Sam Berger von seiner Panik eingeholt. Mit zitternder Hand holte er seine alten Handschellen heraus und fesselte den Mann an die im Boden verschraubte Rudermaschine.

Dann schaute er sich um in dem, was aussah wie das unterirdische Fitnessstudio eines Mannes, der vortäuschte, gelähmt zu sein. Es gab keinen anderen Weg hinaus.

Die Klaustrophobie blockierte Bergers Atmung. Der Cû-Chi-Zustand überwältigte ihn. Er brauchte sofort Luft. Stürzte durch die zerschmetterte Tür hinaus, und es gelang ihm das Kunststück, über den tödlichen Graben zu hechten. Dann zwang er sich mit einer Energie, die der schieren Panik entsprang, durch die engsten Passagen, erreichte die Treppe, ohne ein einziges Mal zu atmen, rannte hoch, kam im falschen Krankenzimmer heraus, raste sofort die Kellertreppe hinauf und nahm einen der tiefsten Atemzüge seines Lebens.

Das süße Lächeln der Sommernacht schaute zaghaft aus dem Dunkel. Berger setzte sich auf einen Stein und spürte die Nacht höhnisch grinsen.

Aber so sollte es nicht bleiben.

Einen Augenblick lang hatte er zwei Familien gehabt, eine alte und eine neue. Alles, was er sich gewünscht hatte, war in greifbarer Nähe gewesen. Doch schon ein halbes Jahr später schwebte er in einem luftleeren Raum, leerer denn je zuvor.

Als Sicherheitsberater. Im Klartext: Privatdetektiv.

Er dachte an seine Zwillinge. *The still point of the turning world.* Zwölf Jahre waren sie jetzt alt. Er würde sie zurückbekommen. Sie waren wieder da. Die kalte Stimme seiner Ex hallte durch die Sommernacht. *Ist mir scheißegal, ob du jetzt Unternehmer bist, du bleibst doch Bulle mit Leib und Seele, und das wird uns noch alle umbringen.* Der Wegzug der Familie aus Stockholm, das Sorgerecht, auf das er schon vor Jahren verzichtet hatte. Die seltenen, angespannten Besuche. Vielleicht würde es besser werden. Doch er bezweifelte es. Bald würden sie in die Pubertät kommen.

Und diese verdammte Firma schluckte all seine Zeit. Von der Kohle ganz zu schweigen. Unglaublich, wie viel es kostete, so eine Firma zu gründen. Und nun bekam er keine anderen Aufträge als diese verfluchten Versicherungsbetrüger.

Er starrte zum zaghaft leuchtenden Himmelsgewölbe empor. So blieb er eine ganze Weile sitzen. Dann zog er ein zusammengefaltetes Foto aus der Innentasche seiner Jacke.

Es zeigte eine Frau, eine blonde Frau, mit starkem, aber traurigem, fast entschuldigendem Blick. Sie stand auf einem Flugplatz, und es sah so aus, als würde das Flugzeug hinter ihr gleich das riesige Fenster durchbrechen. Es sah so aus, als würde sie sprechen. Sie schaute direkt in die Kamera.

Berger betrachtete es so lange, dass die Szene wieder zum Leben erwachte. Die Frau auf dem Foto begann, sich zu bewegen. Das Flugzeug in ihrem Rücken rollte näher heran. Und als sie sprach, hörte er Molly Bloms Stimme: *Ich kann nicht, Sam. Ich kann wirklich nicht. Ich brauche Ruhe. Nachdenken. Stille.*

Dann war tatsächlich alles still. Furchterregend still. Bis der überirdisch schöne Gesang einer Nachtigall durch die Sommernacht drang. Vielleicht gab es ja doch noch ein wenig Gesang auf dieser Welt.

2

Vitenka rückt seine rote Seidenkrawatte zurecht, dreht die Manschettenknöpfe richtig herum und dehnt den Nacken, dass die Wirbel vernehmlich knacken. Der Mann auf der anderen Seite des Schreibtischs redet und redet, auf seine leicht gehetzte Art, als würde ihm jemand ein Schwert an die Gurgel halten, doch Vitenka hört nichts. Er hat längst aufgehört zuzuhören.

Stattdessen gleitet sein Blick über die Bucht. Auf der anderen Seite meint er, wie immer den japanischen Außenpool auf den Klippen zu sehen, aber wahrscheinlich stimmt das gar nicht – so weit kann nicht mal er schauen. Ein weiteres großes Kreuzfahrtschiff gleitet vorbei; ausnahmsweise erkennt er es nicht.

Es kommt vor, dass er sich wünscht, irgendetwas zu fühlen.

Egal was.

»Wunderbar, Eldner«, sagte Vitenka jetzt und hebt die Hand, um ihn zum Schweigen zu bringen. »Aber kannst du mir nicht einfach eine kurze Zusammenfassung geben?«

Eldner hält inne und senkt kurz den Blick, um seine Suada gedanklich zusammenzustreichen, scheint erfolgreich zu sein und sagt: »Die Trennung wird finanziell nur marginale Effekte haben.«

Vitenka nickt langsam. Versteht. Raushaben wollen sie ihn. Männer wie Alvar Eldner haben ihm damals die Türen der Weltgewandtheit geöffnet. Feingliedrige Herren in maßgeschneiderten Hemden auf höchst vorübergehendem Besuch. Er hat es trotz allem weit gebracht.

Und er braucht Männer wie Eldner. Juristen, die ihm die Welt, in der er sich jetzt bewegt, nach Bedarf drehen und wenden, sie ihm zurechtlegen. Rückgratlose Männer, die ihm am Ende herzlich egal sind.

»Also gut«, sagt er mit einer Bewegung, bei der Eldner automatisch aufsteht. Trotzdem bekommt der Anwalt noch über die Lippen: »Eine Sache ist da jetzt aber noch aufgetaucht.«

Vitenka weiß, dass Eldner so etwas nicht sagen würde, wenn es nicht wirklich wichtig wäre. Er macht eine Geste, die Eldner nicht nur auffordert, sich wieder zu setzen, sondern auch, sich zu räuspern und zu sagen: »Ich glaube, wir könnten eine neue Spur haben.«

»Eine neue Spur«, wiederholt Vitenka neutral und schaut über die Bucht, wo das Kreuzfahrtschiff gerade aus ihrem Blickfeld verschwindet.

»Es sind mittlerweile ein paar Monate vergangen«, fährt Eldner fort. »Aber Boris hatte ja leider keine neuen Informationen für uns. Diese Geschichte ist ganz einfach nicht der Grund gewesen, warum er sich vor vierzehn Jahren nach Kamtschatka abgesetzt hat.«

»Ich weiß«, sagt Vitenka kalt. »Das hat er mir ja alles persönlich erzählt. Wenn auch ziemlich ... abgehackt ...«

»Vierzehn Jahre lang war es nicht mehr als ein Gerücht.« Eldner lässt sich nicht beirren. »Zwanzig Millionen verschwundene Euro. In immer noch gültigen Scheinen.«

»Die Fakten sind mir bekannt. Komm zur Sache, Eldner.«

»Wir haben das Gefühl, dass wir jetzt doch noch einen neuen Zusammenhang gefunden haben. Eine direkte Verbindung zu Stepanka.«

Vitenka merkt, wie er zusammenzuckt. Er darf nicht zusammenzucken. Leute wie Vitenka zucken nicht zusammen. Also blickt er jäh auf und fragt: »Eine direkte Verbindung?«

»Wir hoffen es«, nickt Eldner. »Falls sich das Gerücht

wirklich bestätigen sollte, dass Ihr Vorgänger Stepanka das Geld versteckt hat.«

»Aber der ist ja von uns gegangen, wie wir alle wissen«, entgegnet Vitenka, der seine Fassung inzwischen wiedergewonnen hat.

Alvar Eldner blättert in seinen Papieren. Als ob er noch nicht genau wüsste, was er sagen soll.

»Sag es einfach«, drängt Vitenka.

Eldner runzelt die Stirn und erklärt: »Stepanka ist von uns gegangen, das stimmt schon. Aber jetzt sind doch gewisse Unregelmäßigkeiten ans Licht gekommen, was diesen Todesfall vor vierzehn Jahren angeht.«

Ausnahmsweise ist die Bucht jetzt einmal leer. Nicht ein Schiff bricht die stille Oberfläche, nicht eine Welle. Vitenka schaut von seinem hohen Aussichtspunkt aufs Wasser hinunter. Genau so muss es ausgesehen haben zur Zeit der Landnahme, als die starken und autarken Wikinger auf dieser gottverlassenen Insel ankamen und sich des Landes bemächtigten.

Genau wie wir, denkt Vitenka, als die Mauer fiel. Niemand konnte uns zurückhalten. Wir suchten die Freiheit, die richtige, grenzenlose Freiheit. Für uns gab es keine Grenzen. Keine politische und keine polizeiliche Macht konnte uns etwas anhaben. Wir sind die Wikinger der Gegenwart.

Die Zeit der Landnahme.

»Unregelmäßigkeiten?«, fragt Vitenka schließlich.

Eldner nickt.

»Drei Männer aus Stepankas persönlicher Leibwache sind vor vierzehn Jahren verschwunden, ungefähr zur selben Zeit, als das Geld verschwand. Es liegt nahe, dass das irgendwas mit der Sache zu tun hat. Ein vierter sitzt … da unten. Er heißt Adrian Fokin.«

»Ah«, sagt Vitenka. »Dann möchtest du jetzt sicher gerne gehen, Eldner?«

Vitenkas Blick folgt Eldner, bis der sich endlich verkrümelt hat. Er kann bloß Verachtung empfinden für die Gierschlünde, die immer nur den Rahm an der Oberfläche abschöpfen wollen und so tun, als wüssten sie nicht, was in der Tiefe liegt. Wahrscheinlich, damit sie noch mit sich selbst leben können, damit sie sich einreden können, sie seien noch Teil des Lichts, sie machten ja nur ihren Job und zahlten ihre Steuern, um in Ruhe und Frieden das eigene Oberklassendasein zu genießen.

Er steht auf und schaut noch einmal über die Bucht. Das scharfe Spätsommerlicht scheint von überall zu kommen, durch sämtliche Panoramafenster der eleganten einstöckigen Villa. Das Licht strömt über ihn, als er ans Bücherregal tritt. Er kann nicht anders, jedes Mal, wenn er die Buchrücken in der richtigen Reihenfolge eindrückt, muss er auflachen. Seine eigene kleine Satire auf den kulturellen Firnis der Bourgeoisie.

Das Bücherregal gleitet geschmeidig zur Seite und gibt den Blick auf eine Stahltür frei. Vitenka schaut in die Linse des Irisscanners und gibt den langen Code ein. Die Aufzugtüren gleiten auf.

Er steigt ein, wird nach unten gefahren, ganz tief nach unten. Jedes Mal spürt er den Druck auf den Ohren.

Dann gleiten die Stahltüren wieder auf. Zwei schwer bewaffnete Wachen nicken ihm im Dunkeln zu und öffnen mit großen Schlüsseln die nächste Stahltür für ihn.

Man kann den nackten Mann kaum sehen, der dort in der hinteren Ecke des Raumes hängt. Die blanken Füße erreichen mit Müh und Not den Boden, und seine Hände sind an zwei Turnringen oder etwas in der Art festgebunden, die von der Decke hängen. Seine Augen sind fast genauso groß wie der Knebel, den man ihm in den Mund gestopft hat.

Vitenka zieht einen Stuhl heran und setzt sich an den Schreibtisch, der vor dem Mann steht. Er sagt: »Du weißt, worum es hier geht, Adrian. Vor vierzehn Jahren ist eine komplette Lieferung verschwunden, zwanzig Millionen

Euro. Ich gehe hier nicht weg, bevor ich nicht weiß, wohin das Geld verschwunden ist.«

Der Mann starrt ihn an. Schweiß tropft ihm vom Gesicht. Er zuckt und zappelt so viel, wie es eben geht. Viel ist das nicht.

Vitenka nimmt bedächtig seinen roten Schlips ab, faltet ihn sehr exakt in der Mitte zusammen und legt ihn ganz glatt auf den Tisch. Dann zieht er eine Schublade auf und nimmt ein großes Schwert mit breiter Klinge heraus. Es sieht aus wie ein Wikingerschwert.

Er platziert das Schwert neben dem präzise zusammengelegten Schlips. Sie sind genau gleich lang.

»Ich werde dir ein Privileg einräumen, Adrian. Willst du wissen, was für ein Privileg das sein wird?«

Der Mann starrt ihn mit wild aufgerissenen Augen an. Dann nickt er. Eine Spur von Hoffnung flackert in seinem Blick auf.

Vitenka lächelt.

»Du darfst dir selbst aussuchen, in welcher Reihenfolge du deine Gliedmaßen verlierst, Adrian. Ist das nicht nett von mir?«

Als Vitenka aufsteht und das Schwert ergreift, geht sein Pulsschlag nicht einen Schlag schneller als sonst.

3

Ihr Navi fand die Adresse nicht wirklich, und sie wollte ungern mit dem Dienstauto in der wachsamen Reihenhaussiedlung umherirren.

Hier passte ein Nachbar für den anderen auf.

Am Ende blieb sie einfach stehen, suchte sich einen abgelegenen Parkplatz, ohne größeres Aufsehen zu erregen. Die Augustdämmerung senkte sich herab, als sie den Wagen abstellte, und hüllte das ausgeschaltete Blaulicht in die versöhnliche Dunkelheit. Ganz zu schweigen von dem auffälligen Schriftzug »Polizei« auf Seitentüren und Kühlerhaube.

Sie hatte sich entscheiden müssen: entweder mit dem Pendelzug nach Hause, um ihr eigenes Auto zu holen, oder einen Streifenwagen ausleihen. Der Umweg hätte sie eine gute Stunde gekostet. Und ihre Tochter erwartete sie.

Entgegen aller Wahrscheinlichkeit stellte sich das Navi auf ihrem Handy als besser heraus als das GPS im Polizeiauto. Es führte sie in den Wald. Nachdem sie eine Weile durch die zunehmende Dämmerung gelaufen war, öffnete sich vor ihr eine Lichtung. Sie ging über in eine Wiese, die aussah wie frisch gemäht. Dünne Plastikröhren, die in regelmäßigen Abständen aus dem Boden ragten, verrieten, dass hier ein kurviger Kiesweg angelegt werden sollte.

Sooft Kriminalkommissarin Desiré Rosenkvist auch auf ihr Handy schaute, nun wurde sie doch unsicher, ob sie richtig gegangen war. Was da unten im Wäldchen am Ufer lag, erinnerte sie beunruhigend an eine Baustelle.

Sie war tatsächlich noch nie im Bootshaus gewesen.

Es war die Hütte ihres ehemaligen Chefs, Sam Berger. Sowohl vor als auch nach seinem unrühmlichen Ausscheiden aus dem schwedischen Polizeikorps war dies hier das Zentrum für die verborgenen Teile seiner Erinnerung gewesen. Vielleicht sogar das Zentrum seiner Seele.

Wenn sie denn hier richtig war.

Denn das, worauf sie jetzt zuwanderte, konnte man eigentlich kaum als Bootshaus bezeichnen. Bootshäuser waren doch normalerweise als Wetterschutz für Boote im Wasser gedacht, mit einer Einfahrt an der Giebelseite. Hier gab es keine Einfahrt an der Wasserseite, auch kein Boot, sondern nur eine lange Terrasse auf Pfeilern, die sich über das Wasser erstreckte wie eine Landungsbrücke. Die Plane, die den Großteil des Gebäudes verdeckte, strahlte ein eigentümliches Licht ab.

Sie näherte sich dem Ufer. Die Dunkelheit senkte sich herab. Die Seeluft war jetzt deutlicher zu riechen. Aber ein richtiges Bootshaus war dieses Bootshaus nicht.

Die kleine Treppe zum Eingang sah neu aus. Unter der Abdeckplane zeichnete sich ein Metallschild mit eingraviertem Text ab. Die Frau, die sich in erster Linie immer noch wie Kriminalkommissarin Desiré Rosenkvist fühlte, senkte den Kopf zum Schild und versuchte, den Text durch die Plastikfolie hindurch zu entziffern. Hieß es da wirklich »Bootshaus Security AB«? Sie widerstand der Versuchung, die Plane wegzureißen, und klopfte stattdessen an die Tür.

Niemand öffnete. Kein Lebenszeichen von drinnen, keinerlei Reaktion. Sie klopfte erneut. Das bebende Licht bebte weiter. Nichts. Sie klopfte lauter, schlug jetzt kräftig mit der Faust an die Tür. Da glitt sie auf.

Baustaub. Der unverkennbare Geruch eines Neubaus. Nach frisch gesägtem Holz. Aber mehr nicht. Abgesehen von etwas, das an kleine, durch die Luft zuckende Glühwürmchen erinnerte. Sehr klein. Vielleicht Staubkörner.

Sie sah eine winzige Küche, eine Kochnische direkt vor

ihr. Dann machte sie einen Schritt nach rechts, in einen größeren Raum. Zwei parallele Türen, ganz hinten rechts neben der Tür. Ein offenbar neu gekauftes Sofa, das immer noch straff in Plastikfolie gewickelt war, ein dazu passender Sessel, ein Wohnzimmertisch. Ein vollgeschriebenes Whiteboard. Sie ging um die Ecke, nach links, sah die Meeresbucht wie ein Panorama durch die gläserne Schiebetür. Es war, als könnte man die ganze Bucht überblicken.

Aber mehr war da nicht. Keine Menschenseele.

Vorsichtig ging sie zur Schiebetür. Auf den Ausblick zu. Da hörte sie ein Geräusch unmittelbar links neben sich. Von der Wand her. Dort bewegte sich etwas. Ein leicht schleifendes Geräusch, dann ein dumpfer Ton.

Sie erstarrte zu Eis.

Als sie sich vom ersten Schreck erholt hatte, sah sie, dass dort eine Tür war, eine Tür ohne Klinke. Sie konnte lediglich ein Stück Wand ausmachen, eingerahmt von einem schmalen, rechteckigen Spalt. Als sie die Tür so weit aufbekommen hatte, dass sie die Finger ihrer Linken hineinzwängen konnte, tastete ihre Rechte nach der Dienstwaffe. Dann zog sie die Tür blitzschnell auf.

Es war eine kleine Toilette, nicht mehr als ein paar Quadratmeter groß, noch nicht ganz fertig gebaut. Und es stand außer Zweifel, dass der Kopf ganz schön tief in der Toilettenschüssel steckte. Sie machte einen Satz nach vorn, packte ihn bei den Haaren und riss den Kopf hoch. Er fühlte sich bleischwer an. Das Wasser rann an ihm herab. Er hustete.

Der Körper sank neben der Toilettenschüssel langsam zu Boden. Bevor sie seinen Blick auffangen konnte, sagte eine halb ertrunkene Stimme: »Hier gibt's keine Dusche.«

Sie starrte auf den nassen, zerstrubbelten Hinterkopf und erwiderte instinktiv: »Da draußen ist ein ganzes Meer.«

Der Mann neben der Toilette drehte sich unglaublich langsam zu ihr um. Schaute ihr in die Augen und sagte: »Das ist eine Meeresbucht, um genau zu sein.«

Als Kriminalkommissarin Desiré Rosenkvist diesen Blick sah, verwandelte sie sich in Deer. Was überhaupt nicht absehbar gewesen war. Es war über ein halbes Jahr her, dass sie unter dramatischen Umständen auseinandergegangen waren. Seitdem hatte keiner von beiden versucht, den anderen zu kontaktieren. Und trotzdem hatte sie geahnt, dass ihre Verwandlung in Deer kurz bevorstand.

Oder hatte sie es befürchtet? Nein, geahnt. Vielleicht gehofft. Irgendwie gelang es Sam Berger immer, sie in die etwas entspanntere Person zu verwandeln, die auf den Namen Deer hörte.

»Es sieht schlimmer aus, als es ist«, sagte er und versuchte, sich vom Toilettenboden hochzustemmen. Doch er rutschte mit der Hand weg, sodass er mit den Zähnen des Oberkiefers direkt auf der Porzellankante der Toilettenschüssel landete.

*

Die Wärme des Sommers hing noch in der Luft, es war Mitte August und windstill. Die Dämmerung war fast schon in Nacht übergegangen. Sie saßen auf dem Steg, der sich ins Wasser erstreckte. Auf dem Tisch zwischen ihnen standen zwei kleine Gläser.

Berger hielt sich ein blutgeflecktes Handtuch an den Mund. Er nahm es nur kurz weg, um einen Schluck Laphroaig zu trinken und irgendetwas Unverständliches zu murmeln.

Keiner der beiden schien zu wissen, wie sie anfangen sollten. Ihre Blicke glitten über das stille, pechschwarze Wasser. Auf der anderen Seite der Bucht leuchtete die goldgelbe Fassade eines kleinen Schlosses auf. Dort verlief eine Perlenschnur aus Lichtern, ein sich dahinschlängelnder Lichterpfad, der vom spiegelglatten nächtlichen Meer reflektiert wurde. Schließlich sagte Deer: »Sieht es wirklich schlimmer aus, als es ist?«

Berger zuckte mit den Schultern.

»Jedenfalls habe ich Aufträge«, sagte er, nahm einen Schluck und verzog das Gesicht.

Deer nickte.

»Ich hab das Whiteboard gesehen. Wahrscheinlich Versicherungsbetrug, oder?«

»Nicht nur«, sagte Berger.

»Nicht?«

»Nein.«

»Was noch?«

»Private Ermittlungen.«

So eindringlich Deer ihn auch anschaute, mehr kam da nicht. Sie seufzte, schaute weg und suchte nach Worten, um die achtmonatige Leerstelle zu füllen. Am Ende sagte sie: »Ich hatte keine Ahnung, was aus dir geworden ist, bis ich Anfang des Sommers deinen Namen in einem Gerichtsurteil gelesen habe.«

Berger verzog das Gesicht noch ein bisschen mehr und drückte sich das Handtuch an den Mund.

Als die Antwort ausblieb, fuhr Deer fort: »Es ging um einen Fall von Körperverletzung in einem Haus in Spånga. Du hattest einen Behinderten zusammengeschlagen.«

Berger lachte auf.

»Emil Sundh war nicht behindert. Das war ja der Witz an der ganzen Geschichte.«

»Ich habe gesehen, dass man dich freigesprochen hat.«

»Während er im Knast sitzt«, ergänzte Berger. »Versicherungsbetrug kann ein richtiges Verbrechen sein, Deer.«

»Aber er sitzt nicht deswegen im Knast, oder?«

»Es lag wohl hauptsächlich daran, dass er versucht hat, mich zu zerstückeln«, erklärte Berger.

Deer schauderte. Dann fragte sie: »Wie geht's dir eigentlich, Sam?«

»Wie geht's *dir* denn?«, fragte Berger rasch zurück.

Deer lächelte schwach. Es dauerte eine Weile, bis sie antwortete: »Immer besser.«

Berger musterte sie zum ersten Mal richtig.

»War's schlimm?«, wollte er wissen.

»Eigentlich nicht«, sagte Deer. »Meiner Familie geht es ja gut. Johnny arbeitet, Lykke spielt immer besser Fußball. Wenn sie nicht auf eines der üblichen Hindernisse stößt, kann sie wohl *richtig* gut werden.«

»Und du?«

»Besser. Jeden Tag ein Stückchen besser.«

Berger hielt inne, musterte sie, wartete ab und nahm noch einen Schluck Laphroaig.

»Ich habe einen Menschen getötet«, fuhr Deer schließlich fort. »Ich hatte Albträume, Schlaflosigkeit, Panikattacken.«

Berger schüttelte langsam den Kopf. »Das wusste ich alles gar nicht.«

»Ich hab tolle Hilfe bekommen«, sagte Deer und nippte an ihrem Whisky.

Berger tat es ihr nach und schwieg.

»Deswegen frag ich noch mal«, insistierte sie schließlich. »Wie geht es *dir*?«

Berger wandte den Kopf ab und schaute übers Wasser. Sah nichts. Sagte nichts.

Die Stille musste sich erst mal setzen. Er nahm noch einen Schluck Whisky. Betrachtete das Handtuch – offenbar blutete er immer noch am Mund. Dann hatte er es auf einmal satt, legte es zur Seite und trank noch etwas. Spülte den Mund damit aus. Es brannte wohltuend am Zahnfleisch.

Doch er schwieg weiterhin.

Deer wurde es langsam müde. »Sam. Du lagst mit dem Kopf in der Kloschüssel. Und ich hab's gesehen.«

»Du warst unbestreitbar hier …«

»Nein, nicht das«, sagte Deer. »Ich hab die untere Ecke gesehen.«

Berger schaute sie an. Was Deer in seinem Blick las, war etwas Grenzenloses. Ein Vakuum? Eine schlummernde Urkraft? Unendliche Traurigkeit? Sie wusste es nicht.

»Die untere rechte Ecke deines Whiteboards«, erklärte sie. »Ist das etwa nicht deine private Ermittlung?«

»Das geht bloß mich etwas an«, murmelte Berger.

»Das geht deine Freunde etwas an. Auch die, die du seit acht Monaten ignorierst.«

»Nein. Das ist einzig und allein meine Angelegenheit.«

»Die Zwillinge *und* Molly?«, fragte Deer.

Berger lachte bitter. Erneut schoss das Blut aus seinem lädierten Mund.

»Reicht, um ein Flusspferd zu versenken, oder?«, sagte er, leerte sein Glas und schenkte sich gleich wieder nach.

»Das Flusspferd, das sich zu baden geweigert hat«, entgegnete Deer.

Sie stießen an. Tranken.

»Du kannst nicht alkoholisiert so einen Scheißstreifenwagen fahren«, sagte Berger.

»Wenn es eines auf der Welt gibt, was ich sehr wohl alkoholisiert fahren kann, dann ist es ein Streifenwagen«, erwiderte Deer und nahm noch einen Schluck.

Berger lachte erneut, und sie fing seinen Blick auf.

»Trotzdem schön, dass du dir Sorgen um mich machst«, sagte sie.

Berger verstummte, es klang ja doch nicht nach Gelächter. Er seufzte tief. Und sagte: »Du weißt, dass ich mir Sorgen um dich mache. Du bist der einzige Mensch auf der ganzen Welt, dem ich hundertprozentig vertraue.«

»Aber was ich hier sehe, das ist doch alles bloß Mist. Was treibst du hier eigentlich, Sam?«

»Alle sind weg. Verstehst du nicht, Deer? *Alle* sind weg.«

Wieder schwiegen sie. Eine geraume Weile.

Deer musterte Berger. Beugte sich vor und fasste ihn am Arm.

»Du musst mir erklären, was du meinst, Sam. Ich verstehe es nicht.«

Sein Kopf sank nach vorn. Sie sah, wie er in sich zusammensank, wie die Lebenskraft aus ihm wich. Und sie verstand. Sie verstand nicht so wirklich, was sie da gerade verstand, aber sie verstand es mit absoluter Klarheit.

»Deine Zwillinge haben doch bei dir gewohnt«, sagte sie, »Marcus und Oscar.«

»Für elf Tage …«

»Was ist passiert?«

»Freja hat einen Job bekommen, für den sie wegziehen musste«, erklärte er. »Sie hat beschlossen, dass sie die harten Bandagen auspackt. Ich hatte schon vor mehreren Jahren auf das Sorgerecht verzichtet. Wenn ich Glück habe, darf ich sie jedes zweite Wochenende sehen.«

»Und? Hättest du das gerne anders, Sam?«

Berger hob die Hand in einer resignierten Geste.

»Vielleicht später«, sagte er. »Erst muss ich das hier in Ordnung bringen.«

»Die Bootshaus Security AB? Oder …?«

»Mein Leben eher …«

»Dann ist es also Molly«, sagte Deer und hielt seinen Blick.

»Was?«, rief Berger.

»Dann ist Molly also deine private Ermittlung.«

Berger schüttelte langsam den Kopf. »Nein, Deer. Auf das Eis lass ich mich nicht locken. Sorry.«

»Vor acht Monaten war Molly Blom schwanger mit einem Kind, das wahrscheinlich von dir ist. Was zur Hölle ist passiert?«

»Hast du nicht gehört, was ich gesagt habe? Auf das Eis geh ich jetzt nicht.«

Deer betrachtete Berger. Dann sagte sie: »Du brauchst Hilfe. So wie ich Hilfe gebraucht habe.«

Erneutes Schweigen. Ein kurzes Rascheln im Espenlaub. Als wollte jemand aus einer anderen Zeit zu ihnen.

Berger verzog das Gesicht. »Alles war da. Die Zwillinge, Molly, das ungeborene Kind. Für einen Moment waren sie alle da. Wie in einem Traum. Dann bin ich aufgewacht.«

Deer nickte.

»Und jetzt ist nichts mehr da«, sagte sie.

»Doch«, antwortete Berger. »Eine Bande von Versicherungsbetrügern.«

»Darf ich nur mal kurz fragen, ob du *einsiehst,* dass du Hilfe brauchst?«

Er wandte den Blick zu ihr. Ganz rein und klar wirkte er.

»Ich komme mit Abstraktionen nicht so gut klar«, sagte er. »Inwiefern Hilfe?«

»Das ist keine Abstraktion«, insistierte Deer und zog eine Visitenkarte aus der Tasche. »Ich meine das ganz konkret. Sie heißt Rita Ohlén. Sie hat mir aus dem Sumpf geholfen. Und ich glaube, sie wäre auch für dich die Richtige, Sam. So ein *No-bullshit*-Typ. Ruf sie an, sondier das Terrain, mehr verlange ich gar nicht. Aber *so* kannst du nicht weitermachen.«

Berger nahm die Visitenkarte, las sie, legte sie am Rand des Tisches ab und nickte.

»Ich verspreche gar nichts«, sagte er.

Der Mond kroch hinter den Wolken hervor und erleuchtete die kleine Bucht. Jetzt kräuselte sich die Wasseroberfläche leicht, und die kleinen Wellen liefen auf das Bootshaus zu. Als sie bei der Landungsbrücke ankamen, fiel die Visitenkarte vom Tisch. Berger streckte geistesgegenwärtig die Hand aus und fing sie in der Luft.

»Schön«, sagte Deer spontan.

»Ich glaube, der Herbst ist da«, gab Berger zurück und steckte die Visitenkarte ein.

Ihre Blicke begegneten sich. Jetzt war es an Deer, ihnen nachzuschenken.

»Okay«, sagte sie und hob ihr Glas. »Es sieht vielleicht schlimmer aus, als es ist. Aber sprich mal mit Rita. Es lohnt sich.«

»Willst du jetzt wirklich noch mehr trinken?«, fragte Berger.

4

Er schaute aus dem Fenster. Die kurze Ploggatan erstreckte sich dort unten im Morgenlicht. Ploggatan, Södermalm, Stockholm, Schweden. Er war wie ein Landei zu Besuch in der Großstadt. Aber auch zu Besuch in seiner Vergangenheit. In dem, was einmal sein Leben gewesen war.

Die Wohnung fühlte sich seltsam fremd an, als hätte er nie dort gewohnt. Als hätte dort nie jemand gewohnt, den er kannte.

Der Traum, aus dem er aufgewacht war.

Sam Berger ging durch die unaufgeräumte Wohnung. Es sah aus, als hätte er sie von einer Sekunde auf die andere verlassen, ohne sich auch nur ein Mal umzublicken. Er sah sein vergangenes Leben von außen, betrachtete es mit dem neugierigen, aber objektiven Blick des Anthropologen.

Es gab nichts zu sehen. Überhaupt nichts.

Den ganzen Sommer hatte er, während die Renovierung nur schleppend voranging, in einem Schlafsack im Bootshaus geschlafen. Hauptsächlich draußen auf dem Steg. Wo er heute Nacht schlafen würde – und überhaupt in Zukunft –, würde sich noch entscheiden müssen.

An diesem Tag, über den er noch nichts wusste.

Er stand am Küchentisch und sortierte die Post. Es kam immer weniger. Weswegen es eigentlich nicht viel zu sortieren gab. Er schob einfach die Fensterkuverts von dem großen Stapel auf den Stapel mit den Werbesendungen. Allein die Bewegung fühlte sich unfassbar trostlos an.

Dann kam endlich ein bisschen richtige Post. Von der

Handelskammer. Eine Firma namens »Bootshaus Security AB« war registriert worden.

Berger betrachtete den formellen, automatisierten Brief und versuchte zu verstehen, was er fühlte. Das war nicht ganz einfach. Vielleicht weil er überhaupt nichts fühlte.

Obwohl es da einen Weg gab, etwas zu fühlen, wirklich zu fühlen, und der bestand darin, dass er ins Zimmer der Zwillinge ging. Er trat an ihr Stockbett, zog die beiden Überdecken ganz glatt. Ließ das Gefühl durch sich hindurchströmen. Schluckte die Trauer, die irgendwie doch nicht so sehr Trauer war wie vorher.

Sie waren jetzt ja doch wieder in seinem Leben.

Sam Berger begab sich auf eine lange Morgenwanderung durch Stockholm, die ihn von der Dunkelheit fernhalten sollte. Es lag zweifellos schon Herbst in der Luft, wenn auch nur eine unbestimmte Spur. Kein Windhauch, eher eine abwartende Stille, mit jähen Anflügen von Kälte, die ihm folgten, als er in nördlicher Richtung über Södermalm spazierte, quer durch Gamla Stan, in die Stadt, und dann stand er am Ende vor einem Tor in einer Querstraße, mitten in einem anonymen Teil der Stadt. Vielleicht war es dieser unscharf umrissene Stadtteil, den man Norrmalm nannte.

Er betätigte jedenfalls die Klingel neben einem kleinen Metallschild, das diskret darauf hinwies, dass dieses Haus »Norrmalms Therapiezentrum AB« beherbergte. Die Tür summte, Berger trat ein. Er nahm die Treppen nach oben, merkte verblüfft, dass seine Lungen ein pfeifendes Geräusch machten, wartete, bis es aufhörte, dann klingelte er an der Tür. Die summte ebenfalls.

Dann stand Berger an einer Rezeption in einem leeren, hellen, sauberen Wartezimmer, zeigte seinen Ausweis vor, bekam die Zimmernummer genannt und wanderte durch verblüffend lange Flure, die ein Bild vom Therapiebedarf der Großstadt vermittelten.

Er klopfte, und eine dumpfe Frauenstimme sagte: »Herein.«

Und so trat er ein, betrachtete die Frau, die auf einem Sofa saß und etwas in ein großes Buch notierte. Sie mochte Mitte fünfzig sein, hatte kurze graublonde Haare, eine Brille auf der Stirn und trug ein Outfit mit Jeans, das trotzdem einen strengen Eindruck machte. Aber was Berger in erster Linie gefangen nahm, war der Blick, den sie jetzt hob, ein freundlicher, aber alles durchdringender Blick.

Sie stand auf und ging auf ihn zu. Sie begrüßten sich.

»Ich bin Rita Ohlén.«

»Sam Berger«, sagte er. »Schön, dass ich so schnell einen Termin bei Ihnen kriegen konnte.«

»Es klang, als wäre es ein bisschen akut«, sagte Rita Ohlén und setzte sich, wobei sie auf einen Sessel auf der anderen Seite eines kleinen Glastisches deutete. Berger nahm ebenfalls Platz. Sein Blick blieb an den Papiertaschentüchern mitten auf dem Tisch hängen, die man aus einer praktischen Box herausziehen konnte.

»Ich bin Psychotherapeutin und Psychologin hier im Therapiezentrum Norrmalm«, fuhr Rita Ohlén fort, »und verfüge über langjährige Erfahrung im Umgang mit ausgebrannten Polizisten. Und ich ahne, dass man Sie wohl am ehesten als ausgebrannten Polizisten bezeichnen kann. Was machen Sie jetzt für einen Job?«

»Ich arbeite in der Securitybranche«, sagte Berger.

Sie hielt seinen Blick fest, schien noch mehr von ihm zu erwarten. Doch er schwieg. Sie nickte und schrieb etwas in ihr Notizbuch.

»Also gut«, sagte sie mit ermunterndem Lächeln. »Ich will vorher betonen, dass ich gerne mit etwas unorthodoxen Methoden arbeite. Zum Beispiel müssen meine Patienten Texte für mich schreiben und sich filmen lassen, um sich später Filme von sich selbst anzuschauen, wie sie mir antworten. Klingt das zu unorthodox für Sie?«

»Ich hab ja keine Ahnung, wie die orthodoxe Variante aussieht«, antwortete Berger und zuckte mit den Schultern.

Rita Ohlén lächelte. »Das nehme ich mal als Ja. Warum sind Sie hier, Sam?«

Berger merkte, dass auch er lächeln musste. Ganz von selbst. Er fragte sich, wie dieses Lächeln wohl aussah.

»Tja«, setzte er an. »Wenn ich wüsste, wo ich anfangen soll ...«

»Sagen Sie es einfach mit einem Wort, ohne groß nachzudenken. Ein einziges Wort.«

»Verlust«, hörte Berger sich selbst sagen.

Rita Ohlén nickte kurz. Dann erklärte sie: »Es ist egal, wo Sie anfangen, Sam. Wir kommen schon da hin, wo wir hinwollen.«

Und er begann. Er begann nicht einfach nur, er ließ alle Hemmungen fallen, und es war nicht mehr er, der da sprach, es war etwas in ihm, was einfach nur rauswollte. Hier und da kam ein aufmunterndes Nicken oder ein interessierter Blick von ihr, manchmal ein Stichwort, das ihn wieder auf die Spur zurückbrachte, und dazu machte sie sich sporadisch Notizen. Ein paarmal funkelten ihre Augen auf, als hätte sie den Deckel zu einem klaftertiefen Brunnen gefunden. Die Zeit verflog in Windeseile. Sie schien nicht mehr messbar zu sein.

Sie holte ihn erst wieder irgendwie ein, als Rita Ohlén mit fragendem Tonfall wiederholte: »*The still point of the turning world?*«

Berger nickte, nahm sich ein Taschentuch, knüllte es zusammen, bis es ganz klein war, und sagte dann: »So habe ich immer an Marcus und Oscar gedacht. Wenn die Wirklichkeit ins Rotieren kam, habe ich ihr Foto genommen, und schon war wieder alles ruhig.«

»Aber das funktioniert jetzt nicht mehr?«

»Sie sind zu einer Fata Morgana geworden. Sie waren da, und alles war in Ordnung. Sie waren ein paar Tage da, und dann sind sie wieder verschwunden.«

»Sie sehen sie doch jedes zweite Wochenende, oder?«, fragte Rita Ohlén.

»In einer anderen Stadt«, sagte Berger.

»Aber sie könnten doch sicher auch nach Stockholm kommen, nicht?«

»Das läuft nie so besonders gut …«

»Vielleicht ist es Ihnen ja lieber, dass sie eine Fata Morgana bleiben?«

Das sagte sie so ruhig und still, dass er im ersten Moment gar nicht begriff, was sie da redete. Er hielt inne und erstarrte.

»Warum sollte mir das lieber sein?«, fragte er.

»Es ist leicht, es sich in seinem Elend gemütlich zu machen. Es sich in seinem Leiden wohnlich einzurichten. Trost in der Ungerechtigkeit zu finden. Sonst müssten Sie die Dinge ja in Angriff nehmen. Handeln, statt Ihre Umwelt zu verfluchen. Aktiv zur Erziehung der Zwillinge beitragen. Es ist einfacher, sie auf Distanz zu haben, denn das gestattet Ihnen nicht nur Selbstmitleid, es macht es unvermeidlich.«

Berger schwieg. Er schaute auf seine Hände. Seine passiven Hände. Das Taschentuch nur mehr ein winziger Ball.

»Aber an der Situation mit Ihren Söhnen ist ja seit Wochen, im Grunde seit Monaten nichts akuter geworden«, sagte Ohlén. »Warum wurde es gestern plötzlich so akut?«

»Wer hat das denn behauptet?«

»Zum einen wollten Sie so schnell wie möglich einen Termin, als Sie gestern Morgen anriefen. Zum andern war da die Geschichte mit der Toilettenschüssel, die ja von Ihrer dicken Lippe beglaubigt wird. Haben Sie versucht, sich zu ertränken?«

»Das hätte ich nicht erzählen sollen«, murmelte Berger.

»Es war gut, dass Sie das erzählt haben«, sagte Rita Ohlén. »Also: Warum gestern?«

»Ich habe keine Dusche …«

»Es wird nur anstrengend, wenn Sie jetzt weiter Vorwände bringen. Warum gestern? Der Zeitpunkt steht in keinem direkten Zusammenhang zu Ihrem Verlust der Zwillinge. Das muss bedeuten, dass es hier um Ihren *anderen* Verlust geht. Den Sie irgendwie nicht ansprechen können.«

Jetzt war Berger still. Mucksmäuschenstill.

»Denn da gibt es sehr wohl einen Zeitfaktor, stimmt's?«, fuhr Rita Ohlén etwas schärfer fort. »Sie haben bis jetzt noch nicht viel über Molly Blom gesagt. Da müssen wir jetzt wohl hin, Sam.«

Er wurde noch stiller.

»Verstehe«, sagte die Psychologin und nickte. »Darf ich es mal versuchen?«

Schweigen. Sie ging noch einen Schritt weiter.

»Eine Schwangerschaft bedeutet immer, dass eine Stoppuhr tickt, oder? Wie ist das passiert, als Molly verschwand, Sam?«

»Ich kann nicht …«

»Sie sind hergekommen, um zu können.«

»Eher nicht.«

»Lassen Sie mich trotzdem weitersprechen«, sagte Rita Ohlén. »Sie haben versucht herauszufinden, wohin Molly gegangen ist, richtig? Sind Sie sicher, dass Sie nicht wissen, wo sie jetzt ist?«

»Ich glaube, das reicht für heute«, entfuhr es Berger.

»Ich sage hier, wann es reicht, Sam. Jetzt sind wir einer wichtigen Sache auf der Spur. Sie haben viel investiert, um sie zu finden, Sie haben Ihr ganzes professionelles Können eingesetzt, um Molly Blom zu finden. Gut, Sie haben sich ein paar Brotjobs organisiert, indem Sie schäbige Versicherungsbetrüger aufgestöbert haben, und dabei sind Sie auch auf irgendetwas gestoßen, was unmittelbare Todesangst bei Ihnen ausgelöst hat …«

»Sind Sie schon mal um Haaresbreite zerstückelt worden?«, unterbrach Berger sie mit einer unterschwelligen Wut.

Rita Ohlén ignorierte seinen Einwurf mit beispielhafter Präzision und fuhr fort: »Aber Ihre ganze Aufmerksamkeit haben Sie darauf gerichtet, Molly Blom zu finden, Ihre Ex-Freundin, die jetzt – eventuell – mit einem Kind von Ihnen schwanger ist. Aber es ist Ihnen nicht gelungen. Sie sind nicht einen Schritt weitergekommen. Wie ist das möglich, Sam? Wenn ich Ihre Erzählung richtig verstanden habe, haben Sie im letzten Jahr eine Reihe extrem komplexer Fälle gelöst – aber Ihre eigene Freundin können Sie nicht finden. Warum?«

»Sie war bei der Säpo, sie wurde als Undercover-Agentin eingesetzt. Wenn irgendjemand weiß, wie man verschwindet, dann sie«, sagte Berger.

»Das war also freiwillig?«

»Zumindest zu Anfang war es das. Und ich *habe* versucht, sie zu finden.«

»Und Sie wissen nicht, ob sie in der Zeit immer noch schwanger war?«

»Jetzt werden Sie aber brutal, Rita. Nein, das weiß ich nicht.«

»Aber Sie wissen, dass Sie ›zu Anfang‹ freiwillig verschwunden ist. Woher wissen Sie das? Haben Sie miteinander gesprochen?«

»Nein, die Chance hatte ich nie. Aber ich glaube, ich schaffe das hier nicht. Vielleicht nächstes Mal. Wunder geschehen nur in Träumen – und Molly wird nie zurückkommen.«

»Sie haben nicht miteinander gesprochen, aber sie hat Sie informiert. Ich glaube kaum, dass sie der Typ ist, der per SMS Schluss macht, oder? Hat sie einen Film geschickt? Einen Abschiedsfilm?«

»Ja …«

Rita Ohlén schrieb noch ein paar Worte in ihr allwissendes Notizbuch. Dann schob sie die Brille auf die Stirn und schaute ihn an.

»Haben Sie den Film dabei, auf Ihrem Handy?«

»Ich habe ihn seit acht Monaten nicht mehr angeschaut,

und ich habe nicht vor, ihn jetzt anzuschauen. Das geht mir hier alles zu schnell.«

»Können Sie den Film trotzdem beschreiben?«

Schweigen. Schließlich ein zögerliches Nicken.

»Sie steht vor dem Panoramafenster eines Flughafens«, begann Berger langsam. »Ich konnte das Flugzeug hinter ihr identifizieren. Sie steht da auf dem Flughafen Brüssel. Ich habe auch den Zeitpunkt ziemlich exakt ermitteln können. Wenn sie von dort geflogen ist, hat sie auf jeden Fall nie einen Pass mit ihrem echten Namen benutzt. Was entweder bedeutet, dass sie überhaupt nicht geflogen, sondern geblieben ist. Oder dass sie eine falsche Identität benutzt hat. Seitdem nicht eine Spur in der ganzen weiten Welt. Was ja doch wieder die Variante mit der falschen Identität stützt. Da ich keine finanziellen Fingerabdrücke finden kann, muss es wohl auch falsche Kreditkarten geben. Oder ganz einfach Bargeld.«

»Und was hat Molly in dem Film gesagt?«

Berger schloss die Augen und rieb sich kräftig über die Lider.

»Nicht viel«, antwortete er.

Rita Ohlén beugte sich vor und lächelte. Dann meinte sie: »Okay, ich versteh schon.«

»Was verstehen Sie?«

»Dass Sie es auswendig können. Was hat sie gesagt?«

Berger seufzte tief und beugte sich ebenfalls vor, sodass sein Kopf dem von Rita Ohlén bedrohlich nahe kam. Er sah ihr in die Augen und sagte: »Ich weiß, dass du unsere Zukunft geplant hast, Sam. Ich weiß, dass du willst, dass wir Sicherheitsberater werden in diesem blöden Bootshaus, das für mich nur wie Erbrochenes aus der Vergangenheit ist. Ich kann es nicht, Sam. Ich kann es wirklich nicht. Ich brauche Ruhe. Zeit zum Nachdenken. Stille. Danach schauen wir weiter, ob wir uns wiedersehen, alle zusammen. Lass du es auch erst mal ruhig angehen. Das ist für dich auch wichtig, vergiss das nicht.«

»Alle zusammen«, wiederholte Rita Ohlén.

Berger schnaubte.

»Ich ahne, dass ebendieses ›alle zusammen‹ das Einzige ist, was mich davon abgehalten hat, mich totzusaufen.«

Die Psychologin lehnte sich wieder zurück und notierte etwas. Dann sagte sie: »Und? Wie interpretieren Sie das?«

»Genauso wie Sie«, erwiderte Berger. »›Alle zusammen‹ könnte zwar auch bedeuten ›du, ich und Desiré Rosenkvist‹, das alte Team, aber verdammt, ich weiß, es bedeutet einfach ›du, ich und unser Kind‹. Zumindest muss ich das glauben.«

Rita Ohlén nickte. Sie lächelte schwach, machte sich noch einmal eine Notiz.

»Das können nur Sie wissen«, sagte sie. »Haben Sie viel an das Kind gedacht?«

»Es ist ihr Körper«, sagte Berger.

»Das beantwortet meine Frage nicht«, sagte Rita Ohlén.

Berger kam es vor, als würde er in sich zusammenschrumpfen. Dann sagte er: »Ich habe viel an das Kind gedacht, ja.«

5

Es ist Nacht. Windstille. Die Szenerie wirkt wie ein Standbild.

Die Straße verläuft schnurgerade zwischen Reihen aus dicht an dicht stehenden Häusern. Hier und da beleuchtet eine Laterne einzelne geparkte Autos rechts und links am Straßenrand. Es könnte jede beliebige Jahreszeit sein. Nur Nacht. Nacht in einem Vorort.

Durch den einen oder anderen Schlitz – durch Rollläden, Jalousien, Vorhänge – dringt ein schwacher Lichtschein, Licht aus dem Reich der Schlaflosen und derer, die Angst vor der Dunkelheit haben.

Nichts regt sich. Absolute Stille. Alles ruht.

Alles außer Nadja. Sie ruht nicht. Sie begegnet ihrem eigenen Blick im Rückspiegel.

Begegnet allem, was in diesem Blick liegt …

Ohne den Blick abzuwenden, wandert ihre Hand zum Beifahrersitz des Vans. Das paradoxe Gefühl von Sicherheit, als ihre Finger über das Metall gleiten, blitzt kurz in ihren braunen Augen auf. Sie entspannen sich unter der hochgerollten schwarzen Mütze.

Dann betastet Nadja ihre Kette, die Achtelnoten, und sieht ihr ganzes Leben an sich vorbeiziehen. Sieht ihre Kindheit: arm, aber voller Lebensfreude, den dichten, geheimnisvollen Wald, Großmutters gute Blini, die wunderschönen Stunden am Klavier, sieht den kleinen Singvogel wie von außen. Sie sieht die Fortsetzung: die Fabrik, die Monotonie, die Lebensmüdigkeit, die Lebensgefahr. Sie sieht den Traum, das Paradies, das plötzlich in Reichweite war. Sie sieht die Reise hierher.

Sie sieht die Hölle hier. Aber diese Bilder wagt sie sich lieber nicht genauer ins Gedächtnis zu rufen. Nicht so richtig.

Nicht diese ganzen Jahre. Das alles ist zu tief vergraben.

Sie ist hier, um sich diese Jahre zurückzuholen. Die verlorenen Jahre.

Alles steht und fällt mit diesem Augenblick, auf dieser Straße. Diesem Augenblick, auf den Nadja jetzt wartet.

Die Zeit verstreicht.

Da huscht ein Hund unter einer Straßenlaterne vorbei, rechts neben ihrem Van. Nadja bleibt vollkommen still sitzen, macht sich unsichtbar, spürt das Metall an ihren Fingerspitzen. Als sie ins Licht tritt, wird auch die Hundebesitzerin sichtbar, eine Frau mit kurzen blonden Haaren, Lederjacke, Jeans, Spuren eines Tattoos an einem Handgelenk, das aufblitzt, weil der Rottweiler an der Leine zieht, dann aber wieder locker lässt und stehen bleibt, um am Vorderreifen des Vans zu schnüffeln.

Nadja umklammert das Metall, ganz fest jetzt, als wollte sie die Pistole gleich heben, den Schalldämpfer an die Beifahrertür drücken.

Mit einem Mal zerrt die Frau an der Leine. Ebenfalls ganz fest. Das Tattoo wird im Licht deutlich sichtbar. Das Herz. Mit dem Namen »Sam« darin, und von einem Pfeil durchschossen. Ein einzelner Blutstropfen. Herzblut.

Nadja hebt die Pistole, richtet sie auf die Frau. Aus wenigen Metern Entfernung. Das jetzt könnte der Augenblick ihres Todes sein.

Doch dann geht der Rottweiler weiter und zieht sein Frauchen hinter sich her.

Nadja sinkt in sich zusammen. Die Stille kehrt zurück.

Sie fühlt sich so klein, so unbedeutend. In den Jahren nach der Hölle, nach der *Freiheit,* die sie in Wahrheit nie erreicht hat, kam die totale Selbstkontrolle, das Geordnete, immer alles schön am richtigen Platz, damit das Leben in überschaubaren Bahnen verlief. Kein Rausch mehr in ihrem Leben, obwohl sie doch für den betäubenden Rausch gelebt hatte – kein einziger Rausch mehr, bis in alle Ewigkeit.

Bald. Bald ist es so weit.

Bald wird sie ihren Kopf ins Maul des Löwen stecken.

Sie schaut auf ihre Hände hinab. Sie zittern nicht, beben aber leicht. Als würde das Leben selbst vom Himmel herunterstrahlen und in sie hinein. Sie spürt, wie ihr Herz das Leben durch ihre Adern pumpt, nicht Tod, nicht Gleichgültigkeit, nicht Leiden, nicht Ordnung.

In dem Moment nimmt sie eine Bewegung im linken Außenspiegel wahr. Sie sieht einen Mann auf der anderen Straßenseite auftauchen. Er bewegt sich in ihre Richtung, taucht immer kurz in den Lücken zwischen den geparkten Autos auf. Die Arme um den Körper geschlungen, als würde er frieren. Aber sie erkennt ihn am wetterfesten Trainingsanzug und dem weinroten Käppi.

Jetzt ist er fast auf ihrer Höhe. Sie hält den Atem an.

Er ist es.

Jetzt.

Entweder oder. Himmel oder Hölle.

Als er noch zwei Straßenlaternen von ihr entfernt ist, hebt sie erneut die Pistole. Er macht ein paar letzte Schritte. Jetzt muss alles sitzen. Jede noch so kleine Bewegung.

In dem Moment, in dem Nadja die Autotür aufstößt, sieht sie ganz deutlich das kleine Mädchen am Klavier. Als sie über die Straße rennt, hört sie die engelsgleiche Stimme des Mädchens zum abweisenden Nachthimmel emporsteigen.

Es ist nicht mehr weit bis zur anderen Straßenseite. Sie hebt die Pistole, schaut dem Mann in die Augen und zielt.

Blitzschnell duckt er sich hinter ein geparktes Auto, einen großen Jeep. Sie war zu langsam.

Angst steigt in ihr auf. Es gibt zwei Wege um das Auto

herum. Fifty-fifty. Nadja nimmt den Uhrzeigersinn. Geht in die Hocke.

Ganz langsam.

Es fühlt sich an, als würde sich der dumpfe Himmel über sie herabsenken. Da singt niemand mehr. Es ist, als hätte auf der ganzen Welt noch nie jemand gesungen. Alles ist ganz still.

Der Mann schnellt, ebenfalls im Uhrzeigersinn, um den Jeep herum. Er packt sie von hinten. Versucht, ihr die Pistole zu entwinden. Der Schalldämpfer ist auf den niedrigen Himmel gerichtet.

Als wäre er auf Gott gerichtet.

Dann bekommt der Mann die Pistole zu fassen und entreißt sie ihr. Entreißt ihr alles, was sie ihm in ihrer Wehrlosigkeit preisgibt. Die *Freiheit,* die Nadja bisher nur dem Namen nach kannte, sollte endlich Wirklichkeit werden. Stattdessen ist sie gescheitert.

Schrecklich, dass sie sich jetzt so fühlen muss. Nadja hält die Luft an, als der Mann ihr den Arm auf den Rücken dreht und sie vor sich her über die Straße schubst. Sie stolpert, vornübergebeugt. Für immer gebeugt.

Er reißt die Hecktüren ihres weißen Vans auf. Nadja sieht, wie er ein paar Kabelbinder aus der Tasche seiner Windjacke zieht. Als er sie an ihren Handgelenk festzurrt, wird ihr klar, dass sie einem langsamen Tod entgegensieht.

Dann stößt er sie in den Laderaum. Dumpf schlägt sie auf dem Boden auf, ihr Mund weit geöffnet wie zu einem Schrei aus dem tiefsten Abgrund der Angst.

Aber er bleibt völlig stumm. Kein Laut dringt aus ihrem Mund. Über ihre Schulter, durch die Fenster, beobachtet Nadja, wie der Mann zum Beifahrersitz des Autos geht. Er hält inne. Sieht etwas, was sich mehrere Meter über dem Boden zu befinden scheint. Er hebt sein weinrotes Käppi leicht an. Zielt.

Nicht.

Zielt nicht. Schießt einfach nur.

Schräg nach oben.

Ganz kurz regnen Glassplitter von einer Kamera herunter, die an einer Straßenlaterne montiert war. Dann fährt der Mann davon.

Niemand singt im Laderaum des Vans.

Niemand wird jemals wieder singen.

Der Singvogel ist verstummt.

6

Sam Berger saß auf dem Steg vorm Bootshaus. Obwohl er nur einen einzigen Whisky getrunken hatte, breitete sich eine ganz spezielle Ruhe in seinem Körper aus. Doch die hatte nicht im Geringsten mit dem Whisky zu tun. Sie hatte mit einem Blick zu tun. Intelligent, einfühlsam, lebendig. Diese Brille, die geheimnisvollerweise auf der Stirn sitzen blieb, kurz unter einem blonden, von Grau durchzogenen Haaransatz. Und dann dieser Blick. Als ob sie ihn wirklich verstehen würde. Lesen, interpretieren, akzeptieren, verstehen. Es war kein mütterlicher Blick, ganz im Gegenteil, eher der alles erfassende Blick einer älteren, klügeren Frau mit mehr Lebenserfahrung.

Er hatte gesagt: »Ich habe viel an das Kind gedacht, ja.« Dann hatte er nicht weitersprechen können.

Die Dinge waren ihm völlig entglitten. Wirklich völlig. Aus dem kleinen Taschentuchball wurden mehrere, noch fester zusammengeknüllte. Aber trockene.

Rita Ohlén hatte abgewartet, großes Mitgefühl gezeigt, ein wenig in ihrem Terminkalender geblättert und dann gesagt: »Tatsächlich hätte ich morgen Nachmittag noch eine Lücke.«

Jetzt war der Abend nach dieser Lücke. Berger ließ den Blick über die spiegelglatte Fläche des Edsviken gleiten. Seine Schönheit war überwältigend.

Er hatte nicht vorgehabt, hierher zurückzukommen. Das Bootshaus sollte sein Arbeitsplatz sein, und er hätte eigentlich wieder in die Ploggatan auf Södermalm ziehen und dann ins Büro gehen sollen wie ein ganz normaler Mensch. Den Job hinter sich lassen.

Das war nicht passiert. Er begriff, dass er erst am Anfang einer langen Entwicklung stand, bei der die Psychologin Rita Ohlén eine große und wichtige Rolle spielen würde. Das Bootshaus war immer noch sein Zuhause. Hier würde er bleiben, bis er wieder in der Lage war, Leben und Job zu trennen.

Der Job, der sein Leben war. Der Job, den er kaum hatte. Was wiederum ziemlich viel über sein Leben aussagte.

Berger seufzte tief – aber ohne dass die Ruhe ihm abhandengekommen wäre – und streckte den Arm nach seinem Laptop aus. Er klappte ihn auf, sah eine offene Mail und starrte auf den Anhang. Eine Filmdatei.

Rita Ohlén hatte ihm von Anfang an klargemacht, dass sie mit »unorthodoxen Methoden« arbeitete, und schon heute Nachmittag hatte sie ihn gefilmt. Als er am Bootshaus ankam, wartete der Film bereits in seinem Postfach.

Er hatte ihn nicht angeschaut. Hatte stattdessen versucht zu verstehen, wer er war. In Wirklichkeit. In seinem eigenen Leben, im Leben anderer, in der Geschichte, in der Ewigkeit. Egal, welche Perspektive er wählte, es kam nie viel dabei heraus. Ein marginales Dasein. Eine Randfigur. Sogar in seinem eigenen Leben.

Irgendwie hatten die beiden Sitzungen mit Rita Ohlén dazu beigetragen, dass er sein Leben nun aus dieser Perspektive betrachtete. Und das hatte ihm die Ruhe gegeben, die er jetzt auf dem Bootssteg immer noch genoss. Auch beim Anblick des ungesehenen Videos.

Sam Berger musste die Hauptperson in seinem eigenen Leben werden. Es lohnte nicht, sich zu schonen. Also beugte er sich vor und klickte zweimal auf den Film.

Irgendwie landete er am Ende der Aufzeichnung. Er sah sich selbst auf dem Sessel in Rita Ohléns Büro sitzen. Sie war nicht im Bild. Und der Ton war ausgestellt. Alles, was er sah, waren mindestens fünfzehn kleine Papierkügelchen auf dem Tisch vor einem immer unbekannteren Mann, dessen Mund sich für ein paar Sekunden lautlos bewegte, bevor sich sein Gesicht verzog und er sich über seine Knie beugte.

Er drückte auf Pause. Das Seltsame war, dass ihm in diesem Augenblick nur zwei Dinge durch den Kopf gingen: Erstens freute er sich darüber, dass das, was in seinem Haar grau geworden war, wieder den alten Braunton angenommen hatte, zweitens stellte er befriedigt fest, dass da nicht eine Spur von Glatze zu entdecken war.

Dann überlegte er, was Rita Ohlén wohl zu diesen beiden Gedanken gesagt hätte. Der Schauer eines paradox *behaglichen* Unbehagens überkam ihn, und er spulte zurück zum Anfang des Films, wo sich Sam Berger in den Sessel setzte und dünn lächelte. Vor ihm lagen noch keine Papierkügelchen auf dem Tisch, nur eine Box Papiertaschentücher.

Er schaltete jetzt doch den Ton ein und hörte Rita Ohléns sanfte Stimme fragen: »Haben Sie rund um Ihr Bootshaus Überwachungskameras angebracht, Sam?«

Er sah, wie ihm die Kinnlade herunterklappte.

»Wovon reden Sie da?«, fragte er schließlich.

»Das war eine direkte Frage«, sagte Ohlén. »Haben Sie gesehen, wie Ihr Besuch gekommen ist? Sind Sie deswegen in die Toilettenschüssel abgetaucht? Um den Ernst der Lage zu unterstreichen? Um Ihrer Bekannten zu zeigen, wie verzweifelt Sie sind?«

»Deer?«, rief Berger verblüfft aus.

»Das scheint der Name zu sein, den Sie für sie benutzen, genau. Haben Sie sie über die Überwachungskameras gesehen?«

»Sie springen aber wirklich von einem Thema zum andern«, sagte Berger und schüttelte den Kopf.

»Das ist dasselbe Thema«, beharrte Rita Ohléns ruhige Stimme. »Antworten Sie einfach auf die Frage.«

Durch die Linse der Videokamera sah er seine eigene mittelmäßige Schauspielkunst. Er schauderte erneut und hörte sich selbst antworten: »Ja, ich habe Überwachungskameras. Ja, ich habe Deer kommen sehen. Ja, deswegen bin ich in die Toilette getaucht.«

»War es ein besonderer Tag? Der Übertreibungen erforderlich machte? Übertreibungen, die wiederum nach einem Publikum verlangten?«

Der Berger im Film verstummte. Der Berger auf dem Bootshaussteg beobachtete seinen Blick mit großer Wachsamkeit. Wie da drinnen alles an seinen Platz fiel. Das Bewusste und das Unbewusste, das sich vermischte. Dann sagte der Berger im Film: »Nicht, dass ich wüsste.«

Ein dritter Sam Berger tauchte auf dem Bootssteg auf und mischte sich ein. Der Polizist Sam Berger war ein angesehener Vernehmungsleiter gewesen, der sämtliche Formen von Lüge und Verstellung durchschauen konnte. Jetzt klopfte er dem etwas verkommeneren Privatdetektiv Sam Berger auf die Schulter und schüttelte enttäuscht den Kopf.

Und sogar der konnte im Film die Lüge aus seinen Augen leuchten sehen. Was davon hatte Rita Ohlén wahrgenommen?

Ihre Antwort kam sofort: »Versuchen Sie es noch mal, Sam.«

Der Polizist und der Privatdetektiv saßen in der Seeluft, hatten einander die Arme um die Schultern gelegt und schüttelten synchron den Kopf über den verlöschenden Blick des Patienten.

So leicht zu durchschauen …

»Es war der errechnete Geburtstermin unseres Kindes«, gab er tonlos zu.

Als Berger sich zum Bildschirm vorbeugte, verflüchtigte sich sein Polizisten-Ich. Er sprang wieder ans Ende des Videos, an den Punkt, an dem fünfzehn fest zusammengeknüllte Papierkügelchen vor ihm auf dem Tisch lagen. Dann drückte er wieder auf Play.

Man hörte Rita Ohléns Stimme.

»Ich glaube, Ihnen wird trotz allem langsam klar, dass der Schlüssel zu Ihrem Wohlbefinden Molly Blom heißt. Sie müssen versuchen, davon zu erzählen, Sam. Ist sie wirklich verschwunden, ohne andere Lebenszeichen als diese Videobotschaft vom Brüsseler Flughafen?«

Der Film-Berger nickte.

»Sie hat sich nicht ein Mal gemeldet«, sagte er. »Nicht die kleinste Nachricht.«

»Aber vorgestern meinten Sie, dass sie sich melden würde? Am Geburtstermin des Kindes?«

»Ich habe den ganzen Tag gewartet. Saß wie auf glühenden Kohlen.«

»Dann muss sie Ihnen den voraussichtlichen Geburtstermin ja vor dieser Aufnahme mitgeteilt haben.«

Berger nickte erneut, diesmal zögerlicher.

»Als wir uns das letzte Mal persönlich gesehen haben. Da hat sie mir erzählt, welches Datum die Hebamme errechnet hat. Und sie hat gesagt, dass sie weiter über … unsere gemeinsame Zukunft nachdenken würde.«

»Und so saßen Sie also vorgestern auf glühenden Kohlen, verstehe. Gegen Abend sahen Sie auf Ihren Überwachungskameras eine Frau, die zum Bootshaus kam …«

»Ich dachte, es wäre Molly«, sagte Berger fast tonlos.

»Und als sich herausstellte, dass es Deer ist, haben Sie stattdessen auf Selbstmitleid gesetzt?«

»Ich habe mir fast einen Zahn ausgeschlagen«, sagte Berger mit einem schiefen Grinsen.

Es war eine Weile still. Totenstill. Bis Rita Ohlén schließlich fragte: »Was genau ist dann Ihr Problem?«

Da beugte er sich vor, stützte sich auf seine Knie.

Er drückte auf Pause. An genau derselben Stelle. Und mittlerweile war es ihm scheißegal, dass da keine Anzeichen einer Glatze zu erkennen waren.

7

Der Sommer neigt sich seinem Ende zu. Ivan schlingt die Arme um sich, als würde er frieren. Obwohl er in die Schatten des tiefen Waldes geht, hat er sich das weinrote Käppi tief über die Augenbrauen gezogen. Er geht lange. Begegnet keinem Menschen, und wäre er einem begegnet, hätte er ihn nicht gesehen. Er hält den Blick auf den Boden gerichtet, auf den gerade noch erkennbaren Pfad, auf die Insekten, auf diese ganzen pflichtbewussten Krabbeltiere, deren Leben nur aus Schicksal besteht. Denen Pflicht und Streben in die Gene eingeschrieben sind. Die noch nie mit der Hölle in Berührung kommen mussten, die sich *Freiheit* nennt.

Freiheit.

Ivan hört, wie es raschelt oben in den Zweigen. Er hebt den Blick. Ein paar einzelne Sonnenstrahlen dringen bis unter den Schirm seines Käppis. Und blenden ihn. Das mag er nicht. Er mag kein Licht.

Dann schießt ein Waldvogel an ihm vorbei, vielleicht ein Specht. Er lässt etwas fallen, und es sieht aus, als würde ein Flugzeug eine Bombe abwerfen. Gleich darauf verschwindet der Vogel wieder in die Stille.

Ivan macht noch ein paar Schritte, schaut wieder auf den Boden. Sieht einen Ameisenhaufen an einem Baum. Er bleibt stehen, betrachtet den Weg vor seinen Füßen. Bis er einen großen Vogelschiss entdeckt, hauptsächlich weiß, halb flüssig, fast schaumig. Mittendrin sitzt eine Ameise fest. Sie zappelt wild mit den Beinen, als würde sie ertrinken. Als ob Ameisen ertrinken könnten.

Die anderen Ameisen irren um den Fleck herum, aber nach einer Weile beginnen sie, sich zu formieren, ohne dass eine sichtbare Kommunikation stattgefunden hätte. Als würden sie von völlig unbekannten Kräften angetrieben, als wären sie nur einzelne Gehirnzellen in einem unsichtbaren Kopf.

Am Ende schließen sie sich zu einer Kette zusammen. Jede Ameise fasst die Ameise vor sich, und dann kämpft sich die Kette in den Vogelschiss vor. Die vorderste Ameise packt die ertrinkende, und langsam, ganz langsam zieht sich die Kette zurück. Schließlich steht auch die letzte Ameise draußen, vom weißen Vogelschiss überzogen zittert sie schwach, aber sie steht zwischen ihren Verwandten. Einige von ihnen sind genauso weiß, genauso erschöpft.

Es vergehen ein paar Sekunden. Dann setzen sie sich wieder in Bewegung, mischen sich unter ihre unablässig weiterackernden Genossen. Für einen Augenblick sieht man, wie sich ein kleiner weißer Gedankenstrich inmitten der schwarzen Ameisenstraße verschiebt. Dann verschwindet der Strich im Wald.

Ivan macht einen langen Schritt über die Ameisenstraße und wandert weiter. Nach einer Weile lichtet sich der Wald, das Sonnenlicht wird stärker. Er zieht sich das Käppi tiefer über die Augen und tritt hinaus in das, was früher einmal sein Garten gewesen ist. Er kann noch die Reste einiger Beete ausmachen, zerfallene selbst gezimmerte Holzkonstruktionen, und alles ist überwuchert von zu langem Gras, das sich über den Sommer gelb gefärbt hat.

Über diesen Sommer, der bald vorbei ist.

Ivan nähert sich dem Haus. Die rote Farbe ist längst abgeblättert. Das Weiß der Fensterbretter schon vor Jahrzehnten verblasst. Die Bretter der Verandatreppe sind vermodernde Todesfallen, er weiß, welche er meiden muss. Noch gibt es ein paar, auf die man treten kann.

Er gelangt auf die Veranda. Etwas Grünes hat sie erobert,

es sieht aus wie Algen, aber wahrscheinlich ist es eher eine Art Flechte. Er dreht sich um, bleibt stehen, blickt über den Verfall. Im Sonnenschein hat er etwas Beeindruckendes. Jeden anderen Menschen würde jetzt wahrscheinlich der Gedanke an eine Renovierung umtreiben.

Aber nicht ihn.

Ivan macht die fensterlose Haustür auf, tritt ein, zieht sie hinter sich zu. Und steht in etwas, was fast schwarz ist. Doch nicht mal die dicken Vorhänge können das Sonnenlicht wirklich aussperren; ein bisschen sickert immer herein, als würde es glauben, dass es hier drinnen doch noch eine Chance hat.

Ivan durchquert eine Küche, in der sich das schmutzige Geschirr stapelt. Es ist lange her, dass er etwas gerochen hat. Dann kommt er in ein Zimmer, das vielleicht als Schlafzimmer bezeichnet werden könnte.

Er tritt an eine Kommode. Darauf liegen ein Handy ohne SIM-Karte, eine zusammengerollte schwarze Mütze, ein undefinierbarer Kleiderhaufen. Er nimmt die Mütze und nähert sich langsam einem Ganzkörperspiegel an der Wand gegenüber, um schließlich den Blick zu heben, sodass er zum ersten Mal am Schirm seines Käppis vorbeigeht. Er betrachtet sich.

Betrachtet den abgetragenen Trainingsanzug. Die löchrigen Sneakers. Das weinrote Käppi ohne Logo, ohne Text. Mehr nicht.

Und dann sein Gesicht. Oder das, was noch übrig ist nach all den Jahren der Verwahrlosung. Er betrachtet sein Spiegelbild und sagt: »Ivan der Schreckliche.«

Im nächsten Moment setzt er das Käppi ab, hält es kurz in der Hand und wirft es dann beiseite. Nimmt stattdessen die zusammengerollte Mütze von der Kommode, die die Frau getragen hat, und rollt sie auf, bis sie eine Art Sturmhaube ist. Was man in anderen Zusammenhängen als Strumpfmaske bezeichnen würde. Er zieht sie über sein zotteliges braunes Haar, lässt eine Jalousie über sein Gesicht fallen, bis er sich selbst nicht mehr sieht. Sein Gesicht nicht mehr sieht.

Nur die Augen schauen noch aus den Löchern in der Haube, als er sich daranmacht, seine Trainingsjacke auszuziehen. Er lässt die Jacke fallen und zieht auch das schmutzige T-Shirt aus, das er darunter trägt. Steht mit nacktem Oberkörper da.

Er kann nicht schwimmen.

Er ertrinkt in Scheiße und kann nicht schwimmen. Bald wird er untergehen, die Lungen voller Exkremente. Aber von irgendwoher nähern sich Menschen, Frauen. Sie bilden eine Kette, fassen sich an den Beinen, tauchen in den Mist, schwimmen zu ihm. Ziehen ihn aus der Latrine.

Die Dankbarkeit hat viele Gesichter.

Ivan zieht die verbeulte Jogginghose aus, bis er nur noch in einer Art Tanga dasteht. Den zieht er ebenfalls aus.

Jetzt ist er ganz nackt, bis auf die Strumpfmaske. Er zupft sich ein paarmal am Schwanz, sieht, wie er etwas größer wird.

Während er zur Kommode zurückgeht, schlingt er wieder die Arme um sich, als würde er frieren. Er wühlt in dem Kleiderhaufen, schiebt ein Marmeladenglas voller SIM-Karten beiseite, findet ein paar Strings, hält sie sich unter die Nase und atmet tief ein. Dann legt er sie zurück und fischt die Pistole aus den Sachen. Die Pistole mit dem Schalldämpfer.

Ivan zieht eine Kommodenschublade auf und holt einen Notizblock heraus. Auf dem Deckblatt: *My Little Pony* in Regenbogenfarben. Zum Schluss kramt er noch einen Stift und eine Taschenlampe hervor.

Er bleibt ein letztes Mal vorm Spiegel stehen, in der einen Hand die Pistole, in der anderen Stift, Papier, Lampe. Er ist jetzt ganz steif.

Dann geht er zur nächsten Tür und schließt sie mit dem Schlüssel auf, der im Schloss steckt. Öffnet sie.

Die Dunkelheit dort unten ist eine aktive Dunkelheit.
Sie verschluckt alles.
Auch ihn.
Er tritt ein.

8

Vielleicht könnte man es Dämmerung nennen, vielleicht auch nicht. Vielleicht könnte man es Sommer nennen, vielleicht auch nicht. Aber was Sam Berger begrüßte, als er aus der engen Öffnung seines Schlafsacks herausblickte, war Licht.

Es war definitiv Licht.

Das Licht am Ende des … na ja, von irgendwas eben. Es fiel ihm leichter als sonst, sich aus dem Schlafsack herauszuwinden. In den letzten Monaten hatte er Berger manchmal umschlossen wie eine Boa constrictor, die ihren Griff nicht lockern wollte. Jetzt glitt er wie neugeboren aus dem Stoff.

Mit nichts als seiner Unterhose bekleidet, beugte er sich über das Geländer, das ihn von der kleinen Bucht trennte, die man Edsviken nennt. Es war immer noch Sommer, obwohl er die ganze Zeit das Gefühl hatte, dass der Herbst bald anbrechen müsste. Die Morgendämmerung war jedenfalls schon vorbei. Er blickte hoch in die sanft strahlende Sonne und meinte einen Augenblick fast, dass sie eine Brille aufhatte, die seltsamerweise auf der Stirn sitzen blieb.

Vielleicht war Rita Ohlén tatsächlich die Sonne in seinem Leben geworden. Mittlerweile hatte er mehrere dicht aufeinanderfolgende Sitzungen hinter sich. Alles fühlte sich leichter an. Das Leben fühlte sich leichter an. Obwohl sich im Grunde schrecklich wenig verändert hatte. Vielleicht hatte er ganz einfach gelernt, mit sich selbst zu leben. Oder zumindest damit angefangen.

Heute war eine Vormittagssitzung angesetzt. Eine morgendliche Schwimmrunde würde er noch schaffen, aber nicht sehr viel mehr. Dann würde er sich auf den Weg zum Therapiezentrum Norrmalm machen. Mit dem neu geleasten Firmenwagen.

Als würde er wieder Fälle lösen.

Als gäbe es hier ein Business.

Doch nicht einmal der Gedanke, dass ihm das Geld durch die Finger rann, konnte den sanften Tönen dieses morgendlichen Lichts einen Dämpfer verpassen. Shampoo und Duschgel standen griffbereit in einem Fach außen an dem Geländer neben der frisch renovierten Leiter, die ins Wasser führte. Er klappte einen Teil des Geländers hoch und machte den ersten Schritt auf der Leiter nach unten. Gerade als er den ersten Zeh ins kühle Wasser tauchte, klingelte sein Handy.

Er zögerte kurz. Welcher Mensch, der wirklich von Bedeutung war, könnte zu dieser unchristlichen Zeit etwas von ihm wollen? Er konnte sich wirklich nichts Schöneres vorstellen, als jetzt in dieses wohltuende Brackwasser zu steigen. Aber dann fiel ihm ein, dass er ja ein Unternehmen führte. Dass das Bootshaus tatsächlich sein Büro war, nicht seine morsche Junggesellenbude.

Er sprang zurück auf den Steg und schnappte sich das Handy von den Holzbohlen neben dem Schlafsack. Unbekannte Nummer. Das war vielversprechend. Er meldete sich, nur ein klein wenig fröhlicher, als er sich tatsächlich fühlte: »Bootshaus Security AB, Sam Berger.«

Es blieb still in der Leitung. Und doch nicht still. Da war keine totale Stille. Er meinte, ein schwaches Atmen zu hören. Das ging ein paar Sekunden so. Er horchte, spürte irgendwo in seinem Innersten eine vage Ahnung keimen. Dann hörte man einen kurzen, kleinen Laut, ganz weit im Hintergrund. Ein schwacher Schrei. Und sofort zischte eine Frauenstimme: »Verdammt.« Anschließend hörte er es rumpeln, und die Verbindung brach ab.

Sam Berger stand dort auf seiner Bootshausbrücke und starrte aufs Handy. Wie verhext. Vielleicht spielte ihm jemand einen Telefonstreich, vielleicht wurde gerade ein Verbrechen verübt, vielleicht war es auch einfach nur ein perverser Anrufer, der gerne in Telefonhörer schnaufte. Vielleicht umklammerte er das Handy nur deswegen so fest, weil es in seinem Kopf in derselben Frequenz bebte wie seine Hand.

Wer da angerufen hatte, wusste nicht, wie anfangen. Und gerade als es ihr einfiel, wachte im Hintergrund ein Säugling auf. Denn wer da »verdammt« gezischt hatte, war niemand anderes gewesen als Molly Blom.

Unbekannte Nummer. Wenn sie nicht noch einmal anrief, würde er sie nie wiederfinden. Sie konnte an jedem beliebigen Ort auf dem Globus sein. Wenn er nur lange genug auf das tote Display starrte, konnte er das Telefon vielleicht überreden, noch einmal zu klingeln.

Die Zeit verging. Verzerrte Zeit. Zeit ohne Grenzen, ohne Gesetze. Er stand einfach nur da. Starrte. Während sein halb nackter Körper in der Kälte taub wurde.

Dann klingelte es tatsächlich wieder.

Unbekannte Nummer.

Aus unerfindlichen Gründen gelang es ihm, den richtigen Knopf zu drücken. Er drückte den Anruf *nicht* weg. Er nahm das Gespräch an.

»Molly?«

Ein paar Sekunden Stille. Atmen. Dann: »Ja.«

Der nächste Satz kam ihm besonders wichtig vor. Also versuchte er, mit seinem eingefrorenen Mund die richtigen Worte zu formen.

»Ist alles in Ordnung, Molly?«, brachte er heraus.

Wieder Schweigen. Atmen. Keine Babylaute.

»Alles gut«, sagte sie schließlich. »Ich wollte dir nur …«

»Ich höre«, unterbrach Sam sie.

»Ach ja«, schnaubte Molly. »Das war es wohl. Ich wollte dir nur sagen, dass es uns gut geht.«

Berger hielt sich zurück. Er spürte, wie heikel die Situation war.

»Uns?«, fragte er nur.

»Du hast sie doch gehört. Dabei war ich so sicher, dass sie eingeschlafen war.«

Die Fragen stauten sich in Berger. Er musste sie mit Gewalt zurückhalten.

»Seid ihr zu Hause?«, bekam er heraus.

Das Lachen, das ihm ans Trommelfell brandete, war kein wahnsinniges Gelächter. Doch es war abgrundtief.

»Zu Hause?«, fragte sie schließlich. »Ich hab keinen Schimmer, wo *zu Hause* sein soll. Aber wir sind in Schweden, ja.«

»Ich hab so unglaublich viel zu ...«, begann er.

»Ich weiß«, fiel sie ihm ins Wort. »Aber gerade dein ständiges *Viel*, das halt ich einfach nicht aus. Du musst dich erst mal hiermit begnügen.«

Dann war sie weg.

Es war ihm doch tatsächlich gelungen, das Falsche zu sagen. Trotzdem machte er sich keine Vorwürfe. Sie hatte nicht mehr sagen wollen. Und er hatte zumindest nicht wie ein Idiot dagestanden. Glaubte er jedenfalls.

Jetzt wusste er also, dass er eine Tochter hatte.

Und dass Molly zu Hause war und es ihr gut ging.

Das war schon so unendlich viel.

Er starrte in die Sonne, die langsam am Himmel aufstieg. Man konnte nicht mehr direkt hineinschauen, ohne dass sie einen blendete. Trotzdem tat er es.

Er musste es jemandem erzählen. Egal wem.

Nein, nicht irgendwem. Im Gegenteil. Einem besonderen Menschen. Einem Freund.

Er hatte ohnehin nie so wirklich viele Freunde gehabt, aber auch von denen hatte er im Laufe des vergangenen Jahres jeden vergrätzt. Vielleicht wurde es Zeit, diese Freundschaften zu erneuern. Aber nicht jetzt. Nicht mit diesen Neuigkeiten.

Da war nur eine. Eine einzige richtige Freundin. Die Einzige, der er hundertprozentig vertraute. Berger suchte rasch die Nummer heraus und rief Deer an.

*

Er wanderte durch die verblüffend langen Korridore. Es gab nichts, was ihn störte. Nicht der kleinste unangenehme Gedanke an versäumte Pflichten oder die allgemeinen Schiffbrüche seines Lebens drang in sein Bewusstsein. Zum ersten Mal seit unglaublich langer Zeit fühlte sich Sam Berger vollkommen *rein*.

Er klopfte, hörte die wohlbekannte Frauenstimme und trat ein.

Rita Ohlén saß dort, wo sie immer saß, auf dem Sofa mit ihrem großen Notizbuch in der Hand. Die kurzen graublonden Haare schienen die Brille oben zu halten und passten zu dem beigen Kleid, das sie an diesem Tag statt ihres üblichen Jeans-Outfits trug. Sie hob ihren freundlichen, aber alles durchdringenden Blick.

»Willkommen, Sam«, sagte sie leise. »Sie sehen aus, als würde es Ihnen gut gehen.«

Er setzte sich in den Sessel und betrachtete die Box mit den Taschentüchern. Dann sagte er: »Es *geht* mir auch gut.«

9

Es war ein Licht, wie man es anderswo nicht findet. Fast wie ein eigenes Wesen. Dieses dunkle und zugleich scharfe Licht gab es nur beim Pathologen.

Als sie auf dem Flur vor dem Obduktionssaal stehen blieb, gelang es Kriminalkommissarin Desiré Rosenkvist von der Nationalen Operativen Abteilung, kurz NOA, das überdeutliche Unbehagen beiseitezuschieben, das dort drinnen auf sie wartete.

Molly Blom war zurück. Irgendwie hatte sie es geschafft zurückzukehren. Die Dinge waren wieder im Spiel, nicht nur Berger. Der Ball war wieder im Spiel.

Dann gelang es ihr nicht mehr, das aufdringliche Licht des Leichenschauhauses zu verdrängen. Sie holte tief Luft, straffte die Schultern und trat ein.

Im Gegenlicht zeichnete sich eine breite Gestalt ab. Er stand mit dem Rücken zu ihr, zwischen zwei Stahlbahren, die mit weißen Laken bedeckt waren. Seine Schutzkleidung sah etwa doppelt so groß aus wie ihre.

Als er sich umdrehte und sie anlächelte, war sie überzeugt, dass Robin mindestens acht Kilo zugenommen hatte. Sie überlegte, wie dick er wohl werden und gleichzeitig immer noch seine Chefposition am Nationalen Zentrum für Forensik behalten konnte.

»Kommissarin Desiré Rosenkvist«, rief er. »Wie schön.«

»Nachdem du mich hierherbestellt hast, kann das ja wohl keine allzu große Überraschung für dich sein«, sagte sie trocken.

Schon seit einer geraumen Weile hat sie angefangen, sich wieder als »Deer« zu fühlen.

»*Nevertheless*«, sagte Robin galant und zog mit einem einzigen kräftigen Ruck die Tücher von beiden Bahren.

Deer hörte sich selbst stöhnen. Sie hatte in ihrem Berufsleben so viel gesehen, dass sie es ganz sicher nicht mehr gewöhnt war zurückzutaumeln und darum zu kämpfen, dass ihr Mageninhalt an Ort und Stelle blieb.

»Man könnte es auch ein Puzzle nennen«, meinte Robin.

»Verdammt, Robin«, schnaubte Deer. »Du hättest mich wirklich vorwarnen müssen.«

»Ich muss nur eines«, erwiderte er, »nämlich euch alle mal aufwecken.«

Widerwillig ging Deer ein paar Schritte auf die Bahren zu. »Wie meinst du das?«, fragte sie.

»Ich habe schon versucht, der NOA den Ernst der Lage klarzumachen, als ich *das hier* entdeckte«, sagte Robin und deutete auf etwas, was wahrscheinlich ein Schienbein war. Zumindest lag es auf dem entsprechenden Platz in einem der Puzzles.

Deer schaute auf zwei Menschenumrisse. Kopf, Körper, Arme, Beine – allerdings in Einzelteilen, die alle an die richtige Stelle gelegt worden waren. Manche Puzzleteile fehlten, und die, die da waren, wirkten stark angegriffen. Für sie bestand kein Zweifel, dass Robin hier zwei zerstückelte Wasserleichen freigelegt hatte.

»Du musst wohl mit dem Anfang anfangen«, sagte Deer heiser.

»Vor ein paar Wochen wurde dieses Schienbein auf einer Insel im äußeren Schärengarten angespült. Die Frau, die die Polizei anrief, meinte, es handle sich um einen Fall von Wilderei, und hat bis heute nicht kapiert, dass es menschliche Überreste waren. Deswegen ist die Sache nicht an die Öffentlichkeit gedrungen. Dein Kollege Benny Svedin …«

»Ich nehme an, du meinst Conny Landin«, warf Deer ein.

»... hat den Fall mit dem üblichen Desinteresse angenommen, und der Bericht des Rechtsmediziners hat ihn fast noch passiver werden lassen.«

»Was stand denn in dem Bericht?«, fragte Deer geduldig.

»Dass der Knochen mit allerhöchster Wahrscheinlichkeit entfernt wurde, während die betreffende Person noch am Leben war. Aber nicht mal meine nähere forensische Untersuchung konnte die Ermittlungen befeuern ...«

»Und bei deiner Untersuchung kam ... *was* heraus?«

»Ein einziger schneller Hieb mit einer extrem scharfen Klinge.«

Deer nickte und fragte: »Und weiter?«

»Wir hatten Schwierigkeiten, die DNA zu isolieren, und deswegen noch keine abschließenden Laborergebnisse, als sich neulich auf einer kleinen Felseninsel weit draußen im Schärengarten die Angel eines Sportanglers am Boden verfing. Um es kurz zu machen: Dort haben wir zwei käfigartige Netze voll menschlicher Körperteile gefunden, und eines dieser Netze hatte ein so großes Loch, dass ein Schienbein herausgespült werden konnte, nämlich der erste Fund. Seitdem haben wir hier Puzzle gespielt. Ronny Brandéns Einsatz ging immerhin so weit, dass er den Sportangler bat, Schweigen zu bewahren. Denn es würde doch eine gewisse Resonanz in den Medien hervorrufen, wenn das hier herauskommen würde.«

»Und jetzt hast du Conny Landin links liegen lassen und dich direkt an mich gewandt?«, fragte Deer. »Gut, was hast du denn?«

Robin legte seine behandschuhte Hand auf das erste Schienbein und sagte: »Das hier ist Boris Voskobojnikov, ein russischer Betrüger, der in den neunziger Jahren in Schweden sein Unwesen getrieben hat. Vor vierzehn Jahren ist er aus dem Land verschwunden. Nach Angaben der russischen Justiz war er seitdem als Krimineller in Petropawlowsk-Kamtschatski unterwegs, im hintersten Winkel von Sibirien.«

»Und was hat er jetzt hier gemacht?«

»Er war nicht hier«, sagte Robin. »Erst als er den Grund der Ostsee besucht hat.«

»Wahrscheinlich war er kurz davor auch schon hier«, beharrte Deer. »Und der andere?«

Robin wechselte die Hand und sagte: »Hier war keine DNA nötig. Die Fingerabdrücke waren noch erkennbar und stimmen mit einem Eintrag in unseren Registern überein. Adrian Fokin, schwedischer Staatsbürger, geboren 1960 in der Sowjetunion. Mehrere kleine Körperverletzungsdelikte, aber seit mindestens zehn Jahren keine Einkünfte mehr.«

Deer nickte und stellte fest: »Berufsverbrecher der alten Schule.«

Robin machte eine kleine Handbewegung.

»Dieser Adrian Fokin starb also später als Voskoboskonosko?«, fragte Deer.

Robin runzelte die Stirn.

»Er hieß Voskobojnikov. Du musst wirklich mal lernen, dir Namen zu merken, Desiré.« Nach einer kleinen zufriedenen Pause fuhr er fort: »Erst vor ein paar Tagen, meinte der Rechtsmediziner. Allem Anschein nach derselbe *Modus Operandi*. Sagen wir mal, dass Voskobojnikov vor ungefähr drei Wochen starb.«

Deer versuchte, die Körper eine Weile zu betrachten, aber sie schaffte es einfach nicht.

»Ich habe die Dokumentation hier«, sagte Robin und wedelte mit einer dicken Mappe. Vielleicht war das seine Art, sie zu beruhigen.

Sie seufzte tief und sagte: »Du hast also deine Schlussfolgerungen gezogen?«

»Ich bin Kriminaltechniker«, erwiderte Robin. »Polizeiliche Schlussfolgerungen sind nicht mein Berufsfeld.«

»Hör mal, du hast mich hier mittenrein geschmissen, ich hatte weder Zeit noch Möglichkeit, mich irgendwo einzuarbeiten – während du dich schon seit einer ganzen Weile mit dieser Sache beschäftigst. Irgendwas musst du dir ja wohl gedacht haben, Robin.«

Der Leiter der kriminaltechnischen Abteilung nickte langsam. Dann sagte er: »An derselben Stelle gefunden, in einer Senke im äußeren Schärengarten, wo sonst nicht weiter gesucht wird, in einer Art Käfig, der eine fast schon industrielle Tätigkeit vermuten lässt. Ganz bestimmt gehören sie zusammen. Und wir haben es hier ganz sicher mit organisiertem Verbrechen zu tun. Zwei Ex-Sowjetbürger, die im Abstand von nur wenigen Wochen auf die gleiche Art ermordet werden. Bin ich sehr simpel, wenn ich an die russische Mafia denke?«

»Was simpel ist, ist die Schlussfolgerung«, sagte Deer. »Du hast doch aber garantiert noch weiter nachgedacht.«

Robin schnaubte und fuhr fort: »Ermordet und versenkt im Abstand von drei Wochen. Es handelt sich also nicht um dasselbe Verbrechen, wohl aber um zwei identische, die nacheinander begangen wurden.«

»Und diese ... Verstümmelung? Erkennst du da etwas wieder?«

»Folter natürlich«, sagte Robin. »So was hat man in verschiedenen Kulturen angewendet, um die Leute zum Reden zu bringen. Als Methode nicht ganz zuverlässig, weil die allermeisten während des Verhörs tendenziell ohnmächtig werden.«

»Irgendeine Abteilung der Mafia hat also mehrere Wochen lang versucht, sich Informationen zu beschaffen? Mit allen zur Verfügung stehenden Mitteln?«

»War das jetzt schon eine professionelle Schlussfolgerung?«, fragte Robin und hielt Deer die Mappe hin. Sie nahm sie und blätterte kurz darin. Nickte Robin dankbar zu und überließ ihn dann seinem Schicksal.

Draußen auf dem Flur befiel sie der Schwindel. Sie musste kurz darum kämpfen, sich aufrecht zu halten. Und das kam nicht vom Ekel vor den beiden zerstückelten Wasserleichen.

Es ging um ihre eigene Schlussfolgerung. Sie konnte ihre Aufregung nicht ganz verbergen. In Verbindung mit Sam Bergers Anruf bedeutete das, dass der Ball wirklich wieder im Spiel war.

Die Mafia hat mehrere Wochen lang versucht, sich Informationen zu beschaffen.

10

Der Anruf war völlig unerwartet gekommen, und noch während Sam Berger seinen Körper im Slalom zwischen den dicht gedrängten Tischchen des alten Cafés hindurchmanövrierte, war er nicht sicher, ob das, was er gerade empfand, Vorfreude war. Vielleicht aber schon. In ihrer Stimme hatte nichts Unheilverkündendes gelegen, eher etwas Zögerliches, als würde sie unsicheren Boden betreten.

Sie saß in einem abgetrennten Nebenraum des fast menschenleeren Cafés, vor sich zwei dampfende Kaffeetassen. Als sie ihn erblickte, hellte sich ihre Miene auf, beinahe so, als würde die Sonne aufgehen. Sie schob sich die Lesebrille auf die Stirn.

»Ich habe Sie auf schwarz geschätzt«, sagte Rita Ohlén mit einem Lächeln.

»Wie ›schwarz‹?«, fragte Berger, als er sich zu ihr setzte.

»Na, Ihren Kaffee«, erklärte Ohlén und schob ihm eine der Tassen zu.

Er lachte, nickte kurz und griff nach der Tasse.

Sie schauten sich kurz an, schienen beide zu versuchen, die Situation zu erfassen. Schließlich hob Berger die Hand und sagte: »Also. Was soll das hier werden?«

Rita Ohlén schaute zur Decke und suchte nach Worten.

»Ich bin seit ein paar Jahren verwitwet«, sagte sie. »Mein Mann ist an einem stressbedingten Herzinfarkt gestorben und hat ein Vermögen hinterlassen, für das er einen viel zu hohen Preis gezahlt hatte.«

»Ist das hier ein Date?«, brachte Berger heraus. Und bereute es im nächsten Moment, als er ihren enttäuschten Blick sah.

Sie fuhr fort: »Ich habe das Geld nie angerührt, hatte keine Veranlassung dazu. Ich führe ein bescheidenes Leben.« Sie machte eine Pause, die Berger das Gefühl gab, er solle etwas sagen.

»Und das hat sich jetzt geändert?«

Sie seufzte, und es war unklar, ob ihr Nicken ein bejahendes war. Nach einer Weile sagte sie: »Sie wissen doch noch, wie ich erzählt habe, dass ein großer Teil meiner Tätigkeit in der Behandlung von Opfern von Sexualverbrechen besteht, oder?«

Berger nickte.

»Eine meiner Patientinnen heißt Nadja«, erklärte Rita Ohlén. »Sie ist entführt worden.«

Berger merkte, wie er die Augenbrauen zusammenzog.

»Und, was sagt die Polizei?«, fragte er.

»Das ist ja gerade der Haken«, sagte Ohlén. »Ich will unter gar keinen Umständen die Polizei kontaktieren.«

»Sie?«, stieß Berger aus. »Der Kidnapper hat sich also an *Sie* gewendet? Warum das denn?«

Rita Ohlén zuckte mit den Schultern und meinte: »Er hat wohl herausgefunden, dass ich Geld habe. Ich stehe Nadja nahe, und ich habe Geld.«

»Sie sagen, er …«

»Nadja sagt das«, korrigierte Ohlén.

Berger schwieg und betrachtete ein paar staubige Porzellanteller, die hier offenbar schon seit Jahrzehnten an der Wand hingen.

»Und warum wenden Sie sich jetzt an mich?«, wollte er wissen.

»Ich kenne tatsächlich keinen anderen Privatdetektiv«, lächelte Ohlén.

»Ich bin Sicherheitsberater«, stellte Berger richtig, und jetzt spürte er wirklich Vorfreude. Echte Vorfreude.

»Ich würde Sie gerne anheuern«, sagte Rita Ohlén schlicht.

Er nickte langsam und nachdenklich.

»Aber was wird dann aus unserer Therapie? Ist es ethisch vertretbar, seinen ... Privatdetektiv zu behandeln?«

Sie nickte ebenfalls.

»Ich weiß nicht«, sagte sie. »Ganz ehrlich, ich weiß es nicht. Aber das Ganze wäre ja zeitlich begrenzt.«

»Zeitlich begrenzt?«

»Sonntag, drei Uhr. Bis dahin müssten Sie sie gefunden haben. Und danach machen wir mit der Therapie weiter wie bisher.«

»Heute ist Donnerstag.« Berger zögerte. »Das wären nicht mehr als drei Tage. Drei Tage ohne Therapie. Und in diesem Fall müssten wir einen richtigen Vertrag machen.«

Rita Ohlén bückte sich und hievte einen Ordner aus einer Tasche, die Berger bis dahin noch gar nicht entdeckt hatte. Sie fummelte einen Zettel heraus und betrachtete ihren zukünftigen Privatdetektiv eine Weile. Dann schob sie ihm das Schriftstück zu.

»Mein Rechtsanwalt hat den Vertrag heute Morgen aufgesetzt«, sagte sie.

Bevor er auf das Blatt schaute, sah er ihr in die Augen.

»Ist das hier so eine Art Gesundschreibung?«, fragte er.

»Sie sind nie krank gewesen, Sam. Es geht Ihnen nur schlecht.«

»Aber Sie verlassen sich ausreichend auf dieses Wesen, dem es so schlecht geht, dass Sie ...«

»Lesen Sie einfach den Vertrag«, bat Rita Ohlén.

Das tat er. Und blieb sofort bei der Summe hängen. Er merkte, wie er unfreiwillig *sehr große Augen* machte. Andererseits durchschaute sie ihn ja doch immer. Er hätte gar nichts vor ihr verbergen können.

»Mann, Rita!«, rief er.

Sie legte ihre Hand auf seine. Er schaute ihr in die Augen.

»Es ist mein Job, klar, unvoreingenommen und analytisch zu sein«, sagte sie. »Wenn ich das überleben soll, was ich von Polizisten in persönlichen Krisen oder Opfern von Sexualverbrechen zu hören bekomme, muss ich die Arbeit in der Arbeit lassen. Aber in der Praxis läuft das natürlich nicht so. Manche Dinge bleiben einem einfach im Kopf. Im Körper. Im Herzen, wenn Sie so wollen. Ich glaube, Sie gehören auch dazu. Und Nadja *definitiv.*«

»Aber ...«, protestierte Berger. »Eine Million gleich?«

»Wenn Sie wollen, können Sie es als Teil der Therapie betrachten.«

»Wie soll das denn gehen?«

»Wenn Ihr Job nicht funktioniert, funktionieren Sie auch nicht. Das hier ist ein *richtiger* Job, Sam, darauf können Sie Gift nehmen. Das ist alles andere als so ein öder Versicherungsbetrug. Und wenn Sie aufhören, sich ständig um Ihre Finanzen zu sorgen, geht es Ihnen auch gleich besser. Alles Teil der Therapie.«

»Ich ahne allerdings, dass diese Therapie das Risiko einer Tragödie birgt.«

»Aber es geht dabei nicht um Sie, Sam. Ihr Job besteht darin, die Tragödie zu verhindern. Was Nadja überlebt hat, würden die wenigsten überleben. Nach einem knappen halben Jahr Therapie haben wir gerade mal an der Oberfläche gekratzt. Sie hat das nicht verdient. Sie hat eine Medaille verdient. Vom lieben Gott höchstpersönlich.«

Berger nickte langsam.

»Okay. Was haben Sie?«

Rita Ohlén entnahm dem Ordner eine Klarsichthülle. Darin befand sich ein Kuvert.

Berger zog die Klarsichthülle zu sich heran.

»Wann haben Sie den Brief bekommen?«, fragte er.

»Gestern«, sagte Rita Ohlén.

»Vorgestern abgestempelt. Dienstag«, dachte Berger laut, nachdem er den Umschlag gemustert hatte. »An Ihre Wohnanschrift geschickt?«

»Und die ist geheim«, sagte Ohlén. »Die Adresse ist nirgendwo im Netz hinterlegt.«

»Könnten Sie die nicht zufällig mal Nadja gegenüber erwähnt haben, in irgendeinem Zusammenhang?«

»Nein, kaum.«

»Erkennen Sie die Handschrift wieder?«

»Es ist dieselbe wie im Brief, der da drinsteckt. Und ja, ich habe sie mit ein paar handgeschriebenen Texten verglichen, die im Laufe der Therapie entstanden sind, und das ist zweifellos Nadjas Handschrift.«

Berger nickte und fummelte den Brief mit den Fingernägeln aus dem Kuvert.

»Ich habe ihn am Anfang einmal angefasst«, erklärte Ohlén. »Als mir aber klar wurde, was das ist, habe ich Handschuhe angezogen.«

Berger nickte. Er faltete den Brief auseinander, immer noch mit den Fingernägeln, und sah einen seltsamen Aufdruck ganz oben – wie ein kleines Einhorn, das durch einen Regenbogen galoppierte.

»*My Little Pony*«, erklärte Rita Ohlén.

Berger nickte, als wüsste er, was das ist.

Rita Darling! Ich Schreibe das hier weil er mir sagt, ich soll Schreiben. Es ist keine FREIE Brief. Ich würde gern so viel anderes schreiben, wer er ist, was er macht, warum er es macht, aber wenn ich das Versuch würde, würde er nur das Papier zerknüllen und mir in den Hals Schtopfen. Das hat er mindestens schon zehnmal gemacht. Wenn du wüsstest, was hier los ist, Rita Darling, es ist wie in der Frei Heit mal zehn. Er will Kohle das er mich gehen lässt. Wir Reden von 100000. Scheiße. Du bist die einzige die ich kenne, Rita Darling, die irgendwie Ausbildung hat. Du bist die einzige die weis, was man da machen muss. Er hat Mail thevalleyoftheshadowofdeath111 at gmail punkt com. Er steht hier neben mir und schreit das es Eilig ist und wenn jemand die Bullen ruft sterbe ich. Du weißt das ich Viel aushalten kann, Rita Darling, aber Scheiße das hier ist ZU VIEL. Er ist richtig krank. Ich muss wirklich hier raus. Hilf mir bitte! Bussi von Nadja

Berger las den Brief noch einmal und merkte, wie er das Gesicht verzog.

»Machen Sie bloß nicht den Fehler, sie nach ihrer Schriftsprache zu beurteilen«, sagte Rita Ohlén. »Das haben schon viel zu viele gemacht. Nadja arbeitet, und sie arbeitet hart. Für Reinigungsfirmen, mindestens zwölf Stunden am Tag. Das Einzige, was sie sich gönnt, ist das bisschen überlebensnotwendige Therapie zweimal die Woche. Wovon ich nur die Hälfte in Rechnung stelle.«

Berger deutete mit einem Nicken auf den Brief und fragte: »Ich verstehe das so, dass Sie das Lösegeld zahlen wollen?«

»Wie gesagt, Nadja ist mir ans Herz gewachsen«, erklärte Ohlén. »Ja, ich will die Hunderttausend bezahlen, die der Kidnapper verlangt. Und Ihr Honorar, Sam.«

Berger drehte den Brief hin und her.

»Keine Instruktionen, wie die Übergabe funktionieren soll?«, versicherte er sich.

»Nein«, sagte sie.

»Ich sehe da aber auch kein Ultimatum«, sagte er.

»Da drin nicht, nein.«

Berger beschloss, vorerst nicht weiter nachzufragen. Seine Entscheidung war ohnehin bereits gefallen. Er seufzte tief und sagte: »Allzu viel gibt es hier nicht, womit ich arbeiten könnte.«

Rita Ohlén lächelte kurz. Dann fragte sie: »Sehen Sie instinktiv irgendetwas?«

Berger deutete auf den Brief.

»*Frei Heit*, ich nehme an, das soll *Freiheit* heißen. Sind ja generell schon ziemlich viele Großbuchstaben, aber das hier kommt einem trotzdem korrekt vor. Was ist das, *Freiheit*? Sie benutzt das Wort in diesem Brief nicht so, wie es naheliegend wäre.«

»Ich glaube, wir haben uns dieser Sache mit der *Freiheit* in der Therapie schon angenähert«, sagte Ohlén. »Ich weiß nicht, worum es da genau ging. Das war ein Thema, über das Nadja mit mir sprechen wollte, aber sie schaffte es nicht.«

»Ist das ein Ort?«

»Wie gesagt, Nadja hat eine sehr heftige Vergangenheit. Dass sie sich überhaupt noch aufrecht hält, ist ein Wunder. Und sie ist tough. Wenn sie in diesem Brief sagt, dass sie ziemlich viel aushält, ist das die Untertreibung des Jahrhunderts. Und wenn eine Frau *wie sie* findet, dass das, was sie gerade durchmacht, *zu viel* ist, dann ist es das ganz bestimmt. Ich glaube, dass Sie mir zustimmen würden, dass sie ein toller Mensch ist, der es wert ist, gerettet zu werden.«

Berger nickte.

»Es gibt noch so viel mehr, was ich wissen muss.«

Ohlén schob ihm die ganze Mappe über den Cafétisch und sagte: »Ich habe alles zusammengesammelt, was ich weiß.«

Berger machte den Ordner auf. Und schaute auf das offene Lächeln einer braunhaarigen Frau.

»Das ist leider noch nicht alles«, unterbrach ihn Rita Ohlén und schlug ihm den Ordner über den Fingern zu.

Berger betrachtete sie. Wartete ab. Schließlich fuhr sie fort: »Gestern am späten Abend kam eine Mail.«

»Von *thevalleyoftheshadowofdeath111@gmail.com*?«

»Ja«, sagte Ohlén. »Die einzige, die ich bekommen habe. Und die war sehr konkret. Alles ging von einem Zeitpunkt aus. Der wurde in der Mail als ›T‹ bezeichnet. Wenn der Kidnapper das Geld nicht bekommt, wird am Sonntag um achtzehn Uhr eine Lieferung bei mir zu Hause eingehen. Er weiß ja, wo ich wohne …«

»Eine Lieferung?«, fragte Berger.

»Die ist dann nicht mehr so wichtig«, meinte Ohlén. »Das

ist dann nur noch der Moment, in dem ich Nadjas Kopf in einem Paket zu mir nach Hause geliefert bekomme. Das wirklich Wichtige in dieser Geschichte ist T.«

Berger stöhnte.

»T?«, fragte er.

Rita Ohlén schlug die Augen nieder, schaute unter den Cafétisch, aber in Wirklichkeit schaute sie in ganz andere Tiefen. Schließlich sagte sie: »T wie *Time of Death*, nehme ich mal an. Am Sonntag, den 21. August, um fünfzehn Uhr, stirbt Nadja. Das ist in drei Tagen. Wenn Sie sie nicht vorher befreien können.«

11

T minus 3 Tage und 2 Stunden

Als Berger die Hälfte des Weges durch den dichten Wald zurückgelegt hatte, war er gleichermaßen beschwingt und deprimiert. Rita Ohléns Million, die am Montag nach T – Sonntag um fünfzehn Uhr – ausbezahlt werden sollte, würde die Bootshaus Security AB zweifellos über Wasser halten. Andererseits gab es furchtbar wenig, womit er arbeiten konnte.

Aber das hatte ihn sonst auch noch nie aufgehalten.

Die Uhr hatte angefangen zu ticken, und Berger spürte es tief in seiner Seele. Das hier würde er dennoch nicht verpassen, Countdown hin oder her.

Er erreichte den Rand des dichten Waldstücks, duckte sich hinter einen Busch. Auf dem kleinen Kiesplatz spielte man Fußball. Die Spieler waren zwar unterschiedlich groß, aber im Schnitt doch nicht allzu lang: Hier bezogen die Zwölfjährigen von Enköpings SK gerade Prügel. Und im Tor stand ein kleines Kerlchen namens Oscar, Sam Bergers Sohn.

Es passte absolut: Oscar war der Torwart-Typ, was im Großen und Ganzen dem Schlagzeuger-Typ entsprach, der Outsider, der irgendwie trotzdem immer mit dabei ist, während Marcus ganz klassisch den Spielmacher im Mittelfeld zu geben schien. Aber er war ja auch ein paar Minuten älter.

Berger musste sie sehen, wie sie waren, in ihrem richtigen Leben. In dem Leben, in dem ihr Vater nur noch einer wachsenden Geschwulst glich, die ein Arzt irgendwann mal herausschneiden würde.

Er musste sie einfach sehen.

Ganz heimlich.

The still point of the turning world.

Er blieb bis zum Abpfiff. Die Zwölfjährigen von Enköpings SK verloren hoch, aber das schien ihrer Laune keinen Abbruch zu tun. Als er sah, wie Marcus und Oscar sich umarmten, war es, als wäre sein Leben auf einmal wieder in Ordnung.

Und als er kurz darauf aus dem dichten Wald kam, trat ihm eine Gestalt entgegen. Jemand, der ihm den Weg wies. Das war der Polizist Sam Berger, und in diesem Augenblick wurden sie wieder eins.

Eine Stunde später saß er auf dem Schutzüberzug des erst vor wenigen Wochen gelieferten hellblauen Sofas und starrte auf das Bild der Zerstörung, das sich ihm im Bootshaus bot. Er musste jedoch zugeben, dass die Renovierung Fortschritte machte. Die beiden Minibüros im hinteren Teil waren als Letztes fertiggestellt worden. Er war in seinen Teil eingezogen. Die anderen würden wahrscheinlich für immer leer stehen.

Wie eine Grabkammer.

Er ging zum Whiteboard am Fenster und löschte, was mit seinen Fällen von Versicherungsbetrug zu tun hatte. Stattdessen nahm er den Ordner der Psychologin zur Hand und schrieb alles auf, was er über die noch völlig unbekannte Nadja und ihr Verschwinden wusste. Dann trug er das Whiteboard in sein Büro.

Der brandneue Computer stand auf dem fast ebenso neuen Schreibtisch. Daneben lag Molly Bloms chaotischer Haufen Behälter und Kabel, Router und Hubs von ihren früheren Fällen. Dieser technische Wirrwarr verband ihn – ziemlich illegal – mit verschiedenen polizeilichen Netzwerken.

Aber diesmal nicht. Das Lämpchen eines Routers leuchtete nicht. Er seufzte tief, verfolgte eines von den Kabeln zu einem neuen Schrank an der Wand. Eigentlich schien alles in Ordnung zu sein. Das andere Kabel führte zu einer kleinen Klappe im Boden, unter der sich in einer ziemlich großen Aussparung diverse Steckdosen und ein Kabelwust befanden, und tatsächlich hatte sich dieses Kabel genau dort gelöst. Er drückte es wieder fest und ließ die kleine Luke offen stehen – das passierte so häufig, dass es ihm zwecklos schien, sie überhaupt wieder zuzumachen. Dann setzte er sich an den Schreibtisch, schlug Rita Ohléns äußerst undigitalen Ordner auf und schaute in Nadjas Gesicht.

Nadja hieß Karlsson mit Nachnamen. Es dauerte jedoch nicht lange, bis er herausfand, dass sie nicht immer so geheißen hatte. Sie war zweiundvierzig Jahre alt und im Alter von achtzehn Jahren aus der Ukraine nach Schweden gekommen. Wie es aussah, hatte sie sofort einen gewissen Mikael Karlsson geheiratet, der nur wenige Jahre später starb. Seltsam war allerdings, dass Berger ihren ursprünglichen Nachnamen nicht herausfinden konnte. Weitere Nachforschungen brachten ihn zumindest auf einen möglichen Grund dafür: Sie hatten nicht in Schweden geheiratet. Wahrscheinlich also 1992 in der Ukraine, nicht lange, nachdem das Land seine Unabhängigkeit erklärt hatte.

Berger betrachtete die Ergebnisse seiner Suche auf dem Bildschirm und überlegte. All dies sagte ihm etwas, er wusste nur noch nicht genau, was. Es gelang ihm, noch ein paar Bilder von Nadja zu finden. Eines war schlichter, ein Foto auf der Seite einer Reinigungsfirma, ein anderes etwas fröhlicher, das sah aus, als wäre es auf einem Gartenfest in einem Wohngebiet in Akalladalen gemacht worden. Dort wohnte Nadja auch, in einer verschlafenen Gegend mit Reihen- und Einfamilienhäusern. Er musterte die Porträts, versuchte sie übereinzubringen, sie auch mit dem ungelenk geschriebenen Brief übereinzubringen. Schaute ihr in die Augen und meinte, Stärke und Widerstandskraft zu entdecken, eine gewisse Art weiblicher Härte, die ihm im Laufe seiner polizeilichen Tätigkeit ziemlich oft begegnet war. Aber auch eine grundlegende Offenheit, geradezu Freundlichkeit.

Ihm fiel auf, wie er arbeitete, die Dinge einkreiste. Ihm fiel auf, wie sehr er diese Polizeiarbeit vermisst hatte. Was für ein großer Teil diese Arbeit letztlich von ihm war. Wie verloren er sich ohne sie gefühlt hatte.

Andererseits war er nicht der Typ, der gut alleine arbeiten konnte. Er blätterte erneut in der Akte. Fand einen kleinen USB-Stick und ahnte, worum es sich handelte: Wahrscheinlich waren das Rita Ohléns Videos von Nadjas Therapiesitzungen. Doch er wollte sie sich nicht anschauen, bevor er sich kein genaueres Bild von Nadja Karlsson gemacht hatte.

Bis jetzt sah dieses Bild so aus: Im Alter von achtzehn Jahren Heirat mit einem Schweden in einer Ukraine, die sich gerade erst von der Sowjetunion abgenabelt hatte – und die zu Beginn bestimmt massive administrative Schwierigkeiten gehabt hatte, weswegen die Wahrscheinlichkeit groß war, dass Berger nur schwer Informationen aus Kiew bekommen würde. Dann war Nadja einfach in Schweden auferstanden, mit einer neuen, unbelasteten schwedischen Sozialversicherungsnummer.

Er brauchte unbedingt Zugang zum Strafregister. Problematischer Hintergrund, geringe Sprachkenntnisse, Nebenjobs bei mehreren Reinigungsfirmen, harter Blick, jung geheiratet, kinderlos, allem Anschein nach Single. Wie jemand, der sich aus Missbrauch, vielleicht auch Kriminalität freigekämpft hat. Ukraine '92 – ließ er sich zu sehr von Vorurteilen leiten, wenn er dabei an Prostitution dachte?

Und wer war überhaupt dieser Mikael Karlsson?

Sechsundzwanzig Jahre bei der Heirat, Stockholmer – warum hatte er sich beim Fall der Sowjetunion in der Ukraine aufgehalten? Seine Sozialversicherungsnummer verschwand mit einer Sterbeurkunde im Februar '94 von der Bildfläche, es war schwer, danach noch irgendetwas über ihn herauszubekommen.

Berger stand auf und blieb eine Weile stehen. Er öffnete das Fenster einen Spaltbreit und atmete ein bisschen Meeresluft ein, bevor er sich wieder auf seinen billigen, unergonomischen Bürostuhl setzte.

Er brauchte einen Whisky.

Er blieb eine Weile sitzen, ließ den Wunsch verebben und versuchte dann, den Kontakt zu Nadja Karlsson wieder aufzunehmen.

Der Rahmen war jetzt glasklar, doch Details hatte er so gut wie keine. Die Tatsache, dass sie als verheiratete Frau nach Schweden eingereist war, änderte an Bergers grundsätzlicher Annahme erst mal nichts. Sie war höchstwahrscheinlich Anfang der neunziger Jahre als Prostituierte hergekommen. Im Unterschied zu vielen ihrer unglücklichen Geschlechtsgenossinnen hatte sie überlebt und es irgendwie geschafft, sich einen Platz in der Gesellschaft zu erobern. Sie wohnte in einem kleinen Haus in Akalladalen und war in den letzten Tagen gekidnappt worden.

Nadja wusste, wer der Täter war, so viel stand fest. Mindestens zehn Mal hatte sie »zu viel« geschrieben und »das Papier in den Hals gestopft« bekommen, ob man das nun buchstäblich auffassen wollte oder nicht. Aber sie wusste sehr gut, »wer er ist, was er macht, warum er es macht«. Also jemand aus ihrem Umfeld, dem vergangenen oder dem gegenwärtigen Leben, jemand, der *ernsthaft krank* war. All dies spielte sich jetzt immer noch ab, *genau jetzt,* während Sam Berger hier saß und mit seinem Verlangen nach Alkohol kämpfte.

Er druckte sämtliche verfügbaren Fotos von Nadja Karlsson aus und befestigte sie mit Magneten auf dem so gut wie leeren Whiteboard; nur in der unteren rechten Ecke ließ er zwei andere kleine Fotos hängen. In der Mitte platzierte er die Klarsichthülle mit Nadjas Brief. Dann griff er nach einem

Filzstift und schrieb eine Liste daneben. Um an Fingerabdrücke, DNA und Ähnliches zu kommen, hatte er ein paar private Kontakte von Nadja aufgetan. Er schrieb »Samir«. Dann: Freunde. Kollegen. Familie. Nachbarn. Kunden, für die sie geputzt hat. Hat sie ein Auto? Führerschein? Das Kfz-Register. Ist das Haus bezahlt? Hatte sie Umgang mit psychisch gestörten Menschen oder Verbrechern? Wohl kaum mit den ganz großen Fischen, denn was waren hunderttausend schon für eine lächerliche Lösegeldsumme?

Das Einzige, was er immer sicherer wusste, war, dass Nadja Karlsson es verdient hatte, gerettet zu werden. Er steckte den kleinen USB-Stick in den Computer und sah auf dem Desktop seines Bildschirms ein neues Icon mit dem Namen »NK_Schweigepfl« auftauchen. Das stand wohl für »Therapiegespräche mit Nadja Karlsson – Schweigepflicht«. Hinter dem Icon des USB-Sticks verbargen sich sieben sorgfältig mit Datum bezeichnete Videos, von denen das älteste gut ein halbes Jahr alt war, das neueste erst ein paar Tage.

Bergers Instinkt sagte ihm, dass dies der nächste Schritt war. Es würde viele Stunden in Anspruch nehmen, und er ahnte, dass es eher eine Beschäftigung für die Nachtstunden sein würde. Jetzt musste er erst einmal Leute kontaktieren. Wenn auch ganz heimlich.

Er seufzte, warf einen Blick auf die Liste auf seinem Whiteboard und suchte die Websites einiger Reinigungsfirmen heraus. Dann zückte er sein Handy und wählte die erste Nummer.

Es wäre so unfassbar angenehm, endlich mal wieder einen richtigen Fall zu übernehmen. Berger gelang es, sich nicht von der hartnäckigen inneren Stimme ablenken zu lassen, die ihm sagte, dass dieser hier wahrscheinlich alles andere als trivial werden würde.

12

T minus 2 Tage und 22 Stunden

Die Straße verlief kerzengerade durch Akalladalen. Rechts und links standen einzelne Autos geparkt, und die Augustsonne begann langsam über der öden Gegend unterzugehen. Berger stützte sich auf einen Laternenpfahl. Seine Welt hatte jäh das Tempo gewechselt, von zäher Dekadenz zu hoher Intensität. In seinem Inneren drehte sich alles.

Als das Drehen aufhörte, betrachtete er die Szene, fixierte sie, sog jedes Detail in sich hinein. Es war seltsam still, eine Stille, die der Vorortstraße eine Art überhöhter, fast edler Ruhe verlieh.

Und – für einen Vorortjungen wie Sam Berger – eine diamantenhart gepresste Angst.

Er trat durch eine halb offene Tür in einem hohen Zaun, der aussah wie eine Holzwand. Die Frau, die ihm aufmachte, erkannte er von dem Foto auf Facebook wieder, das auf einem Gartenfest aufgenommen worden war. Er wurde in ebendiesen Garten geführt und saß dann auf einmal in einer Hollywoodschaukel, mit einem Longdrink in der Hand. Er nahm einen Schluck und dachte sich: Irgendwo muss man ja anfangen. Es schmeckte nach Fusel. Zweifellos war ein Selbstgebrannter Teil des Geheimrezepts.

»Geheimrezept, oder?«, fragte Berger.

Die gut vierzigjährige Frau mit den langen, sichtlich blondierten Haaren beugte sich ganz nah zu ihm hinunter und sagte mit leichtem Akzent: »Genauso geheimnisvoll wie Sie.«

Er merkte, wie er bemüht lächelte.

»Ich fühle mich geehrt«, sagte er. »Das ist sehr schmeichelhaft für einen durchschnittlichen Versicherungsvertreter.«

»Aber bilden Sie sich bloß nichts ein«, sagte die Frau, ohne sich zurückzuziehen. »Mein Mann kann jeden Augenblick wieder da sein.«

Da er sie gegoogelt und herausgefunden hatte, dass sie frisch geschieden war, verkniff er sich eine Antwort. Stattdessen fragte er: »Wann haben Sie Nadja zum letzten Mal gesehen?«

»Weil Sie sie ›zu erreichen versuchen‹?«

Die Anführungszeichen in ihrer Stimme waren nicht zu überhören.

»Es geht um ihr Auto«, sagte Berger.

»Diese Schrottkarre?«, fragte Julia Berglund. »An der ist mir in letzter Zeit nichts aufgefallen. Außerdem war die bestimmt eine Woche in der Werkstatt zu einer Rieseninspektion.«

»Und wann ist ›in letzter Zeit‹?«

»Also, mit ihrer Scheißrostlaube war alles in Ordnung. Das wollte ich damit sagen. Die war gerade erst bei der Inspektion und sah aus wie immer.«

»Es war ein Einbruch«, sagte Berger. »Der Schaden ist im Wageninneren entstanden.«

»Also, wenn Naddans Auto wirklich geknackt worden wäre, dann hätte ich das erfahren. Und gesehen.«

Berger hielt inne. Das war ein möglicher Durchbruch. Vielleicht stellte Julia Berglund die nahe Freundschaft zu ihrer Nachbarin übertrieben dar, vielleicht war sie aber auch wirklich ihre beste Freundin. Die, der *Naddan* alles anvertraut hatte.

»Diese Art Schaden sieht man nicht«, versuchte es Berger noch einmal. »Also, wann haben Sie sie das letzte Mal gesehen?«

»Ist heute Donnerstag?«

»Donnerstag, der 18. August«, bestätigte Berger.

»Dann war das Sonntagabend.« Julia Berglund nickte. »Sie ist gegen halb acht von der Arbeit gekommen und hat mir aus der Ferne zugewinkt. Ich war gerade von meinem Powerwalk zurück.«

»Dann hat sie am Sonntag gearbeitet?«

»Naddan arbeitet immer.«

»Ist sie mit dem Auto heimgekommen?«

»Ja, sie braucht diese blöde Schrottkarre, mit der kann sie Jobs in der ganzen Stadt annehmen. Auch ziemlich weit draußen. Im Grunde hat sie da drin eine komplette Ausrüstung.«

»Ein weißer Renault-Van, ein Kangoo mit dem Kennzeichen RUSS 328?«

Julia Berglund zuckte mit den Schultern.

»Die Zahlen weiß ich nicht mehr. Aber wir haben uns immer schiefgelacht über RUSS.«

»Und seit Sonntag haben Sie ihn nicht mehr gesehen?«

»Weder das Auto noch sie, nein.«

»Sonst haben Sie sich ziemlich oft gesehen, oder?«

»Ja, Naddan ist eine meiner besten Freundinnen. *Best friends forever.*«

»Und Sie haben keine Ahnung, wo sie jetzt ist, oder?«

»Nein. Sie könnte natürlich bei diesem Typen sein, aber was das angeht, schweigt sie wie ein Grab.«

Berger biss sich auf die Zunge, um zu überlegen, wie er die nächste Frage formulieren sollte.

»Haben Sie diesen ›Typen‹ mal gesehen?«

»Das kommt mir jetzt langsam vor wie ein Polizeiverhör. Sind Sie ein Bulle, oder was?«

Berger winkte ab und hoffte, dass die Geste überzeugend wirkte.

»Wenn sie das Auto bei dem Mann geparkt hat, kann ich es dort ja finden. Es gibt da eine Frist für die Schadensmeldung, und wenn ich den Van nicht heute begutachten kann, verliert Nadja Geld.«

Julia musterte ihn skeptisch. Dann fasste sie einen Entschluss und nickte.

»Ich weiß nichts über ihn, sorry. Wirklich überhaupt nichts.«

»Stehen Sie sich denn nicht nahe? Von wegen *best friends forever*?«

»Sie hat nur gemeint, dass sie warten will, wie sich die Dinge entwickeln, bevor sie darüber redet. Das war eine ganz neue Geschichte, das hat erst irgendwann diesen Sommer angefangen.«

»Aber es ist doch immer noch Sommer.«

»Darüber könnte man jetzt streiten. Aber … so im Juni war das wohl. Und wir reden nicht über solche Dinge, gerade *weil* wir uns nahestehen. Also, über *huj*. Das muss sich entwickeln, wie es sich eben entwickeln will. Für den Fall hatten wir eigentlich eine Art Absicherung.«

»Eine Absicherung?«

»So eine Art Codewort. Ein Kuvert, das wir nur *just in case* öffnen würden. Aber diesmal nicht. Diesmal hat sie geschwiegen wie ein Grab.«

»Haben Sie das oft gemacht? Solche Absicherungen?«

Julia Berglund nahm einen ordentlichen Schluck und fixierte Berger.

»Sie *sind* Bulle«, sagte sie schließlich.

»Versicherungsermittler«, versuchte es Berger lahm. »Da gibt es durchaus Parallelen.«

Wenige Sekunden später stand er wieder auf der Straße. Julia Berglund riss ihm den Drink aus der Hand, kippte ihn in hohem Bogen auf den Rasen und knallte kurz darauf die Tür in der hohen Holzwand zu, die ihren Garten umgab.

Berger blieb davor stehen und musterte sie. Die Höhe. Die Einzäunung.

Was hatte er aus dem Treffen mit Julia mitgenommen?

Rein äußerlich betrachtet ziemlich wenig. Andererseits war es immerhin ein Anfang.

Nadja war Sonntagabend zu Hause gewesen, und der Brief an Rita Ohlén war vorgestern abgeschickt worden. Am Dienstag, den 16. August. Nadja war also irgendwann zwischen Sonntagabend und Dienstag vor Leerung der Postkästen verschwunden, also am Nachmittag. Wahrscheinlich sogar Montag.

Ansonsten: ein Mann, eine neue Bekanntschaft, verheimlicht sogar vor einer Freundin, die ihr so nahestand, dass sie normalerweise *Absicherungen* beieinander hinterlegt hatten. Bloß dieses Mal nicht.

Fusel. Starkes Sicherheitsdenken.

Dieser ganz leichte slawische Akzent.

Nadja und Julia. *Best friends forever.*

Eine kleine ukrainische Enklave hier draußen in Akalladalen?

Berger ging die kerzengerade Straße entlang, erreichte Nadjas Anschrift und sah eine ähnliche Holzwand um ihr Grundstück. Er griff an die Klinke. Es war abgeschlossen.

Er drehte um, ging die Straße wieder hinauf, mit erhobenem Blick, passierte Straßenlaterne um Straßenlaterne. Da entdeckte er plötzlich etwas an einem der Laternenpfähle, was ihn ein bisschen anders aussehen ließ. Berger ging näher heran.

Eine Überwachungskamera, ganz weit oben. Allerdings schien sie kaputt zu sein, denn vor der Linse zitterte nur noch ein einzelnes Stück Glas. Er bückte sich. Ein paar Scherben auf dem Gehweg darunter. Wie stark waren sie schon mit Staub bedeckt? Nicht allzu stark. Also war die Kamera erst vor Kurzem zerstört worden. Keine weiteren Anzeichen.

Berger richtete sich wieder auf und sah auf der anderen Straßenseite eine zierliche ältere Dame mit einem Pudel an der Leine vorbeigehen. Er überquerte die Straße, was sie mit unverblümter Angst zur Kenntnis nahm.

»Entschuldigen Sie«, sagte er und hielt seinen falschen Dienstausweis hoch. »Ich bin Versicherungsmitarbeiter. Gehen Sie öfters hier mit Ihrem Hund spazieren?«

Die Dame hielt an, und auch ihr Pudel blieb matt mit einem Fuß im Graben stehen. Sie nickte schmallippig. Er versuchte, rasch einen weiteren Ansatzpunkt zu finden.

»Entschuldigen Sie die Störung«, fuhr er fort. »Ich wollte Sie nicht erschrecken, ich dachte nur, wenn Sie hier öfters mit Ihrem Hund spazieren gehen, könnten Sie mir vielleicht in einer Sache weiterhelfen.«

Das war der richtige Einstieg gewesen. Sie sah weniger abweisend aus. Blieb aber immer noch stumm.

»Sehen Sie hier manchmal einen weißen Van parken?«

Die Dame nickte erneut und sagte mit überraschend heiserer Stimme: »Nadjas.«

»Genau«, sagte Berger. »Wann haben Sie den zum letzten Mal gesehen?«

»Montagabend.«

»Wissen Sie noch, zu welcher Uhrzeit?«

»Ich gehe nach Sonnenuntergang nicht mehr raus. Dieses Viertel ist zu unsicher geworden. Vierzig Jahre wohn ich jetzt schon hier.«

»Um halb neun wird es dunkel«, sagte Berger. »Wie lange vorher war das denn?«

»Nicht so lang. Mein kleiner Schatz hat Schwierigkeiten mit dem Wasserhalten.«

Berger warf einen Blick auf den Pudel. Der sah aus, als hätte er schon Schwierigkeiten genug, sich überhaupt auf den Beinen zu halten.

»Das Auto stand also Montag gegen acht Uhr noch hier?«, fragte er. »Wo denn?«

»Zehn Meter die Straße runter«, sagte die Dame und deutete dorthin.

»Und später haben Sie ihn nicht mehr gesehen, durchs Fenster oder so?«

Die Dame schüttelte den Kopf.

»Ich hab nach dieser Seite keine Fenster. Aber jetzt würde ich gerne weitergehen. Obwohl, das heißt …«

»Ja?«

In diesem Augenblick sah Berger, dass ihr noch etwas anderes eingefallen war. Dann sagte sie: »Otilia mit ihrer blöden Promenadenmischung geht hier abends immer spazieren. Ich habe mich mit unserer Gassirunde so eingerichtet, dass ich den beiden nicht mehr begegne. Mein kleiner Schatz hat eine Todesangst vor diesem Kampfhund oder was auch immer das ist.«

Berger versuchte vergeblich, sich den Pudel in Todesangst vorzustellen, denn der sah jetzt schon aus, als wäre er kurz vor der Leichenstarre. Er schaute dem angeschlagenen Duo noch eine Weile hinterher, wie es weiter die Straße hinunterging, einem nicht allzu fern liegenden Hinscheiden entgegen. Er warf einen Blick hoch zur Kamera und dachte sich zweierlei.

Erstens: Otilia.

Und dann dachte er: »Also, über *huj*.«

13

T minus 2 Tage und 20 Stunden

Nachdem er in seinem Büro zehn Minuten gegoogelt hatte, fand er es. Auf Russisch (beziehungsweise Ukrainisch) bezeichnete »huj« das männliche Geschlechtsorgan – sowie einen richtig widerlichen Mann. Ein Riesenarschloch. Julia Berglund hatte jedoch nicht speziell Nadjas neue Bekanntschaft gemeint, sondern die Männer ganz allgemein, *Dinge, über die man nicht wirklich redet.* »Wir reden nicht über solche Dinge, gerade *weil* wir uns nahestehen.«

Berger schaute eine Weile auf das kyrillische »хуй« und überlegte. Er spürte das dringende Bedürfnis, mit jemandem darüber zu diskutieren, anstatt immer nur allein nachzudenken. Aber es war jetzt nun mal, wie es war.

Julia hatte sich zwar erst kürzlich scheiden lassen, und wahrscheinlich hatte sie in dieser Phase ein etwas unschönes Bild von den Männern, aber dieser Ausdruck schien weiter in die Vergangenheit zu reichen. Er kam ihm *eingefleischt* vor.

Es war wohl angeraten, sich Julia Berglund mal etwas näher anzuschauen.

Bei der Identifikation der Überwachungskamera war er dagegen auf Hindernisse gestoßen. Sie schien nicht offiziell zu sein, gehörte zumindest nicht der Polizei und auch nicht der Stadt Stockholm. Also hatte sie jemand privat dort angebracht.

Als Berger dem weiter nachzugehen versuchte, entdeckte er eine Art inoffizielle Zusammenarbeit der Nachbarn. Aber die Mitglieder dieser eingeschworenen Gemeinschaft, die er kontaktierte, verwiesen ihn immer nur an den Nächsten. Außerdem schien die Fluktuation in dieser Gegend sehr lebhaft zu sein, die Leute zogen in atemberaubendem Tempo ein und wieder aus. Außer der Dame mit dem Pudel. Und Nadja Karlsson. Und Julia Berglund. Nadja war vor neun Jahren hergezogen, Julia vor zehn. Auf jeden Fall nicht ganz genau zur selben Zeit. Vielleicht hatte Julia Nadja ja dort hingelockt.

Wer weiß, vielleicht waren die beiden Überlebende der allerersten Welle von Frauenhandel nach dem Fall der Mauer? *Best friends forever.* Wenn dem so war, dann war es nicht ganz abwegig, dass der Mann, den Nadja getroffen hatte, mit ihrer gemeinsamen Vergangenheit zu tun hatte. Der unbekannte Mann.

Und während Sam Berger hier saß und sich mit stupider Ermittlungsarbeit beschäftigte, tickte gnadenlos die Uhr. Nadja Karlsson saß mit ziemlicher Sicherheit irgendwo in einem dreckigen Keller und litt, wurde gequält und gefoltert von einem Schwein. Berger spürte immer mehr, wie die Sekunden an seinem inkompetenten Körper zerrten und rissen. Er hatte seine Seele verkauft.

Und jetzt musste er noch einen Umweg gehen.

Otilia. Ein sehr besonderer Name. Tatsächlich fand er eine Otilia Grimberg in Akalladalen. Das musste sie sein. Es war immerhin denkbar, dass sie bei ihren abendlichen Spaziergängen mit dieser verdammten Promenadenmischung etwas beobachtet hatte. Also fügte er sie seiner Liste für die rudimentäre Polizeiarbeit hinzu, die er in Ermangelung von Personal selbst abarbeiten musste.

Das Telefon klingelte. FaceTime. *Samir* stand auf dem Schirm – er war einmal Sam Bergers vielversprechendster junger Mitarbeiter gewesen. Inzwischen war er zum Einsatzleiter bei der Verkehrspolizei »befördert« worden.

Samirs neugieriges Gesicht erschien, mit Bartstoppeln, wie sie einem übermüdeten, schwer überqualifizierten Verkehrspolizisten mit bewusst schlecht sitzender Uniform gut zu Gesicht standen. Berger nannte ihm das Kennzeichen des Vans und erörterte mit ihm die Kamerafrage, beides ohne wirkliches Ergebnis.

»Wahrscheinlich steckt ein Sender drin«, meinte Samir und kratzte sich die Bartstoppeln.

»Die hängt in sechs Metern Höhe«, sagte Berger. »An einem Laternenpfahl aus Metall. Es ist lange her, dass man heimlich irgendwelche Laternenpfähle hätte hochklettern können.«

»Miet halt ein Auto mit Hebebühne«, schlug Samir vor. »Irgendwelche Fingerabdrücke?«

»Wo hätte ich denn bitte Fingerabdrücke nehmen sollen? An der Klinke vom Gartentor?«

»Du bist wirklich wunderbar eingerostet«, grinste Samir. »Du kannst doch nicht ernsthaft vergessen haben, dass du bei jedem Fall zuallererst nach Abdrücken schauen musst.«

»Und du weißt doch gar nicht, an welchem Fall ich arbeite.«

»Ich kann dich lesen wie ein offenes Buch, Sam.«

Berger lachte.

»Ich dich auch, Samir. Du sitzt da in deiner Uniform und *schlägst mir allen Ernstes einen Einbruch vor*? Willst du vielleicht auch noch mitmachen?«

»Ich schlage dir gar nichts vor«, sagte Samir ruhig. »Aber ich melde mich, sobald ich Erfolg hatte mit dem Kennzeichen. Und sieh zu, dass du sie findest.«

Der Bildschirm, von dem Samir ihn eben noch mit der größtmöglichen Aufmerksamkeit gemustert hatte, war plötzlich leer und verlassen. War Sam Berger wirklich so leicht zu durchschauen? Er hatte kein Wort von dem Fall gesagt, mit dem er sich beschäftigte.

Dann suchte er weiter nach Mikael Karlsson, dem jungen

Mann, den die noch jüngere Nadja 1992 in der Ukraine geheiratet hatte. Eine etwas speziellere Recherche förderte zutage, dass Karlsson »in seiner intellektuellen Funktion beeinträchtigt« gewesen war, sein Leben lang im Pflegeheim gelebt und Missbildungen an mehreren Organen aufgewiesen hatte. Er war mit achtundzwanzig Jahren an Herzschwäche gestorben. Natürliche Todesursache.

Der Mann, der als Sechsundzwanzigjähriger der achtzehnjährigen Dorfschönheit Nadja X in der Ukraine seinen Nachnamen gegeben hatte, war das gewesen, was man früher mal geistig behindert genannt hatte. Wie war so etwas überhaupt möglich?

Wie sich herausstellte, war das Pflegeheim Vinterbo in Haninge bis zu seiner Schließung kurz vor dem Jahrtausendwechsel ein ziemlich aktives Pflegeheim gewesen. Die Bewohner gingen oft auf Reisen. Darüber musste er unbedingt mehr in Erfahrung bringen. Er suchte nach Besitzern, Angestellten, Patientenverzeichnissen, Tätigkeitsberichten, aber es waren eben doch die frühen Neunziger, haarscharf an der Geburtsstunde der Digitalisierung, und daher war nichts komplett erfasst. Überall nur große Lücken.

Die Zahl der männlichen Patienten schwankte zwischen acht und zehn. Heimleiter war in den betreffenden Jahren ein gewisser Johannes Edborg gewesen, über den sich vorläufig nicht mehr in Erfahrung bringen ließ. Da die große Privatisierungswelle erst noch bevorstand, war das Pflegeheim Vinterbo in kommunaler Hand gewesen.

Berger suchte nach anderen Reisen, auf die Lofoten und Gotland. Durchaus schon gewagte Reisen – aber die Ukraine? Die Ukraine während der chaotischen Monate nach dem Untergang der Sowjetunion? Nicht gerade ein naheliegendes Reiseziel für eine Gruppe junger, »in ihrer intellektuellen Funktion beeinträchtiger« Menschen. Aber immerhin waren sie nicht für unmündig erklärt worden.

Berger starrte auf den Edsviken und nickte langsam.

Wahrscheinlich war das die erste Generation derer, die dem Frauenhandel zum Opfer gefallen waren, bevor sich dieser zu einem eigenen Wirtschaftszweig ausgewachsen hatte. Die Mafia testete Migrationswege aus, testete überhaupt den ganzen Markt, eine kleine Versuchstätigkeit, bei der man die ausgesuchten Prostituierten legal ins Land einführte und sie pro forma mit Männern verheiratete, die sowieso nie Anspruch auf sie erheben würden. Das alles musste sich vor der Etablierung der Schmugglerpfade zugetragen haben.

Als Nächstes wandte sich Berger dem Strafregister zu, kam aber nicht rein. Er versetzte dem Computer einen Schlag. Ihm lag es einfach nicht, besonders lange allein zu arbeiten. Er musste mit jemandem sprechen. Von irgendjemandem Hilfe bekommen. Und er wusste auch schon ganz genau von wem.

Er brauchte wirklich einen Whisky.

Molly Blom war irgendwo »in Schweden« mit einem kleinen Kind. Seinem und ihrem Kind. Er wollte sie hier haben. Was sie innerhalb von fünfzig Tagen am Ende des letzten Jahres zusammen hingekriegt hatten, war genau das, was er brauchte, um Nadja zu retten. Denn bis jetzt war Nadja für ihn nichts weiter als eine ziemlich blutleere Silhouette.

Doch Berger war allein. Er musste den Fall allein lösen.

Ihm blieb keine Zeit für Leerlauf.

Die groben Konturen des Falls hatte er nun zumindest beisammen. Jetzt musste er sie mit Leben, Fleisch, Blut und Seele füllen. Berger musste Nadja Karlsson richtig kennenlernen, eingehender kennenlernen, eine persönliche Beziehung zu ihr aufbauen. Und die Möglichkeit dazu war gar nicht weit weg.

Er betrachtete das Icon »NK_Schweigepfl« auf dem Desktop. Aber er klickte es noch nicht an. Stattdessen suchte er ältere Frauen, die in der Nähe der fraglichen Straße in Akalladalen wohnten – vielleicht ließ sich sogar ein grässlicher alter Pudel lokalisieren.

Dann rief er eine Reihe von Speditionsfirmen an.

Er machte eine kurze Pause und sammelte sich, bevor er sich an seine bis jetzt heikelste Aufgabe machte. Es wurde Zeit, eine überzeugende Mail an einen *ernsthaft kranken* Menschen zu schreiben.

Berger ging auf eine der gängigeren, aber trotzdem leicht obskuren Websites, auf denen man anonym eine neue Mailadresse erstellen konnte. Er kam sich dabei ein bisschen schmutzig vor.

Dann öffnete er ein neues Fenster, gab als Adressaten *thevalleyoftheshadowofdeath111@gmail.com* ein und wählte mit »Bezahlung« einen sehr vagen Betreff. Er überlegte noch einmal, was genau er nun sagen wolle, spürte die Nervosität von Neuem in sich aufsteigen angesichts des leeren, weißen Raums, den er hier zu füllen hatte – und schrieb:

> Liebes Todesschattental. Ich bin autorisiert worden, Ihnen die vereinbarte Summe zu übergeben. Das kann auf verschiedene Arten geschehen. Aber wie Sie sicher verstehen, kann ich nicht bezahlen, bevor ich nicht weiß, dass Nadja in Sicherheit ist. Ganz klassischer Vorschlag: Wir treffen uns irgendwo. Sie mit einer unversehrten Nadja, ich mit einer Tasche voller Bargeld. Aber ich muss wissen, dass es Nadja gut geht. Das müssen Sie mir so bald wie möglich beweisen. Wenn Sie einen Alternativvorschlag für die Übergabe haben, bin ich offen dafür. Er muss jedoch auf gegenseitigem Vertrauen fußen.
> In einer Situation wie dieser ist das nicht einfach.
> Mit freundlichen Grüßen, X.

Er betrachtete den Bildschirm eine Weile. War das der richtige Tonfall? Nicht drohend genug? Zu drohend?

Schließlich entschied er, dass das reichen musste. Hierauf durfte er jetzt nicht so viel Zeit verschwenden. Die Zeit, die immer lauter tickte.

Erst nachdem er die Nachricht abgeschickt hatte, machte er den Ordner mit den Videoaufzeichnungen auf, die die Psychologin Rita Ohlén von ihren vertraulichen Gesprächen mit Nadja Karlsson gemacht hatte.

14

»Die Freiheit?«, sagt eine wohlartikulierte Frauenstimme mit deutlich fragendem Ton.

Die braunhaarige Frau sitzt mitten im Bild, nur ihr Oberkörper ist zu sehen. Sie ist einfach gekleidet, man kann ein Stück von einer Jeans ausmachen, ein blaues Oberteil mit dem Logo einer Reinigungsfirma. Ihr offenes Lächeln verlischt nicht, es schrumpft bei dieser Frage nur zusammen, und Dunkelheit drängt sich in die nussbraunen Augen, verbreitet sich wie Säure in ihrer Gesichtsmuskulatur.

»Vergessen Sie nicht«, sagt sie leise, mit ganz, ganz schwachem Akzent. »Ich kann nicht darüber sprechen.«

»Aber Sie wollten darüber sprechen, Nadja. Bevor wir die Kamera angemacht haben. Sie meinten, die Freiheit sei das Letzte, was Sie erreichen wollten. Und Sie haben gelacht.«

»Rita Darling, Sie haben etwas Verrücktes gesagt, Sie haben gesagt, dass ich völlig offen sein muss, wenn ich die Freiheit erreichen will. Verdammt, dann will ich ganz bestimmt keine Freiheit.«

»Sagen Sie etwas über die Freiheit, bevor wir weitergehen. Irgendwas. Sagen Sie es mit einem einzigen Wort, ohne nachzudenken.«

»Sie können nicht einfach Freiheit sagen, als wäre sie etwas ganz Allgemeines. Dieses Wort ist für immer zerstört. Ich werde die Freiheit immer hassen.«

Ein kurzes Schweigen. Nadja Karlsson scheint kein Problem damit zu haben, es auszusitzen, muss es nicht unbedingt mit der Art Schlacke füllen, in der die Psychologen so gerne wühlen. Und Rita Ohlén beharrt nicht auf ihrem Wunsch. Vielmehr sagt sie zum Schluss: »Erzählen Sie mir, warum Sie zu mir gekommen sind, Nadja.«

Nadja windet sich ein bisschen in ihrem Sessel. Ihr Blick flackert, sie schaut auf den Boden. Dann hebt sie die Augen und sagt: »Ich hab solche Scheißalbträume.«

Nadja hat eine andere Frisur. Frisch geschnitten. Die Sachen sehen ganz ähnlich aus, aber das jetzt weinrote T-Shirt trägt ein anderes Logo.

»Warum ist es so schwer, von den Albträumen zu erzählen?«, fragt die freundliche, gesichtslose Stimme.

Nadja wendet den Blick zur Kamera, schaut hinein. Es ist ein warmer, aber etwas verlorener Blick.

»Weil ich mich nicht an sie erinnern kann. Weil ich mich nie an sie erinnern kann.«

»Aber sie wecken Sie auf?«

»Sie wecken mich und verschwinden. Ich weiß, dass ich sie hatte. Doch sie bleiben nie.«

»Woher wissen Sie dann, dass Sie diese Träume hatten, Nadja?«

»Weil ich mich hinterher so scheiße fühle. Als hätte ich hässliche Narben.«

»Ist das ein Gefühl, das Sie mit irgendeinem anderen Gefühl vergleichen können?«

Ihr Blick in diesem Moment. Direkt in die Kamera. Als hätte sich Rita Ohlén gezielt mit der Kamera vor Nadjas Augen gesetzt, sie genau in der richtigen Höhe platziert, damit sie die Patientin hinterher analysieren kann. Und die sagt jetzt: »Ganz ehrlich, Rita Darling. Fick dich.«

Dann sagt die gesichtslose Stimme: »Was haben Sie von Ihrem Mann noch in Erinnerung?«

»Von meinem was?« Nadja scheint aufrichtig verwundert. Sie hat jetzt ein Kleid an, schlicht, gerade geschnitten.

Die Stimme fährt fort: »Mikael aus Schweden, Ihr Mann. Können Sie sich noch erinnern, wo Sie geheiratet haben?«

»Ach so, der. Im Rathaus in Lwiw, das hat zwei Minuten gedauert. Und danach hab ich ihn nie wieder gesehen.«

»Was ist dann passiert?«

»Also, gesehen hab ich ihn schon noch mal. Als wir ins Flugzeug gestiegen sind, und nach der Landung mussten wir zusammen durch den Zoll in Arlanda. Danach nie mehr.«

»Wirklich nie?«

»Nie.«

»Und dann?«

Nadja hält inne, lächelt. In einem anderen Zusammenhang hätte es ein strahlendes Lächeln sein können. Jetzt aber sagt sie nur: »Ich weiß, dass Sie es wirklich versuchen, Rita Darling. Kämpfen Sie weiter.«

»Ich befürchte irgendwie doch, dass ich das nicht richtig verstehe«, sagt die einfühlsame Stimme. »Warum sind Sie hergekommen, Nadja? Warum sind Sie bei mir?«

Nadja trägt nun ein weißes T-Shirt ohne Logo. Sie hebt den Kopf und schaut mit klarem, vielleicht ein bisschen flehendem Blick in die Kamera.

»Sie wissen, warum«, antwortet sie und blinzelt ein paarmal heftig.

»Aber Sie lassen mich ja nicht an sich ran. Sobald ich mich dem springenden Punkt nähere, wehren Sie ab.«

»Was für einem Punkt?«

»Wenn es wichtig wird. Wenn ich Ihnen wirklich helfen könnte.«

»Sie wissen, was ich will. Ich will die Albträume loswerden.«

»Aber ich kann da doch nicht rankommen, wenn Sie mir keinen Blick auf die Ursachen gewähren, Nadja. Lassen Sie mich herein. Und sei es auch nur ein kleines bisschen.«

»Ich versuche …«

»Nein.«

»Was?«

»Nein, Sie versuchen es nicht, Nadja. Sie machen genau dasselbe wie immer, Sie ziehen sich zurück, wenn etwas mühsam wird, Sie überspringen es. Wegschauen kann man immer. Das ist der einfache Weg. Aber wenn Sie ernsthaft Hilfe von mir wollen – und nicht einfach nur kommen, um zu plaudern wie bei einem Kaffeekränzchen –, dann muss die Tür zu diesen schrecklichen Räumen schon auch geöffnet werden.«

»Die haben gesagt, dass Sie es auch so schaffen, Rita Darling.«

»Ich weiß nicht, wer ›die‹ sind. Und ›die‹ täuschen sich. Ich kann nicht mit nichts arbeiten, Nadja. Ich bin Psychologin, keine Zauberin. Ich kann nicht genau lesen, wer Sie sind und was Sie erlebt haben. Ich kann raten – und ich habe in diesen ganzen Monaten viel geraten –, aber ich kann hier verdammt noch mal kein Kaninchen aus dem Hut ziehen …«

Nadja lacht. Erst ist es ein ruhiges, stilles Lachen, doch dann steigert es sich immer mehr. Es ist das erste Mal, dass sie so ungehemmt lacht. Am Ende lacht die unsichtbare Rita Ohlén mit ihr, wenn auch gedämpfter.

»Ich will ein Kaninchen«, sagt Nadja am Ende und lächelt.

»Ich geb dir ein Kaninchen, Nadja. Kaninchen sind sehr fruchtbar. Das ist ein medizinisches Rätsel. Viele untersuchen Kaninchen, um das Problem der ungewollten Kinderlosigkeit zu lösen. Wie kann es sein, dass sich Kaninchen kaum anschauen müssen, und schon ist das Weibchen schwanger? Waren Sie schon einmal schwanger, Nadja?«

»Das ist alles schon vorher zerstört worden.«

»Schon vorher?«

»Erzählen Sie stattdessen von den Kaninchen, Rita Darling. Das ist total spannend.«

»Bei Kaninchen gibt es ein Phänomen, das sich induzierter Eisprung nennt. Das bedeutet, dass das Weibchen erst bei der Paarung einen Eisprung hat, um die Chance einer Trächtigkeit zu erhöhen. Es ist noch nicht lange her, da hat sich gezeigt, dass das aktive Protein für den induzierten Eisprung auch in männlichem Sperma enthalten ist. Wenn man ...«

»Da ist eine Menge Dreck drin«, platzt Nadja heraus.

»Wie bitte?«

»Nichts. Vergessen Sie's. Reden Sie weiter.«

»Viel Dreck im Sperma? Sie meinen Geschlechtskrankheiten? Gonorrhoe, Chlamydien, Herpes? Hatten Sie das, Nadja? Haben Sie HIV?«

»Ich will die Geschichte weiterhören. Wenn man ... was?«

»Normalerweise gibt es bei Säugetieren zwei Arten von Eisprung: einen regelmäßigen, wie beim Menschen, und einen induzierten, also einen, der spontan auftritt. Wie bei den Kaninchen. Wenn man eine Vermehrung des entsprechenden Proteins erzielen könnte, das bereits im männlichen Sperma enthalten ist, könnte man vielleicht auch bei Frauen einen induzierten Eisprung bewirken. Aber das ist immer noch im Versuchsstadium. Und man braucht eine Gebärmutter, die nicht schon ›vorher zerstört‹ worden ist. Wann ist sie zerstört worden, Nadja?«

»Hören Sie auf«, sagt Nadja leise und senkt den Blick.

»Hat das was mit den Albträumen zu tun?«

»Jetzt sind Sie hart, Rita Darling. Es ist okay, ich verstehe, dass Sie das müssen. Die haben schon gesagt, dass Sie spezielle Methoden haben.«

»Ich bin nicht besonders glücklich mit diesem ›die‹.«

»Sie hatten mehrere«, sagt Nadja. »Wie mich.«

»Mehrere wie Sie?«

»Ich weiß es. Julia war hier im Therapiezentrum Norrmalm. Bei Ihnen. Sie hat mir den Tipp gegeben.«

»Sie wissen, dass ich nicht über andere Patienten sprechen darf.«

»Wir sind gemeinsam nach Schweden gekommen. Okay?«

Einen Augenblick herrscht Stille. Dann hört man Rita Ohléns Stimme: »Okay. Aber ich brauche schon ein paar mehr Anhaltspunkte. Zbyranka?«

Zum ersten Mal in dieser Sitzung starrt Nadja Karlsson direkt in die Kamera. Es vergeht eine Weile. Dann senkt sie den Kopf und nickt.

Irgendetwas fällt von ihrem Gesicht, klar und rund. Erst als es von ihren gerade noch sichtbaren Oberschenkeln aufgefangen wird, kann man sehen, dass es eine Träne ist.

Weiße Hemdkragenspitzen stehen oben aus Nadjas Strickpulli heraus. Ihr Blick, als sie in die Kamera schaut, ist anders – vielleicht schon ein bisschen mehr daran gewöhnt, nicht mehr so voller Lampenfieber. Die Stimme aus dem Off sagt: »Zbyranka?«

»Sie sind aber hartnäckig, Rita Darling.«

»Hartnäckigsein gehört zu meinem Job, Nadja. Zbyranka ist ein Dorf, oder?«

»In der Nähe von Lwiw, ja. Da bin ich aufgewachsen. In der Sowjetunion.«

»Hatten Sie eine schöne Kindheit?«

»Eine gute Kindheit, ja. Schön, aber arm. In den letzten Jahren sind wir allerdings nicht mehr in die Schule gegangen. Es gab keine Schule mehr.«

»Und als Sie ein bisschen älter wurden?«

»Ich saß zwei Jahre an einer Maschine, in irgendeiner Werkstatt. Alle drei Sekunden hätte meine Hand zerrissen werden können. Die Mutter rein, die Hand schnell wieder raus.«

»Hat Julia auch da gearbeitet?«

»Sie können doch nicht über andere Patienten reden, oder?«

»Grinsen Sie nicht so. Das ist nicht nett.«

»Sie lächeln doch selbst, Rita Darling.«

»Das ist ein anderes Lächeln …«

»Nein, Julia hat nicht dort gearbeitet. Sie hat getanzt.«

»Getanzt?«

»Es gab da so einen Klub. Ich war nie dort. Aber wir haben uns oft getroffen, wir hatten nichts anderes zu tun und haben einfach Zeit miteinander verbracht. Julia hat manchmal gesagt, dass es ein Paradies gibt.«

»Ein Paradies?«

»Gar nicht weit weg. Da waren die Leute reich und froh und frei. Die Häuser waren klein und rot. Und überall war ganz viel Wasser. Kaltes, klares, reines Wasser, in dem man schwimmen konnte.«

»Das klingt wie ein Traum, Nadja.«

»Julia hat mir versprochen, dass es kein Traum ist. Das gab es in echt. Dort konnten wir tun, was wir wollten. Ich konnte gut singen, ich hab schrecklich gern gesungen, ich wollte singen.«

»Aber da war ein Haken, oder?«

Nadja nickte langsam. Ihr Blick wirkt jetzt betrübt, aber immer noch klar. Die Träume leben immer noch in ihr. Am Ende sagte sie: »Man musste heiraten.«

Nadja hat eine lila Jacke an, sie sagt: »Wie kann es sein, dass es im Haus so kalt ist bei euch?«

»Es ist genau so, wie ich es hier drin haben will«, antwortet Rita Ohlén. »Wenn es kühl ist, kann man besser denken.«

Nadja zieht die Jacke dichter um den Körper.

»Sie vielleicht«, sagt sie. »Ich nicht. In diesem blöden Land wird es ja nie richtig Sommer.«

»Ja, oder? Dieses Paradies will einfach nicht kommen.«

»Rita Darling, Ironie steht dir echt überhaupt nicht.«

»Das Paradies wollte nie kommen, stimmt's, Nadja? Was ist stattdessen passiert, nachdem Sie in Schweden eingereist sind?«

»Statt dem Paradies gab man mir die Freiheit.«

»Sie kommen immer wieder auf die Freiheit zu sprechen, Nadja. Aber sobald Sie das Thema streifen, prallen Sie gleich wieder zurück. Warum?«

»Ich will nicht drüber reden.«

»Dann reden wir eben weiter über das, worüber wir die ganze Zeit reden, Nadja. Sie glauben, dass Sie die Ursache für Ihre Albträume in beruflichem Stress und der Tristesse Ihrer Einsamkeit finden, in Alltagsfrust und Migräne. Im Verlangen nach einem Rausch, den Sie nie wieder erleben dürfen. Wir können damit weitermachen, dass wir Handlungsstrategien für Ihren Alltag entwickeln. Wir sind ja auch ein gutes Stück vorangekommen, was die Bekämpfung Ihrer Migräne angeht, oder? Sie sind ein ordentlicher Mensch, Sie brauchen Ordnung und Regelmäßigkeit, um überleben zu können. Wir können auf diesem Weg weitermachen, das ist absolut okay für mich. Das Therapiezentrum Norrmalm AB hat überhaupt kein Problem damit, wenn das hier eine lebenslange Behandlung ohne allzu große Intensität wird. Sie zahlen weiter, und wir zwei bewegen uns weiterhin in kleinen Schritten auf einen erträglicheren Alltag zu. Aber Ihren Albträumen werden wir auf diese Art nicht beikommen. Den Kern Ihrer Angst werden wir nicht erreichen.«

Jetzt wieder Nadjas Blick. Wie die Gedanken darüber hinweglaufen, ihn dabei die ganze Zeit verändern. Die Offenheit dieses Gesichts ist großartig.

Am Ende blickt sie auf ihren Schoß. Und erwidert: »Wir müssen uns ja nicht so beeilen damit.«

Die Stimme sagt: »Sie sehen anders aus.«

Nadja schaut an sich herab, vorbei an dem weißen Top bis zu dem, was wie ein Jeansrock aussieht. Ihr Gesicht hellt sich auf.

»Es ist endlich warm geworden, Rita Darling. Endlich Sommer.«

»Ja, das ist schön. Aber ich meinte nicht Ihre Sachen.«

Auf einmal wird Nadjas Lächeln schüchtern.

»Sieht man das so deutlich?«, fragt sie.

»Es sieht auf jeden Fall aus wie Glück, Nadja. Haben Sie Lust, darüber zu sprechen?«

»Es ist ganz frisch. Ich traue mich nicht. Noch nicht. Wenn man zu früh darüber spricht, kann es schiefgehen. Wir müssen uns ja nicht so beeilen.«

»Sie schieben die Dinge auf, das bin ich schon gewöhnt. In den letzten Monaten haben wir über nichts anderes gesprochen als über Alltagsprobleme. Aber Ihr Zustand scheint jetzt ein anderer zu sein. Wenn Sie nicht über Ihr neues Glück sprechen wollen – wofür ich vollstes Verständnis habe –, haben Sie vielleicht doch genug Kraft gesammelt, um über das zu sprechen, was sonst zu anstrengend für Sie ist?«

Nadjas Augenbrauen ziehen sich zusammen, aber das Lächeln verschwindet trotzdem nicht ganz von ihren Lippen.

»Ich weiß nicht«, sagt sie.

»Haben Sie immer noch Albträume?«

»Die gehen nicht so leicht. Man kann sich jetzt gleich anschließend trösten lassen, aber das bedeutet nicht, dass sie weg sind.«

»Sie schlafen also zusammen?«

»Das ist ein paar Mal vorgekommen, ja.«

»Bei Ihnen oder bei … ihm?«

»Sowohl als auch. Aber ich will nicht darüber sprechen. Noch nicht.«

»Vielleicht ist es Liebe, Nadja, und ich will nichts mehr, als dass es wirklich so ist. Doch nicht einmal die Liebe ist stark genug, um die Erlebnisse zu vertreiben, die Ihre Albträume verursachen.«

»Vielleicht kann ich jetzt ja mit den Albträumen leben.«

»Oder Sie haben jetzt die Kraft, sich ihnen zu stellen.«

Auf einmal schweigen sie. Nadja schaut auf ihren Schoß. Es hätte in ein Kräftemessen ausarten können, Wille gegen Wille, aber Nadja überlegt wohl eher, denn jetzt hebt sie den Blick wieder und sagt langsam: »Sie wollen also über …«

»Über die Freiheit sprechen, Nadja.«

»Nächstes Mal, Rita Darling. Ich verspreche, nächstes Mal, wenn wir uns sehen, rede ich darüber. Und zwar mit großem F.«

»Mit großem F?«

»*Freiheit* mit großem F.«

Zum ersten Mal sieht man Rita Ohlén. Sie ist kurz im Bild, als sie die Kamera abschalten und abbauen will. Hinter ihr hört man eine Stimme: »Warten Sie, Rita Darling.«

Rita Ohlén tritt beiseite, aus dem Bild heraus, und sagt: »Die Stunde ist um, Nadja. Wir sehen uns Dienstag wieder.«

»Ich weiß, dass Sie jetzt Mittagspause haben, Rita. Aber da ist noch was.«

Man hört, wie die Psychologin sich wieder auf ihr Sofa setzt. Sie sagt: »Noch was?«

Die Kamera ist jetzt wieder auf Nadja gerichtet. Auch sie sitzt wieder in ihrem Sessel, mit denselben Sachen wie vor dem Schnitt. Zum ersten Mal sieht sie fast schüchtern aus. Verlegen.

Rita Ohlén wartet ab. Schweigt.

Dann machte Nadja den Mund auf. Und es kommt Musik heraus. Nicht irgendeine Musik. Es sind engelsgleiche Klänge, ein Fluss wunderbarer Töne, die sich schnell zu Worten formen. Rätselhafte Worte aus einem anderen Teil der Welt. Aus einer anderen Zeit. *Oi u vyschnevomu sadu.* Es dauerte nur ein paar Sekunden. *Tam soloveyko schtschebetav.* Aber es hätte genauso gut eine Ewigkeit sein können.

Nadja macht den Mund zu und verstummt. Ein Lächeln, das seit Jahrzehnten nicht mehr gelächelt wurde, entspringt wie aus einer unterirdischen Quelle.

15

T minus 2 Tage und 14 Stunden

Es war Nacht. Windstille. Nacht, nur stellenweise erhellt von vereinzelten Lichtkegeln der Straßenlaternen. Geparkte Autos auf beiden Straßenseiten, ordentliche, aber spärliche Reihen, und vollkommene Stille.

Dann aber sah man Bewegung. Zwei Wesen bewegten sich über die leere Vorortstraße. Doch nur eines davon war ein Mensch.

Die Frau mit den kurzen blonden Haaren stieß ein Tor auf und betrat das dahinterliegende Grundstück. Die Leine schmiegte sich um den Seitenpfosten des Eingangstors, und die Frau zog, aber vergeblich. Die Leine lag wie festgeklebt an dem Betonpfeiler. Sie zog ein bisschen fester, die Leine verschwand in dem Plastikgehäuse in ihrer Hand, und dann kam der kräftige Rüde friedlich schnüffelnd aufs Gelände geschlendert.

Die Frau drehte sich um, um das Tor hinter sich zu schließen. Da hörte sie ein dunkles Knurren, merkte, wie die Leine sich plötzlich wieder straffte. Sie drehte sich hastig um, drückte auf den Knopf, der die Leinen blockierte, wurde aber von der Urkraft des Rottweilers nach vorn gerissen.

Und dann sah sie den Mann.

Sie sah den Mann, der an der Hauswand lehnte, ganz knapp außerhalb des Lichtkegels ihrer Verandabeleuchtung.

Erst lag auf ihrem Gesicht nur eine Mischung aus Schreck

und Verwirrung, die fast resignierte Erkenntnis, dass ihr Untergang bevorstand. Doch überraschend schnell schien sich dieses Chaos zu lichten und zu Widerstand zu verdichten.

»Dieser Hund kann Sie innerhalb von fünf Sekunden töten«, sagte sie dumpf.

»Ich wollte nicht stören«, entgegnete der Mann und hielt eine Art Ausweis hoch. »Sie sind wahrscheinlich Otilia Grimberg? Es war niemand zu Hause.«

»Sam Berger«, zischte sie mit Blick auf seinen Ausweis. »Verdammt, Sie können doch nicht einfach …«

Der Mann wandte den Blick auf ihr Handgelenk, das durch die stramm gespannte Leine entblößt worden war.

»Hübsches Tattoo«, sagte er. »Also, ich wollte Sie wirklich nicht erschrecken. Ich bin … Privatdetektiv.«

»Verdammt«, sagte Otilia Grimberg. »Gibt es so was in Schweden überhaupt?«

Der Rottweiler war immer noch in Angriffsposition, aber durch den Ton des Gesprächs hatte er sich ein wenig entspannt. Die Frau, die eine Lederjacke und abgewetzte Jeans trug und schon ein paar Fältchen hatte, beruhigte ihren Hund.

»Das muss Ihnen doch klar sein, dass Sie sich nicht einfach hier hinstellen und rumlungern können wie ein verrückter Vergewaltiger«, sagte sie, ohne aufzublicken. »Da krieg ich ja fast einen Herzinfarkt. Ich bin bei so was sehr empfindlich.«

»Ehrlich gesagt, finde ich nicht, dass Sie sonderlich empfindlich wirken«, entgegnete Sam Berger. »Darf ich mich ein bisschen mit Ihnen unterhalten?«

Sie schaute auf und folgte seinem Blick, der sich auf ihr Handgelenk gelegt hatte. Von dem von einem Pfeil durchschossenen Herz, in dessen Mitte der Name »Sam« prangte, fiel ein einzelner Blutstropfen.

»Herzblut«, sagte sie und grinste schief. »Aber das ist schon lange her. Dieser Sam ist tot.«

»Tot?«, echote er.

»Schon lange her«, krächzte sie nur, schloss die Tür auf und ließ den Rottweiler hinein. Die Tür, die hinter ihr offen blieb, signalisierte Sam Berger, dass er eintreten durfte. Als er es tat, sprang der Rottweiler gutmütig an ihm hoch und leckte ihm das Gesicht ab, wobei er ihm fröhlich an der Kleidung riss. Die Körperflüssigkeiten spritzen nur so durch die Gegend.

Er war wirklich kein Hundemensch.

Sie sah es, holte das Tier weg und gab dabei den Blick frei auf einen Flur, der schon eine ganze Weile nicht mehr geputzt worden war.

»Also, was wollen Sie, *Sam*?«, fragte sie.

»Ist es okay, wenn ich Ihnen ein paar Fragen stelle?«

»Sie wissen schon, dass es nach ein Uhr nachts ist, oder?«

»Das ist nun mal die Uhrzeit, zu der Sie mit Ihrem Hund rausgehen«, meinte Berger.

Sie musterte ihn. Ein scharfer Blick, in dem immer noch eine Spur von Misstrauen lag. Dann schüttelte sie den Kopf und fragte: »Wollen Sie ein Bier?«

»Gerne«, sagte er.

Er wurde in ein Wohnzimmer geführt, das auch schon eine ganze Weile nicht mehr geputzt worden war. Sie verschwand. Er hörte das klickende Geräusch der Rottweilerkrallen auf dem Holzboden im Flur. Sie rief von irgendwoher: »Der Hund kann Sie immer noch innerhalb von fünf Sekunden töten. Jetzt vielleicht sieben.«

Otilia Grimberg kam zurück und zeigte auf ein durchgesessenes Wohnzimmersofa. Als sie sich darauf niederließ, merkte er erst, wie attraktiv sie war. Sie zog die Lederjacke aus und öffnete ihre Bierdose. Ihm wurde klar, wie lange er schon allein war.

Vor ein paar Tagen war es noch einfacher gewesen. Bevor Molly angerufen hatte. Andererseits hörte er immer noch ihre Stimme, wie sie am Telefon sagte: »Gerade dein ständiges *Viel*, das halt ich einfach nicht aus. Du musst dich erst mal hiermit begnügen.«

Er begnügte sich also, machte seine Bierdose auf und nahm einen Schluck.

»Was ist denn mit Sam passiert?«, fragte er.

Unmotiviert.

Aufdringlich.

Asozial.

Es war viel zu lange her, dass er mit einem Bier in der Hand im Haus einer attraktiven Frau gesessen hatte. Doch sie schien ihm nicht zu misstrauen. Ihr blauer Blick war scharf und sanft zugleich. Es war das zweite Mal innerhalb kürzester Zeit, dass er das Gefühl hatte, von einer Frau völlig durchschaut zu werden.

»Den hat das Rauschgift erledigt«, sagte Otilia Grimberg. »Aber, wie gesagt, ist lange her.«

»Tut mir leid.«

»Also, prost.«

»Prost.«

Seltsamerweise fühlte es sich so an, als könnte er lange bleiben. Der Eindringling. Dabei musste er anderswo sein. Die Uhr tickte.

Otilia musterte ihn und sagte: »Warum interessieren Sie meine Abendspaziergänge so sehr, dass Sie eine verschlossene Seele wie Asta zum Sprechen gebracht haben?«

»Asta?« Mehr brachte Berger nicht heraus.

»Jetzt machen Sie sich doch nicht lächerlich«, sagte Otilia Grimberg und fuhr sich mit der Hand durchs strubbelige blonde Haar. Eine herrliche Geste.

»Kennen Sie Nadja Karlsson?«, fragte Berger stattdessen.

»Ich kann nicht behaupten, dass ich Nadja *kenne*, das nicht, aber wir grüßen uns höflich. Sie schaut ein bisschen auf mich herab, glaube ich. Das tun sie ja alle.«

»Wer alle?«

»Die, die raus sind.«

»Raus?«

»Nadja hat sowohl Rauschgift genommen als auch gesoffen, das sieht man zehn Meter gegen den Wind. In ihren Augen bin ich wahrscheinlich nur eine Möchtegern, die gerne mal zu tief ins Glas schaut. Und zwar ohne den ernsthaften Willen, irgendwann auszusteigen. Aber jetzt erzählen Sie von Asta.«

Berger setzte sich auf dem Sofa zurecht und nahm noch einen Schluck Bier. Es fühlte sich ein bisschen zu gut an. Einen Augenblick lang merkte er nicht mal, dass die Uhr tickte.

»Asta Hadén hat einen halb toten Pudel«, begann er. »Sie geht ungern Gassi, wenn Sie draußen unterwegs sind. Sie hat mir erzählt, dass Sie für gewöhnlich nachts spazieren gehen.«

»Als ob Garm diesen ausgestopften Pudel fressen wollte«, sagte Otilia Grimberg. »Er würde an Verstopfung sterben.«

»Ihr Hund heißt Garm?«

»Klar«, sagte Otilia, und ihre Miene begann zu leuchten. »Wenn Garm bellt, bricht Ragnarök an. Dann öffnet sich der Höllenschlund, und der Untergang ist nah.«

Berger betrachtete sie noch eingehender. Sie sah aus, als würde das Leben durch ihr Gesicht pulsieren. Es war lange her, dass er sich mit einem anderen Menschen so gut gefühlt hatte. Um sich etwas abzukühlen, sagte er: »Ich interessiere mich für Ihren Spaziergang in der Nacht von Montag auf Dienstag, diese Woche.«

»Was genau wollen Sie, Sam?«

»Wissen Sie, was Nadja für ein Auto fährt?«

»Einen riesigen weißen Van, ja. Hab ich jetzt schon ein paar Tage nicht mehr gesehen.« Otilia machte eine kleine Pause und ließ ihren Blick in den von Berger sinken. »In der Nacht auf Dienstag? Doch, da waren wir schon draußen, Garm und ich.«

»Und haben Sie das Auto da gesehen?«

»Ja, das war wirklich ein bisschen auffällig. Ich hatte

schon ein Schlückchen getrunken, aber da war auf jeden Fall was. Garm blieb bei Nadjas Auto stehen.«

»Hat Garm bei Nadjas Auto gebellt? Und Ragnarök ist angebrochen?«

»Entgegen Ihrer Voranname ist der Rottweiler eine Rasse mit Manieren. Garm bellt nie. Aber da saß jemand im Auto.«

»Ich höre«, sagte Berger aufmerksam.

»Das war alles«, gab Otilia zurück und zuckte mit den Schultern. »Ich hab es nur ganz kurz gesehen, als ich mich umgedreht habe.«

»War es Nadja?«

»Keine Ahnung. Da saß jemand mit einer dicken Mütze auf dem Fahrersitz.«

»Und sonst war keiner in der Nähe?«

»Nicht, dass ich was gesehen hätte, nein. Und dann war es weg.«

»Bitte wie?«

»Garm hat wohl ein paar Ritalin erwischt, das ist früher schon mal vorgekommen. Er wurde hyperaktiv. Sein Magen jedenfalls.«

»Ich habe wirklich keine Ahnung, wovon Sie gerade reden.«

»Methylphenidat. Psychostimulantia. Damit kennen Sie sich doch sicher aus, oder, Sam? Das sieht man.«

»Und dann müssen Sie mitten in der Nacht raus?«

»Ich weiß nicht, ob das mitten in der Nacht war. Eher früher Morgen, vielleicht halb fünf oder so. Da war das Auto weg.«

Berger nickte. Und versuchte, seine Gedanken in professionellen Bahnen zu halten. Wenn alle Zeugen einigermaßen die Wahrheit sagten, hatte er auf jeden Fall schon mal den Zeitraum für Nadjas Verschwinden eingegrenzt. Zwischen eins, wie jetzt, und halb fünf am Dienstag. Jemand mit einer dicken Mütze hatte in ihrem Auto gesessen, was höchstwahrscheinlich mit ihrem Verschwinden zu tun hatte, also eher eins als halb fünf – die fragliche Person hatte ja wohl kaum mehrere Stunden dort gewartet. Diese Eingrenzung dürfte es Samir auch erleichtern, den Täter über die Verkehrskameras dingfest zu machen.

»Danke«, sagte Berger, leerte die Bierdose und stand auf.

»Wollen Sie denn schon gehen?«

»Ich will Sie nicht stören ...«

»Kann ich Sie nicht noch mit einem Bier locken?«, lächelte Otilia.

»Ich sollte ...«

»Was sollten Sie nachts um halb zwei? Sie sind Privatschnüffler, kein Vampir.«

»Zwei Berufsbilder mit sehr ähnlichen Arbeitsabläufen«, meinte Berger stilecht.

Otilia Grimberg lachte laut, erhob sich ebenfalls, strich ihm kurz über den Arm und verschwand in der Küche. Kurz darauf kam sie mit zwei frischen Bierdosen zurück, setzte sich aufs Sofa und klopfte auf die Sitzfläche neben sich. Als wäre er ein Hund.

Vielleicht war er ja auch ein Hund. Ein Tier. Sie hatte ziemlich nahe neben sich aufs Polster geklopft.

Er setzte sich, nahm die Bierdose. Ihre Oberschenkel berührten sich. Berger hatte nichts für Vorurteile übrig. Nicht mehr jedenfalls. Er hatte ein bisschen zu viel erlebt, und Lebenserfahrung war ein verlässlicher Impfstoff gegen vorgefasste Meinungen. Eine ältere Version von ihm hätte an den Hund gedacht, den Geruch, die spritzenden Körperflüssigkeiten, oder sie hätte sich kritisch in Otilias nicht allzu gut aufgeräumter Wohnung umgesehen und vermutet, dass sie selbst auch nicht besonders gut riechen würde.

Jetzt schnupperte er.

Sie duftete herrlich. Es war lange her, dass er diesen Duft von Nähe, von weiblicher Haut und Haar gerochen hatte. Er betrachtete den feinen Schwung ihres Nackens, die Lachgrübchen in ihrer Wange. Als sie sich abwandte, um einen Schluck aus ihrer Bierdose zu nehmen, sah man ihr scharf geschnittenes Profil, die etwas spitze Nase, die kleinen Ohren mit Reihen aus fast ganz zugewachsenen Ohrlöchern. Sie wandte sich zu ihm und schaute ihm direkt in die Augen. Ihre Augen funkelten magisch blau. Sie hob die Hand und strich ihm sanft über die Wange. Es war so lange her, seit er etwas in der Art gespürt hatte, dass sich ihm die Haare an den Armen aufstellten. Und vielleicht war das nicht das Einzige, was sich aufstellte.

Er erwiderte ihre Liebkosung. Sie schloss die Augen. Es kam ihm vor, als hätte sich Otilia irgendwie auch nur danach *gesehnt*.

Der Kuss, der folgte, übertönte nicht nur das beharrliche Ticken seiner inneren Uhr, verscheuchte nicht nur den Zeitpunkt T, sondern ließ sogar Mollys Stimme und das kurze Weinen seiner Tochter vorübergehend verstummen.

Sie fassten einander überall an. Hände wühlten sich unter Kleidungsstücke. Haut berührte Haut. Sie trug keinen BH. Sie strich ihm mit der Rückseite ihrer Fingernägel über den Schwanz, der ihm fast schon die Hose zu sprengen drohte. Er schälte sie aus ihrem Pulli. Sie öffnete langsam den Reißverschluss seiner Hose. Sie küssten sich, und sie fasste ihn an.

»Da kann man mal sehen«, sagte sie. In ihren Augen glitzerte es ganz eigentümlich.

Im nächsten Moment rissen sie sich gegenseitig die Kleider vom Leib. Sie lagen nackt auf dem Sofa. Ineinander verschlungen. Ihre Lippen glitten fest über seine Eichel, ein paarmal vor und zurück, ließen ihn kurz darauf wieder los. Er küsste ihr den Bauch, näherte sich ihr. Da hielt sie ihn zurück. Stand auf. Nahm seine Hand. Das Tattoo auf ihrem Handgelenk streckte sich wie ein Ruf aus der Tiefe. Der Name »Sam« in einem durchschossenen Herzen. Das heraustropfende Herzblut.

Sie lächelte ihn an, deutete auf das Tattoo und flüsterte: »Komm, wir geben dem hier einen Sinn.«

Dann zog sie ihn hinter sich her.

16

T minus 2 Tage und 10 Stunden

Sein Handywecker klingelte. Es war schon seltsam genug, in einem Bett aufzuwachen, und noch seltsamer, dass das Bett nicht sein eigenes war.

Sam Berger drückte das aggressive Signal rasch weg, völlig verblüfft, dass er irgendwann im Laufe der Nacht überhaupt die Geistesgegenwart besessen hatte, sich einen Wecker zu stellen.

Er starrte ein paar Sekunden an die dunkle Decke. Die Wirklichkeit wurde klarer. Er lag tatsächlich in Otilia Grimbergs Bett.

Er drehte sich um. Sie war nicht aufgewacht. Schlief stattdessen auf dem Bauch, nackt, und hatte sich nicht mal mit einem Laken zugedeckt. Er allerdings auch nicht. Das lag zusammengerollt wie eine Schlange auf dem Boden.

Dann streckte er sich zu ihr, küsste sie flüchtig aufs Schulterblatt. Sie kuschelte sich kurz an ihn, gab einen leisen Laut von sich, mehr nicht. Ihren rechten Arm hatte sie auf dem Bett ausgestreckt. Aus dem Namen »Sam« im durchschossenen Herzen fiel noch immer ein Tropfen Blut.

Er hatte nicht den Mut, sie zu wecken. Und so schlich er sich in den Flur, schaute eine Treppe hoch, hoffte, dass der Hund dort oben schlief, glitt still ins Wohnzimmer und suchte all seine verteilten Kleidungsstücke zusammen. Plötzlich aber stand er im Flur Garm gegenüber.

Für einen Augenblick war er überzeugt, dass er einen Herzanfall erlitt und auf dem Boden lag, ohne sich rühren zu können, während ihn ein rasender Rottweiler auffraß. Doch der Hund starrte ihn nur an. Verfolgte sanft seine vorsichtigen Bewegungen Richtung Haustür. Nicht mal als die Tür aufging und die Nachtkühle ins Haus pfiff, reagierte der Hund bedrohlich. Entweder war er ein mieser Wachhund oder ein guter Menschenkenner.

Bergers letzter Kontakt mit der unvergleichlichen Otilia Grimberg war dann aber doch ein lautes Bellen von Garm – ein einziges –, während er bereits die Straße hochging, von Lichtkegel zu Lichtkegel.

Zwischen zwei Laternen ragte eine hohe Holzwand auf. Er trat näher an das im Schatten liegende Schloss, schaute sich um in der einsamen Nacht, zog rasch Latexhandschuhe über und nahm eine Probe von den Fingerabdrücken darauf. Dann zückte er seinen alten Dietrich, hatte das Schloss im Handumdrehen geöffnet und schlich sich auf das Grundstück.

Obwohl Nadjas Garten im Dunkeln lag, war ganz offensichtlich, dass sie hier nicht allzu viel Mühe hineingesteckt hatte. Kaum eine Pflanze, nur ein alter Tisch mit zwei Plastikstühlen, die an Fallen erinnerten. Als Berger gerade eine Haustür mit überdimensioniertem Schloss erreichte, schob der Wind eine nächtliche Augustwolke beiseite, ließ das Mondlicht über den Garten strömen und das ganze jämmerliche Szenario in seinem fahlen Licht erkennbar werden. Berger bekam den Dietrich ins Schloss, tastete damit nach unsichtbaren Dornen und Vorsprüngen, bis er irgendwann spürte, wie das Werkzeug griff. Langsam machte er die Tür auf. Trat ein, zog sie hinter sich zu. Blieb stehen. Er konnte nicht so recht bestimmen, was das für eine Atmosphäre, ein Geruch, ein Gefühl war.

Dunkelheit, ein eher klinischer als schmutziger Geruch, wenige Möbel. Undefinierbare Flächen im Flur. Keine Treppe nach oben, keine nach unten, nur das eine Geschoss. So viel konnte Berger von der Flurschwelle aus erkennen, auf der er mucksmäuschenstill verharrte. Er machte die diskrete kleine Taschenlampe an seinem Handy an. Setzte sich langsam in Bewegung.

Berger schlich durch eine pechschwarze Küche mit glänzend sauberer Spüle. Untersuchte jeden Winkel. Bog um die Ecke. Kam in einen Raum, der wahrscheinlich das Wohnzimmer war. Die Dunkelheit war fast undurchdringlich, trotzdem konnte er eine Sitzgruppe und eine massive Kommode ausmachen.

Er fand keinen Computer, kein Handy, nichts, was Kontakt zur Außenwelt bedeutet hätte. Hier war er also, in Nadja Karlssons abgeschlossener kleiner Welt. Er fragte sich, wie ihr Leben eigentlich ausgesehen haben mochte.

Dann blieb er stehen und atmete ruhig die Atmosphäre ihres Wohnzimmers ein. Suchte danach in sämtlichen Ecken und Winkeln, ohne etwas zu finden, und am Ende setzte er sich hin. Zog Schlussfolgerungen. Logische Schlussfolgerungen. Das hier war ein sauberes Heim. Ein sehr ordentliches Heim. Ordentlich an der Grenze zur Zwangsstörung. Nadja Karlsson war zweifellos ein Mensch, der Ordnung um sich haben musste. Um leben zu können.

Sie war ja auch Putzfrau von Beruf. Aber vielleicht hatte sie einfach nur ihr Bedürfnis nach innerer Ordnung zu einem Broterwerb gemacht. Wenn Otilia recht hatte – und Berger war geneigt, ihr zu glauben –, hatte Nadja sowohl Rauschgift genommen als auch getrunken. Irgendwie war sie wieder ins Gleis gekommen, hatte aber eine äußere Ordnung gebraucht, um ihr inneres Chaos in Schach zu halten. Und genau darin stand er jetzt: in Nadja Karlssons *Ordnung*. Als wäre ihr Leben erstarrt. Doch genau das war für sie überlebensnotwendig.

Als er auf dem Sofa saß, kam ihm Nadja im Geiste in verschiedenen Gestalten entgegen. Sie betrachtete ihn mit einem Blick, der nicht so offen hätte sein dürfen, so klar, so bereit, einer Welt zu begegnen, die sie nicht unbedingt gut behandelt hatte. Je länger er sie betrachtete, desto mehr sah sie aus wie die Verkörperung menschlichen Überlebens. Sich nie zerstören lassen, nie in Bitterkeit versinken, es tatsächlich schaffen, immer wieder auf die Füße zu kommen. Lange schien es Berger, als säße sie neben ihm auf dem dunklen Sofa und versuchte, ihn auf die richtige Spur zu führen. Vor seinem inneren Auge sah er sämtliche Veränderungen ihres Gesichtsausdrucks von den Videos, und sie verschmolzen zu einem einzigen, einem flehenden und auffordernden Blick, der direkt in ihn hineinschaute. Ihn durchschaute.

Dieser Blick bat um Hilfe. Einfach, direkt, glasklar bat er Sam Berger um Hilfe.

Nadjas engelsgleiche Singstimme zog durch ihr perfekt aufgeräumtes Heim. *Oi u vyschnevomu sadu.*

Vielleicht war er eingeschlafen. Er saß jedenfalls so lange dort, dass die ersten Spuren der Dämmerung allmählich die Dunkelheit erhellten. Er stand auf, ging noch einmal durch das Haus. Klein, kompakt, funktional. Keine Fotos, kaum Kunst, kein einziges Buch. Die Dekoration, die er fand, war reichlich allgemein gehalten, ein paar Bilder mit Klischeeweisheiten, denen Nadjas Blick und Stimme bei Weitem überlegen waren.

Wie hatte ihr Leben eigentlich ausgesehen? Hart arbeiten, sich so schinden, dass Angst und Abstinenz aus dem Körper vertrieben werden, und danach einfach nur nach Hause und ausgelaugt in den Schlaf fallen? War es so gewesen? Ausgelaugt in den Schlaf fallen und trotzdem ständig von Albträumen geweckt werden, die nur Schlaflosigkeit, Leere und Narben hinterließen? Und dann die Albträume, denen nicht mal ein gutes halbes Jahr Therapie abhelfen konnte. Der verborgene Raum.

Mit einem Schlüssel namens *Freiheit.*

Das Letzte, was blieb, war das Badezimmer. Berger ließ die Hand zum Wasserhahn wandern, um sich das Gesicht mit kaltem Wasser abzuspülen. Aber stattdessen stieß er gegen etwas. Ein Zahnputzbecher fiel ins Waschbecken. Er wollte ihn gerade mit einer gewissen Gereiztheit aufheben, als er entdeckte, dass es zwei waren.

Zwei Zahnbürsten.

Berger ging mit trockenem Gesicht in den Garten hinaus.

Schloss die Haustür ordentlich hinter sich und blickte durch die hohe Gartentür hinaus, die Straße hoch, an dessen Ende schon die ersten zaghaften Strahlen in die Dämmerung sickerten. Als Berger auch die Gartentür hinter sich zuzog, sah er ein seltsames Auto am Ende der Straße. Er ging ihm entgegen.

Und irgendwie hatte er das Gefühl, Nadja jetzt doch ein bisschen besser zu kennen. Er ging zu dem Fahrzeug, griff sich ein Käppi, das auf der Ladefläche lag, zog es sich tief in die Stirn und kletterte in den Korb. Er landete vor einem Armaturenbrett und drückte vorsichtig einen Hebel nach vorn, woraufhin sich der Kranarm unter ihm langsam entfaltete. Berger hielt sich gut am Geländer fest, als sich die ganze Equipage gen Himmel bewegte.

Oder zumindest bis zum oberen Ende einer Straßenlaterne. Er korrigierte die Position noch ein wenig, dann holte er Werkzeug heraus und begann, die verbogene Metallhülle der Überwachungskamera aufzuschrauben. Die letzten Glasscherben, die noch daran hingen, fielen klirrend zu Boden.

»Sind Sie schon wieder hier?«, rief eine dunkle Frauenstimme gedämpft.

Berger warf einen Blick unter seinem Käppi hervor und drehte sich schnell weg von der alten Dame mit dem halb toten Pudel. Er hoffte, dass sie vielleicht doch nicht so gut sah.

»Wieder?«, fragte er mit verstellter Stimme.

»Lief die so schlecht?«, bohrte Asta Hadén.

»Wann?«, fragte Berger.

»Na, letzten Montag«, sagte Hadén. »Wissen Sie das denn nicht mehr?«

»An der Feinkalibrierung hat's noch gehapert«, improvisierte Berger.

Asta Hadén rührte sich nicht vom Fleck. Sie sagte in anklagendem Ton: »Machen Sie sich überhaupt einen Begriff davon, wie knapp dieses Glasstück meinen Kerberos verfehlt hat?«

Kerberos?, hätte Berger um ein Haar ausgerufen, aber er konnte sich gerade noch zurückhalten. Was hatten die Hunde hier nur für absurde Namen?

»Wir bedauern diesen Vorfall sehr«, sagte er einfühlsam. »Einen schönen Morgen noch, Madame.«

Und so schlenderte Asta Hadén zu guter Letzt doch davon und schleifte ihren Pudel hinter sich her.

Berger wandte sich wieder seiner Arbeit zu, schraubte die Hülle der Kamera auf und nahm den Deckel ab. Hier war wirklich etwas explodiert. Berger blickte in das Metallwirrwarr. Er pulte eine kaputte Einheit heraus, die irgendwie elektronisch aussah. Sie war ohne Zweifel hinüber.

Doch eine Seriennummer konnte man dennoch erkennen.

In der Ferne hörte er zum ersten Mal Kerberos bellen.

Ein einziges Mal, ganz hoch.

17

T minus 2 Tage und 7 Stunden

Alvar Eldner stand aufrecht an der Stahlwand, während er durch die Zeitschichten fiel, weit, weit vorbei an der Wikingerzeit, tief in die Geologie. Doch nur wenige Handbreit von ihm entfernt stand noch ein wesentlich größerer Mann mit weißem Seidenhemd und hellblauem Seidenschlips. Er betrachtete ihn von oben herab. Eldner zwang sich, seinen festen, ungebrochenen, ausdruckslosen Blick zu erwidern.

In diesem Augenblick stellte Eldner sein ganzes wohlkomponiertes Dasein infrage. War diese Jacht in Sandhamn all das hier wirklich wert? War die Villa mit Seegrundstück in Stocksund es wert, einmal in der Woche von diesem Haiblick festgenagelt zu werden? Und die Etagenwohnung mit dem Balkon, so nah am Florenzer Dom, dass er fast die Hand ausstrecken und ihn berühren konnte? War das alles den Preis wert, einmal im Monat mit diesem Urzeitgeschöpf im Fahrstuhl in die Hölle hinunterfahren zu müssen?

Vitenka hingegen wusste, dass so etwas unverbrüchliche Loyalität garantierte. Größer als zur Wikingerzeit. Er wusste, er musste diese Männer zu der Einsicht bringen, dass sie Mitverbrecher waren, keine Zeugen. Musste sie spüren lassen, dass sie gar nicht zu glauben brauchten, sie könnten hier kostenlos den Rahm von der Milch abschöpfen. Oder wie auch immer diese verweichlichten Schweden das nun ausdrücken mochten. Damit sie sich nicht einen Augenblick lang einbilden konnten, es sei denkbar, als Zeuge auszusagen.

Geräuschlos glitten die Aufzugtüren auf. Die Stille war richtig unheimlich, als würde der Berg alles absorbieren. Eldner warf einen Blick auf die beiden schwer bewaffneten Männer an der nächsten Stahltür, fünf Meter vor ihm. Das war der Vorraum. Weiter als bis hierhin hatte man Alvar Eldner noch nie vorgelassen.

Gott sei Dank.

Sie blieben stehen. Die Wachen stellten sich taub. Vitenka sagte: »Mit Adrian lief es nicht so toll. Ich kann jetzt aber mit Sicherheit sagen, dass er nichts wusste. Jetzt ist keiner mehr übrig von Stepankas Leibgarde. Also, was hast du diesmal für mich gefunden, Eldner?«

»Nicht ich, sondern das ganze Team …«

»Keine unwichtigen Einzelheiten, Eldner, das weißt du doch. Details haben mich noch nie interessiert. Wen hast du?«

Eldner holte tief Luft und spürte, wie sich der Kellerschimmel mit jedem Atemzug in seinen Lungen ausbreitete. Dann sagte er: »Wenn wir davon ausgehen, dass Stepanka sich, mithilfe seiner persönlichen Leibwache, höchstpersönlich um das Geld ›gekümmert‹ hat, muss auf der anderen Seite jemand informiert gewesen sein. Dort, wo die Lieferung herkam. Also jemand, der die Details durch geschickte Buchführung verschleiert hat, was jedoch erst vor Kurzem entdeckt worden ist.«

»Sprich weiter«, sagte Vitenka und richtete seinen Haiblick auf ihn.

»Die Riga-Sektion«, brachte Eldner mühsam hervor, »unsere Schaltstelle für Geschäfte im Baltikum. Der Mann, der dort vor vierzehn Jahren Chef war, hat sich relativ bald aus dem Geschäft zurückgezogen und in Luft aufgelöst. Am Ende haben wir ihn aber doch gefunden. Er war unter falschem Namen in Rente gegangen – ausgerechnet auf Mallorca.«

Vitenka nickte langsam.

»Wie heißt er?«, fragte er.

»Freimanis«, sagte Eldner. »Edmunds Freimanis.«

Vitenka machte eine Handbewegung in Richtung seiner Wachen, die Stahltür glitt auf. Eldner starrte in das sogenannte Gewölbe, das er noch nie betreten hatte, nie betreten wollte. Er schwieg.

»Wir gehen rein«, sagte Vitenka mit einer großzügigen Geste.

Eldner schloss die Augen. Dann ging er vor seinem Chef ins Gewölbe.

Nonchalant ignorierte Vitenka den alten Mann, der nackt von den Ringen an der Decke hing, mit einem Knebel im Mund. Stattdessen wandte er sich einer Kommode zu, die vor dem Mann stand, zog die oberste Schublade auf und nahm einen mächtigen Gegenstand heraus. Er betrachtete die scharfe Klinge im schwachen Licht und sagte: »Wenn alle Antiquitäten, die jetzt aufgetaucht sind, öffentliches Eigentum wären, sähe die ganze Geschichte anders aus.«

Alvar Eldners Blick wechselte etwas zu schnell zwischen dem Schwert und dem gefesselten Mann hin und her. Er erkannte ihn von Bildern wieder. Zweifelsohne hatte sich Edmunds Freimanis ein etwas angenehmeres Rentnerdasein ausgemalt.

»Nein«, sagte Vitenka und deutete nach vorne. »Hier.«

Eldner betrachtete atemlos das furchterregende Schwert. Vitenka befeuchtete den Finger, fuhr sanft über die scharf geschliffene Klinge und erklärte: »Das hier ist das am besten erhaltene Wikingerschwert der Welt. Gefunden in Norwegen vor zehn Jahren, glücklicherweise von der richtigen Person. Sie hat es für eine angemessene Summe im Darknet verkauft. Es wird auf die Mitte des neunten Jahrhunderts datiert. Sogar die Bernsteine sind noch dran. Es könnte eines von den Schwertern sein, die von den neuen Siedlern hinterlassen wurden.«

»Von den neuen Siedlern?«, fragte Eldner heiser.

»Aus der Zeit der Landnahme«, sagte Vitenka.

Er nahm langsam seine Krawatte ab und legte sie glatt auf die Kommode. Dann hob er das große Schwert ohne sichtbare Anstrengung und ließ es Richtung Boden sausen. Man hörte nicht viel. Einen Schlag, einen erstickten Schrei, ein lang gezogenes Wimmern, mehr nicht. Dann bückte sich Vitenka, lächelte ausdruckslos und sagte zu Eldner: »Ein Geschenk.«

Er legte etwas in Eldners ausgestreckte Hände.

Es war ein Fuß.

Vitenkas Seidenhemd war mit roten Flecken übersät, als er seinen eiskalten Blick direkt in Eldners Augen richtete. Dann sagte er: »Manchmal habe ich den Eindruck, dass du nicht verstehst, wie gerne ich dieses Geld haben will, Eldner. Nächstes Mal, wenn ich dich rufe, will ich, dass du mir dieses Geschenk bringst. Und bessere Neuigkeiten. Hast du das verstanden?«

Eldner merkte, wie er würgen musste. Er blieb noch einen Augenblick stehen. Es gelang ihm, seinen Brechreiz wieder zurückzukämpfen. Er hielt den Fuß in seinen Händen wie ein Baby, spürte, wie das Blut sich auf seinem einst so weißen Hemd ausbreitete. Als wäre es sein eigenes Herzblut.

»Jetzt hab ich noch eine Kleinigkeit zu erledigen«, sagte Vitenka. »Raus mit dir.«

II

18

T minus 2 Tage und 6 Stunden

Sie weiß, dass sie träumt, das ist das Schlimmste. Aber sie kann nicht raus. Es gibt keinen Arm, in den sie sich zwicken könnte.

Was es jedoch gibt, ist ein Gebäude, auch wenn es sich ständig verändert. Jedes Mal, wenn sie eine Schwelle übertritt, verändert sich das Haus. Das weiß sie, obwohl alles in fast vollständige Dunkelheit getaucht ist. Gedämpfte Schreie, vage Bewegungen, wie in Schleier gehüllt. Sie sieht nichts, aber irgendetwas in ihr weiß Bescheid. Alle Gefühle liegen parat, sie warten geballt unter der Oberfläche, warten bloß darauf, wie Lavaströme aus ihr herauszuschießen.

Im Traum weiß sie sogar, dass sie in letzter Zeit viele Träume gehabt hat, viele Träume innerhalb weniger Tage und Wochen, einer Zeit der Heimsuchung. Als wäre das fundamental Menschliche in ihr bereits gereinigt worden, als wäre sie dadurch empfänglicher geworden. All das weiß sie, während sie durch das Gebäude wandert, das sich ununterbrochen verwandelt.

Sie tritt durch eine Tür, alles schrumpft. Die Dunkelheit hebt sich ein wenig, sie steht in einem geraden Korridor, überall halb geöffnete Türen, die immer kleiner und kleiner werden, bis sie in der Unendlichkeit verschwinden. Aus diesen Türen kommen die Schreie, immer noch gedämpft, doch sie kann nicht unterscheiden, was das für Schreie sind – verursacht von Schmerz, Wonne, Angst, Wahnsinn, Glück. Oder allem auf einmal.

Trotzdem weiß sie es natürlich. Als sie körperlos den Flur entlanggeht, trägt sie bereits alle Antworten in sich. Das macht die Angst in ihr nicht kleiner, denn die Gegenwart lastet nur noch schwerer auf ihr.

Der Flur scheint endlos, sie geht und geht wie in einem seltsamen Computerspiel, ihre Bewegungsmuster fühlen sich immer künstlicher an, wie ruckelige Pixel, und dann kommt es natürlich, dieses Licht, das ein bisschen stärker ist als alles andere, und es kommt aus so weiter Entfernung, dass ihre mechanisch regelmäßigen Schritte kaum zielgerichteter werden, davon kann nicht die Rede sein. Wie auch, da das Licht gar nicht näher kommt.

Aber dann kommt es eben doch. Zu guter Letzt kommt es näher. Es sickert unter einer der Türen ganz hinten im Korridor hervor, und zum ersten Mal fühlt es sich an, als würde sie sich ihm wirklich nähern. Sie nähert sich dem Licht.

Noch immer umgeben sie die Schreie, nichts ändert sich, abgesehen davon, dass die Tür mit dem Lichtschein größer und größer wird. Und dann weiß sie es.

Natürlich weiß sie es.

Und doch klopft ihr Herz in dem körperlosen Körper, der immer noch keinen Arm hat, in den sie sich kneifen könnte, es klopft schneller und schneller, je näher sie der halb geöffneten Tür kommt, aus der das blendende Licht dringt. Sie kommt näher und näher.

Näher und näher.

Dann ist sie da. Bleibt vor der Tür stehen, drückt sich an die Wand. Das Licht wie ein Rechteck, das neben ihr aus dem Zimmer herausragt. Sonst ist der Korridor leer. Vollkommen leer. Und dann späht sie ins Zimmer. Der Traum lässt ihr keine Alternative. Es ist ihr Schicksal. Sie muss es einfach tun. Sie hat es schon viele Male zuvor getan. Als ob dieses Wissen ihr Trost gäbe.

Das Zimmer ist nicht so hell, wie es von diesem pechschwarzen Korridor aus wirkt. Das Paar dort drinnen hat Sex auf einer Art glühenden Unterlage, heftig und hart, und es sieht so aus, als hätten ihre Bewegungen das Bett in Flammen gesetzt.

Sie wendet sich ab, zum Korridor.

Plötzlich steht da ein Mann, einen halben Meter von ihr entfernt, als hätte er sich einfach so aus der Dunkelheit entwickelt. Als wäre er von der Dunkelheit ausgespuckt worden. Die Gefühle drohen wie Lava aus ihr hervorzubrechen. Sein Oberkörper ist nackt, und die eigenartigen Tattoos auf seinen muskulösen Schultern sehen identisch aus. Es sind Epauletten, die Schulterstücke einer Uniform, Epauletten mit Rangabzeichen, die direkt in die Haut gestochen worden sind. In dem Moment begreift sie – wieder –, warum er *der Oberst* genannt wird.

Er macht einen Schritt auf sie zu, packt sie am Nacken, zieht sie grob an sich und zischt: »Ich weiß, dass du drauf stehst.«

Obwohl sie keinen Körper hat, schleift er sie an den Haaren hinein, in den Raum, wo das Paar im Bett ungerührt weitermacht. Sie kann einen roten Neonschriftzug vor dem Fenster erkennen, der bis zum Boden reicht, und sogar einzelne Buchstaben ausmachen: ein S, ein V, ein D, vielleicht ein A.

Dann schleudert der Oberst sie auf die Glut, und sie erwacht.

Das Einzige, was bleibt, sind die gedämpften Schreie. Sie sind nicht mehr gedämpft. Sie sind ganz deutlich. Sie kommen von einer Stelle gleich neben ihr.

Sie erwachte voll bekleidet auf einem Sessel in ihrer heimlichen Ersatzwohnung in der Eolsgatan auf Södermalm. Nur die Bluse stand offen. Und der bösartige Traum war mehr oder weniger ausgelöscht von den zaghaften Schreien aus der Wiege neben ihr. Sie musste ihre Tochter gestillt und dort hineingelegt haben, um kurz darauf selbst einzuschlafen. Glücklicherweise *hatte* sie sie hineingelegt, bevor sie eingeschlafen war.

Molly Blom streckte die Hand nach ihrer Tochter aus, hob sie hoch und hielt sie ganz nah an ihr hämmerndes Herz, damit sie das wilde Pochen dämpfte. Haut auf Haut. Ihre Tochter beruhigte sich. Atmete an ihrem Körper. Alles war Leben.

Alles.

Es war so seltsam, dass die Ankunft dieses kleinen Wesens in ihr so viele Albträume ausgelöst hatte. Wenn man überlegte, was für ein Leben sie geführt hatte und welchen Gefahren sie ausgesetzt gewesen war, war es nicht verwunderlich, dass sie Albträume hatte – das war ihr natürlich klar –, aber dass sie ausgerechnet jetzt kamen? Wo doch jetzt alles um sie herum nur Leben war!

Sie schaute in die Augen ihrer Tochter und staunte. Vielleicht hätte sie keine Kinder bekommen sollen, war einfach nicht der Typ fürs Kinderkriegen. War sie denn nicht als V-Person geboren, die undercover arbeitete, eine Agentin ohne Schwachstellen? Auf einmal hatte sie einen Schwachpunkt, einen sehr schwachen sogar. Und so konnte sie nicht mehr Agentin sein, nicht mal im privaten Sektor. Sie musste sich einen neuen Job suchen, weit, weit weg von dieser Welt.

Das hatte sie sich jeden Tag eingeredet, jeden Tag seit dem Albtraum in Andalusien, über acht Monate lang. Acht Monate mit falscher Identität, auf der Jagd nach einer echten. Ihrer richtigen. Der Identität, die sie einfach nicht herausbekam. Der, die wirklich *sie* war.

Vielleicht hatte sie sie jetzt gefunden.

Die Entbindung lag mittlerweile sechs Wochen zurück. Ihre Kleine hatte einen Monat zu früh auf die Welt kommen wollen, und außerdem hatte Molly Blom den Geburtstermin falsch errechnet. Es musste ein paar Wochen vor dem

Tag geschehen sein, an den sie sich erinnerte. Damals war alles so chaotisch gewesen.

Bis auf die Frage, wer der Vater war. Sie waren im unzugänglichsten Teil Schwedens gewesen, so weitab jeder Zivilisation, wie man sich in diesem Land von der Zivilisation nur entfernen konnte. Und von anderen Männern.

Am Ende war ihre Tochter dann doch gesund auf die Welt gekommen. Zwar musste sie ein, zwei Wochen in den Brutkasten, aber da war trotzdem ein fertiges Leben, das sie jetzt für die nächsten zwanzig, fünfundzwanzig Jahre brauchen würde.

Das Einzige, was Molly während ihrer langen, anonymen Bedenkzeit sicher wusste, war, dass sie das Kind behalten wollte, wider alle Vernunft. Das wusste sie. Und dass sie den Job wechseln musste, eine andere werden, eine Identität finden, die nichts zu tun hatte mit jedweder Form polizeilicher Arbeit.

Doch da war immer noch diese Anziehungskraft. In ihrem tiefsten Inneren wusste sie, was sie war und wo sie hingehörte. Sie kämpfte dagegen an, kämpfte mit Nägeln und Klauen. Manchmal sah sie sich hinter einem Schreibtisch in irgendeiner Behörde. Und erblickte nur den schieren Überdruss. Dort würde sie nicht lange überleben.

Sie würde sich dennoch von der Droge Polizeijob fernhalten müssen. Es gab ja auch andere Dinge. Wenn sie also in Zukunft Geld verdiente, sollte es möglich sein, eine Tätigkeit zu finden, bei der sie weder sich und ihre Nächsten der Lebensgefahr aussetzte, noch vor Langeweile umkam. Eine eigene Firma eröffnen, Selbstverteidigung für Frauen. Ein Fitnessstudio, vielleicht Crossfit. Ein moderner, tougher weiblicher Lebensstil. Da gab es doch bestimmt eine Nische, oder nicht? Die Zahl der weiblichen *Thrillseekers* war in den letzten Jahren exponentiell angestiegen. Sie brauchte nur sie selbst zu sein, um so ein Business zum Laufen zu bringen.

Sie selbst mit Geld. Mit einem Kapital.

Trotzdem. Er musste seine Tochter ja sehen. Trotz allem. Nach anderthalb Monaten Bedenkzeit. Anderthalb Monaten allein, nur Mutter und Tochter. Eigentlich reichte das. Für sie. Aber reichte es für ihre Tochter? Vielleicht hatte sie ja doch das Recht auf einen Vater.

Er hatte sie überfahren. Hatte dieses blöde Bootshaus gekauft, die Quelle aller Albträume, ohne zu fragen. Er hatte einfach erwartet, dass sie in seinen Rausch einsteigen würde. Genauso wie er erwartet hatte, dass sie das Kind behalten würde. Als ob er sie kennen würde.

Verdammt.

Sie brauchte keinen Mann in ihrem Leben. Männer waren für eine moderne Frau nur das letzte kleine Sahnehäubchen. Und Sam Berger hatte definitiv wenig Ähnlichkeit mit einem Sahnehäubchen.

Aber ein anderes hatte sie nicht. Keinen Mann, sondern etwas Wichtigeres. Die richtige Sahne. Vielleicht gab es da doch etwas Angespartes. Eine Art Rentenversicherung. Vielleicht sollte sie sie jetzt aufsuchen. Doch sie steckte weit entfernt in ihrer Vergangenheit.

Molly umarmte ihre kleine Tochter, küsste sie auf die weiche Wange und schnupperte kurz an ihrem wunderbaren kleinen Haarschopf. Was ihn anging, waren Sam Bergers Gene offensichtlich die dominanten gewesen: Molly als Blondine war im Großen und Ganzen haarlos zur Welt gekommen. Sie fragte sich, was das überhaupt für eine kleine Gestalt war, die sie hier im Arm hielt. Was für ein Leben sie haben würde, was für Triebfedern, was für Neigungen.

In diesem winzig kleinen Körper steckten zu viele Bullen-Gene.

Ex-Bullen-Gene. Ehemalig. Nicht mehr. Demnächst-Fitnessstudio-mit-Schwerpunkt-Selbstverteidigung-für-Frauen-Gene. Sie würde eine ganz Palette von Trainingsmöglichkeiten anbieten, vielleicht sogar Trainingsreisen. Eine freie, fröhliche Unternehmerin, supersozial und mit ansteckender Begeisterung. Ein *Role Model*. Eine richtige *Influencerin*.

Alles, was sie brauchte, war ein Startkapital.

Aber war das wirklich Molly Blom?

Wieder der Albtraum. Ein Schlag in den Nacken. Ein neuerliches Reißen. Tausende von Haarwurzeln, die sich weigerten, diesen Griff zu vergessen. *Ich weiß, dass du drauf stehst.* Es war offensichtlich, dass der Traum nicht verschwunden war. Aber er gehörte der Vergangenheit an. Und dort würde er auch bleiben.

Nicht daran denken.

Nicht daran rühren.

Nicht zum Oberst.

Selbstverteidigung für Frauen.

Der Name. Sie hatte schon einen Namen für ihre Tochter. Einen starken, freien Frauennamen. Den brauchte sie sich von niemandem absegnen zu lassen, sie entschied selbst. Sie brauchte es nicht zu tun.

Ein Name, der Kraft und Selbstständigkeit bedeutete. Reine, schiere Namensmagie. Ihre Tochter sollte sich für die erste wahrhaftig gleichberechtigte Generation in der Menschheitsgeschichte in die Bresche werfen.

Frei. Stark. Selbstständig.

Aber nicht eigenmächtig. Nicht narzisstisch.

Molly rührte sich nicht vom Fleck und strich ihrer Tochter übers weiche braune Haar. Die Luft stand still in ihrem Zufluchtsort, ihrem letzten Außenposten. Die Wohnung, von der niemand wusste. Ihrem Winterschlafquartier.

Dann seufzte sie tief, legte das Kind ab, das sofort wieder anfing zu schluchzen, und ging in eine der weniger ordentlichen Ecken des Zimmers. Sie zog eine seltsame Holzkonstruktion hervor und begann, Bänder einzufädeln und umeinanderzuschlingen. Schließlich knöpfte sie sich die lässig offen stehende Bluse zu, befestigte das Ding über ihrer Brust und hob ihre Tochter hinein. Als das Baby sicher an der

Brust seiner Mutter lag, ging Molly Blom mit entschiedenen Schritten los. Wobei ihre Schritte ein ganzes Stück entschiedener waren als sie selbst.

19

T minus 2 Tage und 6 Stunden

Die Widerlichkeit des Gestanks wurde noch übertroffen von der Stickigkeit, die mit ihm einherging. Während Deer dort stand und sich an die mit Graffiti überzogene Mauer lehnte, überlegte sie, ob die Luft wohl gesundheitsschädlich war. Es fühlte sich jedenfalls so an, als würde sie gasförmige Salpetersäure einatmen.

Alles in allem war es ein abstoßender Ort. Stockholms Arschloch. Kein vernünftiger Mensch würde aus freien Stücken hierherkommen. Und so war es – leider – auch der perfekte Treffpunkt, wenn man die Blicke der Welt meiden wollte.

Es war neun Uhr an einem Freitagmorgen, und Deer überlegte, ob Tompa wirklich zu einer so frühen Stunde aus seinem Loch kriechen würde.

Aber er war nun mal der beste Informant, den sie in der Welt des Verbrechens hatte. Die Morgensonne schien, und es lag immer noch etwas von der Frische der Nacht in der Luft. Allzu viele verlassene Gewerbegebiete in unmittelbarer Nähe von Stockholm gab es nicht mehr, die Grundstückspreise waren einfach zu hoch. Doch in dieser Ecke des Snösätra Graffitiparks in Rågsved war die Zeit in den Sechzigern stehen geblieben, nur leicht überpinselt vom neuen Millennium. Und um diese Uhrzeit war hier auch noch kein Sprayer unterwegs.

Nur was zum Teufel roch hier so? Deer tippte auf eine Art Lösungsmittel, das obendrein verfault, vermodert oder verschimmelt war. Sie wandte die Nase zum fast hellblauen Himmel und versuchte, ein paar unbeschadete Sauerstoffatome zu erwischen.

Als sie die Nase wieder senkte, stand er vor ihr.

Die üblichen Zuckungen liefen durch seinen gebrechlichen Körper, aber die braunen Augen, versteckt zwischen den tiefen Runzeln, schienen so klar wie immer.

»Tompa«, sagte Deer barsch. »Dass du dich immer so anschleichen musst.«

»Wieso, deswegen beschäftigst du mich doch«, antwortete Tompa mit einer Stimme, die durch mehrere Lagen Sandpapier zu ihr vorzudringen schien. »Komm, wir gehen ein bisschen beiseite«, fuhr er fort.

»Wieso, sind wir hier noch nicht beiseite genug?«, gab Deer zurück.

»Die haben ihre Augen überall«, flüsterte Tompa und führte sie hinter die Mauer. Das Gras auf dieser Seite war zwar höher, ansonsten glich sie der anderen aber aufs Haar.

»Wer ›die‹?«, wollte Deer wissen.

»Die, nach denen du gefragt hast«, sagte Tompa. »Scheiße, ich hab keine Ahnung, wer das ist, ich weiß bloß eins: Die sind *scary as fuck*. Du musst echt supervorsichtig sein, Baby.«

»Du darfst mich nur Baby nennen, wenn du auch was für mich hast, Babe«, sagte Deer säuerlich.

»Du dagegen kannst mich immer gerne Babe nennen, Baby. Ist absolut okay, wenn du mich mitten in der Nacht anrufst und mir das ins Ohr zischst.«

»Darf ich das so verstehen, dass du was für mich hast?«

Tompa strich sich über das kaputte Kinn und starrte zum Himmel empor. Nach dieser Kunstpause sagte er: »Es gibt jetzt nicht gerade ein offizielles Register ihrer Angestellten …«

»So weit wären wir uns einig«, entgegenete Deer geduldig.

»Und du hast ja schon bekommen, was ich wusste, diese drei möglichen Namen«, sagte Tompa.

»Diese drei Namen habe ich gecheckt, aber ohne Erfolg. Wir sind hier, weil du gemeint hast, du hättest vielleicht *was Neues* rausgefunden.«

»Schön, dass du da ein ›vielleicht‹ eingebaut hast. Ich weiß nicht, ob die Info was taugt, aber in diesem Lokal scheint es so eine Art menschlichen Punchingball gegeben zu haben.«

»Einen menschlichen Punchingball?«

»Sozusagen. Der hat die Latrine ausgeleert und die Kotze aufgewischt. Lauter so Sachen.«

»Ich brauche nur einen Ansatzpunkt«, sagte Deer. »Hast du einen Namen?«

»Nur einen Vornamen, Baby«, sagte Tompa. »Und einen … wie heißt das Gegenteil von Kosename …?«

»Schimpfname?«

»Du bist ein Genie«, rief Tompa. »Ein Schimpfname.«

»Und wie lautet dieser Schimpfname?«

»Ivan, Baby«, sagte Tompa mit einem zahnlosen Lächeln. »Ivan der Schreckliche.«

20

T minus 2 Tage und 5 Stunden

Berger saß an seinem Schreibtisch im Bootshaus. Vor ihm lag eine Reihe verschlossener Plastiktüten. Zwei von ihnen waren größer als die anderen, und in jeder lag eine Zahnbürste.

»Die hier also?«, fragte der Mann, der schräg über ihm stand, offenbar eine Aushilfe für die Sommerferien.

Berger musterte ihn. Er hielt sich nun wirklich nicht für einen Menschen mit Vorurteilen, aber andererseits lag es auch nicht an irgendwelchen Vorurteilen, dass er dieser Gestalt nicht zutraute, bei der Nahrungsaufnahme ihren eigenen Mund zu finden. Das war reine Erfahrung.

»Es ist sehr wichtig«, betonte er.

»Das ist es immer«, sagte die Ferienvertretung, rupfte ihm die Tüten aus der Hand und verschwand aus der Tür. Er machte sie nicht mal hinter sich zu.

Berger betrachtete die Tür des Bootshauses, die ebenfalls nur angelehnt war. Er hatte diese Firma im Zusammenhang mit ein paar Fällen von Versicherungsbetrug beschäftigt und wusste, dass er sich auf sie verlassen konnte. Aber was hatten die ihm da denn für einen Botenjungen geschickt?

So praktisch sie auch waren, DNA-Analysen brauchten einfach ihre Zeit. Und heute war Freitag. Sonntag um fünfzehn Uhr würde Nadja Karlsson sterben. Es sei denn, Sam Berger konnte es noch auf irgendeine unergründliche Weise verhindern. Im Moment war er noch meilenweit davon entfernt. Und er hatte nicht mal mehr ein ganzes Wochenende.

Die Uhr in Bergers Kopf tickte immer lauter. Er ließ den Blick über das sichtlich erweiterte Whiteboard gleiten. Alle neuen Informationen, aber auch jedes bisschen Inspiration und Intuition, die er bis dato hatte sammeln können, hingen dort vor seinen Augen. Der Nadja-Karlsson-Fall.

Er war nicht zufrieden.

Er war überhaupt nicht zufrieden.

Alles griff ineinander. Nadja hatte einen Mann kennengelernt, sie hatte sich zum ersten Mal seit sehr langer Zeit, vielleicht sogar überhaupt in ihrem ganzen Leben, jemanden ausgesucht, dem sie vertraute. Dass sie nur wenige Monate später gekidnappt wurde, war wohl kaum ein Zufall. Es musste auf die eine oder andere Art mit ihrer neuen Liebe zu tun haben. Ebenso wie der Umstand, dass jemand zur Zeit der Entführung in ihrem Auto gesessen hatte. Der Mann war zweifellos verrückt und hatte Nadja in ihrem Brief die *Freiheit* erwähnen lassen, dieses Unnennbare, das sie ein halbes Jahr lang gegenüber ihrer Psychologin angedeutet hatte, ohne das Thema auch nur ein einziges Mal wirklich ansprechen zu können. Doch jetzt, im Lösegeldbrief, da ging es. Und zwar in Form eines Kommentars, der besagte, dass die Entführung schlimmer sei als diese *Freiheit*.

Das bedeutete, dass jede Sekunde, die verstrich, eine verlorene Sekunde war. Jede Sekunde war eine Sekunde des Schmerzes für eine Frau, die Berger kennen und schätzen gelernt hatte. Je mehr er sich mit dieser rudimentären, wenn auch stark erschwerten Polizeiarbeit abmühte, umso mehr Informationen sickerten zu ihm durch. Doch nichts brachte ihn ihr näher. Hier war definitiv etwas faul.

Er fühlte sich in diesem Bootshaus so absurd einsam. Mit seinen Gedanken, mit sich selbst. Doch sich selbst und seine kleinen Wehwehchen musste er jetzt ignorieren. Neben Nadjas Leiden fiel seines überhaupt nicht ins Gewicht.

Trotzdem wollte ihm das Bild von Otilia Grimbergs kurzhaarigem Kopf und ihren deutlichen Fältchen nicht aus dem Sinn. Ihr Lächeln, aus dem so viel Lebenserfahrung sprach. Der Glanz in ihrem Blick. Der etwas faltige, aber so schöne nackte Körper. Die unbeschreibliche Wonne.

Er war wirklich zu lange allein gewesen. Der Mensch wird etwas anders, wenn er einsam ist, ein bisschen schief und verzogen. Und wahrscheinlich wird er auch ein schlechterer Detektiv.

Berger ließ den Blick über die Monitore gleiten. Dort lag der Ordner mit den Videos. Sieben Clips von jeweils einer halben Stunde, plus Bergers eigener Zusammenschnitt, der aus den Momenten bestand, in denen sich aus Nadjas Gesprächen mit Rita Ohlén möglicherweise Spuren ableiten ließen. Die Originalfilme waren kürzer als die Therapiesitzungen, was sich mit seinen eigenen Therapieaufnahmen deckte. Ohlén nahm immer bloß Teile der Sitzungen auf. Dass es nur sieben Clips in einem halben Jahr waren, bedeutete wiederum, dass nicht bei jeder Sitzung Aufnahmen gemacht worden waren.

Noch einmal sah er sich den ersten Film an, den vom Februar, und versuchte erneut, Nadja zu deuten. Körpersprache, Formulierungen, Zögern, Blicke – sie zu entschlüsseln war einst, auf dem Gipfel seiner professionellen Fähigkeiten, eine seiner Spezialitäten gewesen. Vernehmungstechnik. Den Verhörten lesen. Den Wahrheitsgehalt von Aussagen einschätzen. Sich ein Gesamtbild des Gegenübers machen.

Nadjas Gesang hatte viel verändert. Er meinte, dass sich ihm dabei ihre verletzte, aber nicht vernichtete Seele ein Stück geöffnet hatte. Er sah eine lebendigere Frau, eine, mit der er gut und gerne hätte befreundet sein können. Vielleicht sogar mehr.

Zu deuten wusste er sie dennoch nicht.

Nicht so richtig.

Er sah das verletzte Mädchen in Nadja. Er sah ihre schwer

einzuschätzende Ironie. Er sah die geläuterte Frau, die im Leben alles gesehen hatte. Er sah die misshandelte Frau, die Drogen hatte nehmen müssen, um überhaupt überleben zu können. Er sah die beschämte Frau. Er sah die Frau mit all ihren Routinen und Regeln, die für sie lebensnotwendig waren. Er sah die Asketin, die wusste, dass jeder Ausbruch von Lebensfreude nach hinten losgehen konnte. Er sah die fleißige Arbeiterin, die sich wahrscheinlich niemals einen Putzauftrag entgehen ließ. Er sah die Frau, in der die Liebe vorsichtig wagte, wieder zum Leben zu erwachen. Und sogar eine sehr wütende Nadja huschte vorbei, eine, die – zumindest in gewissen Augenblicken – auch imstande war zu hassen.

Berger blieb eine Weile reglos sitzen und dachte nach. Oder spürte den Dingen nach. Als würde sich irgendetwas in ihm verschieben. Die lange Zeit der Starre wollte gerade in etwas anderes übergehen. Der kurze, wenig befriedigende Umgang mit den Zwillingen hatte ihn während dieser Eiszeit am Leben gehalten, aber ansonsten war alles in seinem Inneren erstarrt. Jetzt war es, als würde sein Körper begreifen, dass er vollen Zugang zu seinen Gefühlen brauchte, wenn er Nadja nah genug kommen wollte, um ihr das Leben zu retten. Er wollte wirklich, dass sie weiterleben durfte, dass sie die Chance bekam, ein neues Kapitel in ihrem Leben aufzuschlagen.

Aber lesen konnte er sie nicht.

Nicht so richtig.

Es gab nur eine Frau in der ganzen Weltgeschichte, die er noch schlechter hatte lesen können. Und die war nicht mehr Teil seines Lebens.

Er schloss die Augen. Hörte etwas, eine Art schwaches Kratzen. Dann drang plötzlich eine Stimme an sein Ohr. Und er war sicher, dass er träumte.

»Myrina«, sagte eine Frauenstimme.

Leicht desorientiert blickte er auf. Das Vormittagslicht

sickerte durch den Türspalt. Dort stand eine Frau. Die Babytrage auf ihrer Brust lenkte ihn im ersten Moment ab, weswegen es ein paar Sekunden dauerte, bis er Molly Blom erkannte.

Dann verschlug es ihm den Atem.

21

T minus 2 Tage und 5 Stunden

Molly Blom fragte: »Darf ich reinkommen?«

Sam Berger starrte sie nur an, starrte auf die Babytrage, den kleinen Hinterkopf. Schließlich legte Molly den Kopf ein bisschen auf die Seite und schaute ihn fragend an.

Er brachte ein Nicken zustande, zeigte vage auf den Stuhl auf der andere Seite des Tisches und versuchte, einen Atemrhythmus zu finden, der nicht völlig grotesk war.

Er brauchte einen Whisky. Zwei.

Sie setzte sich, schaute sich um, sagte: »Mit der Renovierung bist du aber nicht so weit gekommen, wie ich gedacht hatte.«

Seine Stimme. Er musste seine Stimme wiederfinden. Aber er fand sie nicht. Es ging nicht. Vielmehr stürzte er immer weiter in die Tiefe, auf das Erdinnere zu. Verbrannte im Magma.

»Und das sieht ja fast so aus wie ein richtiger Fall«, meinte Molly Blom und deutete mit der Hand zum Whiteboard.

Er konnte nicht mehr schweigen. Er durfte hier nicht völlig zusammenbrechen. Er musste seinen Körper zusammensammeln und wieder zur Erdkruste hinaufschwimmen.

»Myrina?«, brachte er schließlich heraus.

Sie nickte, ohne den Kopf zu heben. Mit einem irgendwie nach innen gerichteten Lächeln sagte sie: »So soll sie heißen.«

Berger betrachtete den kleinen Hinterkopf, und von irgendwoher kam ein Lächeln. Aus einer Tiefe, über die er keine Kontrolle mehr hatte. Die Erdkruste barst.

»Von mir aus kann sie heißen, wie sie will«, sagte er heiser.

Beide schwiegen sie für einen Moment. Bergers und Bloms Blicke trafen sich. Bis sie schließlich fragte: »Willst du sie mal nehmen?«

Berger nickte nur.

Molly befreite die Kleine aus der Trage und gab sie ihm. Unendlich vorsichtig nahm Berger sie entgegen. Er blieb sitzen, strich ihr langsam und wie verzaubert über den überraschend dicken Haarschopf.

In der Zwischenzeit ging Molly zum Whiteboard und musterte es aus der Nähe. Und noch einmal fragte Berger: »Myrina also?«

»Das war eine der stärksten Amazonen der Geschichte«, erklärte Molly, ohne den Blick von den wild durcheinandergekritzelten Notizen an der Tafel abzuwenden.

»Wo bist du gewesen, Molly?«, wollte er wissen, ganz schlicht.

»Ich habe das Gefühl, ich war überall«, sagte sie. »Aber ohne ein Zuhause zu finden.«

»Ich habe seit Monaten nicht mehr zu Hause geschlafen«, gestand ihr Berger. »Da ist es zu leer. Hier ist wenigstens irgendwie was los.«

»Die Zwillinge, ja«, sagte Molly und deutete auf die untere rechte Ecke der Tafel. »Es tut mir wahnsinnig leid, dass das alles so gekommen ist. Das auch.«

Sie ging näher an die Tafel und löste das kleine Bild von sich selbst auf dem Brüsseler Flughafen ab.

»Hast du nicht versucht, mich zu finden?«

»Doch, natürlich. Aus Brüssel bist du aber nicht weitergereist. Jedenfalls nicht als Molly Blom.«

Sie schaute ihn an, fing seinen Blick auf und erklärte: »Du hast mich in die Enge getrieben, Sam, und ich habe keine

Luft mehr bekommen. Ich musste weg und mich selbst wiederfinden.«

»Aber ohne Erfolg, oder?«, sagte Berger.

»Weiß ich nicht«, erwiderte Molly. »Jetzt krieg ich auf jeden Fall wieder Luft. Myrina hilft mir.«

»Ich bin eine Weile zu einer Psychologin gegangen«, sagte Berger. »Und daraus ist die beste Therapie geworden, die man sich vorstellen kann: ein Fall.«

»Dieser hier?«

Berger nickte. Es dauerte einen Moment, bis er fragte: »Wie bist du hier reingekommen?«

»Zu Fuß«, sagte Blom. »Mit Trage und Wickeltasche und dem ganzen Zeug.«

»Ich habe überall Überwachungskameras installiert«, sagte Berger. »Die hätten reagieren müssen. Auf Deer haben sie ja auch reagiert.«

»Du hast Deer getroffen?«

»Zum ersten Mal, seit wir alle auseinandergegangen sind. Sie hatte eine Krise.«

»Wir haben alle unsere PTBS«, schnaubte Blom. »Der eine mehr, der andere weniger.«

»*Posttraumatische Belastungsstörung.*« Berger zog eine bittere Grimasse.

»Das waren ein paar echt heftige Monate«, sagte Blom. »Ich glaube, wenn einer von uns *keine* Krise gehabt hätte, wäre das die allerschlimmste Krise gewesen.«

»Kann schon sein«, meinte Berger. »Aber warum funktionieren meine Kameras nicht?«

»Die funktionieren schon«, antwortete Blom. »Ich weiß eben nur, wie man sie austrickst, das ist alles. Bist du an einer Entführung dran?«

Berger streichelte Myrina weiter versonnen über den Kopf und nickte. »Willst du genau wissen, worum es geht?«

»Jedes noch so kleine Detail«, sagte Blom und deutete mit der Hand auf das Whiteboard.

»Ich teile meine Therapie gerne«, erklärte Berger.

Da saß er nun mit seiner neugeborenen Tochter auf dem Schoß, einer Tochter, von der er bis vor ein paar Minuten noch geglaubt hatte, dass er sie niemals kennenlernen würde. Und neben ihm die Mutter, von der er nicht gewusst hatte, ob er sie jemals wiedersehen würde.

Es war wie im Traum. Und Träume waren immer gefährlich. Man konnte aus ihnen erwachen.

Er strich seiner Tochter übers Haar und hatte das Gefühl, dass er eigentlich weinen sollte. Früher oder später würde er auch weinen. Jetzt aber noch nicht.

»Ist sie wirklich erst ein paar Tage alt?«, fragte er.

»Sechs Wochen«, sagte Blom. »Sie ist stark, wollte schon einen Monat früher raus. Außerdem habe ich mich wohl mit dem Termin vertan, der war zwei Wochen früher. Ich bin also nicht wirklich frisch entbunden.«

Berger lachte und dachte an einen mehrere Wochen verspäteten Kopf in der Kloschüssel.

»Zwei Wochen früher«, sagte er. »Also genau da, wo wir hoch in den Norden geflohen sind? Als ich immer noch bewusstlos war?«

»Es waren auf jeden Fall keine anderen Männer in der Nähe«, erwiderte Blom. »Aber jetzt erzähl mir lieber von dem Fall hier.«

Und dann legte er ihr den ganzen Fall dar, von A bis Z. Nach der Hälfte des Vortrags schlummerte Myrina ein; hoffentlich träumte sie nicht von dem, was ihr Vater da erzählte.

Während Berger redete, fiel ihm auf, wie wenig er eigentlich hatte. Wie viel er spürte und wie wenig er hatte. Als er auf die Zahnbürsten fürs DNA-Labor zu sprechen kam, fragte Blom: »Hast du das auch schriftlich?«

»Den Fall? Warum denn? Arbeite doch bloß ich dran.«

»Gut«, sagte Blom. »Sieh zu, dass nichts davon ins Netz kommt.«

Berger nickte. Sie betrachtete das Whiteboard und sagte

schließlich: »Mein erster Eindruck ist ja der, dass sich da ein Junkie an einen Ex-Junkie ranmacht. Er muss sich anhören, dass sie mit einer ›gebildeten‹ Person Umgang hat, die obendrein Geld hat. Wählt daraufhin eine willkürliche Summe, die sich groß anhört, hunderttausend, und hofft das Beste.«

»Und der zweite Eindruck?«

»Da kommt Nadjas Hintergrund ins Spiel. Dass sie einen Mann kennengelernt hat, in den sie sich offensichtlich langsam verliebte, dass der Entführer – vielleicht – die Überwachungskamera zerschossen hat. Viele lose Fäden.«

»Ergibt es ein Gesamtbild?«

»Ich habe ja die Therapiefilme noch nicht gesehen und kann mir noch kein rechtes Bild davon machen, wer Nadja ist. Aber der Entführer klingt schon nach einem Profi. Gleichzeitig aber auch überhaupt nicht.«

Blom verstummte. Sie starrte auf das Whiteboard.

»Ich nehme an, dass du mittlerweile schon angeboten hast, ihn zu bezahlen, oder? War das nicht dein eigentlicher Auftrag? Und ich nehme an, dass es das Geld von dieser Psychologin ist? Bist du gut bezahlt worden?«

»Die Fragen kann ich alle mit Ja beantworten.«

»Hat er schon reagiert?«

Berger schüttelte den Kopf.

»Nicht der Hauch einer Nachricht in meiner Mailbox«, sagte er.

»Wer ist dieser Mann?«, fragte Molly, nachdem sie eine Weile stumm genickt hatte. »Ein *x-beliebiger* Verrückter kann es nicht sein, das wäre zu abwegig. Ist am Ende ihr neuer Freund der Entführer?«

»Schwer zu sagen«, meinte Berger. »Aber fünf Tage Schweigen sollten ihn im Grunde nervös machen, und er hat ihr Verschwinden ja noch nicht bei der Polizei gemeldet.«

»Und deine Rita Olsén weiß nicht mehr, als sie sagt?«

»Rita Ohlén«, korrigierte Berger. »Und nein, ich sehe keinen Grund zu dieser Annahme. Sie muss die Karten ja auf den Tisch legen, wenn sie das hier gelöst haben will. Aber du kannst natürlich gerne an diesem Punkt ansetzen, wenn du magst.«

»Hör auf, Sam. Wie kommst du auf die Idee, dass ich auf einmal für dich arbeiten will? Hab ich mich nicht deutlich genug ausgedrückt?«

»Ich seh doch deinen Blick, Molly.«

Jetzt richtete sie ebendiesen auf Berger. Er schaute ihr in die Augen, direkt und unverblümt. Schließlich sagte sie: »Du hast mir noch nicht verraten, wie viel Honorar du bekommst.«

»Nichts«, sagte Berger. »Ich bekomme das Geld am Montag. Die Hälfte, wenn es misslingt. Es reicht auf jeden Fall, um diesen Konkursbau über Wasser zu halten.«

»Sag, wie viel«, verlangte Molly.

Berger verzog das Gesicht.

»Warum?«, protestierte er. »Du willst ja doch nicht mit mir arbeiten. Nicht mal, wenn du die Hälfte abkriegst.«

»Die Hälfte? Im Ernst?«

»Wir sind gefeuert worden, Molly. Wir stehen im Regen. Wir brauchen beide Geld. Egal, was du sonst noch für Pläne gemacht hast.«

»Ich will ein Fitnessstudio eröffnen, eine Gesundheitskette. Selbstverteidigung für Frauen. Und ich habe eine Tochter zu versorgen. Wie viel?«

»Eine Million, wenn ich Nadja retten kann. Eine halbe, wenn ich es nicht schaffe. Die Hälfte gehört dir.«

Zum ersten Mal sackte Molly der Unterkiefer herunter. Für ein paar Sekunden starrte sie ihn nur ungläubig an.

»Im Moment rede ich auch nicht von etwas Dauerhaftem«, fuhr Berger fort. »Eine unschuldige Frau steckt genau in diesem Augenblick mitten in einem widerlichen Tötungsprozess. Ich rede nicht von der Zukunft, sondern vom Hier und Jetzt. Kurz gesagt, ich brauche deine Hilfe, genau jetzt.«

Er schaute sie an. Sie schaute ihn an. Dann seufzte sie.

»Ich habe ein kleines Kind«, sagte sie.

»Alles, was ich will, sind dreiundfünfzig Stunden. Dann schneidet irgendein Bastard Nadja Karlsson den Kopf ab und schickt ihn an ihre Therapeutin.«

Blom zögerte, versuchte dann aber zu verneinen.

»Ich kann nicht in so eine Welt eintreten«, sagte sie. »Ich will nicht in einer Welt leben, in der Köpfe abgeschnitten und als Postpakete verschickt werden.«

»Und gerade aus Widerstand gegen so eine Welt bin ich damals Polizist geworden«, gab Berger zurück.

Wieder trafen sich ihre Blicke, ernst und nachdenklich. Da meldete sich auf einmal Bergers Handy mit einem seltsamen Klingelton. Er stellte schnell auf stumm, bevor Myrina aufwachen konnte.

»Das ist Samir«, sagte er. »Auf FaceTime. Bist du hier oder nicht?«

»Samir?«, rief Molly. »Hast du den armen Kerl auch bestochen?«

»Bist du hier oder nicht?«

»Nein.«

Berger nahm das Gespräch an und hielt sich das Handy ganz nah vors Gesicht, damit die schlafende Myrina auf seiner Brust nicht zu sehen war.

»Ja?«, meldete er sich.

Samirs Gesicht erschien auf dem Display, er saß offenbar in seinem Büro bei der Verkehrspolizei.

»Ich helfe dir gerne, Sam«, begann Samir, »aber es wird immer schwieriger, meine ganzen Suchanfragen zu vertuschen. Es darf nicht zu viel werden.«

»Das versprech ich dir«, sagte Berger. »Hast du eine Antwort für mich? Wegen der Überwachungskamera in Akalladalen?«

»Genau, die Überwachungskamera«, seufzte Samir. »Mein Kontakt bei den Technikern hat die Seriennummer des Senders rausgekriegt.«

»Und? Treffer?«, fragte Berger.

»Ja«, sagte Samir mit einem Ton, der Geduld vortäuschen sollte. »Es gibt ein Verzeichnis. Was bedeutet, dass ich weiß, wer den Empfänger dazu hat.«

»Und, wer ist es?«, fragte Berger im selben Tonfall.

»So ein komischer weiblicher Vorname …«

»Verdammt noch mal!«, schrie Berger und stand auf. Myrina zuckte zusammen, träumte dann aber doch weiter von glorreichen Amazonenabenteuern.

»Kann ein Mensch wirklich Otilia heißen?«, fragte Samir.

22

T minus 2 Tage und 4 Stunden

Noch vor einem Jahr hätte Sam Berger behauptet, dass seine Weltkarte fertig sei. Er hatte es sich in einer Welt bequem gemacht, in der er alles im Griff zu haben schien. Hatte auf alles eine Antwort, hatte alles gesehen und erlebt, wusste, wie der Rest seines Lebens aussehen würde. Er durchschaute alle Menschen und ließ sich niemals überraschen.

Dann kam eine intensive Woche im Herbst des letzten Jahres, und alles, was fest gewesen war, verflüchtigte sich. Mittlerweile gab es nur noch eines, was ihn überraschte, und das war die Zahl der Überraschungen.

Zu seinen festen Überzeugungen hatte auch gehört, dass er in der Stockholmer Innenstadt schon überall gewesen war. Als er nun hinter dem Steuer seines neuen, firmengeleasten Dienstwagens sitzend in Teile von Östermalm gelotst wurde, die er noch nie gesehen hatte, überraschte ihn das nicht mehr im Geringsten. Er kannte das Viertel Villastaden zwar, aber als er von der Östermalmsgatan abbog, wurde ihm bewusst, dass er noch nie die Floragatan entlanggefahren war.

Es war großartig.

Molly Blom legte ihm von hinten die Hand auf die Schulter. Er fuhr auf einen Behindertenparkplatz. Sie stieg aus, mit Myrina in der Trage, er drückte mit einem Klicken den Windschutz herunter und strich seiner schlafenden Tochter über den Hinterkopf. Er roch den unverkennbaren, biologisch beruhigenden Duft von Babyhaar.

»Wir müssen uns eine Babyschale fürs Auto besorgen«, sagte er.

»Es gibt kein ›wir‹«, erwiderte sie.

Aber das brachte ihn gar nicht aus seiner Gemütsruhe. Er meinte nur: »Ich wusste gar nicht, dass deine Mutter so schick wohnt.«

»Sie ist nicht meine richtige Mutter«, fauchte Molly Blom und verschwand durch eine imposante Eingangstür.

Das Glück und der Frieden, die ihm die Begegnung mit Molly und Myrina beschert hatten, kämpften in ihm gegen die tickende Uhr, gegen Nadja, die man in ihrer Gefangenschaft folterte. Doch diese Verzögerung würde dadurch aufgewogen, dass sie ab jetzt zu zweit suchten.

Molly hatte sich ihm tatsächlich angeschlossen. Er konnte es noch nicht richtig fassen. Natürlich wusste er, dass es wirklich nur für diese zweiundfünfzig Stunden war, und er wusste, dass er ihr Vertrauen in allernächster Zukunft erst noch zurückgewinnen müsste. Um an Myrinas Leben teilhaben zu können. Und um besser gerüstet wieder ins Leben von Marcus und Oscar zurückzukehren.

The still point of the turning world.

Jetzt aber musste er seine Aufmerksamkeit ganz und gar auf Nadja richten. Und sofort spürte er wieder das Ticken der Uhr im Ohr. Direkt auf seiner Haut. Durch die Haut hindurch.

Molly Blom kam zurück. Ohne Kind, ohne Trage. Sie sprang auf den Beifahrersitz, und er fuhr los. Die beiden schwiegen, doch er sah ihren Blick. Sah sein eigenes Spiegelbild in ihren Augen. Jetzt gab es nur noch ein Ziel: Sie würden verdammt noch mal dieses Menschenleben retten.

Es wurde Zeit, das Tempo ein bisschen hochzuschrauben. Trotzdem befiel ihn unterwegs irgendetwas. Er spürte, wie ihm der kalte Schweiß ausbrach. Immerhin war es ja noch nicht sonderlich lange her, dass er im Haus von Otilia Grimberg gewesen war. Wagte er wirklich zu hoffen, dass sie den Mund hielt? Er hatte sie nach einer großartigen Nacht allein im Bett liegen lassen, und er hatte keine Ahnung, in welcher Stimmung er sie jetzt antreffen würde. Die Bandbreite reichte von Garm-auf-ihn-Hetzen bis Abknutschen. Und ausgerechnet jetzt war Molly zurückgekommen. Sollte es ihm gelingen, sie prompt wieder zu verjagen? Wegen seiner ganz gewöhnlichen Fleischeslust?

Sollte er etwas sagen? Sie vorwarnen? Beichten? Aber da fuhren sie schon in die kerzengerade Straße in Akalladalen, vorbei am Kranwagen, den die Leihwagenfirma mittlerweile schon hätte abholen müssen, und parkten nicht weit von Otilia Grimbergs Grundstück. Berger schwitzte schrecklich.

Als sie ausstiegen, empfing sie ein eisiger Wind, der durch alle Kleidungsstücke drang. Berger schauderte. Kam jetzt der Herbst? Mit einem weiteren Schaudern überreichte er Molly eine kleine Karte. Die betrachtete mit einiger Verblüffung ihr eigenes Porträt.

»Legitimation«, sagte er. »Könnte in den nächsten Tagen ganz nützlich sein.«

»Offizielle Vertreterin der Bootshaus Security AB? Im Ernst jetzt?«

»Habe ich drucken lassen, bevor du verschwunden bist.«

Molly Blom steckte die Karte ein und meinte: »Es gibt immer noch kein ›wir‹.«

Sie betraten das vernachlässigte Grundstück durch das Gartentor und klingelten. Begleitet von einem lauten Knurren öffnete Otilia Grimberg die Tür, starrte Berger verblüfft an und Molly noch verblüffter. Von hinten kam der Rottweiler angestürzt. Otilia griff schnell nach seinem Halsband und riss ihn kräftig zurück.

»Garm! Sitz!«

Der Rottweiler gehorchte innerhalb von Sekunden. Er setzte sich und wedelte mit dem Schwanz. Otilia war ganz offensichtlich die Herrin in ihrem Haus.

Sie richtete ihren hellblauen Blick auf Berger. Der wartete ab, wartete auf den Todesstoß. Den Degenhieb. Stattdessen kam ein kleines schiefes Lächeln: »Schau mal einer an.«

»Hallo, Otilia«, sagte Berger zahm.

»Na wen hast du denn da mitgebracht?«, fragte Otilia, ohne dass das Lächeln ihre Lippen verlassen hätte. »Ich dachte immer, Privatdetektive arbeiten allein.«

»Schon seit den vierziger Jahren nicht mehr«, erwiderte Berger und versuchte, sich nicht aus der Rolle bringen zu lassen. Die Komplexität dieses Augenblicks sprengte wirklich alles. Aber das musste er jetzt ignorieren.

»Das ist Molly Blom«, sagte er. »Meine Kollegin.«

»Die reinste Schlangengrube an Privatdetektiven«, stellte Otilia mit einem kleinen Zwinkern fest.

Molly Blom verzog keine Miene.

»Dürfen wir reinkommen?«, fragte Berger.

»Hast du neulich vielleicht was vergessen?«, fragte Otilia, als sie die beiden hereinließ. »Auf Wiedersehen zu sagen vielleicht?«

Sie hielt Garm fest und fuhr fort: »Was kann ich denn für die Herrschaften tun?«

»Es geht um die Überwachungskamera«, sagte Berger nur.

Otilia schaute ihn an, und in die ironische Klarheit ihres blauen Blicks schien sich aufrichtige Verblüffung zu mischen.

»Wovon redest du, Sam?«

»Die Kamera oben auf dem Laternenpfahl ist auf deinen Namen registriert, Otilia.«

»Ah. Ach so, die.«

»Du bist als Verantwortliche für die Überwachungskameras der Siedlung eingetragen.«

Otilia musterte ihn kurz. Dann Molly Blom. In diesem Augenblick hätte er schwören können, dass es so etwas wie weibliche Intuition wirklich gab.

»Vor ein paar Jahren hat es hier mal eine Einbruchsserie gegeben.« Otilia zuckte mit den Schultern. »Bevor ich einen

Ton sagen konnte, hatten sie den ganzen Mist auch schon bei mir abgeladen. Dann haben die Bullen die Bande gefasst, so ein paar müde Rumänen, und ab da hat kein Hahn mehr danach gekräht.«

»Wie funktioniert die Kamera denn?«, fragte Berger.

»Der Verein hat mir geholfen, ein paar Sachen anzuschließen, und ich musste danach im Grunde bloß kontrollieren, dass die Kabel die ganze Zeit fest eingesteckt blieben.«

»Was für ein paar Sachen?«

»Steht alles oben.«

Sie deutete auf die Treppe hinter ihr, die ins Obergeschoss ihrer kleinen Reihenhauswohnung führte. Molly Blom ging hinauf. Berger drehte sich zu Otilia um, nicht ohne zu bemerken, wie bedauernd sein Blick war. Er war ihr ja in der Tat äußerst nahe gekommen, wenn auch nur für ein paar Stunden. Doch sie lächelte bloß ironisch und bedeutete ihm mit einem Winken, dass auch er hochgehen sollte. Auf dem Weg nach oben streichelte sie ihm kurz über den Hintern.

Molly Blom wartete oben. Otilia drängte sich an ihr vorbei und machte eine Tür auf. Fast ganz unten auf Bodenhöhe leuchtete in einer staubigen Ecke ein rotes Lämpchen an einem kleinen Stapel elektronischer Geräte. Molly ging davor in die Hocke.

»Empfänger und Harddisk«, stellte sie fest.

»Ich hab den Scheiß nie angefasst«, sagte Otilia. »Kam mir sinnlos vor, weil das Kamerabild sowieso nicht hierher übertragen wurde.«

»Wäre es okay, wenn wir das kurz an unseren Laptop anschließen?«, fragte Berger.

Otilia zuckte gleichgültig mit den Schultern. Molly Blom steckte die Harddisk in Bergers altes Notebook und wartete auf eine Reaktion. Nach einer zermürbend langen Zeit erschien ein neues Icon auf dem Desktop. Molly Blom klickte darauf. Auf der Festplatte war eine ganze Reihe von Dateien, in einem einzelnen Ordner.

»Dreißig Stück«, stellte Molly fest.

»Die haben gesagt, dass alle Filme, die älter sind als einen Monat, immer automatisch gelöscht werden«, erklärte Otilia Grimberg. »Der Reihe nach quasi.«

»Was ist das letzte Datum?«, fragte Berger atemlos.

»Der 16. August. Danach ist Schluss.«

»Das war Dienstag«, sagte Berger und ballte die Faust.

»Die Datei ist deutlich kleiner als die anderen«, stellte Blom fest.

»Als wäre die Aufzeichnung in der Nacht zum Dienstag unterbrochen worden.«

»Ich speichere einfach alles.«

Sie standen auf. Blom bedankte sich knapp und ging zum Auto. Berger zögerte noch. Er blieb auf der Schwelle stehen und schaute Otilia in die Augen.

»Vielleicht ist sie auch deine Kollegin«, meinte Otilia, »aber ich habe das Gefühl, *Partnerin* wäre an dieser Stelle das bessere Wort.«

»Die Sache ist kompliziert«, war alles, was Berger herausbrachte. Aus dem Augenwinkel sah er, dass Otilia an der Tür stehen blieb und ihm nachschaute. Er vermochte ihren Blick nicht recht zu deuten. Hinter der Ironie steckte noch etwas anderes, ein Abgrund.

Sie fuhren los, und eine Weile herrschte nachdenkliches Schweigen im Auto.

»Sie hatte da so ein Tattoo …«, sagte Molly Blom.

Berger nickte und zog eine Grimasse.

»Ein alter Freund von ihr«, sagte er. »Der sich offenbar mit Drogen umgebracht hat.«

Molly Blom lächelte kurz und zog sich wieder in sich selbst zurück. Dort war Berger schon – ebenfalls tief in sich selbst versunken. Am Kreisverkehr in Kista drehte er drei Runden, bis Molly Blom endlich sagte: »Ja, ja, jetzt fahr schon rein.«

23

T minus 2 Tage und 4 Stunden

Berger lenkte den Firmenwagen zu einer Tankstelle am Kista-Rondell. Bevor sie auch nur geparkt hatten, klappte Blom das Notebook auf und klickte die letzte Datei an. Unten in der Ecke fing die Uhr bei 00:00:00 zu laufen an. Ein Film begann.

Zunächst sah es aus wie ein Standbild.

Die nächtliche Straße war stellenweise heller erleuchtet, wo der Schein der Laternen auf einzelne geparkte Autos fiel. Niemand bewegte sich. Die totale Stille.

Molly Blom spulte etwas schneller vor. Nichts änderte sich, es sah immer noch aus wie ein Standbild. Eine ganze Stunde verging im schnellen Vorlauf, aber um 01:22:12 Uhr geschah etwas. Molly Blom reagierte sofort, und jetzt sah man einen weißen Van mit normaler Geschwindigkeit aus der Ferne herankommen. Am Schluss konnten sie das Kennzeichen erkennen.

RUSS 328.

Der Lieferwagen glitt in eine Parklücke. Der Fahrer, nur eine Silhouette, blieb reglos im Auto sitzen. Nach einer Weile tauchte links hinter ihm ein Hund auf und zog eine kurzhaarige Frau hinter sich her, zweifellos Otilia Grimberg. Garm schnüffelte im Dunklen eifrig am Vorderrad des weißen Vans. Kurz bevor es Otilia gelang, ihn wegzureißen, sah man, dass die Silhouette im Auto eine Schusswaffe hob und auf sie zielte.

»Ach du Scheiße«, sagte Berger.

Molly Blom ließ den Film weiterlaufen.

Otilia Grimberg und Garm verschwanden Schritt für Schritt in der Nacht. Dann sah die Aufnahme lange wieder so aus wie ein Standbild.

Sie warteten. Molly Blom war schon nahe dran, wieder schnell vorzuspulen, als eine Gestalt auf der anderen Seite der Straße auftauchte und auf die Kamera zuging. Er trug einen altmodischen schwarzen, winddichten Trainingsanzug und hatte kurze Haare, sein Gesicht jedoch war unter einem tief in die Stirn gezogenen weinroten Käppi verborgen. Er schlang die Arme um sich, als würde er frieren.

Als er auf der Höhe des Vans war, wurde die Fahrertür weit aufgestoßen, und der Fahrer stürzte heraus. Es war eine Frau, deren halblanges braunes Haar unter einer aufgerollten schwarzen Mütze hervorquoll. Jetzt richtete sie die Pistole mit dem Schalldämpfer auf den Mann, der sich blitzschnell hinter ein geparktes Auto duckte.

Die Frau schlich sich ebenfalls hinter das Auto und duckte sich. Da kam der Mann aus der anderen Richtung hervorgehechtet, um den Wagen herum. Er packte sie von hinten, drehte die Pistole nach oben, riss sie ihr aus der Hand, drehte ihr den Arm auf den Rücken, stieß ihre stolpernde Gestalt vor sich her über die Straße, riss die Hecktüren ihres weißen Vans auf, holte ein paar Kabelbinder aus der Tasche seiner Windjacke, fesselte sie an Hand- und Fußgelenken und schubste sie in den Laderaum. Als sie hineinfiel, war ihr Mund weit geöffnet, wie zu einem Schrei des puren Entsetzens.

Auf dem Weg zum Fahrersitz blieb der Mann kurz stehen, schob das Käppi leicht nach oben, hob die Pistole und schoss direkt in die Kamera. Für einen kurzen Moment sah man noch das sternförmige Muster des gesprungenen Glases auf der Bildfläche.

Dann wurde alles schwarz.

Sie schwiegen eine Weile. Was war das?

Schließlich spulte Molly Blom noch einmal zurück. Drückte auf Pause. Zoomte das beste Bild der Frau heran, das zeigte, wie sie in den Van geschubst wurde.

»Das ist doch Nadja, oder?«, fragte Berger atemlos.

»Ganz sicher«, nickte Molly Blom.

Berger stieß einen tiefen Seufzer aus und sagte: »Dann saß sie also die ganze Zeit im Auto und war bereit, Otilia zu erschießen? Ist sie überhaupt nicht der Mensch, für den ich sie gehalten habe?«

Und Molly Blom erwiderte: »Hätte nicht jemand hören müssen, wie sie geschrien hat?«

Nadja Karlssons Mund war wirklich weit aufgerissen. Berger merkte, wie er die Stirn runzelte. Dann spulte er ein bisschen vor, bis kurz vor Ende des Films. Dort ging er noch einmal auf Pause.

»Das hier müsste die Stelle sein, an der man den Mann am besten erkennt«, sagte er.

Molly übernahm das Ruder, zoomte auch ihn heran. Das gelbliche Licht, das aus dem Schalldämpfer explodierte, dominierte das sonst so dunkle Bild.

»Aber viel sieht man trotzdem nicht«, sagte sie. »Der Käppischirm ist zwar zum ersten Mal oben, aber das Gesicht wird schon vom Mündungsfeuer überstrahlt.«

»Was bedeutet, dass er nicht mal groß gezielt hat. Sobald er den Blick auf die Kamera gerichtet hat, hat er auch schon abgedrückt. Was wiederum bedeutet, dass er Profi ist. Ein echter Vollprofi. Also, was genau sehen wir hier?«

Molly Blom schüttelte den Kopf.

»Wo ist er, als er angegriffen wird? Ist er auf dem Weg zu Nadja?«

»Er ist an ihrem Haus vorbeigegangen. Da hinten sieht man die Tür in ihrem hohen Holzzaun.«

»Dann erledigt sich die logische Deutung: Ein Profikiller ist auf dem Weg zu Nadja. Sie hat es herausgefunden. Parkt vor ihrem Zuhause. Greift ihn an, bevor er zuschlägt. Doch es misslingt ihr.«

»Aber sie wird nicht ermordet, sondern gekidnappt«, sagte Berger, »mit einer bescheidenen Lösegeldsumme. Das passt doch alles nicht zusammen. Und er ist ja tatsächlich an ihrem Haus *vorbeigegangen*. Was bleibt uns dann noch?«

Molly legte die Stirn in Falten.

»Nadja hat vor, einen Mann zu ermorden, von dem sie weiß, dass er ein herausragender Scharfschütze ist. Sie weiß, dass er hier entlangkommen wird, vor ihrem Haus. Aber er ist *nicht* auf dem Weg zu ihr.«

»Sondern zu Julia«, platzte Berger hervor.

Molly Blom überlegte.

»Du meinst ihre Nachbarin Julia Berglund?«

»Ihr *best friend forever*. Sie sind zusammen nach Schweden gekommen, als Teenager aus einem Dorf bei Lwiw in der Ukraine. Zbyranka. Und Julia hat Nadja den Tipp gegeben, zu Rita Ohlén zu gehen.«

»Es muss ein Mann aus ihrer gemeinsamen Vergangenheit sein«, sagte Molly Blom. »Ein Gespenst aus alten Tagen. Irgendwie hat Nadja Wind davon gekriegt, dass er auf dem Weg zu ihrer besten Freundin ist, vielleicht um sie zu töten. Sie sieht keinen anderen Ausweg, als selbst zu handeln. Und sie besitzt eine Pistole. Hat sich sogar einen Schalldämpfer besorgt. Sie hat vor, ihn geräuschlos hinzurichten. Es geht schief, und dann nimmt er stattdessen sie mit.«

»Meinetwegen«, sagte Berger und kratzte sich am Kopf. »Könnte vielleicht hinkommen. Aber zwei Sachen passen nicht. Erstens: Wenn es sein Auftrag war, Julia umzulegen, wäre es völlig bescheuert, Nadja zu kidnappen, statt sie einfach nur zu töten und dann seinen Auftrag zu erfüllen – mal ganz zu schweigen von diesen kuriosen Details, dass er sie einen Brief mit dieser lächerlichen Lösegeldsumme schreiben lässt. Zweitens: Er hat mit *ihrer* Pistole geschossen, nicht mit seiner eigenen. Ein noch größeres Kunststück. Kein eingestelltes Visier. Blindschuss mit unbekannter Waffe und … *bull's eye.*«

Bloms Grimasse verzerrte ihr Gesicht noch mehr.

»*Bull's eye* hin oder her, er ist ein hervorragender Schütze«, sagte sie. »Er musste nicht mal seine eigene Waffe rausholen, um die Überwachungskamera auszuschalten.«

»Und weil er ein Profi ist, hatte er die Kamera schon längst entdeckt? So wie du vor dem Bootshaus? Und hat sich trotzdem vor ihrer Linse gezeigt?«

»Er weiß, dass das Käppi ihn unidentifizierbar macht«, wandte Blom ein. »Aber die Entführung krieg ich irgendwie nicht sinnvoll in der Geschichte unter. Ein zusätzlicher Job? Vielleicht ein Berufskiller, der nicht so gefragt ist wie früher und sich Geld besorgen muss, wo immer er eine Chance wittert? Was einen an einen gewissen Ermittler in Versicherungsbetrugsfällen erinnern könnte …«

»Es wäre so verdammt schön gewesen, ein einziges Mal etwas Eindeutiges zu bekommen«, sagte Berger. »Warum zum Teufel hat er so was wie Kabelbinder in der Tasche?«

Bloms Miene hellte sich auf, sie hatte eine neue Idee: »Julia war das eigentliche Ziel, die Kabelbinder hatte er wegen ihr dabei. Sie sollte entführt werden. Aber bei dem Angriff erkannte er Nadja, und vielleicht war sie genauso wertvoll.«

»Wobei es Nadja ja nicht gelang, ihn aufzuhalten«, sagte Berger. »Er hätte weitermachen und sich Julia auch noch holen können. Zwei Fliegen mit einer Klappe. Mehr Geld von seinem Auftraggeber. Der Erpressungsbrief ist eine falsche Fährte. Ein möglicher Bonus.«

Blom stöhnte vernehmlich und schlug vor: »Vielleicht war Julia nicht zu Hause an diesem Abend. Da hat er Nadja stattdessen mitgenommen.«

»Dann wäre er aber wirklich kein Profi«, wandte Berger ein. »Zieht los, um sich jemanden zu schnappen, der gar nicht zu Hause ist?«

»Die Kamera«, rief Molly Blom plötzlich. »Er hat sie zu

spät gesehen und zerschossen, aber er wusste, dass er gefilmt worden war. Vielleicht war es die Polizei, vielleicht schauten sie ja live zu. Er musste schleunigst da weg. Einfach nur so schnell wie möglich fliehen. Er hatte das Ziel verfehlt, konnte aber etwas beinahe Gleichwertiges mitnehmen.«

»Und dann schickt er einen Brief an Nadjas Psychologin? Die vielleicht reich ist, weil sie ›gebildet‹ ist?«

Sein Seufzer übertönte den Motor, als Berger das Auto anließ.

»Ich deute das so, dass du nicht zufrieden bist«, sagte Molly Blom.

»Du etwa?«, fragte Berger zurück und fuhr langsam aus der Tankstelle.

24

T minus 2 Tage und 1 Stunde

Es war das erste Mal, dass er den großen Computer für eine Videokonferenz benutzte. Seine Gesprächspartnerin, deren Gesicht ihm vom Bildschirm lebensgroß entgegenblickte, schien hingegen am Handy zu telefonieren. Ihre Brille saß jetzt nicht oben auf der Stirn, sondern hing ganz vorn auf ihrer Nasenspitze, als würde sie sich um die bestmögliche Sicht bemühen.

»Also keine Antwort?« Rita Ohlén wirkte betrübt.

Berger schüttelte den Kopf.

»Ich habe ihm vor neunzehn Stunden gemailt. Kein Pieps.«

»Das klingt ja nicht gerade vielversprechend«, sagte Ohlén.

So hatte er sie noch nie gesehen. Fast als würde sie die Hoffnung verlieren.

»Wir beobachten die Mailadresse«, versuchte es Berger. »Und haben einen Überwachungsfilm aufgetan, der die Entführung selbst zeigt.«

»›Wir‹?«, kam es verblüfft von Rita Ohlén.

War das wirklich der richtige Fokus, überlegte Berger. Im selben Augenblick sah er Molly Blom ins Zimmer schlendern, sie hatte die Nase tief in einen Stapel Papiere versenkt. Als sie aufblickte und merkte, dass er beschäftigt war, hob sie die Hände inklusive Papierstapel und wollte sich aus dem

Zimmer zurückziehen. Er hielt sie auf, winkte sie heran. Sie ging um den Schreibtisch herum und traf auf Rita Ohléns etwas verblüfften Blick. In dem Moment war nicht zu übersehen, dass sich Ohléns Miene aufhellte.

»Molly ist zurückgekommen«, lächelte Berger.

Rita Ohlén lächelte auch breit. Sie schob sich die Lesebrille auf der Nasenspitze zurecht und sagte: »Das freut mich in vielerlei Hinsicht.«

»Hallo«, sagte Molly. »Wir werden Nadja retten, das verspreche ich Ihnen.«

»Versprechen?«, echote Ohlén, lächelte aber weiter.

»Wir versprechen, alles zu tun, was in unserer Macht steht«, korrigierte Berger ganz leicht.

»Gerade analysieren wir die Aufnahmen einer Überwachungskamera«, erklärte Blom. »Wir kriegen das hin. Ich hatte eine Frage, Sam, aber wir können ja nachher drüber reden.«

»Ich will Sie nicht bei Ihrer Arbeit stören«, sagte Ohlén. »Jetzt habe ich gleich so viel größere Hoffnung. Danke, Molly.«

Blom nickte dem Bildschirm zu und ging. Berger betrachtete Ohlén. Ihre Verzweiflung hatte sich wirklich in Hoffnung verwandelt.

»Ich frage mich tatsächlich, ob wir die Therapie noch fortsetzen müssen«, lächelte sie.

»Ich bin jetzt aber an und für sich nicht über Nacht alle Probleme losgeworden …«

»An und für sich nicht«, gab Ohlén zu. »Aber der Schüssel steckt schon im Schloss.«

»Ist Molly der Schlüssel?«, fragte Berger.

»Im Schloss Ihres Lebens: ja, zweifellos. Melden Sie sich, wenn Sie Fortschritte machen. Mein Herz blutet für Nadja.«

»Meines auch«, sagte Berger, aber er sagte es zu einem leeren Bildschirm. Stattdessen tauchte der Überwachungsfilm aus Akalladalen wieder auf, genau an der Stelle angehalten, als Nadja aus dem Auto stieg. Er schaute sich die Filmsequenz noch einmal an. Nadja raus aus dem Van, der Mann mit dem Käppi auf der anderen Straßenseite, wie er sie überwältigte, ihr die Waffe abnahm, sie über die Straße schleifte, sie fesselte, sie in den Van warf, zielsicher die Kamera ausschaltete.

Was sah er hier eigentlich?

Berger bekam eine SMS. Erst da ging er hinaus.

Als er das Bootshaus betrat, erwartete ihn ein seltsames Bild. Die Tür zum anderen Büro stand offen. Dort saß Molly Blom auf dem Stuhl, der für sie gedacht war, und betrachtete den Bildschirm ihres PCs. Dort liefen gerade die Videoclips von Rita Ohléns und Nadjas Gesprächen. Es war wie ein Traum, den er jetzt unterbrechen musste.

»Was wolltest du vorhin von mir?«, erkundigte er sich.

»Ich hab's gefunden«, sagte sie und deutete auf den Computer.

»Wir fahren«, sagte er und deutete aufs Handy.

Sie folgte ihm, ohne zu zögern. Es war fast so, als hätte das alte Team die Kontrolle übernommen. Sie fuhren über den Norrtull nach Stockholm, glitten in gemächlichem Tempo die Sankt Eriksgatan hinunter, der Berger bis zum Ende folgen wollte.

»Was für Albträume Nadja wohl hat?«, fragte Blom.

»Sie hängen auf jeden Fall mit der *Freiheit* zusammen.«

»Die *Freiheit* ist der Schüssel. Denkst du gerade über was Bestimmtes nach?«

»Nicht direkt. Bloß …«

»Bloß was?«

»Bloß dass ich selbst so einige seltsame Albträume hatte in der zweiten Hälfte meiner Schwangerschaft. Und immer noch habe …«

»Das ist in so einer Zeit ja nichts Ungewöhnliches«, sagte Berger.

Blom musterte ihn, bis er schulterzuckend erklärte: »Ich

hab versucht, alle Schritte der Schwangerschaft mitzuverfolgen. Für den Fall, dass das Kind noch da sein sollte.«

Blom wandte sich zu ihm.

»Hast du im Ernst geglaubt, dass ich sie abtreiben lasse?«

»Ich wusste nicht, was ich glauben sollte«, erwiderte Berger. »Ich habe versucht, deinen Film am Brüsseler Flughafen positiv zu interpretieren. Das ist mir allerdings nicht immer gelungen. Aber zumindest hast du damals ›alle zusammen‹ gesagt.«

»›Alle zusammen‹?«

»Du hast gesagt: ›Dann schauen wir, ob wir uns wiedersehen, alle zusammen.‹ Das war meine einzige Hoffnung.«

Blom wandte sich wieder ab, schaute aus dem Fenster, hinunter auf den Karlbergssjön. Die Weiden am Ufer von Kungsholmen hatten einen ersten gelben Schimmer angenommen.

Den Rest der Fahrt herrschte Schweigen. Berger parkte das Firmenauto genau am Ende der Sankt Eriksgatan, überquerte die befahrene Straße und fand die richtige Parkbank am Norr Mälarstrand.

Der unrasierte Mann mit dem südländischen Aussehen trug einen etwas zu großen Mantel, der ihm fast bis zum Hals reichte, als wollte er zum Beispiel eine Polizeiuniform verbergen. Berger setzte sich neben ihn.

»Du hast mir eine SMS geschickt«, begann Berger.

Samir schob ihm eine Mappe hin und sagte: »Es hat sich noch ein bisschen mehr getan, als ich einen genaueren Zeitpunkt hatte.«

»Was hat sich getan?«

»Zwei Vorfälle mit RUSS 328 kurz nach ein Uhr nachts. Die Verkehrskamera gleich draußen auf dem Akallalänken. Und dann eine Dreiviertelstunde später auf der alten E18 bei Hummelsta. Dein Van ist nicht zu schnell gefahren und wurde deswegen auch nicht aktiv erfasst. Aber das findest du alles hier drin.«

Samir trommelte kurz auf die Mappe, die zwischen ihnen auf der Bank lag.

»Wo ist denn Hummelsta?«, erkundigte sich Berger.

»Fast schon an der Grenze nach Västmanland rüber«, erklärte Samir. »Gute zwanzig Kilometer vor Västerås.«

»Und danach nichts mehr?«

»Vierzig Kilometer auf der anderen Seite, hinter Västerås, in einem Ort namens Johannisdal, hatten wir in der Nacht auch eine aktive Kamera«, sagte Samir. »Aber du weißt ja, wie geheim das ist, wann wir unsere Kamera aktivieren.«

»Ich bin wohl kaum in einer Position, in der ich Dinge ausplaudern könnte«, meinte Berger. »Was ist da passiert?«

»Nichts«, sagte Samir. »Kein Bild. Und auch nichts aus Västerås. Irgendwo zwischen Hummelsta und Johannisdal ist dein weißer Van abgebogen. Keine Kamera hat ihn mehr erfasst.«

»Und sonst auch nichts?«

»Ich bin die Register durchgegangen«, sagte Samir. »Vereinzelte Strafzettel für RUSS 328. Meistens Bußgelder wegen Falschparkens in der Innenstadt, Danderyd, Täby.«

»Tja, wer für die Oberschicht putzt, tut sich schwer mit den Parkplätzen«, kommentierte Berger.

»Aber auch ein paar Geschwindigkeitsüberschreitungen«, nickte Samir. »Eine davon auf der 66 bei Surahammar, nördlich von Västerås. Dieses Jahr war das, an einem frühen Juliabend.«

»Auf der Route 66«, sagte Berger. »Ich vermute, die zweigt irgendwo zwischen Hummelsta und Johannisdal ab. Okay, danke, Samir. *I owe you.* Ist das auch hier mit drin?«

»Da ist *alles* drin.« Samir lächelte schief und klopfte auf die Mappe. »Hast du das eigentlich gemacht?«

Berger stand auf, griff sich die Mappe, lächelte Samir boshaft an und fragte: »Hab ich *was* gemacht?«

»You only owe me the stories«, sagte Samir. »Bist du das gewesen mit dem Kranwagen? Und dem Einbruch?«

»Willst du das wirklich wissen?«

Samir zuckte mit den Schultern und verzog das Gesicht. »Wahrscheinlich nicht«, sagte er.

*

In einer unterirdischen Wohnung auf Östermalm standen Berger und Blom der Ferienaushilfe Auge in Auge gegenüber. Es war ein bisschen verblüffend. Der junge Mann, der die Zahnbürsten im Bootshaus abgeholt hatte, trug jetzt einen weißen Laborkittel. Die Firma Forensiska System AB, die Berger schon ein paarmal – allerdings nie persönlich – angeheuert hatte, um Details bei seinen Versicherungsbetrugsfällen abklären zu lassen, bestand offenbar aus zwei jungen Leuten, und ihr Büro war ein Labor. Weder die Urlaubsvertretung noch das Mädchen sahen aus, als wären sie über zwanzig.

»Ich hab die Sachen am Vormittag abgeholt«, erklärte der Praktikant, der sich vorgestellt hatte als Anton Grönlund, Chemietechniker. Seine Vorgesetzte hieß Anna Olsson und war Doktorin eines Fachgebiets, das sich Forensische Wissenschaften nannte.

»Ihnen ist sicher klar, dass wir nach ein paar Stunden noch keine DNA-Spuren isoliert haben«, sagte sie und blickte mit vorwurfsvoller Miene von ihrem Bildschirm auf.

»Aber …«, begann Anton Grönlund und verstummte.

»Aber?«, half Berger nach.

Anna Olsson verdrehte die Augen und sagte: »Wir müssen das erst noch einmal ganz genau überprüfen.«

»Sagen Sie einfach, worum es geht«, bat Berger.

»Da war Erde dabei«, erwiderte Grönlund. »Eine ganz spezielle Erde. Nummer 14H.«

»Was denn für eine Nummer?«, rief Berger.

Anna Olsson stieß einen tiefen Seufzer aus.

»Auf einer von den Zahnbürsten haben wir Erdspuren gefunden.«

»Aber was ist so *besonders* an dieser Erde?«

»Die Bodenart. Allerdings müssen wir erst noch die Bestätigung unserer Analyse abwarten.«

»Und was ist so besonders an dieser Bodenart?«

»Sie scheint ungewöhnlich schwefelhaltig zu sein.«

»Und was bedeutet das?«

»Auf schwedischem Gebiet gibt es davon nicht so viel. Auf Island aber zum Beispiel schon.«

»Auf Island?«

»Das war nur ein Beispiel, Mann«, sagte Anna Olsson. »Wir können es bald weiter eingrenzen. Wir melden uns dann bei Ihnen. Rufen Sie uns nicht an, wir rufen Sie an.«

*

»Schwefelhaltige Erde auf Island«, sagte Blom im Auto. »Oder in der Hölle.«

Dann schwiegen sie eine geraume Weile.

»Was zum Teufel ist das hier für eine Geschichte?«, fragte Berger schließlich.

»Fahr doch mal weiter zur Floragatan«, sagte sie, »wenn wir schon auf Östermalm sind.«

Berger schaute sie an.

»Ist es nicht ein bisschen früh für Feierabend?«, fragte er.

»Von Feierabend war nicht die Rede«, sagte Blom. »Ich will nur meine Tochter für ein paar Minuten sehen. Und stillen. Dann machen wir weiter, solange wir durchhalten. Uns bleiben nicht mal mehr zwei Tage. Und du hast doch ein Sofa im Bootshaus.«

Berger nickte.

»Danke«, sagte er. »Hast du eigentlich die ganze Zeit bei deiner Mutter gewohnt?«

»Dann wäre ich jetzt schon tot«, sagte Blom mit einem schiefen Grinsen.

Sie schwiegen eine Weile, bevor sie fortfuhr: »Tja, was ist das hier für eine Geschichte? Wie können wir näher an Nadja rankommen?«

»Wir sind auf jeden Fall schon näher an ihren Van rangekommen.« Berger deutete auf Samirs Ordner. »Außerdem sieht es so aus, als wäre Julia Berglund verschwunden, ich kann sie nicht erreichen.«

»Glaubst du, dass es da einen Zusammenhang gibt? Von wegen *best friends forever*?«

»Ich weiß nicht«, sagte Berger. »Nadja. Julia. Die *Freiheit*. Der Entführer. Die Entführung. Der Brief. Ich sehe da keinen deutlichen Ansatzpunkt für uns.«

»My Little Pony«, sagte Blom. »Ein niedliches, kindisches Briefpapier. Warum?«

»Und warum antwortet er nicht auf meine Mail?«, fragte Berger. »Interessiert er sich gar nicht für das Geld? Geht es um etwas anderes? Ist er doch ein Profi? Ist das hier alles viel größer, als es aussieht?«

»Was sollte es denn sein?«, fragte Blom. »Wir haben sämtliche Alternativen durchexerziert, und keine wirkt wahrscheinlicher als die anderen. Alles nur Spekulationen – wir brauchen endlich festen Boden unter den Füßen.«

»Also die Putzfirmen«, meinte Berger. »Wir müssen für morgen einen Zeitplan für unsere Befragungen erstellen. Bei sämtlichen Firmen, bei denen Nadja als freie Mitarbeiterin gelistet ist.«

Molly Blom nickte.

»Und dann Nadjas Albträume«, sagte sie. »Ich habe mir inzwischen alle Videos von der Therapie angeschaut. Ihre lähmende Lebenskrise hat mit der *Freiheit* zu tun. Vielleicht geht es da doch um einen Ort. Eine Quelle für Albträume, die so entsetzlich sind, dass sie ihr Leben bis heute beherrschen? Und das steckt wohl alles in ihrer tiefsten Vergangenheit.«

»In Schweden?«, fragte Berger.

»Wahrscheinlich.« Blom zuckte mit den Schultern. »Zwischen Nadjas Scheinheirat mit Mikael Karlsson in Lwiw und ihrer Ankunft in Stockholm liegen nicht mehr als ein paar

Tage. Das gesamte Erwachsenenleben von Nadja Karlsson – das gute und das schlechte – hat sich höchstwahrscheinlich in Schweden abgespielt. Die *Freiheit* liegt in Schweden.«

In diesem Augenblick hatten sie die Floragatan erreicht.

Und zum zweiten Mal in seinem Leben traf Sam Berger seine Tochter.

25

T minus 1 Tag und 23 Stunden

Es regnet.

Es regnet heftig, die Art Regen, die allen Dreck fortspült.

Ivan steht auf der Terrasse, unter einem tropfenden Dach. Um ihn herum überall wilde Rinnsale, viel wilder als der große Regen. Der erzeugt nur ein ruhiges, stilles, tiefes Murmeln. Das andere Wasser ist aggressiv, aufdringlich, es schießt geradezu spitz über die grüne Oberfläche der Veranda. Doch die Flechten sitzen zu tief, nichts könnte diese Veranda sauber spülen.

Sie ist einmal weiß gewesen. In Ivans Kindheit war sie weiß.

Er schlingt die Arme um den Oberkörper, als würde er frieren. Er friert ständig. Jetzt aber hat er wirklich einen Grund. Er steht nämlich nackt im Regen.

Ivan steht schräg unter dem größten Loch im Dach, das sein Großvater gezimmert hat. Er starrt direkt in den Wasserfall, der mit einem bösartigen Kreischen ein paar Zentimeter vor seinen Augen vom Dach schießt. Dann macht er einen Schritt nach vorn.

Es ist verblüffend kalt. Eigentlich ist ja immer noch Sommer, aber was hier gerade vom Himmel kommt, scheint von den kältesten Planeten des Sonnensystems zu stammen. Während er hier in der Eiseskälte steht und blind zum Waldrand schaut, taucht ein Rehbock auf, dem das Wasser am dünnen, struppigen Fell herunterläuft. Ihre Blicke treffen sich für einen Augenblick durch die Regenschleier.

Als würde er in sich selbst hineinstarren.

In sein inneres Tier.

Schließlich wird es doch zu kalt. Der Rehbock verschwindet im Wald. Wenn er noch viel länger stehen bleibt, wird er sterben, bildet sich Ivan ein. Und vielleicht stimmt es sogar. Er will wirklich spüren, wie ihn das Leben verlässt, er will die Bewegung selbst erleben, sich die Erinnerung ans Eintreten des Todes ins Gedächtnis rufen. Wie er quasi vorher anklopfte, seltsam vorsichtig, und ihm die Sterne verweigerte. Bei dieser Dunkelheit hätten die Sterne eigentlich zu sehen sein müssen. Eine ganze Unendlichkeit voll. Wie immer.

Ivan zieht sich zurück. Er muss es nicht unbedingt noch einmal erleben. Diese verrückte Kälte. Der April sollte nicht so kalt sein. Nicht dort, wo er herkommt.

Aber dort war er eben nicht. Er war an einem ganz anderen Ort. Dem besten von allen, die er zwangsweise ausprobiert hatte. Deswegen musste er am Ende auch weglaufen. Der Ort war einfach zu gut, und sie waren zu nah dran, ihn von den Drogen wegzukriegen. Dabei wollte er gar nicht weg von den Drogen. Sie waren sein Leben. Sie hatten ihm das Leben gerettet.

Ivan sieht wieder die Ameisen vor sich, getrieben von unbekannten Kräften. Die Kette, in der jede Ameise die nächste packt, und wie die ertrinkende langsam, ganz langsam aus dem Dreck gezogen wird.

Am Ende wurde es zu gut, sie kamen ihm zu nah. Er musste fort. Die Klinik war schließlich kein Gefängnis, im Grunde musste man nur weggehen.

Die Aprilnacht hätte hell sein müssen. Es wurde nie mehr so richtig Nacht. Nicht nach dieser langen, langen Nacht. Das Licht kam auf eine so spezielle Art, zerlegte die ewige Nacht in Streifen, drehte die Streifen um, ersetzte die Nacht durch den ewigen Tag.

Und an diesem ewigen Tag haute er ab. Er hatte ein paar Flaschen in der Nähe der warmen Quelle versteckt, deren Namen er nicht mehr wusste. Schon nach einem halben Jahr nicht mehr. Aber er fand ja auch nicht die Quelle, sondern die Flaschen.

Ivan geht in Großvaters Haus. Er zittert und bebt und kommt in die Küche mit den Stapeln dreckigen Geschirrs. Es ist immer noch so kalt. Nur in dem, was man vielleicht als Schlafzimmer bezeichnen könnte, gibt es einen Kamin. Er hat schon ein Feuer gemacht. Vor ihm geht er jetzt in die Hocke, nah, ganz nah. Sieht die Funken, die aufsteigen und verschwinden. Hinaus in den Regen verschwinden. Und unterwegs schon vom Regen abgefangen werden. Zerstört, wie das Leben selbst.

Ivan floh durch den hellen Abend. Er hatte so lange gekämpft. Sie waren so nah dran, ihm die Drogen wegzunehmen. So nah dran, sein Leben völlig leer zurückzulassen.

Es gab keine Wälder, kaum irgendwelche Bäume im ganzen Land, und er kämpfte sich über Steine, schwarze Steine, bedeckt mit Moos und Flechten. Das Abendlicht führte ihn an die richtige Stelle. Und plötzlich kannte er sich wieder aus. Plötzlich sah er den Weg zur warmen Quelle vor seinem geistigen Auge. Doch er wurde zu eifrig, machte einen falschen Schritt auf den Steinen, stolperte, stürzte rücklings und schlug erst mit dem Rücken, dann mit dem Hinterkopf auf.

Blieb liegen. Konnte einfach nicht mehr aufstehen. Gab auf. Starrte geradewegs in den lichten Abendhimmel. Er versuchte, sich Zeit zu lassen. Wusste, dass der lichte Himmel nicht verschwinden würde, denn jetzt würde es fast ein halbes Jahr lang so hell bleiben.

Doch dann kam die Schwärze. Sie stürzte auf ihn nieder. Es ging so schnell wie ein Sonnenuntergang am Mittelmeer. Das war im April, und den ganzen Winter über war das Licht verschwunden gewesen. Seine Rettung hatte in den Sternen gelegen. Er war Experte für Sternbilder geworden, die für ihn das Licht in dieser unendlichen Dunkelheit wurden.

Beim Sturz hatte er sich den Kopf angeschlagen. Trotzdem hätte er die Sterne sehen müssen. Trotzdem. Blind war er nicht geworden, so viel konnte er mit Sicherheit sagen. Die Sterne hätten aus der Schwärze auftauchen müssen, wie sie es den ganzen Winter über getan hatten.

Aber das hier war eine andere Art Dunkelheit. Sie deckte alles zu. Sie wurde absolut, fast wie unten im Tunnel, unten im Lavatunnel unter dem Vulkan, dessen Namen er auch nicht mehr weiß. An den ersten Freigang kann er sich dagegen erinnern, den Gruppenausflug. An den Gruppenleiter, der mit der Taschenlampe in der Hand sagte: »Jetzt mach die Augen zu.« Er schloss die Augen. Und dann sagte der Leiter: »Jetzt mach die Augen wieder auf.« Und er schlug die Augen wieder auf. Sah zum ersten Mal in seinem Leben nichts.

Die totale Dunkelheit.

So fühlte es sich dort an, wo er lag, an diesem ansonsten so hellen Aprilabend. Allumfassende Schwärze wallte von allen Seiten an ihn heran. Und es fühlte sich nicht nur so an, als würde ihn das Leben verlassen, es fühlte sich an, als würde der Tod aktiv in ihn eindringen, wenn auch langsam. Der Tod klopfte an, war überraschend vorsichtig. Und er verweigerte ihm die Sterne.

Ein Nachthimmel ohne Sterne.

Einen Vulkanausbruch sehen. Wahrhaftig mit eigenen Augen sehen.

Manchmal glaubt Ivan, dass er tatsächlich tot *war* in der Zeit, die es dauerte, bis er begriff, was er da wirklich sah. Von irgendwo im Nichts sickerte ein schwach rötlicher Schein zu ihm durch. Da begriff er: Sie hatten davon gesprochen, auch in der Entzugsklinik, in die die Außenwelt sonst nur äußerst selten durchsickerte.

Der Eyjafjallajökull.

Jetzt kam sie so richtig. Die Aschewolke.

Ivan lässt sich auf die Knie sinken, vor dem Kaminfeuer im Schlafzimmer. Trotzdem dringt die Wärme nicht so recht bis zu ihm vor. Er fragt sich, ob sie das jemals getan hat. Doch stattdessen drängt sich etwas anderes vor. Das Begehren. Nachdem die Drogen nicht mehr da sind – Begehren. Oder wie auch immer man es nun nennen will.

Die Hitze. Nicht die Wärme. Die Wärme ist etwas ganz anderes als die Hitze. Denn sein nackter Körper wird nicht gewärmt. Dazu braucht es mehr als ein Kaminfeuer. Dazu muss er hinuntersteigen. Noch einmal. In eine Dunkelheit, die dem Lavatunnel unter dem Snæfellsjökull so nahe wie möglich kommt.

Da kam der Name. Wie von selbst.

Diese Klarheit, die Ivan in dem Moment erlangte. In der kompletten Schwärze. Er hat sie seitdem gesucht. Und nie wieder in dieser Form erlangt.

Vielleicht ist er jetzt nahe dran.

Die Hitze ist von außen in seinen Körper gedrungen. Jetzt kommt sie auch von innen. Immer deutlicher. Und mit der Hitze verschwindet jede Wärme.

Er erhebt sich. Sein nackter Körper zittert. Dann macht er ein paar Schritte zu einem Beistelltischchen, das in einer Ecke am Fenster steht. Darauf eine fast kugelrunde Vase, wie ein Goldfischglas, zur Hälfte mit Sand gefüllt. Ganz schwarzem Sand. Er vergräbt die Hand tief darin und lässt den Sand durch seine Finger rieseln. Ein schwacher schwarzer Nebel steigt im Goldfischglas auf und sinkt gleich wieder nach unten.

Ivan meint, wieder die Ameise im Vogelschiss versinken zu sehen. Die ersten Freunde eines Ameisenlebens. Sie retten sie, Frauen, die plötzlich von ihm profitiert haben. Doch die Ahnung vergeht. Stattdessen zieht er die Schublade unter dem kleinen Tischchen heraus.

Dort liegt eine Kamera. Eine kleine Digitalkamera mit gut und gerne einem Jahrzehnt auf dem Buckel. Er nimmt sie heraus. Dann packt er auch das Goldfischglas. Bückt sich erst zu ihm herab, steckt die Nase in die Öffnung und erkennt den Geruch wieder. Riecht den Schwefelgeruch, den er roch, als er dort unter dem dumpfen Himmel lag und der Tod langsam anklopfte, überraschend vorsichtig. Und ihm die Sterne verweigerte.

Ivan geht zum Sofatisch. Zu dem alten aufgeklappten Laptop. Zum zehnten Mal liest er eine Mail von jemandem, der sich X nennt. Er muss auflachen. Wirklich ein originelles Kürzel. Er liest: »Ganz klassischer Vorschlag: Wir treffen uns irgendwo. Sie mit einer unversehrten Nadja, ich mit einer Tasche voller Bargeld. Aber ich muss wissen, dass es Nadja gut geht. Das müssen Sie mir so bald wie möglich beweisen.«

Ivan schlägt mit seiner Faust auf die Tastatur. Richtet sich dann ungehalten auf. Ich werd dir deinen Beweis schon schicken, Scheiß-X.

Er geht zurück zum Beistelltischchen, nimmt die Glasschale mit der schwarzen Erde unter den einen Arm, die Digitalkamera und die Taschenlampe unter den anderen. Dann durchquert er das Wohnzimmer, bleibt vor einem anderen Spiegel stehen. Sieht sich mit der Glaskugel, Digitalkamera, Taschenlampe und seiner totalen, erigierten Nacktheit.

Seine Schritte sind jetzt unglaublich zielstrebig. An der Tür bleibt er noch einmal stehen. Hebt die Kamera. Reißt die Tür auf. Und etwas in ihm denkt: Nadja.

Die Dunkelheit ist diesmal noch dunkler.

Sie schluckt ihn.

Er kommt näher und näher.

Kurz darauf ist die Dunkelheit absolut.

26

T minus 1 Tag und 12 Stunden

Es kam durchaus vor, wenn auch nicht besonders oft.

Während er auf den Klingelknopf an der hohen Mauer drückte, redete er sich ein, dass alles in Ordnung sei. Als er sein Auge vor den Irisscanner hielt und die Stahltüren auseinanderglitten, sagte er sich, dass es völlig normal sei, in der Nacht zum Samstag um drei Uhr ins Hauptquartier bestellt zu werden. Während er den steilen Gartenweg entlangging, wo das blasse Mondlicht von scharfen, dicht nebeneinandersitzenden Scheinwerfern geschluckt wurde, wiederholte er sich, dass es durch und durch normal sei, in Stocksund von einem »Privatchauffeur« geweckt zu werden, der sich übers Bett beugte und einem die Kleider hinhielt, während die Frau nichts ahnend im Nebenzimmer schnarchte.

Normalisierung, dachte Rechtsanwalt Alvar Eldner.

Es war das erste Mal, dass er diesen Begriff verstand. Wie er langsam, aber sicher von einer Organisation geschluckt wurde, zu der er sich durch Geld hatte locken lassen, mit dem ganz normalen Instinkt eines Wirtschaftsjuristen. Geld stinkt bekanntlich nicht. Und auf einmal fand man es nicht mehr seltsam, dass mitten in der Nacht ein fremder Mann am Bett stand und einem wortlos den perfekt geschnittenen Anzug reichte.

Eldner schaute auf. Oben auf dem Gipfel hob sich das von innen beleuchtete Hauptquartier gegen den dunklen

Augusthimmel ab. Durch den Überfluss an Fenstern erinnerte das Haus an einen Leuchtturm, das Sinnbild für Aufklärung, Humanismus und Vernunft. Ihn schauderte.

Nach mehreren Kontrollen wurde er ins Büro geführt und stand wieder vor dem gewohnten Schreibtisch. Aber dort saß niemand. Eldner tat alles, was in seiner Macht lag, um die schlichte Ruhe des Juristen zu bewahren. Einmal schweifte sein Blick zu einem der großen Fenster; er sah einen Frachter langsam durch die Bucht gleiten und fühlte sich in ein vernünftigeres Zeitalter versetzt. Als er den Blick wieder ins Zimmer wandte, saß Vitenka ihm gegenüber und hatte seinen Haiblick auf ihn gerichtet.

»Ich bin nicht ganz zufrieden«, sagte Vitenka leise.

»Ich …«, begann Eldner, doch eine Handbewegung ließ ihn sofort wieder verstummen.

»Und damit meine ich nicht in erster Linie, dass offenbar nicht bloß eines, sondern zwei von unseren Gräbern im Schärengarten angespült worden sind.«

Eldner hörte sich selbst atmen. Das klang gar nicht gut. Er zwang sich, eine ganze Reihe von Fragen zu ignorieren, die ihm sofort durch den Kopf schossen, um hervorzubringen: »Das Verfahren schien mir durchaus das übliche zu sein.«

»Das Ergebnis war aber nicht das übliche«, erwiderte Vitenka, ohne die Stimme zu heben – er hob sie äußerst selten.

»Die Polizei hat keinerlei Anhaltspunkte.« Noch während er sprach, merkte Eldner, wie dünn das klang.

»Nein«, sagte Vitenka. »Das ist nicht das, womit ich in erster Linie unzufrieden bin. Ich bin unzufrieden mit dem Mangel an neuer Information.«

Seit Alvar Eldner von einem »Privatchauffeur« mit steinerner Miene geweckt worden war, hatte er gewusst, dass dies das Thema dieser nächtlichen Diskussion sein würde. Er sammelte sich, seufzte tief und antwortete: »Es ist in der Tat verblüffend, dass wir so überhaupt keine neuen Spuren finden. Wir wissen sehr genau, wann das Geld vor vierzehn Jahren verschwunden ist, wir wissen, dass es mit dem Verschwinden von Stepankas persönlicher Leibwache zu tun hatte, wir wissen, dass die Lieferung von einem seit acht Jahren verstorbenen Revisor vertuscht wurde, aber weiter kommen wir einfach nicht. Vielleicht hatte Stepanka eine Geliebte, die etwas mitbekommen haben könnte, aber diese Spur ist noch ganz frisch.«

»Eine Geliebte?«

»Wie gesagt, das ist momentan noch sehr vage …«

»*Ich* habe jemanden gefunden«, fiel ihm Vitenka ins Wort.

Eldner setzte eine fragende Miene auf und bekam die Antwort: »Unten. In der Unterwelt. Ein Mann, der nicht alles erzählt, was er weiß. Ich möchte, dass du mitkommst, Eldner. Wenn überhaupt jemand, dann kannst du mir bei diesem Verhör behilflich sein.«

»Ich weiß nicht, ob ich …«

Vitenka stand auf und sagte: »Und dann hast du noch was für mich, nicht wahr, Eldner?«

Nach ein paar Sekunden konnte Eldner sich von Vitenkas starrem Blick losreißen, bückte sich hastig zu seiner Aktentasche und holte eine Plastiktüte mit Werbeaufdruck des ICA-Supermarkts in Stocksund heraus. Vitenka beobachtete ihn, während er die Hand in die Tüte schob und den Gegenstand herauszog.

Eldner hielt den halb verwesten Fuß in der Hand und suchte fieberhaft nach einem Ort, wo er ihn ablegen konnte. Vitenka wartete etwas zu lange, lächelte schwach und deutete schließlich mit einem Nicken auf seinen Schreibtisch. Dort legte Eldner den Fuß auf ein paar Dokumente und hielt sich dann blitzschnell die Plastiktüte vors Gesicht, um hineinzukotzen. Doch der Gestank, der ihm aus der Tüte entgegenschlug, machte alles nur noch schlimmer. Wie eine Impfung. Er senkte die Plastiktüte und atmete stoßweise, ein und aus, ein und aus.

Vitenka lächelte müde, umrundete den Schreibtisch und legte Eldner den Arm um die Schultern. Während sie auf das Bücherregal zugingen, nickte Vitenka zum Fuß auf dem Schreibtisch hinüber und meinte: »Er wusste auch nichts. Ist komplett an der Nase rumgeführt worden, wie wir alle.«

Die Fahrt im Aufzug schien kein Ende zu nehmen. Vitenka hielt Eldners Blick eine halbe Ewigkeit lang fest. Die Gedanken flossen dem Anwalt durch den Kopf wie Lava. Würde er es schaffen, Vitenka bei einem Verhör »behilflich zu sein«, ohne zusammenzubrechen? Schon beim bloßen Gedanken, wieder dieses *Gewölbe* zu betreten, schlug sein Herz eher unschlüssig als panisch, fast so, als hätte es bereits aufgegeben.

Schließlich blieb der Fahrstuhl stehen. Sie durchquerten den Vorraum. Zwei Wachen standen an ihren Plätzen. Vitenka nickte ihnen zu, die Stahltür öffnete sich lautlos. Alvar Eldner trat durch den Eingang. In ihm blitzte die Erinnerung an einen Spruch auf: »Lasst, die ihr eingeht, alle Hoffnung fahren.« So stand es über dem Eingang zur Hölle, als Dante über die Schwelle trat.

Die Ecke mit den Turnringen wirkte noch finsterer als beim letzten Mal. Eldner konnte nicht ausmachen, welcher arme Kerl diesmal dort hing. Ein Stoß durchfuhr ihn, er meinte, den Menschen zu sehen, der an die Ringe gebunden war, und plötzlich schoss ihm das Wort »Empathie« durch den Kopf.

Doch nicht das war es, was ihn zusammenzucken ließ. Mit einem kräftigen Schlag ging eine Hand auf seine Schulter nieder. Vitenka sagte: »Wir bleiben hier.«

Eldner meinte, immer noch die kränklichen Bewegungen des großen Leids in der Ecke zu sehen. Ihm wurde klar, dass es jemand sein musste, den er kannte. Wie könnte er sonst behilflich sein? Da fuhr Vitenka fort: »Du weißt doch sicher mehr, als du erzählst, Eldner.«

Bevor die Worte richtig bei ihm ankamen, hatte Vitenka

ihn schon an die Stelle geführt, an der die Ringe vom Gewölbedach baumelten. Dort hing niemand.

Die Beine wollten unter ihm nachgeben. Alvar Eldner fiel auf die Knie. Wie mit einem alten, schon verbrauchten Bewusstsein merkte er noch, wie der grobe Betonboden ihm Löcher in seine maßgeschneiderte Designeranzughose von Stuart Hughes riss.

»Dann werden wir uns mal ein bisschen mehr über Stepankas Geliebte unterhalten«, erklärte Vitenka ruhig. »Aber erst wirst du mir erzählen, was du mir die ganze Zeit *nicht* erzählt hast. Du solltest eigentlich wissen, dass ich so was merke.«

Eldner atmete schwer. Es war so seltsam, seine letzten Atemzüge zu tun. So seltsam, sie zu hören.

»Wir können auf eine lange und fruchtbare Zusammenarbeit zurückblicken. Deswegen brauchst du nicht in den Ringen zu hängen, während du antwortest. Es reicht, wenn du *jetzt* antwortest.«

Es war, als würde er das Leben vor seinem inneren Auge Revue passieren lassen. Nur leider war diese Revue ziemlich leer.

»Deine Frau«, sagte Eldner heiser.

Er wusste, dass Vitenka jetzt die Augenbrauen runzelte, brachte es aber dennoch nicht fertig, den Blick zu heben. Stattdessen erklärte er nur: »Deine Ex-Frau. Ich wollte sie verschonen.«

Alvar Eldner hörte, wie die Kommodenschublade aufgezogen wurde und Vitenka sagte: »Dann zieh jetzt mal deine Sachen aus, Eldner.«

27

T minus 1 Tag und 9 Stunden

Es kommt ihr vor, als würde der Traum sie einnehmen. Wieder ist sie im Inneren des Gebäudes. Alles ruht in einer fast undurchdringlichen Finsternis. Wieder dieser Korridor. In den sie nicht hineingehen will. Doch hier geschehen die Dinge mit einer unbarmherzigen, undurchdringlichen Logik.

Der Korridor, die erste halb geöffnete Tür in einer unendlichen Reihe. Gedämpfte Schreie, aus Schmerz, Wonne, Angst, Wahnsinn, Glück, vielleicht alles auf einmal. Das etwas stärkere Licht von einer der Türen ganz weit hinten im Korridor. Die Blicke durch die Türen, ganz plötzlich. Die Glut. Die Bewegungen darauf, darüber, darin, die lustvollen Bewegungen, die das Bett von allein zu entflammen scheinen. Und peng.

Dann das Gesicht, ganz nah. Die unglaubliche Härte in seinen Augen. Augen ohne jeden menschlichen Zug.

Der Oberst.

Erst als er sich zurückzieht, sieht sie wieder, dass die Schulterstücke seiner Uniform in die Haut tätowiert sind. Epauletten. Seine grenzenlos überheblich ausgesprochenen Worte: »Ich weiß, dass du drauf stehst.« Die totale Hilflosigkeit, als er sie an den Haaren zum Glutbett schleift, diese Hilflosigkeit, die sie nie wieder erleben will.

Und sie weiß nicht, warum der rote Neonschriftzug vor

dem Fenster heute deutlicher leuchtet als sonst, obwohl sie ihn viel kürzer sieht. Sie sieht ein S, V, D, O, A. Fast bilden die Buchstaben ein Wort.

Dann verschwindet alles.

Das Einzige, was noch ein paar Sekunden bleibt, ist der Gedanke an eine verlorene Rentenversicherung. Vielleicht wird es Zeit, sie zu suchen. Danach ist innerhalb von zehn Sekunden alles schwarz. Und sie wacht auf.

Das Bootshaus. Wie war es überhaupt möglich, dass sie zurückgekommen ist? Sie drehte sich auf dem Sofa um und schaute durchs Haus, das in rosa Dämmerlicht getaucht war. Berger hatte sich wirklich ins Zeug gelegt, um alle Spuren der grotesken Vergangenheit dieses Hauses auszulöschen. Hatte Wände eingezogen, wo früher einmal ein riesiges Uhrwerk gewesen war, das sie um ein Haar verstümmelt hätte. Alles war weiß und hell und frisch. Weiß wie das Vergessen.

Seit der Entbindung war es die erste Nacht, die sie ohne ihre Tochter zubrachte. Es fühlte sich an, als hätte man ihr einen Körperteil entfernt. Aber bestimmt nicht ihre Brüste – die nämlich fühlten sich steinhart an. Sie würde dringend etwas Milch abpumpen müssen.

Molly stand leise auf, schob die Bettdecke beiseite und ging in das Zimmer, das Berger eigenmächtig als *ihr Zimmer* eingerichtet hatte. Mit einem tiefen Seufzer schaltete sie den Computer ein.

*

Als Berger in Unterhose und mit dem Notebook unterm Arm von der Brücke ins Bootshaus stolperte, bemerkte er den bläulichen Schein aus Molly Bloms Zimmer. Er spähte hinein. Sie saß vor ihrem Computer und war so sehr in die elektronischen Dokumente vertieft, wie er es noch nie bei ihr gesehen hatte.

»Guten Morgen«, sagte er.

»Schönes Wochenende«, sagte sie, ohne aufzublicken.

»Samstag, ja«, seufzte er. »Wie zum Teufel sollen wir Nadja innerhalb eines guten Tages finden?«

»Indem wir nicht so denken wie du gerade.« Blom schenkte ihm einen kritischen Blick. »Und indem du dir erst mal was anziehst.«

»Was hast du da?«, wollte Berger wissen und deutete auf den Monitor.

»Das Strafregister«, antwortete sie.

»Von Nadja?«

»Sowohl von Nadja als auch von Julia Berglund.«

»Und, was Interessantes gefunden?«

»Bei Nadja nicht so viel«, sagte sie und scrollte nach unten. »Im Großen und Ganzen sauber. Ein paar Geschwindigkeitsüberschreitungen in den letzten paar Jahren, ein Ladendiebstahl vor fünfzehn Jahren. Bei Julia mehr, ich bin gerade dabei, da ein bisschen tiefer zu graben.«

»Okay …?«

»Wenn man in die Zeit vor dem Prostitutionsgesetz zurückgeht, findet man dort zwei Fälle. Damals war das ja ein Verbrechen.«

»Dann stünde also fest, dass Julia eine Prostituierte war?«

»In den Neunzigern zumindest. Danach war Prostitution ja nicht mehr stafbar. Also – Prostituierte *sein* war kein Verbrechen mehr. Und da ist auch noch eine andere Geschichte, die ich nicht so richtig durchschaue. Julia Berglund war am Rande beteiligt bei einer größeren Kuppelei vor vierzehn Jahren.«

»Was für eine Kuppelei denn?«

»Wie gesagt, ich durchschaue das noch nicht so richtig«, meinte Blom. »Kannst du dir das mal näher anschauen? Ich muss auch noch eine andere Spur verfolgen.«

»Schick mir die Links«, sagte Berger und klappte seinen alten Laptop auf. In diesem Moment bekam er eine Mail.

Von einer neuen Webadresse. Von einem Absender, der sich *thevalleyoftheshadowofdeath111* nannte.

Er winkte Molly Blom zu sich herüber. Als sie seinen Gesichtsausdruck sah, kam sie gleich auf seine Schreibtischseite. Berger klickte auf die Mail. Schaute auf ein Foto. Blom schaute ebenfalls.

Der Hintergrund war ganz schwarz, offensichtlich war das Zimmer komplett dunkel. Die einzige Lichtquelle schien das Blitzlicht zu sein, weiß, scharf, unbarmherzig. Und es fiel auf ein Gesicht. Ein Frauengesicht. Nadja Karlsson.

Ihr Mund war seltsam weit geöffnet. Doch es war nichts darin. Die Mundhöhle wirkte ebenso schwarz wie der Hintergrund, ein Höllenschlund in reinstem Schwarz. Bergers erster Gedanke war, dass die Zähne, Zunge, Gaumen fehlten, als wären sie ausgeschlagen, entfernt, weggeätzt. Dann sah er, dass ihr Mund mit etwas Schwarzem gefüllt war. Mit irgendeiner feinen oder zähflüssigen schwarzen Substanz.

Bergers Blick wanderte von Nadjas Mund zu ihren Augen. Einen Moment lang dachte er, dass Nadjas Pupillen wesentlich tiefer ins Dunkel führten als ihr pechschwarzer Mund.

»Verdammt«, sagte Molly Blom.

»Als Antwort auf meine Mail hat er mir also ins Gesicht gespuckt«, stellte Berger fest und merkte, dass sein eigener Mund ganz trocken war.

»Nur das Bild? Kein Wort?«

»Kein einziges Wort. Aber ein Bild, das Bände spricht.«

»Ist das seine Art zu beweisen, dass Nadja unversehrt ist? Oder will er bloß angeben?«

Berger kratzte sich das Kinn und meinte: »Er scheißt auf das Geld. Es ist ihm die ganze Zeit nicht um Geld gegangen. Aber er will uns zeigen, dass er es ernst meint. Und ich glaube ihm.«

Sie schauten sich an. Ihre Blicke waren leicht zu deuten. Jetzt mussten sie die spärlichen Spuren, die sie hatten, mit noch größerer Präzision auswerten. Mussten versuchen, die

Gefühle herauszurechnen. Ihnen blieb nicht viel mehr als ein Tag, bis Nadja in ihrem schwarzen Keller der Kopf abgeschlagen würde, und kein Geld der Welt würde sie retten. Alles deutete darauf hin, dass die Lösegeldforderung ein reiner Bluff war.

Sie durften nicht einen überflüssigen Schritt tun. Berger ging in sein Büro, um herauszufinden, was als Nächstes zu tun war. Blom blieb bei der Sache, an der sie arbeitete.

Er wusste, was das war: Sie verfolgte ihre ganz eigene Spur, und die war gut. Johannes Edborg, das Pflegeheim Vinterbo in Haninge in den Neunzigern. Berger selbst hatte den Mann, der dafür gesorgt hatte, dass Nadja Karlsson und Julia Berglund nach Schweden eingeschmuggelt werden konnten, bis jetzt vernachlässigt.

Nun klickte er auf Molly Bloms Link auf dem größeren und merklich schnelleren Computer. Es ging um die Kuppeleiermittlung von 2002, in der Julia Berglund erwähnt worden war. Die damalige Reichskriminalpolizei hatte die Ermittlungen geleitet. Aber im Archiv der Polizei waren nur noch wenige Spuren zu finden.

Berger grub sich tiefer in die Annalen. Es war seltsam. Hinweise von verschiedenen Stellen zu einer Ermittlung, die gerade erst eingeleitet worden war, sich dann aber auf einmal in Luft aufgelöst zu haben schien. Julia Berglunds Name tauchte zwar auf, jedoch ohne weitere Hinweise.

Die Kriminalpolizei musste die Ermittlungen ganz abrupt abgebrochen haben. Oder sie an eine andere Stelle delegiert haben. Oder sie waren ihr weggenommen worden. Von der Säpo, der schwedischen Sicherheitspolizei? Das war wohl vor Mollys Zeit dort gewesen. Trotzdem musste er mit ihr darüber sprechen.

Sie trafen sich an der Tür. Molly sah aufgewühlt aus. Er würde mit seiner Frage noch warten müssen, würde erst noch eine wichtigere Person kontaktieren.

Wenig später fuhren sie in zwei verschiedene Richtungen.

Blom in ihrem gerade erst gemieteten Leihwagen, Berger im Firmenwagen.

*

Im Polizeipräsidium Kungsholmen herrschte nicht gerade Samstagsstimmung. Berger mogelte sich an der Rezeption vorbei, nahm die Treppen hoch zur Nationalen Operativen Einheit und ging zu einer halb geöffneten Tür. Auf dem Schild daneben stand: Kommissarin Desiré Rosenkvist.

Die Stimme in Berger sagte: Deer.

Sie saß mit dem Handy in der Hand da, die Lesebrille bis zur Nasenspitze heruntergerutscht. Ihre Hände ruhten auf einem dicken offenen Ordner, aus dem sie jede Menge Dokumente und Fotos genommen und über den ganzen Schreibtisch verteilt hatte.

Einen Augenblick spürte Berger, wie es warm in ihm aufwallte: Das hier machte den Anschein, als würde sich Deer um die richtige Arbeit drücken, dabei war es in Wirklichkeit ihre Art, sich Notizen zu machen. Sie hatte ihr Handy zu einem klassischen Detektivnotizblock umfunktioniert. Auch sonst sah sie aus wie immer – die Zuverlässigste der Zuverlässigen. Sie war die einzige Person auf der ganzen Welt, der er hundertprozentig vertraute.

Da fiel sein Blick auf ein Foto auf ihrem Schreibtisch. Das Blut in seinen Adern drohte zu gefrieren. Er zückte sein Handy, schaltete den Ton ab und schoss schnell ein Foto. Dann schob er es wieder in die Tasche, stellte sich so hin, dass er durch die Türöffnung nicht zu sehen war, und klopfte.

»Augenblick!«, rief Deer.

Er wartete. Das Eis in seinen Adern weigerte sich zu schmelzen. Dann rief sie: »Komm rein.«

Berger trat ein. Deers Schreibtisch war nun plötzlich aufgeräumt. Alle Dokumente und Fotos waren wieder in dem dicken Ordner verschwunden. Deer schaute auf, sah überrascht aus, fast schon ertappt, tippte kurz etwas auf ihrem Handy, erholte sich aber wieder und winkte ihn herein. Sie umarmten einander kurz. Dann zog Berger den Besucherstuhl näher heran und setzte sich neben sie.

Sie lachte kurz auf, ein überlegenes, wissendes Schnauben, mehr nicht.

»Was willst du von mir, Sam?«, fragte sie und legte ihre Lesebrille beiseite.

»Ich habe gehört, dass du Wochenenddienst hast«, sagte er.

Sie betrachteten sich kurz, das alte Gespann.

Dann fuhr Berger fort: »Ich bräuchte Hilfe bei einer vierzehn Jahre alten Kuppeleiermittlung, in der der Name Julia Berglund auftaucht.«

»Ach ja?« Deer schaute gleich ein wenig strenger drein.

»Ich kann nicht mehr darüber verraten«, sagte Berger. »Aber ich bräuchte deine Hilfe. Wir haben Treffer zu diesem Namen, aber in den alten Registern der Kriminalpolizei steht so gut wie nichts zu ihr.«

»Woher weiß die Bootshaus Security AB denn, was in den Registern der Kriminalpolizei steht?«

»Sagen wir einfach mal, ich habe noch ein paar Kontakte hier im Haus.«

Deer ermahnte ihn: »Ich kann keine Suche für dich verschleiern, Sam, und das weißt du.«

»Julia Berglund heißt sie«, wiederholte Berger. »In einer vierzehn Jahre zurückliegenden Kuppeleiermittlung.«

Deer schüttelte langsam den Kopf. Schließlich meinte sie: »Einen Versuch hast du. Und wieso überhaupt ›wir‹?«

»Molly ist zurück«, sagte Berger und schaute Deer an. Die runzelte die Brauen und fummelte auf einmal nervös an ihrer Lesebrille herum. Dann irrte ihr Blick zum Fenster und versank weit hinter dem Kronobergsparken.

»Was bedeutet ›zurück‹?«, fragte sie nur.

»Sie arbeitet mit mir an diesem einen zeitlich begrenzten Fall. Danach werden wir sehen, wie es weitergeht.«

»Und das Kind?«

»Eine Tochter«, sagte Berger. »Myrina.«

Deer stand auf, streckte die Arme aus und zog ihn an sich. Er umarmte sie ebenfalls, fest und herzlich. Doch gleichzeitig floss das Eiskalte weiter durch seine Adern. Nicht einmal in dieser Umarmung wollte es ganz schmelzen.

Sie setzten sich wieder und schauten einander in die Augen.

Deer, dachte Berger nur.

Deer.

»Zeitlich begrenzt, hast du gesagt?«

Er betrachtete sie noch immer und verstand nicht gleich.

»Was?«, fragte er.

»Du hast gesagt, ihr arbeitet an einem zeitlich begrenzten Fall, oder? Das klingt ja wie … eine Entführung.«

»Die Polizistin in dir schläft aber auch wirklich nie«, sagte Berger. »Und wenn das – rein hypothetisch – der Fall wäre, wie lautet die allererste Forderung eines eventuellen Kidnappers?«

»Kein Kontakt mit der Polizei«, nickte Deer. »Verstehe. Ich werd versuchen, diese Kuppelei für dich auszugraben. Inkognito.«

»Was machst du denn selbst gerade so?«, erkundigte sich Berger und deutete mit einer weitläufigen Handbewegung auf ihren Schreibtisch.

»Das ist nicht weniger geheim.« Deer grinste schief. »Wie lief es eigentlich mit Rita? Du siehst wirklich viel munterer aus. Bist du überhaupt zu ihr gegangen?«

Berger nickte.

»Man könnte es eine tief greifende Therapie nennen«, erklärte er. »Rita Ohlén ist zweifellos eine großartige Menschenkennerin.«

Deer tätschelte ihm kurz den Oberschenkel, lächelte und deutete ebenfalls auf den Schreibtisch.

»So, jetzt muss ich aber weiterarbeiten«, sagte sie. »Wollen wir nicht demnächst mal zusammen essen gehen?«

»Sobald mein zeitlich begrenzter Fall abgeschlossen ist, kann ich dich wahrscheinlich sogar fürstlich einladen«, sagte Berger und ging.

Draußen setzte er sich in seinen Firmenwagen mit dem Neuwagenduft. Er schloss die Augen und verharrte eine Weile in dieser Haltung. Dann holte er sein Handy heraus und betrachtete das glänzende schwarze Display. Das Einzige, was er sah, war sein eigenes Gesicht. Er sah blass aus. Als wäre das Eis in seinen Adern immer noch nicht recht geschmolzen.

Er konnte darauf pfeifen. Er hatte sowieso keine Zeit. Die rasiermesserscharfen Zeiger der Uhr in seinem Inneren tickten weiter. Ihm blieben nur noch dreißig Stunden, um Nadja Karlsson zu retten. Außerdem – wenn er sich im Leben eines bewahren wollte, dann seine wiedergefundene Beziehung zu Deer.

Doch der Detektiv in ihm war stärker als die Privatperson. Er stellte den Ton wieder an, wischte kurz übers Display, ließ sich von seinem Handy per Gesichtserkennung identifizieren und tippte auf das Fotoalbum.

Das letzte Bild darin war zwölf Minuten alt. Deer saß fast ganz abgewandt an ihrem Schreibtisch und machte sich Notizen auf ihrem Smartphone. Vor ihr lag ein Meer aus Dokumenten und Fotos. Langsam zoomte Berger eines davon heran.

Zur Hälfte von ein paar Dokumenten bedeckt, gab es dennoch keinerlei Zweifel: Es zeigte Molly Blom. Eine junge Molly Blom.

28

T minus 1 Tag und 5 Stunden

Molly Bloms Entbindung lag jetzt sechs Wochen zurück. Sie hatte zwar recht gut trainiert in ihrem heimlichen Unterschlupf in der Eolsgatan, aber ihre Kräfte noch nicht im Ernstfall testen können. Und sie wusste nicht, was sie im Hölötrakten erwartete.

Es war das erste Mal, dass sie solche Gedanken hegte. Sie gab sich alle Mühe, ihre Gedankengänge bewusst zu unterbrechen. Und landete beim Thema Geld. Im Laufe des letzten Tages hatte sie so wenig an ihre Rentenversicherung gedacht wie schon lange nicht mehr; nur in ihren Träumen war sie zurückgekommen. Auch wenn es ihnen nicht gelingen würde, Nadja zu finden – und das schien immer wahrscheinlicher –, würde sie eine Viertelmillion bekommen. Eine halbe, wenn es doch noch glückte. Dann wäre sie ihrem Traum schon sehr nahe. Ein eigenes Fitnessstudio. Selbstverteidigung für Frauen, Trainingsreisen in exotische Länder.

Während der Schwangerschaft hatte sie sparsam gelebt, es war also noch etwas übrig von ihrer Abfindung und den EU-Geldern. Alles zusammen müsste schon reichen. Andererseits war diese Rentenversicherung … schon recht groß.

Ihr Mietwagen rollte Richtung Süden, und sie hakte Perle für Perle im Rosenkranz der südlichen Vororte ab, bis die Besiedelung hinter Södertälje ziemlich ausdünnte. Auf Höhe eines Dorfes namens Hejsta führte die Straße hinaus in dichtes Waldgebiet. Molly Blom überlegte, ob es nur an ihren Vorurteilen lag, dass sie hier einen Willkommenssalut aus der Schrotflinte erwartete. Nachdem sie das dritte baufällige Haus mit Schrottauto auf dem Grundstück passiert hatte, unrundete der schmale Waldweg einen Hügel und gab dann den Blick auf eine ganz andere Art von Grundstück frei.

Großkotzig war vielleicht der falsche Ausdruck, eher betagt und altmodisch. In den neunziger Jahren hatte die Architektenvilla mit ihrem Pool und dem Sonnendeck wahrscheinlich allen imponiert. Jetzt wirkte sie dagegen antiquierter als die Nachbarn – rostende Autowracks hatten eben doch etwas Zeitloses.

Molly Blom fuhr bis zum geschlossenen Tor im Eisenzaun. Ein schiefes, verwittertes Schild warnte vor einem Hund, ein anderes tat kund, dass das Grundstück alarmgesichert sei. Sie stieg aus dem Auto, lauschte nach einem ebensolchen Kläffer, drückte dann die Klinke herunter, und das Tor glitt auf. Während sie den zugewucherten Gartenpfad entlangging, knöpfte sie die Jacke und ihr Schulterholster auf.

Es fühlte sich an wie der erste Herbsttag des Jahres. Ein harter, grauer Samstag ohne Gnade. Sie ließ den Blick über die damals so avantgardistischen schiefen Winkel des Gebäudes wandern. Nirgendwo waren Anzeichen menschlicher Bewohner zu sehen. Sie ging zum Eingang, klingelte. Keinerlei Hinweise, ob es im Haus wirklich geklingelt hatte.

Sie trat ein paar Schritte zurück, musterte die Fassade noch eingehender, betrachtete die Fenster. Dann meinte sie, ein Geräusch von der anderen Seite des Hauses zu hören. Sie blieb mucksmäuschenstill stehen und versuchte, die Richtung auszumachen, aus der es gekommen war. Verschob sich die Geräuschquelle nach links? Blom zückte ihre Pistole, schlich sich ein Stück nach rechts. Betrat das große verlassene Sonnendeck. Und blieb neben einem riesigen Panoramafenster stehen. Dort traf sich ganz plötzlich ihr Blick mit dem eines Mannes. Auf der anderen Seite des Hauses.

Der Mann verschwand hastig von dem kleinen Fenster auf seiner Seite. Molly Blom sah ihn noch einmal durch ein anderes Fenster, wie er schleunigst davonrannte.

Sie umrundete das Haus, sah, wie sich der Mann mit mäßigem Laufschritt einem Gehölz näherte, und setzte ihm mit erhobener Waffe nach. Es war lange her, dass sie gerannt war, und ihre Schritte fühlten sich an, als müsste sie jedes Mal einen kleinen Widerstand überwinden. In dem Moment, da sie den ungemähten Rasen verließ und in sumpfigeres Gelände patschte, hatte sie das Gefühl, ihre Füße seien nun endgültig zu schwer. Als würde es sie einfach in den Untergrund saugen.

Gott sei Dank schien es dem Mann da vorne genauso zu ergehen. Er war fast schon am Wäldchen, dreißig Meter vor Blom, als er sich umdrehte und sie anschaute.

Und es war, als würde er aufgeben. Der Mann starrte in ihre Pistole und sank auf die Knie. Er hob die Hände in einer Art flehender Geste, und Blom hörte, wie er rief: »Nein.«

Es war ein »Nein« mit einer gewissen Hellsichtigkeit. Ein »Nein«, wie es ausgesprochen wird, wenn es das letzte Wort im Leben ist.

*

Der Mann saß auf dem Sofa. Er war wohl gute sechzig und keuchte immer noch. Es wirkte, als wäre er erst seit Kurzem übergewichtig, als hätte man ihm einen Schwangerschaftsbauch aus Plastik an einen Körper geschnallt, der sonst ganz gut in Schuss war.

Blom betrachtete den Sessel neben sich. Es kam ihr nicht sehr verlockend vor, sich darauf zu setzen. Zum Schluss machte sie es dann doch und fragte: »Sie sind Johannes Edborg, richtig?«

Der Mann nickte langsam, ohne sie anzuschauen.

»War ich«, sagte er. »Früher war ich es jedenfalls mal.«

»Ich hab eine gute Nase für Selbstmitleid«, sagte Molly

Blom, »und hier stinkt es förmlich danach. Nach Schnaps übrigens auch. Brennen Sie schwarz?«

»Dafür fehlt mir die Geduld«, keuchte Johannes Edborg. »Ich kaufe ihn meinem Nachbarn ab.«

»Für wen haben Sie mich gehalten?«, fragte sie.

»Wie meinen Sie das?«

»Es kam mir vor, als hätten Sie erwartet, dass jemand kommt, um Sie umzubringen. Wer?«

»Um zu sterben, muss man leben«, sagte Edborg weise.

»Jetzt machen Sie sich bitte nicht lächerlich. Für wen haben Sie mich gehalten?«

Edborg schüttelte langsam den Kopf.

»Okay«, sagte Molly Blom. »Ich werde Ihnen jetzt mal erzählen, was ich sehe. Ich sehe einen Mann, der in den neunziger Jahren auf einmal massenweise Geld einstreicht und sich eine Villa nach Neureichengeschmack bauen lässt, wahrscheinlich in einer Gegend, in der er selbst aufgewachsen ist, denn allzu weit vom Lande seiner Kindheit wagt er sich nicht fort. Seine Kinder sind hier aufgewachsen, eine ganze Familie hat hier gelebt. Aber das ist jetzt schon eine Weile her. Die Kinder werden groß, und mit ihnen verschwindet auch die Frau, die sich endlich traut, ein normales Leben zu führen. Der Mann, der nicht mehr reich ist, wird einsam und fängt an zu saufen. Stellt sich nur noch die Frage, wo in diesem ganzen Bild plötzlich die Bedrohung aufgetaucht ist.«

»Sie sind so eine Art Privatdetektiv, oder? Warum sollte ich mit Ihnen reden?«

»Sie haben einen Job mit einer gewissen Außenwirkung gehabt«, fuhr sie fort. »Ende der Achtziger wurden Sie Leiter eines Heims für Menschen mit eingeschränkter intellektueller Funktion, dem Pflegeheim Vinterbo in Haninge. Als es kurz vor der Jahrtausendwende geschlossen wurde, hatten Sie es schon verlassen, wenn ich das recht verstanden habe. Und eine Karriere als Pflegeunternehmer begonnen. Stimmt's?«

Zum ersten Mal, seit Molly Blom ihn aufs Sofa geschubst hatte, wandte ihr Edborg den Blick zu. Er überlegte kurz, was er sagen wollte.

»Mit dem Hausarztgesetz Anfang der Neunziger hat es angefangen. Eigentlich sind wir mit der Vorstellung aufgewachsen, dass Pflege und Fürsorge für alle gleichermaßen zugänglich sein sollten, egal wie dick die Brieftasche ist, aber dann wurden wir total überrumpelt. Ich auch. Und meine Tätigkeit, die von der Gesellschaft bis dahin immer geringgeschätzt worden war, wurde auf einmal kommerziell interessant. Ich war gut darin, Wirrköpfe zu pflegen, und plötzlich war es eine Geschäftsidee.«

»Allerdings nur, wenn man über ein Grundkapital verfügte«, sagte Molly Blom.

»Ich habe das Kapital zusammengekriegt«, erwiderte Edborg.

»Und jetzt bereitet Ihnen dieses Kapital noch immer Angst und Schrecken.«

Johannes Edborg starrte sie an. Blinzelte. Sagte nichts. Schien nichts sagen zu *können*.

Molly Blom lehnte sich in dem Sessel zurück und sagte: »Am 1. Dezember 1991 wurde die Ukraine als unabhängiger Staat anerkannt. Vier Monate später reisen Patienten und Personal aus dem Pflegeheim Vinterbo dorthin – eine bemerkenswerte Reise für ein kommunales Pflegeheim für Menschen mit eingeschränkter intellektueller Funktion. Mindestens zwei von Ihren Patienten kommen mit jungen ukrainischen Ehefrauen zurück. Und wenig später haben Sie ausreichend Kapital, um Ihr erstes privates Heim zu gründen, in der frühesten Ära der privatisierten Pflege.«

Edborg starrte sie weiter schweigend an.

»Schon spannend«, fuhr Molly Blom fort, »dass das mit dem Fall der Mauer korreliert, dem Aufkommen der Oligarchen und der Internationalisierung der Russenmafia – und mit diesem ganzen Misthaufen aus Egoismus, Macht, Geld und Gewalt, der die russische ›Demokratie‹ auszeichnet. Ich interessiere mich ganz aufrichtig dafür, also … rein historisch, wie das ablief, als die erste Welle des Frauenhandels aus dem Osten nach Schweden schwappte. Wie man auf die Idee kam, gleichzeitig Geld zu waschen *und* Sklaven in Form von Prostituierten zu exportieren.«

Edborg rutschte auf seinem Sofa hin und her, immer noch sprachlos.

Blom ließ nicht locker: »Wie ist das abgelaufen, wie hat man Sie kontaktiert?«

Sie sah, wie hektisch sich die Augäpfel hinter Edborgs jetzt geschlossenen Lidern bewegten. Sie wartete geduldig auf eine Antwort.

»Ich glaube, Ihnen ist klar, dass ich nichts sagen kann«, erklärte Edborg schließlich.

»Es ist ein Vierteljahrhundert her«, sagte Molly Blom.

»So was bedeutet ein lebenslängliches Urteil.« Edborg zuckte mit den Schultern. »Wenn die einen erst mal in den Klauen haben, lassen sie einen nie wieder los. Es eskaliert einfach immer weiter.«

»Sie müssen mir schon mehr erzählen als das, Johannes. Eine Frau ist entführt worden.«

Edborg schnaubte.

»Wie ungewöhnlich«, sagte er.

»Wenn man sich das Hirn kaputtsäuft, wird man träge und lasch, aber nicht zynisch.«

»Ich habe meine Firma an die Scheißrussenmafia verkauft. Und jetzt sind sie ganz legal und niedlich und alles. Scheiß-Njord. Also, verraten Sie's mir: War ich nicht von Anfang an ein Zyniker?«

»Wer ist Njord?«

»Ich sag kein Wort mehr«, wehrte Edborg ab. »Das ist mir jetzt bloß so rausgerutscht.«

»Nein, seltsamerweise glaube ich nicht, dass Sie von Anfang an ein Zyniker waren. Aber Sie sind das geworden, was den Menschen immer wieder zu Fall bringt: Sie sind gierig geworden, Johannes. *Greed does NOT work.*«

»*Whatever*«, sagte Edborg. »Es ist also jemand entführt worden?«

»Die Umstände sind sehr speziell …«

»Ich kann verstehen, dass Sie zögern«, sagte Edborg. »Wenn die hier auftauchen und Fragen stellen sollten, würde ich sofort von Ihnen erzählen und alles ausplaudern, was Sie mir gesagt haben. Man hat gar keine andere Wahl.«

»Kommen die denn öfter?«, fragte Molly Blom.

»Es war seit fünfundzwanzig Jahren keiner mehr da.«

»Und trotzdem diese schreckliche Angst, rund um die Uhr?«

»Trotzdem diese schreckliche Angst, ja«, gab Edborg zu. »Ich brauch jetzt was zu trinken.«

Blom schaute auf ihre eigene leicht zitternde Hand. Sie ballte sie zur Faust und sagte: »*Irgendetwas* müssen Sie mir geben, Johannes.«

Edborg richtete seine rot geäderten Augen auf sie und antwortete: »Stepanka.«

»Wie war das?«, fragte Blom.

»So hieß mein Kontakt«, sagte Edborg. »Der ist später eine richtig große Nummer geworden.«

»Eine große Nummer?«

Edborgs Blick irrte zur Spüle in der ekligen offenen Küche. Dort stand ein schmutziger Kanister.

»Er wurde der Boss. Aber jetzt geben Sie mir was zu trinken.«

29

T minus 1 Tag und 2 Stunden

Es konnte keinen Zweifel geben: Mias Hausdienst AB war eigentlich geschlossen. Ein stabiles Gitter schützte das schmutzige Schaufenster, das sich in einer Nebenstraße am Rand des Zentrums von Hjulsta befand. Molly Blom klopfte an, erst ans Gitter, dann ans Fenster dahinter. Sie hatte gerade schon das Handy gezückt, um im Büro des Hausdiensts anzurufen, als das Gitter zitterte und sich mit einem kreischenden Geräusch nach oben bewegte. Anderthalb Meter über dem Boden blieb es stehen, und ein großer Mann duckte sich darunter hindurch und begann, wild dagegenzuhämmern.

»Dieses Scheißding bleibt ständig hängen«, schimpfte er mit ganz leichtem Akzent.

»Sind Sie Marat Alibaev?«, fragte Molly Blom.

Er nickte und deutete mit der Hand in den dunklen Raum. Molly Blom duckte sich unter dem Gitter hindurch und nahm auf der anderen Seite eines überfüllten Schreibtischs Platz. Marat Alibaevs schwarzer Blick fixierte sie im Halbdunkel. Er sah aus, als würde er irgendwo aus der Schwarzmeergegend stammen. Eine dicke Narbe zog sich über seine rechte Wange.

»Ist Mia nicht hier?«, fragte Molly Blom weiter.

»Doch«, sagte Alibaev ruhig.

Sie schauten sich in die Augen, bis Blom leicht den Kopf

schüttelte. Da erklärte der Mann hinterm Schreibtisch: »Marat Islom Alibaev. MIA. Das bin ich selbst.«

Sie musste lachen. Alibaev entspannte sich sichtlich und machte eine entschuldigende Geste.

»Die Kunden haben mehr Vertrauen zu Frauen«, sagte er. »Nicht zuletzt zu schwedischen Frauen. Was wollen Sie?«

»Ich will mit Ihnen über eine Ihrer Mitarbeiterinnen sprechen«, sagte sie. »Nadja Karlsson.«

»Nadja? Ja, die macht immer mal wieder einzelne Jobs für mich. Für Grobputzaufträge ist sie super.«

»Grobputzaufträge?«

»Sie ist gründlich. Die übernimmt auch Sachen, die sonst keiner anfassen will.«

»Wann haben Sie sie zuletzt gesehen?«

Marat Alibaev klickte an einem alten Computer herum und antwortete: »Ich hab die Arbeitspläne hier drin. Selbst hab ich sie jetzt länger nicht mehr gesehen. Das läuft nicht so gut – schauen Sie sich doch mal dieses Büro an.«

Blom schaute sich um. Es war wirklich kein großartiges Büro. Vor allem war weit und breit kein Putzzubehör zu sehen.

»Sie beschäftigen also nur freie Mitarbeiter?«, fragte sie.

»Ja. Die haben auch alle ihre eigene Ausrüstung. Ein eigenes Auto. Nadja war zu Anfang ein paar Mal hier, vor mehreren Jahren, danach aber nie mehr.«

»Und wann hat sie zuletzt einen Auftrag von Ihnen bekommen?«

Alibaev schaute auf den Bildschirm und sagte: »Letzten Montag.«

Blom war plötzlich hellwach und schaute auf ihr Handy.

»Wo und wann?«, fragte sie.

»Am Nachmittag«, erwiderte Alibaev, der mit dem Gesicht ganz nah an den Monitor herangegangen war. »Täby Kyrkby. Sie hat mir vier Stunden gemeldet. Ich könnte Ihnen die Anschrift ausdrucken. Wenn ich wüsste, worum es hier geht.«

Blom schaute ihm in die Augen. Berger hätte ihnen wirklich einen gefälschten Polizeiausweis beschaffen müssen. Das hätte alles so viel einfacher gemacht.

»Es geht um einen Versicherungsbetrug in Täby«, log sie. »Die Bootshaus Security AB arbeitet für eine der größten Versicherungsgesellschaften. Wie hält Mias Hausdienst es denn so mit den gesetzlich vorgeschriebenen Arbeitgeberversicherungen?«

Marat Alibaev seufzte und schaltete den Drucker ein.

»Nadja war nicht vor sieben Uhr abends fertig«, sagte er.

*

Die Empfangsdame – rote Haare, bestimmt gute vierzig – musterte ihn mit klinischem Blick. Dann schaute sie wieder auf seinen Ausweis hinunter und sagte: »Was ist denn überhaupt ein Sicherheitsberater?«

»Wir führen Auftragsermittlungen bei bestimmten Verbrechen durch«, antwortete Berger lächelnd.

»Diese Noomi Karlsson hat ein Verbrechen begangen?«

»Nadja«, korrigierte Berger. »Nein, sie ist eventuell eine Zeugin. Können Sie sie finden?«

»Wir haben über sechzig freie Mitarbeiter«, sagte die Empfangsdame und klickte an ihrem Computer herum. »Ich kenne die nicht alle persönlich.«

Berger hob den Blick und schaute sich in den hellen, frischen Räumlichkeiten im Zentrum von Lidingö um. Es gab zweifellos sehr viele verschiedene Arten von Putzfirmen in diesen Zeiten, in denen sich alle möglichen Dienste von der Steuer absetzen ließen. Ein paar Personen saßen in einer Art offenem Wartezimmer und starrten auf ihre Handys. Berger versuchte zu begreifen, was sie da eigentlich machten. Ein paar geschlossene Türen führten vom Ladengeschäft zu Büros, deren Ausmaße nicht zu ermessen waren.

»Hausputz AB hat also auch samstags geöffnet? Und hat mehrere Niederlassungen in der Stadt?«

»In der Stadt?«, hustete die Empfangsdame. »Dieses *Büro* beschäftigt sechzig freie Mitarbeiter. Und es ist das Büro in *einer* von achtzehn skandinavischen Städten.«

Berger hoffte, dass seine Miene gebührend beeindruckt aussah.

»Schau mal einer an«, sagte er. »Und Nadja?«

»Ja, hier hab ich sie. Eigentlich weiter nichts Bemerkenswertes.«

»Ich suche aber Informationen. Fakten.«

»Da kann ich nicht mit dienen«, sagte die Empfangsdame. Sie schaute auf den Monitor und drückte eine Taste. Im nächsten Moment piepste das Handy bei einer der wartenden Frauen. Sie las etwas vom Display ab und ging hinaus.

Vor der Tür stand eine Reihe identischer Kastenwagen. Berger sah, wie die Frau zu einem von ihnen ging. Er meinte: »Dann hoffe ich mal, dass Sie einen Chef irgendwo hinter diesen Türen haben.«

Die Empfangsdame hatte ihren klinischen Blick abgelegt und musterte Berger zum ersten Mal eingehender.

»Viktor ist hier, ja«, antwortete sie mit einem gewissen Glühen in den Augen.

»Dann würde ich gerne mal mit Viktor sprechen«, sagte Berger, immer noch die Höflichkeit selbst. Langsam taten ihm die Mundwinkel weh.

Wie auf Bestellung tauchte Viktor in der Tür auf, ein gut gekleideter, breiter Mann Anfang fünfzig, mit einem ebenso breiten Lächeln mitten im glatt rasierten Gesicht. Ihn umwaberte eine fast überdeutliche Verkäuferaura.

»Na, hallo«, grüßte Viktor in vertrauenerweckendem Ton. »Was haben wir denn für ein Problem?«

»Dieser Sicherheitsberater verlangt anscheinend Zugang zu unserem System.«

»Danke, Gittan. Womit kann ich Ihnen helfen, Herr …?«

»Sam«, sagte Berger. »Ich hatte gehofft, ein paar Informationen über eine Ihrer freien Mitarbeiterinnen zu bekommen, Nadja Karlsson.«

Viktor wandte sich an Gittan, wie um ihr zu signalisieren, dass er die Sache übernehmen würde. Gittan warf ihm einen Blick zu, den Berger gerne auf Video gehabt hätte; es war nicht ganz klar, ob aus ihm Anbetung, Untertänigkeit oder irgendetwas anderes sprach. Dann wechselte sie geschmeidig den Platz und tippte weiter auf ihrer Tastatur herum. Die nächste wartende Frau stand auf, verließ den Raum und sprang in einen Kastenwagen. Als er aus der Garage fuhr, las Berger auf der Seite die Aufschrift »Hausputz AB«.

Viktor tippte selbst ebenfalls ein wenig auf der Tastatur herum und wartete. Bis Berger fragte: »Sitzen die alle hier und warten darauf, dass sie einen Job zugeteilt bekommen?«

Viktor antwortete, ohne vom Monitor aufzublicken.

»Wir haben zwei Arten von freien Mitarbeitern. Die mit eigenem Auto, wie Ihre Nadja Karlsson, und die, die unsere Fahrzeuge benutzen. Letztere bekommen ihre Aufträge hier vor Ort, genau.«

»Das ist sehr ... modern ...« Berger war leicht angewidert.

»Ja, hier hätten wir alles über Nadja«, sagte Viktor und deutete auf den Bildschirm. »Was wollen Sie gerne wissen?«

Berger betrachtete ihn, sah seine selbstverständliche, fast mustergültige Autorität und fragte: »Kennen Sie Nadja?«

Viktor machte eine bedauernde Geste.

»Ich befasse mich selten mit der konkreten Feldarbeit, deswegen nein, leider kenne ich sie nicht. Aber sie scheint eine zuverlässige, stabile Kraft in allen Tätigkeitsbereichen zu sein.«

»Wann hat sie zum letzten Mal einen Job für Sie übernommen?«

»Letzte Woche Dienstag und Donnerstag«, erklärte Viktor. »Dienstag ganztägig in Sticklinge, Donnerstagnachmittag in Käppala. Ich drucke Ihnen den Plan mal aus.«

»Ich nehme an, das sind Stadtteile von Lidingö? Haben Sie keine weiteren Informationen?«

Viktor hielt kurz inne und musterte Berger.

»Sam«, sagte er. »Ich gehe davon aus, dass Sie sich gegenüber Gittan adäquat ausgewiesen haben. Aber in die persönlichen Daten der Firma Hausputz AB Einsicht zu nehmen …«

»Ich verstehe schon«, sagte Berger. »Es gibt also keine besonderen Einträge? Mehr will ich gar nicht wissen.«

Viktor las etwas auf dem Monitor. Schüttelte den Kopf. Ging zum Drucker. Als er aufblickte, sagte er: »Im Gegenteil. Eine äußerst zuverlässige Mitarbeiterin.«

Als er ihm Nadja Karlssons Arbeitsplan für Hausputz AB reichte, hielt er das Blatt eine Sekunde länger fest als nötig.

»Sie sind Privatdetektiv, oder?«

Berger erwiderte seinen scharfen Blick und sagte: »Sicherheitsberater.«

Erst da ließ Viktor das Blatt los.

*

Molly Blom schaute sich in den Räumlichkeiten um. Sie versuchte zu erfassen, was es mit der Firma mit dem peinlichen Namen Reinheit AB eigentlich auf sich hatte. Offenbar war sie hauptsächlich in der Innenstadt tätig, das Büro in einer Nebenstraße auf Östermalm schien sauber, hübsch, klein. Es sollte eine Aura der Exklusivität ausstrahlen.

»Wir haben nichts gegen den Stempel ›exklusiv‹.«

Die Frau hinter dem Tisch wirkte modern, vital, offen und neugierig. Gleichzeitig war sie unübersehbar die Chefin. In ihrem Blick lag alles Mögliche. Auch etwas, worauf Molly Blom im ersten Moment nicht so recht den Finger legen konnte.

Sie nickte langsam und sagte: »Und Reinheit AB putzt ausschließlich auf Östermalm?«

»Wir gehen auch über die Grenzen unseres Stadtteils hinaus, aber nur mit einem gewissen Widerstreben.«

»Grenzüberschreitend«, sagte Blom so neutral wie möglich. »Ich bräuchte alle Informationen, die Sie mir über eine Ihrer freien Mitarbeiterinnen geben können. Es geht um Nadja Karlsson.«

»Gerne. Wenn Sie mir eine unterschriebene und beglaubigte Vollmacht bringen.«

Blom betrachtete die Dame.

»Sind Sie die Eigentümerin von Reinheit AB?«

»Eigentümerin nicht, nein.«

»Aber zumindest Geschäftsführerin? Chefin?«

Die Frau hinter dem Schreibtisch schaute Blom scharf an und sagte: »Ich bin die Filialchefin, Justine Rudbeck. Was bedeutet, dass ich diese Filiale leite. Und wenn ich keine weiteren Auskünfte über die Angelegenheit bekomme, die Sie hierherführt, dann verfüge ich, dass eine Vollmacht erforderlich ist, bevor ich irgendwelche Informationen über unsere Mitarbeiterinnen herausgebe.«

Das war auch eine Art, seine Neugier zum Ausdruck zu bringen.

Blom beschloss, diesen Weg zu beschreiten.

»Kennen Sie Nadja?«

»Na ja, was heißt kennen ...«

»Sie scheint eine nette Frau zu sein«, begann Blom vorsichtig.

»Eine unserer besten. Hat sie etwas angestellt?«

»Warum fragen Sie?«

»Sie strahlen so eine Art Bu... Polizeiflair aus.«

»›Bulle‹ wollten Sie sagen, hm? Hatten Sie schon öfters mit den Bullen zu tun?«

»Vergessen Sie, dass ich das gesagt habe«, meinte Justine Rudbeck.

Molly Blom lief Gefahr, ihre Chance wieder aus der Hand zu geben. Das durfte nicht passieren. Sie musste Justine Rudbecks Vertrauen gewinnen. Und auf einmal sah sie, was es war, das sie an Justine nicht richtig hatte benennen können.

»Sie hat nichts angestellt, nein. Ich versuche nur, sie zu finden. Nadja hat einen etwas chaotischen Hintergrund, genau wie ich. Ich hoffe einfach nur, dass sie nicht rückfällig geworden ist.«

»Das würde sie nie tun«, sagte Justine Rudbeck abrupt.

»Warum? Weil Sie es auch nie tun würden?«

Jetzt kam hinter der aalglatten Fassade der Ex-Knacki-Blick hervorgeschossen und nagelte Molly Blom fest.

»Weil ich jeden Tag Gefahr laufe, die alten Fehler wieder zu begehen«, antwortete Rudbeck scharf. »Ich weiß, was man tun muss, um den Kopf über Wasser zu halten. Nadja auch.«

»Haben Sie sich so gefunden? Und sind Freundinnen geworden?«

»Freundinnen wäre zu viel gesagt. Aber auf der anderen Seite der Klassentrennung haben wir uns ineinander erkannt. So würde ich es beschreiben.«

Blom betrachtete Rudbeck. Sie war jetzt völlig unverstellt.

»Genau das brauche ich«, sagte Blom nach einer Weile. »Eine realistische Perspektive. Wer war Nadja eigentlich?«

»Eine, die sich rausgearbeitet hat. Ich hab es durch Familie und Kinder geschafft. Sie schaffte es durch … ich weiß nicht … durch *Saubermachen.*«

»Können Sie das etwas genauer ausführen?«

»Ich hatte irgendwie den Eindruck, dass sie sich immer sehr *beherrscht* hat. Dass sie *gewartet* hat.«

»Das ist immer noch ziemlich abstrakt, Justine …«

»Es ist ja auch nur so ein Gefühl von mir. Nicht, dass sie wirklich mal etwas in dieser Richtung geäußert hätte. Aber ich glaube, dass sie die Dinge so in Schach hielt. Fast wie eine Zwangsstörung, immer alles perfekt ordentlich, aber nur, weil sie auf eine *Chance* wartete.«

»Eine Chance? Wie … etwas Lebensveränderndes?«

»Ja, das war mein Gefühl. Alles schön im Griff behalten, bis es so weit ist.«

»Bis was so weit ist?«

Justine Rudbeck verstummte und runzelte die Stirn.

»Das ist noch abstrakter«, sagte sie schließlich. »Aber ich habe das auch an mir selbst beobachtet. So eine Art innere Triebfeder.«

»Um Geschäftsfrau zu werden?«

Rudbeck starrte Blom überrascht an.

»O nein, überhaupt nicht.«

»Was war es denn dann für eine Chance, auf die Nadja gewartet hat?«

»*Rache*«, sagte Justine Rudbeck, als wäre das völlig selbstverständlich.

*

Berger betrachtete eine Visitenkarte, die durch ein selbst gebasteltes Logo kundtat, dass er hier in den Räumlichkeiten von Reinigung Denis AB wartete.

Und wartete.

Durchs Fenster konnte er auf die Fußgängerzone blicken, wo sich die verstrichene Zeit an den immer länger werdenden Schatten der Häuser ablesen ließ. Es war Jahre her, dass er im Zentrum von Solna gewesen war. Es hatte sich wirklich sehr verändert.

Irgendwann aber tauchte tatsächlich ein robuster Mann aus dem Inneren der Räumlichkeiten auf. Er baute sich vor Berger auf und starrte ihn wortlos an. Der versank noch etwas tiefer in seinen Wartesessel und fragte: »Ist das einfach nur ein Druckfehler?«

»Was?«, bellte ihn der Mann an.

»Entweder ist das hier der Männername Dennis oder der Frauenname Denise. Was von beidem soll es sein?«

»Denis ist ein ganz normaler Vorname in Russland«, sagte der Mann mit leichtem Akzent. »Ich bin Denis Smolnikov.«

»Aha«, entgegnete Berger. »Ich suche Nadja Karlsson.«

Der Mann starrte ihn an.

»Und wer sind Sie?«

Berger stand auf und hielt Smolnikov seinen Ausweis unter die Nase. Der musterte ihn und knurrte: »Sie sind also von der Bootshaus Security AB? Und meckern hier allen Ernstes über den Namen meiner Firma?«

»Mann, so einen Firmennamen zu finden ist aber auch nicht ganz leicht«, sagte Berger.

»Allerdings«, lachte Smolnikov und gab ihm den Ausweis zurück. »Aber als Kleinunternehmer hat man ja auch noch schlimmere Sorgen.«

»Das Kapital«, nickte Berger. »Das Startkapital zusammenzukriegen.«

»Ich dachte eher an die Steuern«, meinte Smolnikov. »Aber Sie haben recht. Das Komische ist, dieses Thema kommt ständig auf, wenn die Leute mit mir reden.«

»Steuern?«

»Kapital.«

»Wie meinen Sie das?«

»Ich bin russischer Unternehmer in Schweden. Also ist mein Kapital schmutzig. Ist das nicht das übliche Vorurteil? Die russische Mafia? Dieser ganze Oligarchenscheiß?«

Berger zog eine erstaunte Grimasse und nickte.

»Ja. Das ist wahrscheinlich so«, musste er zugeben.

Smolnikov stieß einen tiefen Seufzer aus, ging um den Schreibtisch herum und sagte: »Die Hälfte meiner Zeit verbringe ich damit, Risiken zu umschiffen.«

»Risiken?«

»Sobald welche auftauchen, ist man geliefert. Deswegen muss man zusehen, dass sie gar nicht erst auftauchen. Und das ist schwer. Man muss echt Glück haben.«

»Ein lebenslängliches Urteil«, nickte Berger.

Denis Smolnikov lächelte und schaltete seinen Computer ein.

»Sie wissen also, wen Sie meiden müssen?«, bohrte Berger.

»Ich will nicht weiter darüber reden. Vielleicht sind Sie ja auch einer von denen.«

»Ich?«

»Glauben Sie, dass die nicht auch ein paar Schweden auf ihrer *Payroll* haben? Sie können doch nicht gleichzeitig Privatschnüffler und naiv sein.«

»*Mich* haben sie jedenfalls nicht auf ihrer *Payroll*. Kennen Sie einen Mann namens Stepanka?«

Smolnikov hob beide Hände zu einer abwehrenden Geste.

»Ich sag kein Wort mehr«, wiederholte er und schüttelte den Kopf. »Also, über welche freie Mitarbeiterin wollten Sie jetzt was wissen?«

»Nadja Karlsson«, sagte Berger.

Smolnikov tauchte in seinen Computer ab, runzelte die Stirn, nickte.

»Ja, schade. Dabei war das so eine Fleißige.«

»War?«

»Sie ist letzten Donnerstag bei einem Kunden nicht erschienen. Nach so was fliegt man raus.«

»Es kann doch stichhaltige Gründe geben, warum man bei einem Kunden nicht erscheint ...«

Smolnikov musterte Berger.

»Das kam jetzt aber ein bisschen zu schnell. Was ist denn passiert?«

»Streichen Sie sie einfach nicht vorschnell aus Ihrem Register, bitte.«

Smolnikov starrte ihn an und sagte: »Meine beste Putzfrau erscheint zum ersten Mal in acht Jahren nicht bei einem Kunden, und jetzt wird sie von einem Privatdetektiv gesucht. Doch, da ist was passiert. Hat es was mit Stepanka zu tun?«

»Ich weiß gar nicht, wer oder was Stepanka ist«, gab Berger zu.

»Der ist tot«, sagte Smolnikov dumpf.

Jetzt war es an Berger, sein Gegenüber anzustarren.

»Tot?«, echote er.

»Stepanka war der Boss eines großen Syndikats, aber jetzt ist er tot. Und ich versuche immer noch, mich so weit wie möglich von diesen Sachen fernzuhalten. Aber was sollte das alles überhaupt mit Nadja zu tun haben?«

Berger musterte ihn kurz. Dann fragte er: »Wann hat sie zum letzten Mal für Sie gearbeitet?«

»Montagabend.«

»Am Abend, sagen Sie?«

»Sie hat abends in Enebyberg geputzt. Halb acht bis elf.«

»Verdammt«, entfuhr es Berger. »Was bedeutet das, wenn man abends putzt? Das sind dann eher Büros, oder?«

»Normalerweise ja. Man putzt eben, wenn man niemanden stört.«

»Normalerweise? Aber Montag war das nicht der Fall?«

»Nein, das war bei jemandem zu Hause. Eine Privatanschrift in Enebyberg. Ich kann sie Ihnen ausdrucken.«

»Danke«, sagte Berger. »Eine Privatadresse?«

Denis Smolnikov schaute auf seinen Bildschirm.

»Bei einem Kunden namens Berglund.«

*

Molly Blom war überrascht, dass man sie im Freien warten ließ. Die Augustsonne glänzte nämlich höchstens durch Abwesenheit, aber es war trotzdem ein gemütliches Wartezimmer mit Ausblick auf den Mälaren.

»Ich nenne es tatsächlich mein Wartezimmer«, sagte die Frau und stellte ihren Laptop beiseite.

»Vielleicht wenn man auf den Winter wartet«, gab Blom schroff zurück.

»Ich erledige meine Buchführung oft hier draußen. Jetzt bin ich gerade etwas im Rückstand, da muss ich am Samstag ein bisschen nacharbeiten. Deswegen – nein, Sie stören mich nicht. Und ja, um Ihre Frage zu beantworten, ich heiße Eva Nilsson, und Nadja und ich sehen uns hin und wieder.«

»Was bedeutet das, ›Sie sehen sich‹?«

»Ich mag Nadja«, sagte Eva Nilsson schlicht.

»Gut, wollen wir vielleicht mit dem Anfang anfangen?

Wie lange arbeitet Nadja Karlsson schon bei Hässelby Blitz und Blank AB?«

»Ich weiß nicht. Als ich angefangen habe, habe ich das System bereinigt und neu begonnen. Das war vor fünf Jahren. Damals haben wir uns hier getroffen.«

»Und dann wurden Sie ... Freundinnen?«

»Wir treffen uns jetzt nicht unbedingt privat, bloß hier im Büro, aber sie ist einfach so eine Art Mensch, mit dem man gerne zu tun hat.«

»Worüber unterhalten Sie sich dann so?«

»Ich mache die Buchführung und kümmere mich ums System. Also reden wir schon mal ziemlich viel über den Job. Aber wir plaudern auch über andere Dinge.«

»Ihre Vergangenheit?«

»Nein, ich glaube, dass sie nie über ihre Vergangenheit gesprochen hat. Wahrscheinlich hat sie mal was angedeutet. Indirekt.«

»Dass man über ihre Vergangenheit nicht sprechen sollte?«

»So was in der Richtung.«

»Worüber haben Sie sich dann unterhalten? Den Sinn des Lebens? Theater? Filme? Die Liebe?«

Eva Nilsson musste lachen.

»Wohl kaum«, sagte sie.

»Auch nicht über die Liebe? Hat sie mal erwähnt, dass sie jemanden kennengelernt hat?«

»Da waren wir beide ein bisschen gebrannte Kinder, würde ich sagen. Ich habe ihr von meinen Tinderdates erzählt, wie daneben das alles war. Deswegen war es schon cool, als es dann passiert ist, das kam echt total unerwartet.«

»Als *was* passiert ist?«

»Nadja hat mir erzählt, dass sie jemanden kennengelernt hat.«

»Wissen Sie mehr darüber?«

»Nicht allzu viel. Sie hat mir vor ein paar Monaten ein Bild gezeigt, mehr nicht.«

Blom hielt sich bewusst zurück und überlegte gründlich, bevor sie fortfuhr: »Was denn für ein Bild?«

»Ein Foto auf ihrem Handy. Von den beiden. Als Paar.«

Blom merkte, dass sie jetzt etwas tiefer atmete.

»Wissen Sie noch, wie er aussah?«

»O ja, ganz gut sogar. Die Haare jetzt nicht so, er hatte so ein peinliches Käppi auf.«

Molly Blom hielt inne. Sie starrte über den Mälaren.

»Ein Käppi?«, fragte sie mit Nachdruck.

»Weinrot. Tief in die Stirn geschoben. Aber sein Gesicht hat man trotzdem noch ganz gut erkannt.«

Blom suchte auf ihrem Handy ein Bild von der Überwachungskamera in Akalladalen heraus. Eva Nilsson betrachtete das Bild des Mannes mit Käppi und Trainingsanzug, der über den Bürgersteig ging.

»Ja, das könnte er schon sein«, meinte sie.

Das Paar, dachte Blom und schaute in die Abenddämmerung. Das Paar?

»Wäre es wohl möglich, dass Sie mit mir mitkommen, Eva?«

»Wohin denn?«, fragte Eva Nilsson verblüfft.

»Zu einem freiberuflich tätigen Phantomzeichner«, sagte Molly Blom.

30

T minus 7 Stunden

Die aufgehende Augustsonne glitt gerade aus ihren Wolkenbänken. Ihr Licht spiegelte sich so stark auf der Oberfläche des Edsviken, dass Berger geblendet wurde, als er in die Frische des Sonntagmorgens gehüllt an der Bucht stand. Er hatte ein paar wenige Stunden auf dem Steg des Bootshauses geschlafen. Am Vorabend war ihnen die Zeit davongelaufen, es war der letzte Abend, bevor Nadja, einsam in ihrem Höllenkeller, der Kopf abgeschlagen werden sollte. Sie waren weit gekommen, aber der Fall wollte immer noch nicht richtig Gestalt annehmen. Er weitete sich aus, wurde klarer, aber rann ihnen zugleich auch wieder durch die Finger, löste sich auf. Irgendetwas stimmte hier nicht, und nun blieben ihnen nur noch jämmerliche sieben Stunden.

In vom Schlaf zerknitterter Unterhose überließ Berger die Brücke der Morgenkühle und ging ins Bootshaus. Blom hatte sich schon wieder vor den Computer in ihrem Zimmer gesetzt. Er ging zu ihr und gestattete sich zum ersten Mal, ihr eine Hand auf die Schulter zu legen. Sie ließ sie liegen.

»Zieh dir was an«, sagte sie, ohne sich umzudrehen.

»Gut geschlafen?«, fragte er.

Sie schüttelte den Kopf.

»Man liegt ganz schön unbequem auf so einem harten Sofa«, gab sie zurück. »Mir tut der Rücken weh. Von den Brüsten mal ganz zu schweigen.«

»Auf jeden Fall keine Albträume«, stellte er fest. »Was machst du da?«

Sie zeigte auf das Whiteboard, das sich auf unergründlichen Wegen in ihr Zimmer verirrt hatte.

»Wir haben das gestern alles gut strukturiert«, sagte sie. »Aber als wir uns schlafen gelegt haben, hatten wir trotzdem beide das Gefühl, dass wir was übersehen haben. Bist du dahintergekommen, was es ist?«

»In meinen Träumen ist es mir jedenfalls nicht begegnet«, sagte Berger. »Und selbst?«

»Für meine Begriffe hat es mit Johannes Edborg zu tun. Der Pflegekapitalist auf Talfahrt. Aber ich kann mich nicht mehr erinnern, was er da gesagt hat. Es geht wirklich nicht.«

»Stepanka hat er auf jeden Fall genannt«, meinte Berger. »Das ist der Deckname des russischen Mafioso, der sowohl Nadja als auch Julia '92 nach Schweden geschleust hat. Und das sagt dir immer noch nichts? Ist davon nicht mal was aufgetaucht in deinen Jahren bei der Säpo? Findet sich da wirklich keine Verbindung zu diesen verschwundenen Kuppeleiakten von 2002? Damals warst du doch neu und aktiv, oder?«

Molly Blom starrte mit leerem Blick in die Luft. Dann schüttelte sie den Kopf.

»In meiner Undercover-Zeit gab es vieles, was ich nicht wiederhaben will«, sagte sie. »Was ich nicht ertragen kann. Und was in verzerrter Form in meinen Träumen auftaucht. Aber Stepanka finde ich nicht. Da musst du deine potenziellen Kontakte bei der Säpo aktivieren.«

»Ich hab auch einen Platz für mein Vergessen gefunden«, sagte Berger.

»Sehr poetisch«, murmelte Molly Blom.

»Akalladalen. Irgendwas ist da passiert, was ich übersehen habe. Aber das kommt schon noch, wenn wir weitermachen. Sieben Stunden. Soll ich uns schnell ein Frühstück machen?«

»Ich hab mir was aus deinem Kühlschrank genommen. Ach ja, und bitte nicht die kleinen Flaschen nehmen.«

»Da stehen doch gar keine kleinen Flaschen drin …?«

»Jetzt schon«, sagte Blom. »Muttermilch. Anfassen verboten.«

Berger erlaubte sich zu lachen.

»Ist so weit alles okay mit Myrina?«, erkundigte er sich kurz.

»*No news are good news*«, meinte Blom. »Und wie gesagt: sieben Stunden. Wie nutzen wir die am effektivsten? Wie kommen wir der Sache näher?«

»Du bist gestern Abend spät zurückgekehrt«, sagte Berger. »Mit einer Phantomzeichnung vom Kidnapper. Gute Arbeit. Wie könnten wir seinen Namen rauskriegen?«

Blom wandte sich wieder ihrem Computer zu, um die professionelle Polizeizeichnung zu öffnen. Unter einem Käppi schaute ein Männergesicht hervor, ein ungefähr vierzigjähriger Typ mit ziemlich neutralem Aussehen.

»Unsere neuen Erkenntnisse lauten jetzt also«, fasste Berger zusammen, »dass Nadjas Geliebter derselbe Mann ist, den sie zu erschießen versucht hat. Und der sie dann entführt hat. Wir haben jetzt ein gutes Porträt. Wie wollen wir weiter vorgehen?«

»Wir müssen den Suchumkreis einschränken«, sagte Molly Blom. »Wo haben die Verkehrskameras noch mal den Van aufgezeichnet?«

»In der Nacht der Entführung, also Dienstag um zwei Uhr morgens, in Hummelsta, zwanzig, dreißig Kilometer vor Västerås. Außerdem hatte Samir eine Geschwindigkeitsüberschreitung im Juli auf der 66 bei Surahammar, nordwestlich von Västerås. Obwohl …«

»Wenn Nadja in einem Keller auf dem Land festgehalten wird«, sagte Blom, »was mir fast unumgänglich scheint, dann wäre das ja tatsächlich eine gute Idee. Das ist doch in Bergslagen, oder? Da sind sie früher zusammen hingefahren, haben vielleicht ein paar Nächte in einem Sommerhäuschen verbracht.«

»Andererseits«, wiederholte Berger und starrte an die Decke, »sind wir darauf auch anderswo gestoßen. Das war im Strafregister, oder?«

Blom wechselte zu einem anderen Fenster auf ihrem Bildschirm und rief Nadjas Auszug aus dem Strafregister auf.

»Damals ist sie auch zu schnell gefahren«, sagte Berger. »Warum hat Samir das nicht gefunden?«

»Er hat nach dem Kennzeichen gesucht«, gab Molly Blom zu bedenken. »Das hier ist ein anderes Fahrzeug, nicht RUSS 328. Anfang Juni war das. Vielleicht ein Leihwagen?«

»Ja, ich habe hier einen Treffer bei Avis«, sagte Blom. »Die Stelle, wo die Kamera steht, heißt Riksrådet Friherre Carl Sparres Sluss.«

»Wo zum Teufel ist das denn?«

Blom googelte wie wild.

»Am Kanal von Strömsholm. Das ist eine Schleuse, die liegt in einem kleinen Ort namens Virsbo, siebenundvierzig Kilometer nördlich von Västerås.«

»Und wie weit ist das von Surahammar entfernt?«

»Fünfundzwanzig Kilometer nördlich von Surahammar«, stellte Blom fest. »Und zwanzig südlich von Fagersta. Dazwischen liegen jede Menge Seen.«

»Okay, dann sind wir jetzt ganz in der Nähe«, meinte Berger. »Karte, bitte.«

Blom holte eine Karte auf den Bildschirm. Sie studierten sie beide akribisch.

»Wenn man weiter nach Dalarna will, ist es logischer, die 70 über Sala hochzufahren«, meinte Berger und deutete auf den Straßenverlauf. »Die 66 führt hoch nach Ludvika. Und es ist wirklich wahrscheinlicher, dass wir nach einem Ort in Bergslagen suchen.«

»Aber wir können nicht anfangen zu suchen, bevor wir nicht auch eine Nordgrenze haben«, sagte Blom. »Wir haben eine südliche Grenze, weil das Mietauto Richtung Norden gefahren ist. Das Häuschen liegt nördlich von Virsbo und der Schleuse von diesem Reichseumel hier.«

»Ich frag noch mal bei Samir, ob der Leihwagen oder ein Fahrzeug von der gleichen Mietwagenfirma in dieser Woche im Juni von irgendeiner Kamera in der Gegend aufgenommen wurde«, sagte Berger.

Molly Blom kehrte noch einmal zu der Phantomzeichnung zurück.

»Er sieht slawisch aus. Das hat Eva Nilsson auch gesagt.«

Berger folgte ihrem Blick und nickte langsam.

»Sollen wir bei den Hütten in Bergslagen mal nach russischen Namen suchen?«

»Ja, mach ich sofort«, sagte Molly Blom und begann, in einem Wahnsinnstempo auf ihrer Tastatur herumzutippen. Sie sahen, wie die Suche startete, und warteten.

»Hast du schon irgendwelche Theorien, warum die offensichtlich verliebte Nadja Karlsson plötzlich versucht hat, ihren Geliebten umzubringen?«, fragte Berger.

»Zwischen Nadja und ihrem Freund ist irgendwas Drastisches vorgefallen, sonst hätte sie ihn nicht ermorden wollen. Aber was?«

Berger nickte.

»Sie waren ein Paar«, fuhr Molly Blom fort. »Nadja war glücklich, aber dann entdeckte sie irgendetwas Widerwärtiges an ihm, so widerwärtig, dass sie sich zu diesem drastischen Schritt durchrang und versuchte, ihn zu erschießen.«

»Das Widerwärtige hat wohl damit zu tun, dass er in dieser Nacht Kabelbinder bei sich trug«, meinte Berger. »Wie sich herausgestellt hat, war er ein Schwein, ein *huj.*«

»Eine nicht ganz ungewöhnliche Erfahrung für Frauen ...«

Berger stand auf, ging ans Fenster und schaute über den Edsviken. Er merkte, dass er vor lauter Stress immer häufiger blinzelte.

»Also, ich weiß nicht, aber bei Hausputz AB in Lidingö«,

sagte er. »Dieser *Golden Boy* Viktor und die kleine Gittan … ich hab da echt komische Vibes empfangen. Die hat ihren Chef schon sehr speziell angeschaut.«

»Angeschaut?«, rief Blom. »Im Ernst?«

»Sonst noch was Wichtiges? Hat deine Eva Nilsson noch mehr gesagt?«

»Nicht direkt. Aber Justine von Reinheit AB hat angedeutet, dass Nadja *Rachepläne* geschmiedet haben könnte.«

Berger nickte langsam.

»Hat der Mafiaboss Stepanka was damit zu tun? Obwohl, der ist ja tot. Rache an dem scheidet aus.«

»Tot?«

»Hat Denis Smolnikov von Reinigung Denis AB erzählt«, erwiderte Berger. »Und er hat auch erzählt, dass der letzte Kunde, bei dem Nadja geputzt hat, eine Privatperson in Enebyberg war. Montagabend bis elf. Ein gewisser Berglund in Enebyberg.«

»Berglund? Wie in Julia Berglund, *best friends forever*?«

»Julia hat gerade eine Scheidung hinter sich«, sagte Berger. »Gestern Abend, bevor du im Bootshaus eingetroffen bist, stellte sich die Frage, ob Julias Ex-Mann in Enebyberg wohnt. Das wäre dann wirklich eine interessante Verknüpfung.«

Blom meinte: »Julia Berglunds Ex-Mann heißt nicht mal Berglund, der hat irgendeinen ganz gewöhnlichen Namen, Gustafsson oder so was. Das muss ein anderer Berglund gewesen sein letzten Montag.«

Berger zuckte zusammen und sagte: »Letzten Montag.«

»Was?«

»Letzten Montag. Genau, das habe ich übersehen. Der Kranwagen! Als ich da auf dem Kranwagen stand, kam eine Dame mit ihrem Pudel vorbei und behauptete, dass ich vorher schon einmal da gewesen sei, am Montagmorgen. Offenbar hat da schon ein anderer Kranwagen am Laternenpfahl mit der Überwachungskamera gestanden.«

»Am Morgen vor Nadjas Entführung? Das ist ja interessant. Dann hat da also jemand die Überwachungskamera manipuliert?«

»Ich halte mal Rücksprache mit der Firma, die die Wagen verleiht«, sagte Berger. »Und auch mit anderen Verleihern in der Gegend.«

»Sekunde, jetzt fällt mir auch ein, was mir bei Johannes Edborg noch aufgefallen ist«, sagte Molly Blom verblüfft.

»Was Wichtiges?«

»Ich weiß nicht. Vielleicht eine Spur, das ist ihm einfach so rausgerutscht. Irgendwie ist es dann total untergegangen hinter Stepanka. Edborg hatte das eigentlich gar nicht sagen wollen.«

»Was hat er denn gesagt?«

»Njord. Scheiß-Njord hat er gesagt.«

31

T minus 6 Stunden

Nicht mal die Hundebesitzer und Jogger, die am Riddarfjärden vorbeikamen, konnten den Frieden stören, der bei den Parkbänken unten am Norr Mälarstrand herrschte. Es war Sonntagmorgen, und Stockholm war noch nicht ganz zum Leben erwacht.

Berger ging zu den Bänken und setzte sich neben den nun etwas besser rasierten Mann, der jetzt auch keinen zu großen, bis zum Hals zugeknöpften Mantel mehr trug. Er hatte nämlich frei.

Es war schließlich Sonntag.

Trotzdem saß Samir dort. Trotzdem schaute er Berger mit so etwas wie Interesse an, und als er die Hand auf das Kuvert legte, das ihm gerade zugeschoben wurde wie in einem Spionagethriller, schien sich sein Interesse zur Vorfreude auszuwachsen. So sehr er auch versuchte, es hinter einem blasierten Gesichtsausdruck zu verbergen.

»Zweierlei«, sagte Berger. »Erstens: eine Reihe von Nummernschildern von Mietautos, die in Kalenderwoche 24, im Juni, eventuell von Verkehrskameras an der 66 aufgenommen worden sind, auf dem Industrileden zwischen Surahammar und Ludvika. Zweitens: die Phantomzeichnung von einem Mann eventuell russischer Herkunft, der vielleicht eine Hütte in derselben Gegend besitzt.«

»Der zweite Punkt scheint mir jetzt ein bisschen über

meine Befugnisse hinauszugehen«, meinte Samir und öffnete den Umschlag mit schlecht verhohlenem Eifer.

»Ich habe noch sechs Stunden, bis einer Frau, die ihr Leben lang Opfer gewesen ist, der Kopf abgeschlagen wird«, sagte Berger. »Jetzt ist nicht die Zeit für irgendwelche Feinheiten. Willst du es versuchen oder nicht?«

Der Blick, den Berger in diesem Augenblick auffing, war ein Blick aus einer längst entschwundenen Ära, der Blick des jungen Anwärters auf seinen Mentor. Samir wollte es versuchen. Er wollte alles tun, was in seiner Macht stand.

Berger sah hinaus auf den Riddarfjärden. Als er wieder zur Seite schaute, waren Samir und das Kuvert verschwunden.

*

Der große Mann saß auf einer Parkbank in Huvudsta und schaute auf das Nichts. Tatsächlich war diese Bezeichnung durchaus treffend für den Lundbypark, der sich vor ihnen ausbreitete – da war eine vollkommen leere, vollkommen flache Grasebene.

Das Nichts.

Berger setzte sich neben den Mann, der keinerlei Anstalten machte, Notiz von ihm zu nehmen. Das statueske Profil kam ihm gar nicht mehr bekannt vor. Es war, als hätten die vergangenen neun Monate Kent Döös geadelt. Er nickte zum Lundbypark hinüber und sagte: »Da hinten ist das neue Hauptquartier der Säpo.«

»Mitten im Nichts«, sagte Berger. »Wohnst du wirklich hier?«

»In der Gegend«, antwortete Döös kurz angebunden.

»Ich darf wohl zur Beförderung gratulieren. Und mich bedanken, dass du dich an deinem freien Tag mit mir treffen willst.«

»*Wollen* ist vielleicht nicht das richtige Wort«, meinte Döös und verzog das Gesicht. »Ich mach das hier nur um der alten Zeiten willen. Du warst dabei, als Roy gestorben ist.«

Berger nickte langsam. Es war nur dem hartnäckigen Ticken seiner inneren Uhr zu verdanken, dass er die Erinnerung an das Hausdach in Tensta nicht detaillierter hervorholte, auf dem Döös' langjähriger Partner Roy Grahn den Tod gefunden hatte. Vielleicht sah Kent Döös deswegen auch so anders aus. Weil er nicht länger die Hälfte eines siamesischen Zwillingspaars sein konnte.

»Angeblich bist du zum Experten für die Russenmafia aufgestiegen«, begann Berger.

»Das ist eine schwierige Bezeichnung«, sagte Döös. »Die Grenzen sind da sehr unklar – Billionenbusiness, Spionage, Cyberkrieg, Desinformation und das gute alte Gewaltverbrechen. Natürlich von der schlimmsten Sorte, die man sich vorstellen kann.«

»Wer war Stepanka?«

Zum ersten Mal wandte sich Döös Berger zu und schaute ihn an.

»Warum fragst du?«

»Ich versuche, eine entführte Frau zu finden, die allem Anschein nach zur ersten Generation von Prostituierten gehört hat, die nach dem Ende der Sowjetunion in den Westen exportiert wurden.«

Döös nickte. »Ich höre«, sagte er nur.

»Der Name Stepanka ist in diesem Zusammenhang eben auch aufgetaucht.«

»Sein Syndikat war sehr früh dabei, das stimmt«, sagte Döös. »Wir haben ja lange geglaubt, dass es ihn gar nicht gibt, dass er nur ein Mythos ist. Wir haben einige Handlanger drangekriegt, nicht zuletzt bei einem größeren Zugriff, aber wir sind niemals auch nur in seine Nähe gekommen. Sein Tod vor ein paar Jahren – wahrscheinlich ist er im Zuge eines Machtkampfes umgekommen – liegt ebenfalls im Dunkeln.«

»Also keine Leiche? Keine Identität? Woher weiß man dann, dass er tot ist?«

»Ein paar unabhängige Quellen«, antwortete Döös. »Wir haben allerdings nicht die Identität des neuen Bosses.«

»Aber ihr wisst, dass es einen neuen Boss *gibt*?«

Wieder verzog Kent Döös das Gesicht.

»Kaum. Heutzutage geht es fast nur noch um Geldwäsche. Die haben einen solchen Überfluss an schmutzigem Geld generiert – mit Drogen, Prostitution, Glücksspiel, Waffenhandel, Schwarzbrennerei, Schwarzarbeit. Jetzt muss das alles ins System geschleust werden, durch Firmen, die viel mit Bargeld arbeiten. Die Ermittlungen drehen sich also weniger um extreme Gewalt als um die Feinheiten der Wirtschaftskriminalität. Wesentlich langweiliger, wenn ich ganz ehrlich sein soll. Und die Mafiabosse sind heute reine Geschäftsleute.«

»Also unmöglich dranzukriegen?«

»Das sind immer lange, fade Ermittlungen. Gewisse Befugnisse hat man in den letzten Jahren gestärkt, aber Infiltration bleibt illegal, wie du ja selbst weißt.«

»Und das ist das Einzige, was funktioniert.«

»Man braucht jemanden da drin, ja.«

»Und, habt ihr *jetzt* gerade einen V-Mann?«

Döös schüttelte langsam den Kopf.

»Nicht in Stepankas Syndikat. Das schlüpft einem immer wieder zwischen den Fingern durch. Wir schaffen es einfach nicht, da wirklich durchzublicken, die sind Meister darin, ihre Transaktionswege zu vertuschen. Aber in anderen Organisationen schon.«

Berger nickte. Sie schwiegen.

Schließlich fragte Döös: »Hat jemand vom Syndikat die Frau gekidnappt?«

»Weiß ich nicht«, sagte Berger. »Aber es hat mit ihrer Vergangenheit zu tun. Eine ganz klassische Entführung: Wenn ihr Kontakt zur Polizei aufnehmt, stirbt sie. Ich habe furchtbar wenig Zeit, bis der Kidnapper ihr den Kopf abschlägt. Und deswegen brauche ich jede Hilfe, die ich kriegen kann. Hier und jetzt.«

»Von welcher Theorie gehst du aus?«

Berger stieß einen tiefen Seufzer aus.

»Anfang der neunziger Jahre hat Stepankas Syndikat die Einfuhrwege für den Frauenhandel getestet, von der Ukraine nach Schweden. Nadja war eine der Ersten, die hergekommen sind, und hat dann ungefähr ein Jahrzehnt als Prostituierte zugebracht. Irgendwie ist sie lebend aus dieser Hölle rausgekommen und hat angefangen, als Putzfrau zu arbeiten. Nach mehreren Jahren, in denen sie versucht hat, den Kopf über Wasser zu halten, hat sie einen Mann kennengelernt, in den sie sich verliebte. Wahrscheinlich hat sich dann aber herausgestellt, dass er früher zu Stepankas Syndikat gehörte. Sie hat es rausgefunden, hat versucht, ihn zu töten, ist gescheitert und wurde entführt.«

»Aber nicht vom Syndikat«, nickte Döös. »Dann hättest du nämlich keine Spur von einem Lösegeldschreiben bekommen.«

»Nein«, pflichtete Berger ihm bei. »Ich glaube, dass der Kidnapper sich irgendwie vom Syndikat losgesagt hat.«

Eine Weile schwiegen sie beide. Ihre Blicke wanderten über die große, leere Rasenfläche. Über das Nichts. Dann meinte Berger: »Ich habe das Gefühl, dass du mir irgendwas nicht sagst, Kent.«

Er wartete ab. Döös schien mit sich selbst zu ringen.

»Was ich dir jetzt verrate, ist topsecret«, begann er schließlich. »Du bist jetzt ja irgendwie Privatschnüffler – kann ich trotzdem auf deine Verschwiegenheit zählen?«

»Ja«, sagte Berger. »Ich habe nur ein Ziel, nämlich Nadja zu retten.«

»Diese Information ist ganz neu. ›Stepanka‹ ist ein Deckname, so viel wissen wir mittlerweile. Einzelnen Zeugenaussagen konnten wir entnehmen, dass der Nachfolger ›Vitenka‹ heißt. Seine richtige Identität kennen wir aber natürlich nicht.«

»Danke«, erwiderte Berger aufrichtig. »Und sag mal, hat

die Säpo 2002 eine Kuppeleiermittlung der Kriminalpolizei verschwinden lassen?«

»Das war lange vor meiner Zeit«, sagte Döös. »Aber ich kann es überprüfen.«

»An deinem freien Tag?«

»Was tut man nicht alles für einen Privatschnüffler.«

Er stand bereits auf, als Berger sagte: »Zwei Worte.«

»Bitte?«

»Zwei Worte. Ich will sehen, wie du drauf reagierst. Okay?«

»Hm ...«

»Wort Nummer eins: Njord.«

»Nichts. Das ist doch so eine altnordische Gottheit, oder?«

»Wort Nummer zwei: *Freiheit*.«

»Das ist nicht ganz eindeutig, was meinst du damit?«

»Irgendwie ist die *Freiheit* ein Schlüssel zu dieser Geschichte. Ich weiß nicht, was sich dahinter verbirgt. Wahrscheinlich ein Ort.«

»Klingelt jetzt nicht direkt bei mir«, sagte Kent Döös. »Aber ich kann auch dem nachgehen.«

Berger stand auf, blieb kurz stehen und starrte in die Leere. Ins Nichts. Dann sagte er: »Fünfeinhalb Stunden.«

32

T minus 6 Stunden

Molly Blom saß am Computer und hatte Sehnsucht. Sie hatte solche Sehnsucht nach ihrer Tochter, dass es wehtat. Noch nie in ihrem ganzen Leben hatte sie so etwas gefühlt.

Noch sechs Stunden. Noch sechs Stunden Kampf, um Nadja zu retten. Sie musste ihre Gefühle für Myrina auf Nadja übertragen, so einfach war das. Auf diese Art konnte sie ihre ganze Seele in den Fall legen. Dann war wieder Myrina dran. Dann würde sie ihre Tochter endlich wieder im Arm halten und ihr die Brust geben können. Sechs Stunden, das war doch nicht zu viel verlangt, oder?

Danach würde sie genug Zeit für Myrina haben. Und vielleicht auch für ihre Rentenversicherung.

Also. Njord. Was war Njord?

Ein wichtiger Gott in der altnordischen Mythologie, gut, aber es gab auch eine Njord Investment AB. Die Gesellschaft war 1995 gegründet worden und hatte sich unter der Führung ihres Gründers Stefan Rodin schnell zu einer der angesehensten Investmentgesellschaften des Landes entwickelt. Sie war bekannt dafür, in Entwicklungsbranchen zu investieren. Im Frühjahr 2013 war Rodin allerdings an Krebs gestorben, im Alter von vierundsechzig Jahren. Seitdem hatte es mehrere Geschäftsführer gegeben, rekrutiert aus den obersten Etagen der schwedischen Wirtschaft. Nichts deutete darauf hin, dass die Njord Investment AB etwas anderes war als eine durch und durch legitime Investmentgesellschaft. Im Gegenteil, Steuerspartricks und Steueroasen wurden sorgfältigst vermieden. Je mehr Molly Blom über das Unternehmen in Erfahrung brachte, umso mehr sah es aus wie das Musterbeispiel für soziale Verantwortung und Rechtschaffenheit.

Was an sich schon verdächtig war. Eine Investmentgesellschaft ohne Mauscheleien?

»Scheiß-Njord«, hatte Johannes Edborg geschnaubt. In welchem Zusammenhang? Sie versuchte, sich zu entsinnen, wann er diese Worte gesagt hatte. Waren das nicht mehrere »Scheiß-« im selben Satz gewesen? Schließlich meinte sie, es wieder richtig zusammenzukriegen: »Ich habe meine Firma an die Scheißrussenmafia verkauft. Und jetzt sind sie ganz legal und niedlich und alles. Scheiß-Njord.«

Edborg war ein Wrack, das stand völlig außer Frage, doch seine Angst war authentisch. So etwas wäre ihm nicht herausgerutscht, wenn es nicht wahr wäre. Und es war nicht zu übersehen gewesen, dass er es in der nächsten Sekunde bereut hatte.

Die Äußerung war wohl so zu deuten, dass die Mafiafraktion, die Edborg bestochen hatte, damit er mit seinen intellektuell funktionseingeschränkten Zöglingen nach Lwiw in der Ukraine fuhr, und die ihm anschließend ausreichend Kapital für die Gründung eines eigenen Pflegeimperiums gegeben hatte, später zu Njord geworden war.

War also Edborgs Njord identisch mit der Njord Investment AB?

Von der Zeit her kam es ziemlich gut hin. Nadja war '92 nach Schweden gekommen – die Ära der Start-ups in Schweden, der Investitionen in Pflegefirmen während der großen Privatisierungswelle –, und Njord war '95 gegründet worden. Wahrscheinlich als man genug Schwarzgeld zusammenhatte, um es *inhouse* zu waschen. Man gründete eine

Investmentfirma, deren Aufgabe darin bestand, Schwarzgeld so zu verteilen, dass es weiß aussah.

Und Stepanka »wurde der Boss«, wie sich Johannes Edborg ausgedrückt hatte. Das konnte '95 gewesen sein, als Njord gegründet wurde. War es dann nicht auch denkbar, dass der Gründer Stefan Rodin ganz einfach Stepanka *war*? Eine ausgefeilte, falsche schwedische Identität.

Zeitungsartikel, Finanzzeitschriften. Nicht ein einziges Interview mit Rodin, eine Zeitung verstieg sich sogar einmal zu der alten, urschwedischen Formulierung, dass Rodin »im Verborgenen wirkt«. Beeindruckend wenige Fotos. Und die, die es gab, waren nichtssagend, im Halbprofil, die Hand halb vorm Gesicht. Sie fand kein einziges wirklich brauchbares Foto.

Andererseits war es natürlich nichts Ungewöhnliches, dass Risikokapitalgeber lieber unterm Radar flogen – es gab jede Menge Milliardäre im neuen Schweden, die niemand kannte. Die »im Verborgenen wirkten«.

Molly Blom machte sich an eine gründlichere Recherche über die Njord Investment AB. Suchte sämtliche öffentliche Dokumente heraus, alle Medienberichte, alle Protokolle, derer sie habhaft werden konnte. Suchte nach Vorstandssitzungen, bestätigten Investitionen, Jahresabschlüssen, Angestellten. Suchte etwas, was ins Auge stach. Ahnte, dass viele im Finanzamt – und zwar mit bedeutend akkuraterem Werkzeug – das schon vor ihr getan hatten. Trotzdem blieb sie dran. Sie spürte, wie die gnadenlos tickende Zeit in ihr zerrte.

Und das Schlimmste war, dass sie nicht einmal genau wusste, wie diese ganze Recherche sie auch nur einen Schritt näher an Nadja heranbringen sollte.

Trotzdem konnte sie es nicht lassen. Es war wie ein innerer Antrieb, der sich ihrer Kontrolle entzog. Als hätte sich diese ganze Sache in ihrer Seele verhakt. Ihr eigenes gut verborgenes Geheimnis. Das in ihren Albträumen wiederkehrte.

Aber da, am Ende des Tunnels war ein Licht. Am Ende des Korridors. Als sich die Dokumente immer höher stapelten, spürte Molly Blom eine Nähe zu Nadja, eine Schwesterlichkeit, die enger war als das normale weibliche Gemeinschaftsgefühl. Bei einer Gelegenheit, während eines besonders langsamen Downloads, sah sie wieder den Flur ihrer Albträume vor sich. Sie schüttelte das Bild ab und tauchte weiter in Njords schwarzes Herz hinab.

Zum Schluss fand sie eine mögliche Verbindung, wenn auch eine minimale. Ein Datum. Am 8. November 2002 teilte ein Artikel in *Dagens Industri* in äußerst spärlichen Worten mit, dass drei Vorstandsmitglieder der Njord Investment AB bei einer außerordentlichen Vorstandsversammlung gleichzeitig zurückgetreten waren.

2002, dachte Molly. Nadja-Julia-Stepanka-Rodin-Njord. Keine ganz abwegige Verbindung. War im Herbst 2002 irgendetwas passiert?

Hier war zumindest ein kleiner Zipfel, ein kleines Detail. Dass drei Mitglieder der Führungsriege bei einer außerordentlichen Versammlung zurücktraten, war wohl doch ziemlich außergewöhnlich. Da musste etwas vorgefallen sein. Molly spürte ein Kribbeln, das sich durch ihren ganzen Körper arbeitete.

Sie loggte sich ins Polizeiarchiv für Wirtschaftskriminalität ein, suchte unter den Anzeigen aus dieser Zeit. Nichts. Was auch immer da vorgefallen war, man hatte die Sache intern bereinigt. Aber immerhin drei von acht Führungsmitgliedern dazu bewegt, ihre üppig honorierten Posten zu verlassen.

In dem besagten Artikel wurden sie namentlich genannt. Das Ganze lag jetzt anderthalb Jahrzehnte zurück. Zwei Männer, eine Frau. Einer von ihnen war schon tot, fand sie schnell heraus, klassischer Herzinfarkt. Sie rief den Mann an, der noch lebte. Er reagierte fragend, sagte sehr wenig und legte mitten im Gespräch auf. Dann die Frau. Sie hieß Liselotte de la Gardie und war nicht zu erreichen.

Nach einer Reihe von Versuchen bei den verschiedensten Medien spielte Blom auf Risiko. Die Frau war über siebzig Jahre alt und allem Anschein nach bereits in Rente. Blom rief kurzerhand eine Nachbarin an und brachte sehr indirekt und vorsichtig in Erfahrung, ob sie Frau de la Gardie durchs Fenster erkennen könne.

*

Ihr Ausflug nach Västerhaninge wurde bemerkenswert. Die Uhr des Mietwagens schien ihr plötzlich irritierend groß, und die Minuten tickten mit bizarrer Geschwindigkeit dahin. Unmöglich, es *nicht* zu sehen. Es ging auf elf Uhr zu, ihnen blieben nicht viel mehr als vier Stunden bis zu Nadjas Hinrichtung. Was machte Molly Blom überhaupt hier? War das wirklich der beste Weg, Nadja zu finden? Aber sie konnte nicht anders, irgendetwas trieb sie in diese Richtung, auch wenn sie nicht recht den Finger darauf legen konnte. Sie musste sich damit begnügen, dass etwas, und war es auch noch so ungreifbar, sie vorantrieb.

Als sie am Ericsson Globe vorbeifuhr und ein Hinweisschild zum Schlachthofviertel sah, spürte sie, wie ihr der Schweiß ausbrach. Irgendwie war sie kurz davor, eine zutiefst unangenehme Grenze zu überschreiten, eine Grenze zwischen ihrem professionellen und ihrem privaten Ich. Sie war auf der Suche nach Nadja – aber suchte sie nicht auch sich selbst?

Molly Blom hatte keine Ahnung gehabt, dass es in Västerhaninge so prächtige Villen gab. Diese hier war riesig und rot und umgeben von einem Garten, der aussah, als hätte ihn Gott höchstpersönlich angelegt. Und wahrscheinlich stand Gott selbst mitten in diesem Gartenparadies, umgeben von seinem Blumenglück.

Liselotte de la Gardie war eine förmliche, reservierte Dame, aus der vielleicht allerersten weiblichen Businessgeneration. Weder Rentnerdasein noch Blumenliebe hatten ihren scharfen, stahlgrauen Blick abmildern können, und keines von ihren lächerlichen Gartenwerkzeugen kam ihr an Härte gleich.

Mit der Rosenschere in der Hand musterte sie Bloms Ausweis, eine Kombination aus Verachtung und Skepsis in ihren Augen. Schließlich sagte sie: »Bootshaus Security AB? Haben Sie denn keinen PR-Berater?«

»Ich befürchte, es eilt ein bisschen«, sagte Blom und zog ihren Ausweis zurück. »Ich muss mit Ihnen über Ihre Zeit im Vorstand der Njord Investment sprechen. Ganz besonders über das Ende Ihres Arbeitsverhältnisses.«

Zu Bloms Überraschung huschte ein Lächeln über Liselotte de la Gardies steinerne Miene.

»Ich dachte, ich schaffe es noch zu sterben, bevor die Sache wieder hochkommt«, sagte sie. »*What goes around comes around,* nicht? Aber über ... Bootshaus Security AB? Die Geschichte wiederholt sich wirklich nur als Farce, das muss man dem guten Marx schon lassen.«

»Ich erahne, dass da etwas Großes vorgefallen ist?«

»Groß und begraben«, sagte de la Gardie und schnitt weiter ihre Rosen.

»Sie müssen es mir erklären«, bat Molly Blom. »Es steht ein Menschenleben auf dem Spiel. In den nächsten paar Stunden.«

»Und wie sollten Informationen über meine Führungsposition bei Njord ein Leben retten können?«

Blom merkte, dass sie keine gute Antwort auf diese Frage hatte. Also sagte sie: »Können Sie mir nicht einfach erzählen, was Anfang November 2002 passiert ist?«

»Die Geschehnisse dieser Zeit unterstehen der absoluten Schweigepflicht«, sagte Liselotte de la Gardie und sah ihr Gegenüber mit bekümmerter Miene an. Als würde sie in ihrer Seele lesen, nicht wie eine Psychologin, eher wie eine unzufriedene Chefin.

Aber Blom ließ sich nicht abwimmeln.

»Irgendetwas hat doch zu dieser außerordentlichen Sitzung am 8. November 2002 geführt, bei der drei Vorstandsmitglieder zurücktraten.«

»Sie scheinen das ja sehr persönlich zu nehmen«, sagte de la Gardie. »Hat es irgendwie mit Ihnen zu tun? Waren Sie eine von denen?«

»Eine von welchen?«

»Nein. Wissen Sie, wir haben Abfindungen in einer Größenordnung bekommen, die für alle Zeiten verhindern sollten, dass diese Geschichte weitergetragen wird. Und ich werde mich an diese Abmachung halten.«

Liselotte de la Gardie wandte Molly Blom wieder den Rücken zu und fuhr fort, ihre stilechte Kollektion Amelia Renaissance zu beschneiden.

Da verlor Blom die Beherrschung. Sie sah sich quasi von außen dabei zu, wie sie die Rosenschere an sich riss, die alte Dame zu sich herumdrehte und ihr die scharfen Klingen an die Halsschlagader hielt.

»Reden Sie *jetzt*«, zischte sie.

Der Blick der alten Dame wirkte erschrocken, hatte aber nicht seine Schärfe verloren.

»Es hätte einen Skandal geben können«, sagte de la Gardie heiser.

»Weiter«, verlangte Blom und schaute verstohlen über die Schulter zum Nachbarhaus.

»Die Quelle unseres Kapitals war immer ein unausgesprochenes Geheimnis gewesen, aber wir wussten natürlich, dass bei diesem Geld nicht alles mit rechten Dingen zuging. Als sich dann jedoch herausstellte, dass eines unserer Restaurants in Wirklichkeit ein Bordell war …«

»Ein Bordell?«

»Ich weiß den Namen nicht mehr, aber das Restaurant lag in …«

»Sagen Sie jetzt nicht im Schlachthofviertel«, bellte Blom sie an.

»Doch«, stöhnte Liselotte de la Gardie, ein kleines bisschen verblüfft. »Im Schlachthofviertel.«

Als Molly Blom den Nynäsvägen in nördliche Richtung entlangfuhr, war ihr, als würde sie in einen dunklen Korridor vordringen, mit halb geöffneten Türen, immer kleiner und kleiner werdend, bis sie in der Unendlichkeit verschwanden. Am Ende des Tunnels war kein Licht zu sehen.

33

T minus 4 Stunden

Berger rief Molly Blom an, während er vom Valhallavägen in die Banérgatan bog. Sie ging nicht ran. Es war bereits sein dritter Versuch. Das hier war nicht der richtige Zeitpunkt, um unterzutauchen. In seinem Inneren tickte weiter grausam die Uhr. Nur noch vier jämmerliche Stunden.

Er parkte, klappte das Notebook auf, betrachtete die Suche nach Hütten in Bergslagen, deren Eigentümer Russen sein könnten, entdeckte vierzehn Treffer und seufzte. Dann stieg er aus, lief eine Kellertreppe hinunter und drückte auf die einsame Klingel, neben der ein sehr kleines Schild mitteilte, dass hinter dieser baufälligen Tür die »Forensische Systeme AB« ihren Sitz hatte. Er wartete auf den jungen Mann namens Anton Grönlund und folgte ihm in sein unterirdisches Labor.

Seine Chefin Anna Olsson saß in ihrem Schutzkittel vor etwas, was man mit etwas gutem Willen als Mikroskop identifizieren konnte, und starrte hinein. Sie machte keine Anstalten, irgendwie von seiner Anwesenheit Kenntnis zu nehmen. Grönlund wiederum blieb stehen und blätterte in einem Stapel von Papieren, der vielleicht zu Bergers Fall gehörte, vielleicht aber auch nicht. Er beschloss, auf die Alternative *Geduld* zu setzen. Nicht gerade seine Stärke, insbesondere nicht, wenn ihm eine dumpf tickende Uhr tief in den Ohren dröhnte. Aber ein kleines Weilchen konnte er sicher noch aushalten.

Soziale Interaktion war andererseits nicht gerade die Stärke dieses Duos.

Nach einer gefühlten Ewigkeit blickte Grönlund von seinem Stapel auf und sagte: »Island.«

»Aha«, erwiderte Berger ermunternd.

»Der schwefelreiche schwarze Sand kommt von Island, wie gesagt. Und ich kann noch etwas genauer werden: Die geologische Analyse zeigt, dass diese Probe mit großer Wahrscheinlichkeit vom Eyjafjallajökull stammt.«

»Vom was?«

»Da gab es doch diesen großen Vulkanausbruch auf Island, der im April 2010 den gesamten Flugverkehr lahmgelegt hat.«

»Ach ja«, erinnerte sich Berger. »Der mit dieser Aschewolke. Genau. Und der Sand stammt von dort?«

»Wie gesagt, mit großer Wahrscheinlichkeit, ja.«

Ohne von ihrem Mikroskop aufzublicken, schaltete sich jetzt auch Anna Olsson ein: »Hier haben wir was.«

Sie nahm den Gegenstand, den sie gerade näher untersucht hatte, mit ihren Latexhandschuhen aus dem Gerät. Berger erkannte die gesprengte Überwachungskamera vom Laternenpfahl in Akalladalen.

Anna Olsson hielt das Präparat in die Höhe und sagte knapp: »Die ist gesprengt worden.«

»Ich weiß«, entgegnete Berger. »Die hat jemand zerschossen. Dadurch wurde sie gesprengt.«

»Nein, sie wurde gesprengt. In diese Kamera hat keine Kugel eingeschlagen.«

Berger starrte sie jetzt wieder verständnislos an. Sie fuhr fort: »Die Kamera wurde uns übergeben mit der Angabe, sie sei kaputt geschossen worden. Deswegen hat niemand sie einer genaueren chemischen Analyse unterzogen. Aber dann habe ich doch mal eine Probe genommen, und tatsächlich haben wir es hier mit einem richtigen Sprengstoff zu tun, einem chinesischen Fabrikat, das sich durch relative Geräuschlosigkeit auszeichnet. International nennt man so was *silent explosives.* Die lädt man nicht in Schusswaffen. Und nachdem ich mir die Beschädigungen jetzt noch mal angeschaut habe, ist da auch nirgendwo eine Spur von einer Kugel zu sehen.«

»Verdammt«, sagte Berger.

*

Berger blieb eine Weile in seinem Auto sitzen, das noch immer in der Banérgatan stand. Niemand hatte die Überwachungskamera in Akalladalen kaputt geschossen. Sie war vielmehr explodiert. Genau in dem Augenblick, in dem es so aussah, als würde der Kidnapper auf sie schießen. Er konnte sich einfach keinen Reim darauf machen. War es ein Fernauslöser gewesen? Mit *silent explosives*? Wozu sollte das gut sein, verdammt noch mal?

Er rief erneut bei Molly Blom an. Keine Antwort. Was zum Teufel trieb sie bloß?

Das Handy. Blom. Er nahm sich ein paar Sekunden, die er nicht hatte, und tippte auf das Bild auf Deers Schreibtisch. Zoomte das Foto der jungen Molly Blom heran. Begann, die Dokumente auf dem Schreibtisch anzuschauen, so gut es ging. Die meisten Texte waren zu klein gedruckt, als dass er sie hätte lesen können, aber dann kam er zu einem halb verdeckten, handgeschriebenen Zettel. Und sah dort einen Namen, der mit ein paar schlampigen Kreisen umkringelt war.

Tompa.

Es gab nur einen Tompa in Bergers und Deers gemeinsamem Bekanntenkreis. Ihr alter Informant. Außerdem würde Sam ihn wahrscheinlich auf dem Weg zu eventuellen Leihwagenfirmen abpassen können. Genauer gesagt auf einer Bank am Rande des Vanadislunden-Parks. Dort trieb er sich für gewöhnlich herum, nur ein paar Meter von seinem Zuhause in der Frejgatan entfernt, um die neuesten Neuigkeiten aus der kriminellen Welt aufzuschnappen.

Und genau dort fand Berger ihn auch. Er parkte dreist auf dem Gehweg und steuerte auf die Parkbank zu. Neben Tompa saßen zwei Kumpels, die beide gleichermaßen kriminell und alkoholisiert wirkten. Als der Informant ihn entdeckte, war Berger ungefähr zehn Meter von ihm entfernt. Tompa stand auf und starrte ihn entsetzt an. Dann rannte er den Vanadislunden hoch.

Berger hatte Tompa noch nie rennen sehen. Es war ein grotesker Anblick. Oben an der kleinen Stefanskirche hatte er ihn bereits eingeholt. Er drückte ihn an die Kirchenmauer.

»Mann, Tompa, beruhig dich«, sagte er. »Ich bin's, Sam Berger.«

»Meinst du, ich hab mich schon blind gesoffen, oder was?«, krächzte Tompa heiser.

Berger roch nicht nur seinen schlechten Atem, er spürte auch den kalten Stahl hinterm Ohr. Tompa machte einen Schritt zur Seite. Und ohne dass Berger hätte sagen können, wie es passiert war, richtete er plötzlich eine Schusswaffe auf ihn, die aussah, als könnte sie jeden Augenblick von selbst losgehen.

»Was soll das denn, Tompa?«, keuchte Berger. »Ich will dich doch nur was fragen.«

»Ich weiß, was du für eine Frage stellen willst, du Scheißkerl. Du bist kein Bulle mehr, Sam Berger, du zahlst mir keinen beschissenen Pfennig.«

»Weißt du, was ich dich fragen will?«

»Hau ab, bevor dich jemand sieht«, zischte Tompa.

»Wer sollte mich denn sehen?«

»Die haben ihre Augen überall. Das hab ich Desiré auch schon gesagt. Und vergiss, dass ich das erzählt habe.«

»Was wollte sie von dir?«

Tompa fuchtelte mit der Pistole. Es sah lebensgefährlich aus.

»Ich wusste, dass du *diese* Frage stellen würdest. Sie führt irgendeine Scheißermittlung auf eigene Faust. Und jetzt hau ab. Ich behalt dich im Visier, bis du wieder in deiner Scheißkarre sitzt.«

»Woher weißt du, dass ich mit dem Auto gekommen bin?«

»Ich hab Augen im Hinterkopf, *motherfucker*. Und jetzt verpiss dich.«

*

Berger saß im Auto. Er betrachtete seine Hand. Sie zitterte fürchterlich.

Vor wem oder was hatte Tompa dermaßen Angst? Und führte Deer wirklich irgendeine »Scheißermittlung auf eigene Faust«, zu der dieses beängstigende Element gehörte?

Aber er musste das jetzt fallen lassen. Jetzt standen ganz andere Dinge auf dem Spiel. Berger schlug ein paarmal mit dem Handy aufs Lenkrad. Von der Mietwagenfirma hatte er auch noch nichts gehört. Dann würde er jetzt wohl improvisieren müssen.

Er raste um den Sveaplan und fuhr auf die E4. Die Autovermietung Rissne lag in einem halb verfallenen Gewerbegebäude in Sundbyberg, mit einer riesigen Garage voll verschiedenster Arbeits- und Transportfahrzeuge. Abgesehen von der Firma, bei der Berger selbst gebucht hatte, war das das einzige Unternehmen, das halbwegs in der Nähe von Akalladalen lag und Kranwagen verlieh.

Am Empfang saß ein großer, massiger Mann mit Käppi. Er belegte zwei Stühle, und als er Berger sah, verkündete er: »Na, das ist aber kein Kunde.«

Berger hielt seinen Ausweis hoch und sagte: »Richtig. Ich interessiere mich für einen Kunden.«

»Darf ich den Ausweis noch mal sehen?«

Berger hielt ihn erneut hoch und wartete auf die Konsequenzen. Es kamen aber keine. Stattdessen nickte der Mann langsam und meinte: »Also, was wollen Sie wissen?«

Etwas überrascht schob Berger seinen Ausweis wieder in

die Tasche und sagte: »Letzten Montag haben Sie einen Kranwagen vermietet. An wen?«

Ohne Protest begann der Mann auf der Tastatur eines uralten Computers herumzutippen und landete offenbar einen Treffer.

»Vier«, sagte er.

»Vier?«

»In der Woche haben wir vier Kranwagen verliehen, den ersten am Montag, den 15. August.«

»Der, den ich suche, müsste gegen sieben ausgeliehen worden sein, vielleicht etwas später.«

»Hmm«, erwiderte der große Mann. »Zwei sind nach acht abgeholt worden. Einer um sechs Uhr dreißig, einer um zehn nach sieben.«

»Haben Sie die Namen?«

»Sechs Uhr dreißig war ein Unternehmen namens Schilderexperten AB. Zehn nach sieben war eine Privatperson.«

»Wie lange hatte der Schilderexperte den Wagen?«

»Der hat ihn immer noch«, sagte der Riese. »Hat gleich für einen ganzen Monat gemietet.«

»Dann ahne ich, dass mich eher die Privatperson interessiert«, antwortete Berger. »Wie lautet gleich noch mal der Name?«

»Ich muss dazusagen, dass die Unterschrift echt schwer zu lesen ist. Als ob da jemand gar nicht richtig schreiben konnte.«

Mit einem Mal kam wieder dieser Herbstwind auf. Der sich unter alle Sachen schlich.

»Aber Sie müssen doch irgendwo auch eine Reinschrift des Namens haben«, sagte Berger. »Wer hat denn die Leihgebühr bezahlt?«

Mit gerunzelter Stirn schien der Riese das Bild heranzuzoomen.

»Zwei mickrige Stunden«, seufzte er.

»Und der Name?« Berger klang ungeduldig.

Der Riese lehnte sich zurück und sagte: »Nadja Karlsson.«

34

T minus 4 Stunden

Es war, als würde Molly Blom nicht nur durch Stockholm fahren, sondern in eine komplett andere Dimension. Als wäre sie gar nicht richtig wach.

Sie fuhr zum Schlachthofviertel, das lange das größte Handelszentrum Nordeuropas für Fleischereiprodukte gewesen war, errichtet um eine riesige Schlachterei gleich hinter dem Ericsson Globe.

Ein Schlachthaus.

Vor hundert Jahren war in Schweden der Schlachthofzwang eingeführt worden, was bedeutete, dass alle Schlachtungen in Stockholm in diesem Viertel durchgeführt werden mussten. Millionen von Tieren hatten hier über die Jahre ihr Leben gelassen. Allerdings veränderte sich die Gegend langsam. Mehr oder weniger undurchsichtige Unternehmen siedelten sich in und um die denkmalgeschützten Jugendstilwohnungen an, und man begann, Pläne für einen Umbau des ganzen Viertels zu entwerfen.

Es war, als würde unmittelbar neben Molly Bloms Bewusstsein ein Meer aus Blut hin- und herschwappen, das sie jeden Moment überspülen und ertränken konnte.

Ein Schlachthaus.

Ein Bordell?

Sie bog ins Schlachthofviertel. Noch gab es eine ganze Menge Fleisch- und Lebensmittelgeschäfte in der Gegend.

Dennoch dominierte der Verfall. Hier herrschte eine Art ständige Katerstimmung, eine ganz eigentümliche Verlassenheit, obwohl sich ziemlich viele Leute in diesem immer labyrinthartigeren Straßennetz bewegten. Blom kurvte ziellos umher, bis zum Rand des Viertels, und musterte die Hausfassaden. Versuchte zu verstehen, was sie hier eigentlich machte.

Es ging ja nicht um die Gegenwart. Es ging um eine andere Zeit, die anderthalb Jahrzehnte zurücklag. Als sich das Schlachthofviertel noch in einem deutlich heruntergekommeneren Zustand befunden hatte. Als es noch denkbar gewesen war, dass hier einige lichtscheue Unternehmen florierten.

Blom fuhr einfach nur herum. Kreuz und quer herum. Sie fuhr nicht mehr durch den Raum, sondern durch die Zeit. Irgendetwas in ihr war auf der Suche. Sie hatte keine Ahnung, wonach, aber es kam ihr vor, als würde sie in einen Mahlstrom geraten, immer tiefer und tiefer nach unten strudeln. Aber was wartete dort unten auf sie?

Sie versuchte, logisch zu denken. Mit Logik zu verhindern, dass es zum Schlimmsten kam. Die Vorstandssitzung der Njord Investment AB, die den Vorstand gesprengt hatte, hatte am 8. November 2002 stattgefunden. Damals hatte man auch dafür gesorgt, dass für alle Zeit Schweigen über die Angelegenheit gebreitet wurde.

Also war das die Zeit, in die sie zurückmusste.

Ins Schlachthofviertel, in den Herbst 2002.

Aber wie?

Es war Sonntag, Geschäfte und Bauämter waren geschlossen. Blom merkte, dass die Sonntagsspaziergänger des Viertels langsam misstrauisch das Auto beäugten, das immer und immer wieder an ihnen vorbeifuhr.

Was machte sie hier überhaupt?

»Ich weiß den Namen nicht mehr, aber das Restaurant lag im Schlachthofviertel«, hatte Liselotte de la Gardie gesagt.

Und wie durch einen bedingten Reflex war Blom losgefahren, sowie sie das Wort »Schlachthofviertel« hörte. Wie ein Pawlow'scher Hund.

In dem Moment war ihr der Schweiß ausgebrochen. Und sie schwitzte immer noch. Sie fuhr eine letzte Runde. Als hätte sie unterwegs irgendetwas gesehen, als hätte ihr Unterbewusstsein irgendein Bild identifiziert. Je tiefer sie in den Mahlstrom geriet, umso deutlicher wurde das Bild. Ein Blickwinkel, eine Perspektive, vielleicht noch mehr.

Blom bremste, blieb kurz sitzen, parkte auch ihr Gehirn. Zog die Handbremse an. Kühlte ein bisschen ab. Versuchte, klar zu sehen.

Der Sonntag hatte sich in einen wunderschönen Augusttag verwandelt. Immer noch Sommer. Sonne überall. Sommerlicht.

Sie stieg aus. Ging um eine Ecke. Blieb stehen. Und in dem Moment war ihr, als würde sie versinken.

Es war ein niedriges Gebäude. Ein Fitnessstudio. Durch sonnenglitzernde Fenster sah sie, wie sich Leute stumm und fieberhaft auf Trainingsgeräten und Laufbändern abplagten. Sonntagssport.

Aber das war verkehrt. Es war nicht das, was in diesem Gebäude hätte passieren sollen. Außerdem schien die Perspektive nicht zu stimmen – das Gebäude aber war das richtige. Nur sah es Molly Blom immer von oben, von schräg oben.

Wann? Wann hatte sie das gesehen?

Hinter dem Logo des Fitnessstudios entdeckte sie kaum sichtbar die Umrisse von Buchstaben, die früher einmal dort befestigt gewesen waren, die Spuren eines uralten Logos. Sie sah ein S, ein V, ein O, ein D, ein A. Früher hatten sie einmal rot geleuchtet. Ein roter Neonschriftzug, die Buchstaben längst erloschen, abgefallen, verschrottet.

Doch dic Spuren waren noch zu sehen.

Die Umrisse von Buchstaben.

Blom drehte sich um. Es gab keine höheren Häuser gegenüber, von denen aus sie den roten Neonschriftzug hätte lesen können. Sie überquerte die Straße. Und gelangte zu einer Baustelle. Als hätte man hier vor Kurzem ein Gebäude abgerissen. Sie bückte sich, schob die Hand durch den Zaun und wühlte in den Resten des Schutts.

Vor ihrem inneren Auge sah sie eine ruhig schwappende Oberfläche. Extrem deutlich. Zähflüssig, purpurrot. Ein Meer aus Blut. Sie konnte eine Welle erkennen, die über die Oberfläche lief. Spürte, wie ein Sturm aufzog.

Molly Blom drehte sich um und schaute auf das Haus gegenüber. Sie sah nicht das Fitnessstudio, nicht die schwitzenden Menschen hinter den Panoramafenstern, nicht das Logo. Sah vielmehr, wie die verstreuten, halb verdeckten Buchstaben ein Wort bildeten.

Svoboda.

Und die Welle, die über die Oberfläche lief, wurde größer und größer. Der Damm brach, und ein Meer aus Blut von Millionen ermordeter Tiere rollte aus der Ferne heran wie ein Tsunami.

Sie rannte los. Rannte zu ihrem Leihwagen, warf sich hinein, trat das Gaspedal durch und floh, so schnell es ging, vor der blutigen Flut des Schlachthofviertels. Doch die folgte ihr bis hinaus auf den Nynäsvägen, folgte ihr vorbei an der Tele2 Arena, am Ericsson Globe und der Hovet Arena, sie war ihr schon dicht auf den Fersen bei der Johanneshovsbrücke, und erst als Molly Blom den schützenden Tunnel unter dem Clarion Hotel erreichte, konnte sie wieder atmen.

Die beruhigende Dunkelheit.

Sie wurde von ihrem wahnsinnigsten Albtraum gejagt. Fuhr weiter durch die Stadt, hinaus aus der Stadt, fort, einfach nur fort. Als ob sie jemals entkommen könnte.

Gedanken, die nicht die Form von Worten hatten, die im Grunde nicht mal richtige Bilder waren, sondern nur starke, wilde Gefühle, fraßen sich in sie hinein. Sie konnte das alles nicht mehr sortieren.

Der Sonntagsverkehr wurde immer gemächlicher. Molly versuchte, ebenfalls gemächlich zu fahren. Sie wechselte auf die rechte Spur, gab sich alle Mühe, ihr Gleichgewicht wiederzufinden.

Es stimmte: Sie hatte extrem viel durchgemacht. War dem Tod so viele Male entronnen. Und hatte vor Kurzem, allen Widrigkeiten zum Trotz, eine wunderbare Tochter bekommen. So gesehen war sie ein äußerst stabiler Mensch. Zu diesem Zustand musste sie jetzt einfach nur zurückfinden.

Sie kam zur Abfahrt nach Helenelund, Sollentuna. Richtung Edsviken. Vielleicht war Berger schon zurück. Vielleicht wurde es Zeit, dass sie ihre Ergebnisse zusammentrugen und besprachen. Vielleicht musste sie sogar Bergers Stimme hören, die sie doch immer wieder beruhigte, auch wenn sie sich das nicht eingestehen wollte.

Sie sollte zurückfahren.

Nach Hause.

Dann sah sie die Abfahrt, und es war, als würde ihre rechte Hand das Lenkrad in die eine Richtung drehen und ihre linke Hand in die andere.

Sie fuhr vorbei.

Sie fuhr weiter und weiter.

Bei Rotebro fuhr sie ab, fuhr instinktiv zur E18 Richtung Västerås, Richtung Surahammar, Richtung Riksrådet Friherre Carl Sparres Sluss. Irgendwo im Westen fuhr sie von der Schnellstraße ab, rollte auf einen anonymen Parkplatz. Blieb sitzen. Wollte sitzen bleiben.

Da kam ihr ein Gedanke, der diesmal tatsächlich die Form von Worten hatte.

Svoboda, dachte sie.

Das war Russisch und bedeutete *Freiheit*.

In Großbuchstaben.

35

T minus 3 Stunden

Irgendetwas an dieser Fahrt nach unten war anders. Ging sie langsamer oder schneller, war wärmer oder kälter? Er wusste es nicht. Vielleicht war dieses Anders in ihm selbst. Vielleicht steckte es in dem, was dort unten wartete.

Die Aufzugtüren glitten auf. Vitenka stieg aus und trat in den Vorraum. Die bewaffneten Wachen nickten ihm zu. Kurz darauf glitt auch die Stahltür auf.

Vitenka rückte seine Krawatte zurecht und betrat das Gewölbe. Er wartete, bis die Türen hinter ihm ins Schloss gefallen waren. Er machte die Augen zu, drehte den Hals hin und her, dass die Wirbel knackten. Atmete den ganzen Tod ein, der in diesem Gewölbe steckte, dieses ganze Leiden, das hier in der Luft hing, das die Luft geradezu sättigte. Füllte die Lungen mit den nachhallenden Schreien und spürte, wie er genüsslich schauderte. Dann ging er langsam auf die Ecke zu. Zu den Turnringen.

Er blieb stehen. Betrachtete die nackte Gestalt an den Ringen. Legte den Kopf schräg und sagte: »Julia, meine Julia.«

Das lange, sichtlich blondierte Haar hing der Frau ins Gesicht. Sie machte keinerlei Anstalten, den Kopf zu heben. Vitenka ging zu ihr und strich ihr sanft das Haar beiseite. Als er es ihr hinters Ohr schob, waren Julia Berglunds Augen offen. In ihrem Blick lag keine Angst, nur Entschlossenheit. Und unverhohlener Hass.

»Wohin wolltest du, Julia?«

»Huj«, knurrte sie.

Vitenka machte einen Schritt zurück, lächelte und wechselte wie auf ein vereinbartes Zeichen hin ins Russische: »Du hattest dein jämmerliches Haus verlassen, Julia. Du warst auf dem Weg irgendwohin, als wir dich am Odenplan abgefangen haben. Wohin wolltest du?«

Julia Berglund spuckte nur nach ihm.

»Du weißt doch was über das Geld«, sagte Vitenka. »Ich glaube, du weißt, wo es ist, wo Stepanka es versteckt hat. Und ich glaube, dass du auch was über Stepankas Geliebte weißt.«

»Mit dir verheiratet zu sein war so, als wäre man mit einem Rotzpopel verheiratet.«

»Es war ja nicht so, dass du die Wahl gehabt hättest«, erwiderte Vitenka. »Du warst eine verbrauchte Nutte. Durch mich konntest du im Luxus um die Welt reisen.«

Julia schnaubte.

»Das nennst du Luxus?«

Vitenka trat zu ihr, legte seine Stirn an ihre, schaute ihr tief in die Augen und sagte: »Jedenfalls luxuriöser als deine heimlichen Drinks, Julia. Aber das wirst du niemals verstehen. Was weißt du über das Geld?«

Da begann Julia zu lachen. Sie lachte immer lauter.

Vitenka nahm seine schwarze Krawatte ab und legte sie glatt auf die Kommode. Dann zog er die Schublade auf und holte das Wikingerschwert heraus. Er legte es neben die Krawatte. Begann anschließend, sich langsam das weiße Seidenhemd aufzuknöpfen.

Als er das Hemd auszog und sorgfältig über den Stuhl hängte, sah man seinen muskulösen Oberkörper. Die eigenartigen Tattoos erstreckten sich über seine Schultern. Es waren die Schulterstücke einer Uniform, direkt in die Haut tätowierte Rangabzeichen.

»Das Geld, Julia!«, brüllte Vitenka jetzt. »Wo ist das Geld?«

Julia lachte. Dann rief sie: »Du weißt, dass ich dir kein Sterbenswörtchen erzählen werde, du Drecksack.«

Vitenka kam einen Schritt näher, und Julia schrie vor Lachen: *»Huj! Huj! Huj!«*

Er kam noch einen Schritt näher. Hob das Wikingerschwert über den Kopf.

Mitten im Gelächter drangen plötzlich andere Töne aus Julia. Vielleicht war es ein Lied, ein atonales Lied. Sie sang: *»Oi u vyschnevomu sadu.«*

Und dann musste sie lauter lachen, immer lauter.

36

T minus 2 Stunden

Auf einem anonymen Parkplatz irgendwo in der Gegend um Rissne saß Sam Berger in seinem Firmenwagen. Er starrte ausdruckslos in die Luft. Früher oder später mussten sich seine Gedanken schließlich richtig zusammenfügen.

Er versuchte, das Ganze zu verdauen. Alles.

Der Sand, der ihm während der Arbeit an diesem Fall durch die Finger geronnen war, wechselte jetzt auf einmal die Richtung: Es zog ihn nach oben. Alles sammelte sich in seinen Händen. Jetzt musste er ihn nur noch richtig formen.

Berger wollte nicht. Doch er tat es trotzdem. Am Ende. Mit dem allerschwärzesten Sand.

Am Tag ihrer Entführung hatte Nadja also selbst einen Kranwagen gemietet, um sich an der Überwachungskamera vor ihrem Haus in Akalladalen zu schaffen zu machen. Nicht, um sie kaputt zu machen, obwohl sie einen Mord genau vor dieser Kamera zu planen schien. Sondern, um eine lautlose Sprengladung darin zu montieren, damit es so aussah, als wäre ihr Kidnapper ein Meisterschütze.

Der Entführer und sie hatten zusammengearbeitet. Anders war es nicht zu erklären. Nadja Karlsson war also gar nicht entführt worden. Ihr Freund und sie hatten wohl nur eine Art Theaterstück vor dieser Kamera aufgeführt.

Aber wie hatte die Sprengladung genau in dem Moment explodieren können, als der Mann schoss?

Der Kidnapper war mit Schießen beschäftigt, Nadja tat so, als würde sie schreien – so musste es gewesen sein. Folglich musste sich noch *jemand anders* vor Ort aufgehalten haben, der die Sprengladung per Fernauslöser zünden konnte.

Jemand anders? Was war das hier? Waren am Ende noch mehr Leute in diese Geschichte verwickelt? Und was bezweckten sie mit dieser ganzen ausgeklügelten Theatervorstellung? Eigentlich, schoss es Berger plötzlich durch den Kopf, konnte sie nur für *einen* Menschen inszeniert worden sein, nämlich für den, der in diesem Fall ermittelte und Nadja suchte.

Berger versuchte, sein Gehirn ganz frei zu machen, außerhalb gewöhnlicher Bahnen zu denken. Wenn das Theaterstück für ihn inszeniert worden war, für Sam Berger höchstpersönlich, dann musste das *alles* ja Theater sein. Dann war das alles eine große, absurde Verschwörung, und so gut wie alle mussten als Statisten daran beteiligt sein.

Wie war er in diesen Fall hineingezogen worden? Durch Deer. Die wiederum an einem Fall zu arbeiten schien, der einem abgebrühten Mann wie Tompa offenbar Todesangst einjagen konnte. Aber das war unmöglich. Deer war der einzige Mensch auf der ganzen weiten Welt, dem Berger hundertprozentig vertraute.

Deer.

Verdammt, das war wirklich unmöglich.

Und Rita? Rita Ohlén, die ihn dazu gebracht hatte, seine verschlossene Seele zu öffnen, der er solches Vertrauen entgegengebracht hatte, die die Sonne an seinem düster bewölkten Himmel gewesen war – war sie auch darin verwickelt? Immerhin hatte sie ihn auf diesen Fall angesetzt, hatte dafür gesorgt, dass sich der Angelhaken schön in seine Wange bohrte, und es so inszeniert, dass er die Überwachungskamera fand und vor einem Rätsel stand, das zu lösen einfach eine unwiderstehliche Versuchung für ihn war. Für eine Million Kronen.

Aber wozu brauchten sie ihn? Welche Rolle sollte Sam Berger in dieser Sache spielen? Und was war *das hier* für eine Geschichte? Was war der Zweck von alledem?

Gab es nicht noch eine Schauspielerin in diesem Theaterstück? Eine, die mit ihrem großen Hund aufgetaucht war, um die Szenerie vorzubereiten? Eine, auf die Nadja die Pistole richten konnte, um genau die Spannung zu schaffen, die Berger brauchen würde, um sich mit all seiner Kraft auf diesen Fall zu werfen?

Otilia. Otilia Grimberg. Seit Ewigkeiten hatte er keine Frau mehr kennengelernt, die so sexy war. Und prompt war sie für die Überwachungskamera zuständig.

Otilia. Mit dem Tattoo auf dem Handgelenk, das sich direkt an ihn gerichtet hatte. Das Herz. Der Name »Sam«, von einem Pfeil durchschossen. Ein fallender Blutstropfen. Herzblut.

War es überhaupt ein echtes Tattoo gewesen?

Was zum Teufel war das hier?

Da klingelte Bergers Telefon. Er nahm das Gespräch an.

»Ich glaube, du musst herkommen«, sagte Samir.

*

Es war ein schöner Spätsommernachmittag, und bei den Parkbänken am Norr Mälarstrand war bedeutend mehr los als noch vor zwei Tagen. Samir erwartete ihn mit dem Notebook auf dem Schoß.

»Bist du sehr im Stress?«, fragte Samir.

»Noch anderthalb Stunden«, sagte Berger. »Hast du was?«

»Ungefähr so lange dauert die Autofahrt dorthin, wenn du richtig aufs Gas steigst. Ja, ich hab was. Einer von den Leihwagen ist auf einem Bild festgehalten worden, ohne dass er zu schnell gefahren wäre. Brandbo heißt das da oben, ungefähr fünfzehn Kilometer nördlich von Virsbo und Riksrådet Friherre Carl Sparres Sluss. Danach nichts mehr. Nichts Richtung Norden nach Ludvika. Und das hätte es sein müssen. Wir haben eine Kamera auf der Strecke, die rund um die Uhr in Betrieb ist. Stell keine Fragen.«

»Okay?«

»Ich habe mir gestattet, in der Gegend um Brandbo nach Hüttenbesitzern zu suchen. Es war einfach praktischer, das manuell mit deinem Phantombild abzugleichen. Nach einer Stunde habe ich den Führerschein eines Hüttenbesitzers gefunden.«

Samir klappte das Notebook auf. Ein schwedischer Führerschein im Großformat. Das Foto zeigte einen Mann über vierzig ohne wirklich markante Züge, abgesehen davon, dass er tatsächlich irgendwie slawisch wirkte. Samir zog das Phantombild daneben.

»Ich weiß nicht«, sagte er. »Meinst du, das ist er?«

Berger musterte die beiden Porträts. Er folgte den Linien, die die charakteristischen Züge eines Menschen bilden, an Augen, Nase, Wangen, Mund.

Er wusste es nicht. Er wusste es wirklich nicht.

Dann öffnete er auf seinem Handy das beste Bild vom Überwachungsfilm aus Akalladalen, auf dem das Gesicht des Schützen größtenteils, aber nicht ganz von einem weinroten Käppi verdeckt wurde. Und da rutschten die Puzzleteilchen doch an ihren Platz: das Kinn, das Spiel der Linien ums Kinn herum. Die Übereinstimmung war nicht perfekt. Aber ausreichend. Sie war tatsächlich ausreichend.

Er erwischte sich dabei, wie er Samir einen Schmatz auf die Stirn drückte, und sagte: »Verdammt noch mal, Samir, du bist ein Genie!«

Mit einem eigentümlichen Lächeln auf den Lippen antwortete der: »Ivan Granström. Immerhin, vielversprechender Vorname.«

»Und wo liegt das Haus?«

»Im Wald in der Nähe von Bastmora. Ich habe dir die genaue Hausnummer und die Immobilienbeschreibung gemailt. Damit hast du auch die exakten GPS-Koordinaten.«

Berger sah auf seinem Handy, dass die Mail schon in seinem Postfach wartete. Er küsste Samir ein zweites Mal auf die Stirn und machte sich auf den Weg.

Sein Dienstwagen stand sehr falsch geparkt auf der Kungsholms Torg. Er stieg ein und schaute auf sein Handy. Dann hielt er plötzlich inne.

Wenn das alles Fake und Theater war – galt dann der Zeitpunkt T überhaupt noch? War es überhaupt so eilig? Wenn Nadja gar keiner echten Bedrohung ausgesetzt war? Wenn ihr der Kopf in einer guten Stunde gar nicht abgetrennt werden sollte?

Andererseits stimmte es ja alles. Der Mann, der Nadja »gekidnappt« hatte, *hieß* zweifellos Ivan Granström. Er *hatte* zweifellos eine abgelegene Hütte in Bergslagen, in einem Ort namens Bastmora. Und dieses Häuschen *hatte* mit großer Wahrscheinlichkeit einen Keller.

Berger traf eine Entscheidung. Ihm blieben noch anderthalb Stunden. Sie mussten die Sache ja doch ganz zu Ende bringen. Denn ein minimales Risiko, dass Berger falsch gedacht hatte, dass Nadja gerade doch in diesem Keller saß und litt, bestand sehr wohl. Dass der Wahnsinnige wirklich ein Wahnsinniger war.

Und dass Nadja tatsächlich auf ihn wartete, den Mund vielleicht voller Sand vom Eyjafjallajökull. Schwarzem Sand.

Sie mussten es bis zum Zeitpunkt T schaffen.

Er mailte Molly Blom und rief sie in der nächsten Sekunde auch schon an.

*

Sie ging in einen Korridor. Alles war dunkel, bis auf das leichte Licht, das durch die Spalten zwischen Türen und Rahmen sickerte. Sie hörte gedämpfte, undefinierbare Schreie. Eine von den Türen weiter hinten im Flur stand halb offen, und das Licht, das von dort kam, war ein kleines bisschen stärker. Sie erreichte die Tür, warf einen Blick in das dahinterliegende Zimmer. Das Bett, das darin stand, schien zu glühen. Und das Paar dort drinnen hatte Sex, heftig und wild, es schien nichts mit Liebe zu tun zu haben. Aber es wirkte so, als würden die Bewegungen selbst das Bett in Flammen setzen. Sie drehte sich wieder um, zum Korridor. Sein Gesicht war so nah. Die harten, unmenschlichen Augen. Auf den nackten Schultern des Mannes waren die Epauletten einer Uniform tätowiert. Der Mann sagte ausdruckslos: »Ich weiß, dass du drauf stehst.«

Sie merkte, wie sie an den Haaren gepackt und zum Glutbett geschleift wurde. Bevor er sie auf das Bett neben das fickende Paar schleuderte, konnte sie deutlich den roten Neonschriftzug vor dem Fenster erkennen. Dort stand *Svoboda*. Die *Freiheit.*

Sie schlug die Augen auf. Eine Vibration traf ihre Augen. Als ob das einen Unterschied machen würde. Sie sah ja doch nichts.

Die Fenster des Mietwagens waren beschlagen.

Ihr Handy zeigte zehn verpasste Anrufe. Sie nahm ab. Es sagte: »Molly?«

»Ja«, antwortete sie gedämpft.

»Ich hab eine Million Mal angerufen.« Bergers Stimme klang gehetzt.

»Ich hatte auf stumm geschaltet.«

»Wo bist du?«

»Ich weiß nicht.«

»Okay … so ungefähr?«

»Kallhäll, glaube ich.«

»Hervorragend kombiniert. Wir haben ihn gefunden. In Bergslagen. Wir fahren da jetzt zu zweit hin, jetzt sofort. Bastmora heißt das da. Eine Hütte mitten im Wald. Ich hab dir die GPS-Koordinaten gemailt.«

»Von wem redest du?«, fragte Blom.

»Vom Kidnapper«, sagte Berger. »Der höchstwahrscheinlich gar kein Kidnapper ist. Er heißt Ivan Granström. Die ganze Entführung war inszeniert. Ich habe Beweise. Das bedeutet, dass das da oben nicht ungefährlich wird. Wenn du vor mir da bist, musst du reingehen. Konzentrier dich auf die Zeit. Anderthalb Stunden. Fahr wie der Teufel.«

Ihr Handy piepte. Die GPS-Koordinaten waren da.

Sie blinzelte kurz, schaute auf die absurd große Uhr ihres Mietwagens. Dann sagte sie: »Okay.«

Berger legte auf. Sie stellte das Gebläse an, richtete es auf die beschlagenen Scheiben und gab die Koordinaten ins Navi ein. Dann wartete sie, bis die Außenwelt wieder zu sehen war, schaltete das Handy aus und fuhr davon.

*

Berger startete seinen Firmenwagen. Blom war ihm eine halbe Stunde voraus. Er schaute auf die Uhr: noch anderthalb Stunden. Vielleicht konnte er es doch noch bis zum Zeitpunkt T schaffen – zwei Stunden bis Bastmora, sagte sein Navi –, aber für Blom waren es anderthalb. Zumindest sie hatte eine Chance.

Er blieb schon bei Norrtull im Sonntagsstau stecken. Während er noch fluchte wie wild, klingelte sein Handy. Er ging ran, ohne hinzuschauen: »Molly? Wo bist du?«

»Hier ist Rita«, sagte das Telefon. »Rita Ohlén. Die Uhr tickt, ich bin schrecklich nervös. Wie läuft es? Wo sind Sie?«

»In einem Scheißstau am Norrtull«, brüllte Berger, dann hielt er inne und fragte: »Von wo rufen Sie an?«

»Ich muss wissen, wie der Stand der Dinge ist«, sagte Rita Ohlén. »Ich hab das Ganze in Gang gesetzt, ich muss auch wissen, was jetzt passiert. Meine Nadja stirbt in einer guten Stunde. Wo ist Molly?«

»Näher dran«, sagte Berger. »Wir haben einen Tipp, ein Häuschen oben in Bergslagen. Sie müsste den Zeitpunkt T schaffen. Aber …«

»O Gott«, sagte Rita Ohlén, »dann stör ich besser nicht

länger. Aber ich bitte Sie inständigst, sich zu melden, sobald Sie mehr wissen. Viel Glück!«

Und dann war sie weg.

Berger stand im Stau und dachte nach. Er starrte auf das Display, auf dem noch für einen Moment »Rita Ohlén« gestanden hatte. Dann runzelte er die Stirn und versuchte, vom Jagdmodus in den Denkmodus zu schalten. Was nicht ganz einfach war.

Er schloss die Augen. Rita Ohlén. Dieses Timing.

Er dachte an die ganze Verbindung: Deer-Rita-Nadja-Ivan-Julia-Otilia. Versuchte, sich ein Gesamtbild zu machen. Ging dazu gedanklich zu seinem letzten Kontakt mit Rita Ohlén zurück. Ihr Gesicht im Großformat auf dem Bildschirm seines Computers. Die Brille, die auf der Nasenspitze balancierte. Und wie es aussah, als hätte sie alle Hoffnung fahren lassen. Dann war Molly aufgetaucht, und Ritas Stimmung schlug von Verzweiflung in Hoffnung um. Ihr Gesicht hatte sich aufgehellt.

Was bedeutete das? *Dass sie in Wirklichkeit auf Molly gewartet hatte?* Dass sie hinter Molly Blom her waren? Wer auch immer »sie« nun sein mochten.

Verdammt! Er hatte Rita Ohlén viel zu viel erzählt.

Er rief Molly Blom an. Und kam nicht durch.

Und saß fest im Stau.

37

T minus 19 Minuten

Molly Blom fuhr die 66 entlang. Sie fuhr schnell. Ihr Kopf war ganz leer. Und gleichzeitig eigenartig offen, fast schon leicht, als hätte sie einen seltsamen Rausch. Es war wie der schräge, klare Rausch des Entzugs.

Ein kleines Schild wies aus, dass es links nach Bastmora ging. Sie verließ die Landstraße und fuhr weiter auf kleineren Straßen.

Bastmora konnte kaum als Ortschaft durchgehen – es waren nicht mehr als ein paar Höfe, die sich träge in der behaglichen Augustsonne ausstreckten. Kühe grasten, käuten wieder, jemand vermietete Islandponys. Blom kam es vor wie ein plötzlicher Blick in die richtige Welt. In der die Leute richtige Leben führten.

Sie fuhr durch Bastmora und folgte dem GPS ihres Mietwagens, das sie tief in die Wälder von Bergslagen führte. Es gab keinen befahrbaren Weg zur Hütte. Sie blieb stehen, wo die Straße aufhörte, prägte sich den Weg ein und folgte einem gerade eben erkennbaren Waldpfad. An einem Baum entdeckte sie einen Ameisenhaufen, sah dann eine Ameisenstraße, die über den Pfad verlief, eine Myriade von Ameisen in zielstrebiger Bewegung. Als wären sie Gehirnzellen in einem größeren Bewusstsein.

Der Wald wurde lichter, das Sonnenlicht stärker. Etwas, was früher wohl mal ein Garten gewesen war, wurde sichtbar, mit seit Langem toten und überwucherten Beeten, undefinierbaren, verrotteten Holzkonstruktionen, alles gekrönt von langem, gelbem Gras.

Blom streifte ein bisschen am Waldrand entlang, suchte einen optimalen Ausguck, bis sie das Gebäude frontal im Blick hatte. Die rote Farbe der Hütte bedeckte nur knapp die Hälfte der Fassade. Und vom Weiß der Fensterrahmen waren nur noch Fragmente übrig.

Sie betrachtete die Veranda. Sah mehrere verrottete und zertrampelte Bohlen. Die weiße Farbe war auch hier fast komplett verschwunden, unter hellgrünen Flechten, die alle möglichen Muster darauf bildeten. Ivan Granströms Hütte schien kurz davor, eine echte Ruine zu werden.

Sie fand einen Stein, auf dem sie sitzen konnte, haarscharf außer Sichtweite, und beobachtete die Veranda der Hütte durch ein paar schwere Fichtenzweige hindurch. Sie tastete unter der Jacke auf ihrem Brustkorb, spürte das Schulterholster, das Gewicht der Pistole.

Wie war das zugegangen? Was hatte Nadjas Verschwinden mit ihrer eigenen verdrängten Vergangenheit zu tun?

Sie schaute auf die Uhr. *T minus 5 Minuten.*

Der Kopf wie ausgeschaltet, aber doch offen für den seltsamen Rausch.

T minus 4 Minuten.

Ihr Hirn schien sich zu weiten, als wäre es geschwollen. Der seltsame Rausch erreichte seinen Gipfel, wurde immer schräger. Als wäre ihre Seele offen fürs Universum.

Immerhin zeichnete sich, verlängerte man ihre verdrängte Vergangenheit bis in die Zukunft, in der Ferne ihre Rentenversicherung ab. War irgendjemand dahinter her?

Blom legte das Handy in die Jackentasche. Blieb ein paar Sekunden still sitzen. Sollte sie Nadja retten oder sich selbst absichern? Denn noch konnte das alles eine Falle sein. Wäre es nicht besser, wenn sie einfach gehen würde?

Doch da riss sie schon die Pistole aus dem Schulterholster

und steuerte entschlossen auf die Hütte zu. Sie schwang sich auf die vermoderte Veranda, schaute sich die Tür aus der Nähe an und sah, dass sie nicht abgeriegelt war, glitt seitlich mit erhobener Waffe an die Wand, öffnete die Tür, machte einen großen Schritt nach drinnen und suchte mit ihrer Pistole rasch die Schwärze im Inneren ab. Denn es war wirklich schwarz hier drinnen, der Kontrast zur sonnenbeschienenen Veranda war extrem. Sie sah dicke Vorhänge an allen Fenstern. Trotzdem sickerte ein bisschen Sommerlicht herein. Die Luft stand verblüffend still. Staub wirbelte mit absurder Langsamkeit durch die Luft.

T minus 3 Minuten.

Eine Küche mit Stapeln ungespülten Geschirrs. Ein leicht verdorbener Gestank, aber nicht genug für eine Leiche, zumindest nicht auf diesem Stockwerk. Ein Wohnzimmer mit offenem Kamin und ein paar durchgesessenen Sitzmöbeln. Weiter, in ein Schlafzimmer.

Sie hielt inne. Lauschte. Das Einzige, was zu hören war, war eine Amsel, die irgendwo in der Ferne sang. Wie ein Lockruf aus einer besseren Welt.

Im Schlafzimmer stand eine Kommode. Darauf ein Handy mit herausgenommener Sim-Karte, eine zusammengerollte schwarze Mütze, ein weinrotes Käppi. Sie zupfte kurz an der schwarzen Mütze und stellte fest, dass es sich um eine Sturmhaube handelte.

Auf einmal ahnte sie eine Bewegung hinter sich. Sie fuhr herum, den Finger am Abzug.

Und sah sich selbst.

In einem Ganzkörperspiegel an der gegenüberliegenden Wand.

Ihre Pistole zitterte heftig.

T minus 2 Minuten.

Tief durchatmen. Zurück zur Kommode. In einer Schublade ein Notizblock mit einem Aufdruck. Ein Einhorn, das durch einen Regenbogen galoppiert. *My Little Pony.*

Blom verlässt das Schlafzimmer mit erhobener Pistole, ihre Hand zittert ärgerlicherweise immer noch. Sie geht zum Kamin, berührt den Sims. Nichts. Sie bückt sich, schaut in die Asche. Nichts.

Sie steht wieder auf und lässt den Blick durchs Wohnzimmer schweifen. Die schweren Samtvorhänge. Keine Bücherregale. Eine derbe Kargheit. In der Ecke am Fenster steht ein kleiner Tisch. Auf dem Tisch entdeckt sie eine kugelrunde Vase, eine Art Goldfischglas, zur Hälfte gefüllt mit schwarzem Sand. Sie vergräbt ihre Hand tief darin und lässt den Sand dann zwischen ihren Fingern hindurchrieseln. Ein schwacher, schwarz glitzernder Staub steigt im Goldfischglas empor und setzt sich wieder. In der Schublade unter dem kleinen Tisch liegt eine Kamera, eine alte Digitalkamera. Sie lässt die Schublade offen stehen.

Es gibt noch eine weitere Tür im Wohnzimmer, eine geschlossene. All ihre Instinkte sagen ihr, dass das eine Kellertür ist.

Hier ist der Keller.

Der Keller.

Sie geht zur Tür. Daneben hängt ein zweiter Ganzkörperspiegel. Blom sieht sich selbst. Sie denkt, dass sie sich jetzt zum letzten Mal selbst sieht. In der Tür steckt ein Schlüssel. Sie merkt, wie schwer sie atmet.

Dann holt sie ihr Handy heraus, macht mit einer Daumenbewegung die Taschenlampe an. Dreht lautlos den Schlüssel im Schloss. Öffnet langsam die Tür. Sie spürt, wie ihr die Schwärze entgegenschlägt, als wäre sie eine feste Materie. Die Dunkelheit, die ihr von dort unten entgegensteigt, ist eine aktive Dunkelheit.

Sie zieht sie an.

T minus 1 Minute.

Blom steigt geradewegs hinab in ihr eigenes Inneres, tief in ihre eigenen Albträume. Die Taschenlampe beleuchtet die nächsten Stufen der Treppe, weiter kann sie nicht in die

Finsternis vordringen. Die Pistole hat Blom immer noch hoch erhoben. Ein schimmeliger Kellergeruch dringt ihr in die Nase.

Alles ist still. Die Amsel singt nicht mehr.

Schritt für Schritt steigt sie hinunter ins Unsichtbare. Es ist eine Wanderung in die Leere. Blom hat keine Ahnung, wie lang die Treppe ist. Sie verschwindet immer nur noch tiefer ins Dunkel. Es kommt ihr vor, als wäre sie auf dem Weg hinunter in die Unendlichkeit. Hinab in die absolute Finsternis.

Aber dann hat sie auf einmal festen Boden unter den Füßen. Sie leuchtet nach unten. Lehmboden. Festgetrampelt. Sie leuchtet einmal rundherum.

Auf einmal schaltet jemand einen starken Scheinwerfer ein. Das harte Licht schneidet ihr in die Augen. Es blendet sie komplett. Es tut richtig weh, als hätte ihr jemand Säure auf die Hornhaut geschüttet. Als würde ihr gleich das Gehirn zerspringen.

Molly Blom kennt nur einen Gedanken: *Myrina*.

Sie sieht etwas aus dem Augenwinkel. Eine schnelle Bewegung. Und dann spürt sie einen Stich im Hals. Die vier, fünf Schritte, die sie tut, bevor der Schmerz sie erreicht, haben etwas Mechanisches, Roboterhaftes.

Dann fällt sie.

Das Letzte, was sie fühlt, ist eine große Erleichterung.

Darüber, dass sie endlich fällt.

III

38

Während er durchs Zentrum von Tyresö ging, sah er vor seinem geistigen Auge wieder die Ameisen, getrieben von unbekannten Kräften. Die Kette, in der jede Ameise die nächste packte, wie sie alle in der Scheiße badeten, um langsam, ganz langsam die ertrinkende zu retten.

Ivan war jetzt raus aus der Scheiße. Sie hatten ihn in die Stadt gefahren. Er hatte seine geliebte Hütte in ihre zuverlässigen Hände gegeben. Jetzt würde er einfach nur noch warten. Sein Handy holen, zum Versteck fahren und warten. Dann würde die richtige Freiheit kommen. Jenseits von aller Scheiße.

Und auf der anderen Seite des Erdballs.

Der schwere Teil war das Warten. Die Einsamkeit. Nach all dem jetzt noch einmal die Einsamkeit aushalten.

Ivan kam am Green Bull vorbei, seiner alten Stammkneipe in der Innenstadt, und er meinte sogar, seine alten Komplizen Carlos und Benke drinnen am Pizzaofen zu sehen. Jeder mit einem Bier in der Hand.

Ein Bier – das wäre jetzt schön! Doch so etwas durfte er nicht denken. Was er stattdessen bekam, war so unendlich viel besser. Das Schwierigste aber war wohl, ohne die Besuche im Keller auszukommen.

Die Besuche bei Nadja.

Die Intensität dieser Begegnungen stellte jede Droge in den Schatten, die er jemals genommen hatte. Und er hatte, weiß Gott, viele ausprobiert. Alle, um ehrlich zu sein. Er hatte sie alle probiert.

Er ging vorbei am Green Bull, beschleunigte seine Schritte. Bestimmt hatten Carlos und Benke ihn nicht gesehen. Nicht, dass es einen Unterschied gemacht hätte, denn jetzt war er stark genug, um ihrem Locken zu widerstehen, da war er ganz sicher. Seine Engel hatten ihm Kraft gegeben. Vor allem natürlich sein Erzengel.

Nadja.

Das Zentrum von Tyresö sah aus wie immer. Nur würde er seine Heimat nie wieder sehen. Das war jetzt sein Abschied. Er würde nur das Allerwichtigste holen und in seinem Versteck in Winterschlaf gehen; dort würde es wohl auch Essen geben. Er würde sogar einen anderen Weg zum Bus nehmen, um nicht noch einmal am Green Bull vorbeizumüssen. An Carlos. An Benke.

Und dann würde er warten.

Warten in Einsamkeit.

Es würde nicht so lange dauern, das hatten sie ihm versprochen. Das hatte Nadja versprochen. Seine Nadja.

Als er so durch das Zentrum von Tyresö ging, fiel ihm zum ersten Mal auf, dass er sein Käppi vergessen hatte. Er hatte sein weinrotes Käppi in der Hütte liegen lassen. Vielleicht war das ein gutes Zeichen, ein Zeichen, dass er es nicht mehr brauchte. Vielleicht würde er der Welt in Zukunft ohne Schutz entgegentreten können.

Ivan schlang die Arme um seinen Oberkörper, als würde er frieren. Das war auch so eine Geste, die er ablegen musste. An dem anderen Ort würde er wohl kaum frieren. Auf der anderen Seite der Erdkugel.

Er verließ das Zentrum, ging die Bollmora Allé hinauf und war ganz hingerissen von der einzigartigen Schönheit dieser Welt. Wenn er sich jetzt nur beherrschen konnte, keinen falschen Schritt mehr tat, sich einfach nur zusammenriss und immer schön auf der richtigen Spur blieb, dann würde diese Schönheit nie enden. Dann würde er sogar die Sterne wiedersehen.

Er bog in die erste Seitengasse, ging eine Weile an den Hochhausfassaden entlang, und sogar die fand er schön. Sogar die Hochhausfassaden hatten einen Platz in seinem Leben. Den des Vergangenen, Abgeschlossenen, hinter sich Gelassenen.

Da hörte er wieder die Stimme in seinem Inneren, ruhig, vernünftig, zielstrebig und kalt, ohne jegliche Spur von Gefühl. Ivan sah eine richtig widerliche Toilette vor sich, er sah, wie er sich den Scheiß spritzte, und konnte auf einmal nicht mehr atmen. Er konnte nicht mal kotzen. Und dann ertönte die Stimme wieder. Sie sagte die Worte, die er trotz allem niemals vergessen würde: »Ich weiß, dass du drauf stehst.«

Ivan musste innehalten.

Nein, alles würde er nicht hinter sich lassen können, er konnte nur versuchen, damit zu leben. An einer Parkbank machte er halt. Er hätte sich das Käppi jetzt gerne ganz tief in die Stirn gezogen und einfach nur in die nächste Rabatte gestarrt, hätte auf die Insekten hinuntergeschaut, die pflichtbewussten Krabbeltiere, deren Leben nur aus Schicksal bestand. Gene. Die niemals von dieser Hölle heimgesucht wurden, die sich *Freiheit* nannte.

Die *Freiheit.*

Aber es gab jetzt kein Käppi mehr. Ivan blieb eine ganze Weile stehen. Spürte den Schweiß auf seiner Haut. Es war ein heißer und klebriger Sonntagnachmittag. Irgendwo lag schon die eine oder andere Spur von Herbst darin, obwohl es immer noch August war.

Langsam setzte er sich wieder in Bewegung. Er musste die Hausnummer lesen, um sein Zuhause wiederzuerkennen. Der Björkbacksvägen, eigentlich doch ganz nett, aber war es jemals ein Zuhause gewesen? Ein echtes Zuhause? Er war dort zwar eine Weile nüchtern geblieben, nach Island, aber der Björkbacksvägen war auch der Ort, an dem er ständig rückfällig geworden war.

Das war jetzt also das allerletzte Mal, dass er ihn besuchte.

Ein völlig anderes Leben wartete auf ihn. Ein Leben mit Nadja.

Ivan nahm die kurze Treppe nach oben, ging zur Tür und schloss sie auf. Betrat das Treppenhaus, schaute sich um. Alles sah aus wie früher, und irgendwie doch wieder nicht. Als wäre er in einer ganz anderen Welt. Einer, die sich gegenüber der alten bis zur Unkenntlichkeit verwandelt hatte.

Das hier war die Vergangenheit. Er wollte bloß ein paar Sachen aus der Vergangenheit holen. Und sie in die Zukunft mitnehmen.

Er ging die Treppe hoch, zwei Stockwerke, und es fühlte sich wie das genaue Gegenteil der wilden, aufgeregten Schritte an, mit denen er sonst immer die Kellertreppe hinuntergegangen war. In die totale Finsternis. Wie im Lavatunnel unter dem Snæfellsjökull.

Dort war die Wahrheit.

Und die Wonne.

Die Wonne für sie beide.

Er lächelte, als er den Schlüssel in die Tür schob. Lächelte immer noch, als er über den Haufen ungeöffneter Post im Flur stieg. Als er ins Schlafzimmer kam, wurde sein Lächeln noch breiter.

Bis es erlosch.

Die Gestalt, die auf dem Bett saß, war nicht mehr als eine schwarze Silhouette im Dunkeln. Doch die Pistole in ihrer Hand war deutlich zu erkennen.

Ivan fühlte sich, als würde das Leben aus ihm herausrinnen. Er spürte es so deutlich, als wäre sein Leben ein eigenes Wesen, das auf den Schlafzimmerboden ausgelaufen war und nun um ihn herum waberte und bebte.

Sein Leben gehörte nicht mehr ihm.

Lass es nicht den Oberst sein. Alles, nur das nicht.

Doch irgendetwas stimmte nicht mit dieser Gestalt. Sie war zu klein. Zu … weiblich? Als sie ihm den Blick zuwandte, sah er trotz der Dunkelheit in ihre Raubtieraugen.

Sie stand auf. Er starrte sie an. Sie zielte mit der Pistole auf ihn. Mit der anderen Hand ließ sie ein Paar Handschellen klirren.

»Ivan, der Schreckliche, nehme ich an?« Eine dumpfe Stimme. »Kommen Sie ohne Gegenwehr mit, oder muss ich Sie fesseln?«

»Wer sind Sie?«, fragte Ivan verblüfft.

Sie befestigte die Handschellen in aller Ruhe wieder an ihrem Gürtel und sagte: »Kriminalkommissarin Desiré Rosenkvist. Sie gehen jetzt einmal voran, aber immer schön langsam.«

Ivan ging. Er spürte zweierlei.

Die Erleichterung darüber, dass er überleben würde.

Die Enttäuschung darüber, andere zu enttäuschen.

39

Noch immer saß Sam Berger im Sonntagsstau bei Frösunda fest und wählte auf seinem Handy panisch eine Nummer nach der anderen. Doch niemand nahm ab, weder Molly Blom noch Rita Ohlén. Er war kurz vorm Durchdrehen.

Die Fragen prasselten nur so auf ihn ein. Die Sorge. Die Angst. Sein Bewusstsein war zu klein, um das alles gleichzeitig zu erfassen, sein Gehirn zu eng. War Molly etwa die ganze Zeit die Zielscheibe gewesen? Wie war das nur möglich?

Irgendwann aber löste der Stau sich auf. Berger raste durch Schweden. Die Digitaluhr seines Firmenwagens tickte mit entsetzlicher Geschwindigkeit weiter. Er war noch nicht einmal in Västerås, als es fünfzehn Uhr war, am Sonntag, den 21. August.

T plus minus null.

Wenn Molly es rechtzeitig geschafft hatte, dann war sie höchstwahrscheinlich hineingegangen. Was dann geschehen war, wusste er nicht. Warum zum Teufel hatte sie ihr Handy ausgeschaltet?

Berger passierte Västerås, Surahammar, sah das Schild zum Riksrådet Friherre Carl Sparres Sluss, bog schließlich nach Bastmora ab. Irgendjemand vermietete hier Islandponys.

Er parkte am Waldrand. Mollys Leihwagen war nirgends zu entdecken. Dann rannte er durch den Wald, auf einem kaum erkennbaren Pfad. Er sah einen Ameisenhaufen an einem Baumstamm. Erreichte eine verfallene Hütte, blieb am Waldrand stehen und schlug einen Bogen darum. Duckte sich neben einem Stein, blickte durch ein paar schwere Fichtenzweige zur Veranda hoch. Meinte zu ahnen – zu *ahnen* –, dass hier zuvor auch Blom gesessen hatte.

Und dann?

Er nahm die Pistole aus dem Schulterholster und näherte sich der Hütte. Die eigenartig schimmelüberzogene Veranda fühlte sich an, als könnte sie jeden Moment in sich zusammenbrechen. Die Tür war nur angelehnt. Er schlich mit erhobener Pistole hinein, in eine unerwartete, andererseits aber doch erwartete Dunkelheit.

Er hielt inne, lauschte angestrengt.

Nichts. Kein Mucks.

Nur irgendwo in weiter Ferne sang eine Amsel.

Eine verdreckte Küche, leer. Ein Wohnzimmer, leer. In einem Schlafzimmer sah er sich selbst vage in einem Ganzkörperspiegel. Ein einzelner Gegenstand auf der Kommode daneben fesselte seine Aufmerksamkeit: ein weinrotes Käppi.

Wieder raus ins Wohnzimmer. Auf einem Tischchen stand eine Art Goldfischglas, zur Hälfte gefüllt mit lavaschwarzem Sand; ein weiterer Ganzkörperspiegel zeigte einen blassen Berger mit erhobener Waffe. Die Tür daneben stand einen Spalt offen, im Schloss steckte ein Schlüssel.

Vorsichtig zog er die Tür auf und schaute hinunter ins Unsichtbare. Er schaltete die Taschenlampe an seinem Handy ein und leuchtete sich vorsichtig den Weg. Der Keller schloss sich um ihn. Mit merkwürdiger Deutlichkeit spürte er, dass Molly Blom vor nicht allzu langer Zeit diese Treppe hinuntergegangen war; es war, als würde er in ihren Fußspuren gehen, umschwebt von ihrem Astralleib.

Eine ganze Weile schlich er die Treppe hinunter. Als er schließlich den unbehandelten Lehmboden erreichte, war der Schimmelgestank fast schon überwältigend. Er holte ein Taschentuch heraus und knotete es sich hinter dem Kopf zusammen, über Mund und Nase. Dann leuchtete er mit seinem Handy in alle Richtungen.

Der Lehmboden war festgetrampelt. Er war hart, aber man konnte trotzdem noch Spuren auf ihm erkennen. Er sah eine Spur, die frisch wirkte, eine Art Schleifspur Richtung Treppe, zwei parallele Linien wie von Fersen.

Eine Reihe robuster Pfeiler verlief von oben nach unten und stützte das Haus. Das schuf verborgene Bereiche im Keller, die Berger wohl oder übel erforschen musste, einen nach dem anderen, mit erhobener Waffe.

In einer Ecke fand er ein Bett, das ziemlich zerwühlt aussah. Hier musste jemand Sex gehabt haben. Neben dem Bett standen ein Leuchter mit einer halb heruntergebrannten Kerze und ein Plastikstuhl. Berger entdeckte einige dunkle Flecken darauf, strich vorsichtig mit den Fingern darüber.

Es fühlte sich an wie Sand. Schwarzer Lavasand.

Eyjafjallajökull.

Das war der Stuhl, auf dem Nadja Karlsson fotografiert worden war. Berger musste jetzt alle Fragen fallen lassen. Musste das Terrain sichern und sich an das halten, was er anfassen konnte. Den Tatort untersuchen. Denn dies hier war wahrscheinlich ein Tatort.

Molly war hier reingegangen. Sie war die Treppe hinuntergekommen und zum Schweigen gebracht worden. Dann die Schleifspuren: Molly war fortgeschleift worden. Die Treppe hochgetragen und fortgeschafft.

Die Untersuchung des Tatorts dauerte eine Weile und führte ihn am Ende hinter einen der groben Stützpfeiler. Dort lag eine Kanüle. Berger verstaute sie in einer Plastiktüte für Beweisstücke, machte dann weiter und scannte mit dem Blick den festgetrampelten Lehmboden ab, Zentimeter für Zentimeter.

Gleich neben der Treppe entdeckte er, halb in den Boden gestampft, ein kleines Häufchen aus kaputtem Plastik und Metalldrähten. Er betrachtete die Splitter und begriff, dass es sich wahrscheinlich um eine gründlichst zerstörte Sim-Karte handelte. Er legte sie ebenfalls in eine Plastiktüte, und dann spürte er auf einmal, dass er es hier unten nicht mehr aushielt.

Hastig stolperte er die Treppe hinauf, kam in die Dunkelheit der Hütte, die ihm jedoch im Vergleich zur Finsternis im Keller wie köstlicher, lebensspendender Sonnenschein vorkam. Er riss sich das Taschentuch vom Gesicht, beugte sich vor und atmete tief durch.

Es dauerte eine ganze Weile, bis seine Gedanken sich richtig sortiert hatten. Rita Ohlén hatte ihn im Auto angerufen, um zu hören, wo Molly und er jeweils waren, und er war so dämlich gewesen, ihr eine Antwort zu geben. Hatten Ivan Granström und Nadja Karlsson und Rita Ohlén gemeinsam Molly Blom gekidnappt? Und wenn ja, warum? Und hatten sie Hilfe von Otilia Grimberg gehabt? Wie passte sie in diese ganze Geschichte hinein? War Julia Berglund auch beteiligt, Julia mit ihren heimlichen Drinks? Es war wie immer in diesem Fall: Ständig kamen neue, verblüffende Erkenntnisse hinzu, ständig fehlte Berger ein plausibles Bild vom großen Ganzen.

Was zum Teufel ging hier vor sich?

Er setzte sich auf das ausgesessene Sofa vor dem offenen Kamin.

Jetzt aber. Ordnung. Struktur. Wusste er denn überhaupt, dass Molly Blom entführt worden war? War es nicht bloß so ein Bauchgefühl von ihm? Sie hatte gesagt, dass sie auf dem Weg hierher war, mehr nicht. Seither hatte er nichts mehr von ihr gehört, ihr Handy war ausgeschaltet. War sie überhaupt in der Hütte gewesen? War sie nicht eher wieder abgehauen? So was war durchaus schon vorgekommen.

Irgendetwas Bitteres schoss in ihm hoch. Myrina, dachte er. Ihre gemeinsame Tochter, deren junges Leben er bis jetzt nur flüchtig berührt hatte. Sie war doch sicher bei ihrer Großmutter in der Floragatan?

Da Mollys Mutter ihm bei ihrem ersten Treffen ihre Nummer gegeben hatte, schickte er ihr jetzt eine SMS. Die Antwort, dass alles in Ordnung war, folgte prompt.

Da stand er wieder auf, immer noch mit der Pistole in der Hand, drehte eine Runde im Haus, füllte etwas schwarzen Sand aus dem Goldfischglas in eine weitere Plastiktüte, fand das *My Little Pony*-Briefpapier und riss eine Seite aus dem Block heraus. Auf den Rest pfiff er. Sogar das weinrote Käppi ließ er liegen. Er musste einfach nur raus hier.

Die Dielen der grün gefleckten Veranda knarzten beunruhigend unter seinem Gewicht. Dann blieb er unten an der Treppe stehen, im sonntäglichen Sonnenschein, der sich barmherzig über den Ruinengarten ausbreitete. Irgendwo in der Ferne sang wieder die Amsel.

Er blickte an der Fassade mit der abblätternden Farbe hoch. Das hier war kein unschuldiges Sommerhäuschen. Dieses Gebäude umgab eine Aura von Angst, als wäre sie ins Licht gephotoshoppt, als hätte sie nicht das Geringste mit diesem schönen Sommernachmittag zu tun.

Er drehte eine schnelle Runde durch den Garten, auf der Suche nach weiteren Spuren – obwohl er wusste, dass es keine geben würde. Als er keine fand, beschloss er, wieder zu fahren.

Die Ameisenstraße lief unverdrossen weiter über den Pfad im Wäldchen. Bevor er in seinen Firmenwagen einstieg, warf er noch einen Blick nach links und nach rechts, und tatsächlich konnte er undeutliche, aber frische Reifenspuren erkennen. Erst als Sam Berger im Wagen saß und jede erdenkliche Geschwindigkeitsbegrenzung überschritt, befiel ihn die schonungslose Wahrheit.

Molly Blom war verschwunden.

Irgendein Wichser hatte sie geschnappt.

40

Nichts als Dunkelheit.

Eine geraume Weile ist das alles. Aber irgendwann beginnen sich erste Dinge aus dem großen Nichts herauszukristallisieren. Nach den ersten kleinen Funken folgt der Big Bang. Alles wird erkennbar. Alles, was ihr weiter zusetzt.

Der Korridor.

Das vibrierende Licht von den halb geöffneten Türen.

Das harte Gesicht.

Die auf den muskulösen Schultern eintätowierten Rangabzeichen.

Das Glutbett.

Das fickende Paar.

Der rote Neonschriftzug vor dem Fenster.

Wie sie direkt in die Glut geschleudert wird.

Da wacht sie auf. Sie merkt, wie sich ihre Augen öffnen. Am deutlichsten sieht sie die Infusionsständer, je ein Tropf rechts und links vom Bett, in jedem Arm eine Nadel. Das sieht sie, das spürt sie.

Sie ist in einer anderen Welt, in einer versunkenen Welt, in die sie langsam, aber sicher hinabgesickert ist. Es ist nicht die normale Außenwelt, sie besteht mehr aus Zeit denn aus Ort.

Atlantis auf dem Meeresgrund.

Sie versucht, sich zu sammeln, zu erfassen, wo sie sein könnte. Was passiert sein könnte. Sie erinnert sich an Dinge, als würden diese kurz vor ihren Augen aufblitzen. Sie erinnert sich an einen benommenen Spaziergang durchs Schlachthofviertel. Sie erinnert sich daran, dass sie ihr Handy ausgeschaltet hat. Sie erinnert sich an die Hütte in Bastmora.

Sie erinnert sich, wie sie die Treppe ins Dunkel hinabgestiegen ist. Sie erinnert sich an einen starken Scheinwerfer. Sie erinnert sich an den Schmerz, als er ihr sein Licht in die Augen wirft. Sie erinnert sich an den Schmerz am Hals. Sie erinnert sich an ihre stolpernden, roboterartigen Schritte.

Dann erinnert sie sich an nichts mehr.

Irgendjemand hat sie entführt. Irgendjemand hat sie gekidnappt. Irgendjemand hat sie in einem anderen Keller in ein Bett gelegt und hat ihr Infusionsnadeln in die Arme gestochen.

Warum? Was für einen Sinn könnte das alles haben?

Sie kann einen Gedanken einfach nicht abschütteln: Myrina.

Am Fußende des Bettes bewegen sich Gestalten, sie sieht sie wie durch einen Schleier. Sie sieht Umrisse, Gestalten ohne Gesichtszüge. Ist irgendetwas mit ihren Augen passiert? Sie blinzelt kräftig, aber nichts ändert sich.

Jemand sitzt auf einem Stuhl neben ihr und hält ihre Hand. Das Gesicht liegt in ihrem toten Winkel, außer Sichtweite. Können sie ihre Gedanken lesen? Spricht sie die Dinge laut aus? Wie viele sind es? Die vagen Gestalten am Fußende bewegen sich weiter. Sie versucht zu zählen. Es müssen mindestens drei sein. Drei Personen, die sie nicht richtig sehen kann.

Irgendetwas muss mit ihren Augen passiert sein.

»Das ist alles nur vorübergehend, Molly«, fährt die Stimme fort. »Das geht vorbei. Wir brauchen Sie. Wir brauchen das, was Sie nicht erzählen wollen.«

Sie versucht vergeblich, ihren Blick bewusst auf etwas zu richten und scharf zu stellen. Es geht einfach nicht. Sie merkt, wie ihre Augen wegrutschen, wie ein verrückter REM-Schlaf im Wachzustand.

Die Frauenstimme fährt ruhig fort: »Rund ums Bett hängt

ein Vorhang, der ist halb durchsichtig, wie ein Schleier. Mit Ihren Augen ist alles in Ordnung. Sie sind auch nicht verrückt geworden. Und ja, ein paar Dinge haben Sie laut ausgesprochen. In den Infusionsbeuteln sind Drogen, die Ihnen die Zunge lösen, aber es ist nichts Schlimmes. Und, wie gesagt, alles nur vorübergehend.«

Molly Blom starrt an die Decke. Es stimmt, mit ihren Augen ist alles in Ordnung, dort oben sieht sie alles viel deutlicher. Rauer Beton. Also wirklich ein weiterer Keller. Aber was hat sie nur gesagt?

»Tut mir leid mit den Drogen, Molly«, sagt die Stimme. »Man könnte die Substanz wohl als Wahrheitsserum bezeichnen. Sie haben zum Beispiel etwas von einer roten Neonschrift erzählt, die Sie durch ein Fenster sehen. Was steht denn da?«

»Svoboda«, antwortet sie. Sie hatte es nicht sagen wollen. Hatte überhaupt nichts sagen wollen.

Die Frau, die sie nicht sehen kann, drückt ihr die Hand und fährt fort: »Die *Freiheit,* genau. Das Lokal *Svoboda* mit dem Anbau auf der anderen Straßenseite. Das Schlachthofviertel 2002.«

»Wer sind Sie?«, bringt Molly hervor. »Warum haben Sie mich entführt? Was zum Teufel ist hier eigentlich los?«

Sie versucht, sich im Bett aufzurichten. Unmöglich. Da sind keine Fesseln, keine Gurte. Trotzdem fühlt es sich an, als wäre sie festgebunden. Stramm festgebunden an diesem Bett in einem Keller an einem unbekannten Ort. In einem weiteren verdammten Keller.

Rasch geht sie in Gedanken durch, was die Frau gesagt hat. Warum sie es gesagt hat. Zu welchem Zweck. Sie muss herausfinden, was für einen Zweck das hier alles hat.

»Der Anbau?«, fragt sie.

Sie meint zu ahnen, wie die Frau in ihrem toten Winkel lächelt. Wie sie mit einem Hauch von Ironie lächelt.

»Sie haben Ihre Neugier nicht verloren, Molly«, sagt die

Frau. »Das freut mich. Aber wir brauchen schon noch ein bisschen mehr von Ihnen. Und Sie wissen genau, was es ist, nicht wahr?«

»Wer ist. Wir. Verdammt.«

Die Frau seufzt.

»Der Anbau war das sogenannte Lusthaus des *Svoboda*. Die Geschäfte wurden unten im Lokal abgewickelt, und die Abende verbrachten die Geschäftsleute dann oben im Anbau auf der anderen Straßenseite. Sie wissen, was das war. Ein Bordell. Ein Puff, verborgen vor der Außenwelt. Sie erinnern sich daran, wie Sie durch den Korridor gegangen sind. In jedem Zimmer standen Wasserbetten, mit gedämpfter Beleuchtung von unten.«

Molly versucht, sich auf die Stimme zu konzentrieren, aber es will ihr nicht so recht gelingen. Die vagen Silhouetten gleiten weiter hinter den Vorhängen vorbei, ohne richtig Gestalt anzunehmen.

Sie macht die Augen zu, spürt in sich hinein.

Sie ist wieder dort. Ist wieder gegen ihren Willen in diesem Zimmer im Anbau des *Svoboda*. Kann nicht entkommen. Kann niemals entkommen.

So war es, natürlich. Das Glutbett war in Wirklichkeit ein Wasserbett. Sie erinnert sich an die seltsamen Gegenbewegungen unter den harten Stößen. Das Verdrängte kehrt zurück. Das, woran sie sich nicht erinnern will.

»Es war nicht das erste Mal, dass Sie den Oberst gesehen haben«, sagt die Stimme sanft. »Aber es war das erste Mal im Anbau. Sie haben alles getan, um ihm aus dem Weg zu gehen. Aber an diesem Abend ging es nicht. Warum nicht? Was ist da passiert?«

Wie sie sich auf dem Korridor jäh umdrehte. Wie er plötzlich vor ihr stand. Mit steinharter Miene, die Rangabzeichen eines russischen Oberst tief in die Haut gegraben. Wie er sie an den Haaren mitschleifte. Und seine Worte: »Ich weiß, dass du drauf stehst.« So abgrundtief unwahr.

Die Frauenstimme fährt fort: »Der Oberst war der Leiter des *Svoboda*. Mit den typischen russischen Knasttattoos, die einem die Hierarchie da drinnen vor Augen führen sollen. Er hat sich auch in der Mafia nach oben gearbeitet mit seiner bemerkenswerten Erbarmungslosigkeit. Sie waren als Sekretärin angestellt, ganz unten in der Hierarchie. Sie waren aber sehr selten im *Svoboda*, und dann meistens nur in Ihrem Büro im Stockwerk über dem Restaurant. Ich weiß auch nicht, was Sie an diesem Abend im Anbau gemacht haben. Ich glaube, Sie haben sich darauf verlassen, dass Sie *einen mächtigeren Beschützer* haben. Der Oberst hätte es nie gewagt, Sie anzurühren, wenn er gewusst hätte, wer Ihr Beschützer war. Aber er wusste es offenbar nicht.«

Das Paar im Bett. Wie er sie einfach danebenwarf, sie hart nahm, ohne sich um die anderen zu kümmern. Die ungewohnten, heftigen Gegenbewegungen des Wasserbetts, verursacht von zwei wild fickenden Paaren, die sich asynchron bewegten.

»Sie können sich an wesentlich mehr erinnern, als Sie vorgeben, Molly. Sie wissen, was ich wissen will, stimmt's?«

Molly Blom sinkt ein Stück auf ihr Bett zurück. Es gibt nicht viel, was sie tun kann. Außer den Verstand behalten. Um jeden Preis den Verstand behalten.

»Sie haben also vor, mich irgendwie zum Reden zu zwingen?«, fragt sie.

»Ich werde alles tun, was dazu erforderlich ist«, erwidert die Frauenstimme sanft.

Und die konturlosen Gestalten bewegen sich weiter auf der anderen Seite des Schleiers.

41

Man konnte die Dämmerung über dem Edsviken erahnen. Berger stand auf dem Steg des Bootshauses und stützte sich mit seinem ganzen Gewicht aufs Geländer.

Wie sollte er Molly finden, wenn er nicht mal wusste, wer sie entführt hatte und warum? Was für Möglichkeiten hatte er überhaupt?

T war verstrichen, doch die Zeit tickte weiter. Der einzige Unterschied lag darin, dass es jetzt ein neues Opfer gab: die Mutter seines Kindes. Wie viel Zeit ihm jetzt noch blieb, war äußerst unklar.

Er versuchte, nüchtern und klar zu denken, trotz des Whiskyglases, das neben ihm auf dem Geländer stand. Man konnte es nicht mehr *Fall* nennen, aber egal, wie man es nun nannte – es war in eine neue, ganz unerwartete Phase eingetreten. Musste er das nicht doch bei der Polizei anzeigen? Aber genau genommen gab es ja gar keine Beweise, dass Molly gekidnappt worden war. Die Polizei würde sich nicht überschlagen. Unregelmäßigkeiten würden ans Licht kommen. Wahrscheinlich würde er mit lebenslänglichem Berufsverbot belegt werden.

Also, zurück an den Computer.

Wieder allein.

Sein erster Instinkt war, Deer zu kontaktieren, aber er wusste nicht, wo er sie einordnen sollte. Samir hatte er als Ass im Ärmel – immerhin hatte er ja auch die Hütte ausfindig gemacht –, aber sonst war Sam Berger allein.

Als Erstes stellte er eine Recherche zu Nadjas Geliebtem

an, Ivan Granström. Und förderte tatsächlich einiges zutage. Dass er Ivan hieß, war kein Zufall: Die Mutter war Russin und heiratete einen Lars Granström, dessen Vater wiederum die Hütte in Bastmora gebaut hatte. Ivan wohnte offenbar in einer Junggesellenbude im Zentrum von Tyresö. Keine Informationen über Ausbildung oder Job. Kaum Einkünfte in den letzten zehn Jahren. Ivan sprach Russisch, das wurde einmal erwähnt, als er in einer Entzugsklinik aufgenommen wurde.

In einer Entzugsklinik?

Berger suchte weiter. Offensichtlich hatte Ivan eine Vergangenheit als schwerer Junkie, der keine Drogen ausgelassen hatte. Die längste Zeit, die er in einer Einrichtung verbracht hatte, war von 2009 bis 2010 gewesen, in der Nähe eines kleinen Ortes namens Hvolsvöllur.

Auf Island.

In der Nähe des Eyjafjallajökull.

Offenbar war der Entzug geglückt. Jedenfalls folgten keine weiteren Einweisungen. Bis vor Kurzem. Dieses Jahr im Juni. Der Nämndemansgården in der Luntmakargatan. Da hatte Ivan Nadja bereits kennengelernt.

Er dachte an das Bett im Keller der Hütte. Ivan hatte Nadja wohl kaum dort gefangen gehalten. Es war gar keine richtige Entführung gewesen. Möglicherweise hatten sie sich dort getroffen, in der Dunkelheit, fernab von allem und jedem. Wer weiß, vielleicht hatte es zwischen ihnen sogar geknistert, nachts, im Kerzenschein. Doch im Grunde hatte Nadja auf etwas anderes gewartet.

Auf Molly Blom?

Im Ernst?

Er kehrte immer wieder zu der Frage zurück. Warum Molly? Und stimmte das alles überhaupt?

Er verließ sein Büro im Bootshaus und ging in Mollys Zimmer. In der besten aller Welten hatte sie ihren Browserverlauf nicht gelöscht.

Wider Erwarten befand sich Berger in der besten aller

Welten. Alle Suchvorgänge waren noch nachvollziehbar, Fenster und diverse Tabs noch offen. Njord Investment AB. Geschäftsführer Stefan Rodin, seit mehreren Jahren tot. Unmengen an Protokollen von Vorstandssitzungen und Dokumenten. Digitale Markierungen in einem Artikel der *Dagens Industri* über drei Vorstandsmitglieder der Njord Investment AB, die bei einer außerordentlichen Versammlung vor vierzehn Jahren zurückgetreten waren. Einer von diesen drei Namen tauchte auf dem letzten Reiter auf, den Blom geöffnet hatte.

Liselotte de la Gardie, Västerhaninge.

Er fuhr sofort los.

*

Die schicke Villengegend versank gerade langsam im Abendrot. Auf einmal war die Straße mit einem blau-weißen Plastikband abgesperrt. Berger fuhr an den Straßenrand und ging bis zur Absperrung vor. Ein Stückchen den Hügel hinunter lag ein stattliches rotes Haus mit einem groß angelegten Blumengarten. Zwei Polizeiautos standen vor dem Grundstück. Ein paar uniformierte Polizisten verließen gerade wieder das Haus, gefolgt von einer Frau in Zivil. Sie blieben stehen, lehnten sich eine Weile an einen Streifenwagen und unterhielten sich. Erst in dem Moment erkannte Berger sie.

Und sie erkannte ihn.

Er sah ganz deutlich, wie Deers Schultern herabsackten. Dann winkte sie den Polizisten kurz zum Abschied zu und kam den Hügel hoch. Sie trafen sich am Plastikband. Deer sagte: »Das wird sich nicht so leicht vertuschen lassen hier. Was zum Teufel treibt ihr eigentlich, Sam?«

»Geht es um Molly? Was ist hier passiert?«

»Sie hat sich mit einem falschen Ausweis vorgestellt und dann einer Rentnerin eine Rosenschere an die Halsschlagader gehalten. Ich hab Wind davon bekommen und mich überschlagen, damit ich der Polizei von Haninge zuvorkomme. Aber ich kann nicht meine Tage damit zubringen, permanent die Bootshaus Security AB zu retten.«

»Was wollte Molly denn von ihr?«

»Keine Ahnung. Aber die arme Liselotte de la Gardie ist ohnmächtig geworden. Die Polizei ist erst Stunden später benachrichtigt worden, als ein Nachbar den bewusstlosen Körper durchs Fenster entdeckt hat.«

»Du weißt es nicht? Aber du hast sie doch sicher verhört?«

»Sie konnte nichts sagen«, erklärte Deer. »Geht es um eure Entführung?«

»Sie konnte nichts sagen? Wie meinst du das?«

»Es ist jetzt auf jeden Fall aus der Welt«, seufzte Deer. »Es gibt keine Anzeige. Ihr kommt ungeschoren davon.«

Berger starrte sie an. Dann fragte er: »Bist du mit deinem eigenen Auto hergekommen?«

»Ich hab mich von einem Streifenwagen mitnehmen lassen«, sagte sie und deutete mit einem Nicken zum Haus hinunter.

»Ich fahr dich hin, wo du hinmusst«, bot Berger an.

Als sie auf den Nynäsvägen bogen, sagte Deer: »Du kannst mich nach Hause fahren. Skogås ist gleich um die Ecke, das ist kein größerer Umweg.«

Berger richtete den Blick fest auf die Straße. Es war Sonntagabend, der Verkehr gleich null. Er schwieg eisern. Doch er spürte, wie sich Deers Blick in sein wahrscheinlich ziemlich verkrampftes Profil bohrte.

Schließlich sagte er, ohne sie anzusehen: »Ich habe mich in dir getäuscht, Deer. Ich habe immer gesagt, dass du eine schlechte Lügnerin bist.«

»Wie meinst du das?«, fragte sie.

Er erkannte ihre Stimme nicht wieder. Es lag ein angespannter Ton darin, den er noch nie gehört hatte.

»Was solltest du für ein Interesse daran haben, Mollys Überfall auf Liselotte de la Gardie zu *vertuschen*?«

»Ich muss doch ständig losrennen und dir aus der Patsche helfen.«

»Aber dann hättest du mich angerufen und gewarnt.«

»Was willst du mir eigentlich sagen, Sam?«

Es blieb eine Weile still im Auto. Berger sah in der Peripherie, wie Deer mit dem Blick an einem Schild hängen blieb. Es war das Schild für die Abfahrt nach Skogås. Er bog nicht ab.

»Wir fahren einen Umweg«, erklärte er.

Dann war es wieder still im Auto. Selbst der Motor war extrem leise. Alles, was man hörte, war das Geräusch der Reifen auf dem Asphalt. Es dauerte mehrere angespannte Minuten, bis Berger erneut das Wort ergriff.

»Mein Leben ist ein einziges Chaos. Ich brauche einen Fixpunkt. Du bist immer mein Fixpunkt gewesen, Deer, dir habe ich immer hundertprozentig vertraut. Das habe ich so oft wiederholt, dass es schon das reinste Mantra geworden ist.«

Wieder Schweigen. Deer starrte geradeaus. Er gestattete sich einen kurzen Blick auf ihr Profil. Ihre Kiefer waren wirklich sehr angespannt.

»Ich vertraue dir nicht mehr«, fuhr Berger schließlich fort. »Mittlerweile sind da einfach zu viele Dinge, die mir spanisch vorkommen. Was spielst du hier eigentlich für ein Spiel, Deer?«

Sie schwieg, während die südlichen Vororte an ihnen vorüberzogen.

Berger ließ nicht locker: »Liselotte de la Gardie hätte natürlich erzählen können, worum es hier geht. Du hast sie verhört, und du bist eine sehr geschickte Vernehmungsleiterin. Sie muss dir etwas ganz Spezielles verraten haben, eine Information, die auch dafür gesorgt hat, dass Molly sich sofort auf den Weg gemacht hat. Und was auch immer Molly von ihr wissen wollte, war so ernst, dass sie die Beherrschung verloren und de la Gardie mit der Gartenschere bedroht hat. Das klingt überhaupt nicht nach ihr. Was war da los?«

Dasselbe Schweigen. Absolut dasselbe.

»Es ging wahrscheinlich um den November 2002«, versuchte es Berger. »Als drei Vorstandsmitglieder einer Firma namens Njord Investment AB zurücktraten, darunter auch Liselotte de la Gardie, vermutlich aus Protest. Ein Zeitpunkt, der mit der verschwundenen Kuppeleiermittlung zusammenfällt. Die wolltest du dir ja auch anschauen, hattest du mir versprochen. Weißt du noch, Deer?«

Deer rührte sich nicht und sagte keinen Ton. Wären nicht die vorbeiziehenden Vororte gewesen, hätte es ausgesehen wie ein Standbild.

»Weswegen hat de la Gardie den Vorstand so plötzlich verlassen? Was hat Molly herausgefunden? Verdammt noch mal, Deer, jetzt sitz nicht da wie eine Wachspuppe. Antworte mir!«

Da wandte sich Deer zu ihm, seufzte tief und sagte: »Sie hat den Mund gehalten. Eine halsstarrige Alte. Sie hat die Sache nur zu gern fallen lassen.«

Die beiden fuhren am Schlachthofviertel vorbei. Deers Blick huschte hinüber. Berger betrachtete sie.

»Aber warum bist du losgefahren? Warum wolltest du Mollys Name aus dem System raushalten?«

»Aus dem gleichen Grund wie immer, Sam, das kannst du mir gerne glauben. Wenn Molly Blom als Vertreterin der Bootshaus Security AB wegen eines tätlichen Übergriffs verhaftet worden wäre, dann wäre es vorbei gewesen mit eurer Zukunft. Statt mich zu beschuldigen, solltest du mir lieber danken, Mann. Und zwar auf Knien.«

Wieder schwiegen sie eine Weile. Berger verarbeitete die Information mit einer Fieberhaftigkeit, dass er geradezu spürte, wie seine Gehirnzellen Funken sprühten.

»Hier kannst du runter«, sagte Deer und deutete auf die nächste Abfahrt Richtung Hammarbybacken. »Und dann fahren wir schön zurück nach Skogås. Und vergessen das Ganze hier.«

»Das reicht mir nicht«, sagte Berger und zischte auch an dieser Ausfahrt vorbei.

Deer starrte ihn an, dann holte sie ihr Handy aus der Innentasche ihrer Jacke und begann, darauf herumzutippen. Berger riss es ihr aus der Hand und schob es in seine Tasche.

»Verdammt noch mal«, rief Deer. »Willst du mich jetzt entführen, oder was?«

»Molly ist diejenige, die entführt worden ist, das weißt du ganz genau«, sagte Berger und fuhr mit Vollgas in den Tunnel unter dem Clarion Hotel. »Wir sind noch nicht fertig mit unserer Unterhaltung.«

»Sag mal, hast du jetzt völlig den Verstand verloren?«, schrie Deer. »Mann, du kannst doch nicht einfach eine Polizistin kidnappen.«

»Eine korrupte Polizistin«, erwiderte Berger und trat das Gaspedal durch.

42

Im rosa Licht der Abenddämmerung wirkte die Hütte wie der Inbegriff von Idyll. In der perfekten Beleuchtung sah die abblätternde rote Farbe einfach nur malerisch aus, und die grünen Flechten auf der Veranda verliehen dem Traumhäuschen bloß Patina.

Dann wurde es dunkel.

Zwei vierschrötige Männer kamen aus der Tür und überquerten mit vorsichtigen Schritten die wackligen Holzbohlen. Sie bezogen Posten und hoben ihre Maschinenpistolen. Zwischen ihnen erschien ein großer Mann mit kahlem Schädel. Sein Blick war schwarz, er trug einen Anzug, Seidenhemd und Seidenschlips. Und als er auf die Veranda trat, brach er ein.

Während ihm die beiden bewaffneten Wachen aus dem Loch heraushalfen, wurde sein Blick noch finsterer. Er kam wieder auf die Beine und zielte auf eine der Stützen, die das kaputte Dach über der Veranda trugen. Als er dagegentrat, brach sie glatt durch, wie ein Zündholz, und das Dach stürzte über ihnen ein.

Die beiden bewaffneten Männer schafften es gerade eben noch beiseitezuhechten, landeten auf dem Gras und begannen sofort, fieberhaft nach Öffnungen im Schutt zu suchen, um ihren Chef herauszuziehen.

Doch da schien das eingestürzte Dach von innen zu explodieren. Planken und Splitter stoben nach allen Seiten, und zu guter Letzt erhob sich Vitenka aus dem Haufen, ein Brett in seiner Rechten. Er kletterte aus den Trümmern und wandte den Blick Richtung Haus. Ein herabgestürzter Querbalken des Verandadachs hatte ein Stück des Hausdachs selbst mitgerissen. Er packte ihn und riss ihn herunter, woraufhin große Teile des Daches einstürzten und ein Stück Wand mitrissen.

Vitenka stieg durch das Loch in der Außenwand, zielte erneut und trat bretthart gegen die tragende Wand in der Mitte. Sie fiel, und der Rest des Daches mit ihr. Dann ging er zum Schutthaufen an der Außenwand, auf die er ebenfalls Tritte und Schläge einhageln ließ, bis sie nach außen umkippte.

Er trat auf die Wiese mit dem gelblichen Gras und umrundete das Haus. Die hintere Wand stand noch. Er packte sie mit den Händen und zerrte sie nach außen, und irgendwie bewegte er die ganze Wand, mitsamt den beiden Fenstern. Sie stürzte mit einem Krachen zu Boden, das sich mit dem ohrenbetäubenden Klirren von zerspringendem Glas mischte. Die Wand riss einen Teil der Mauer mit, in die der offene Kamin eingelassen war.

Dann kletterte Vitenka in die Ruine, wühlte wie wild im Schutt und stieß zu den Resten des Raumes vor, der wohl einmal das Schlafzimmer gewesen war. Eine Kommode hatte sein Wüten auf wundersame Weise überlebt. Mit einem Ruck zog er die oberste Schublade auf und nahm den Schreibblock. Er riss eine Seite heraus und musterte sie.

My Little Pony.

Im nächsten Moment knüllte er das Papier zusammen und warf es weit weg. Er griff sich ein weinrotes Käppi, das zwischen dem Schutt am Boden lag, und setzte es sich auf den rasierten Schädel. Dann bahnte er sich seinen Weg zu den Überresten der Veranda.

Vitenka drehte sich um und betrachtete sein Werk. Nichts war mehr übrig von der alten Hütte. Als hätte sie nur darauf gewartet, endlich eine Ruine werden zu dürfen. Überlebt hatte nur der tiefe Keller, unsichtbar und leer.

Er war zu spät gekommen.

Eine der Wachen wagte es, auf Russisch zu fragen: »Geht es jetzt besser?«

Vitenka ertappte sich dabei, wie er lächelte. Dann sagte er: »Viel besser.«

Er schlug die Handflächen gegeneinander und klopfte Blut und Staub ab. Rückte den Knoten seiner Krawatte zurecht, machte auf dem Absatz kehrt, zog sich das weinrote Käppi tief in die Stirn und ging.

Die Wachen holten ihn ein. Vitenka legte den Arm um den Jüngeren und sagte: »Mein lieber Radoslav. Jetzt ist Schluss mit den Glacéhandschuhen.«

43

Ihre Träume waren heftiger geworden. Jetzt wusste sie nicht nur, dass sie träumte. Sie wusste auch, dass sie träumen musste, weil man ihr diese Drogen verabreichte. Und sie wusste, dass sie im Traum redete, dass sie ihre Träume erzählte, während sie sich in ihrem Kopf abspielten.

Aber das machte sie nicht weniger intensiv.

Denn sie wusste auch, dass sie ihnen Widerstand leistete.

Der Korridor ist immer noch da, das Zimmer ist da, das Glutbett, der rote Schriftzug *Svoboda* vorm Fenster. Diesmal sieht sie auch die Frau, die neben ihr im Wasserbett liegt. Den steinernen Blick der Frau, den Schmerz, der darin liegt. Den üppig wallenden roten Haarschopf.

Aber dann tauchen auch noch andere Orte auf. Eine Waldlichtung, ein Pfad, eine Reihe von Briefkästen, die zwischen Baumstämmen durchschimmern. Ein großer Stein, ein Findling aus der Eiszeit. Dort passiert nichts. Es ist ein Standbild.

Wieder ein neuer Ort. Ein Sofa. Sie trägt einen Morgenmantel. Eine flackernde Kerze. Der Kopf des Bärenfells sieht schrecklich lebendig aus in dem stumpfen, unruhigen Licht von Kachelofen und Kerze. An den Wänden kann man gerade eben die Bilder erkennen, die dort hängen, Szenen aus dem Kamasutra. Klassische Beischlafstellungen. Leichte und schwierigere. Ein älterer Mann kommt herein. Auch er trägt einen Morgenmantel. Er setzt sich neben sie aufs Sofa, legt den Arm um sie.

Und dann wird es tatsächlich schwarz um sie herum. Es gibt keine Träume mehr, es ist, als hätte sie all ihre inneren

Kräfte aufgebraucht. Da ist nur noch diese Stimme, die sagt: »Sie können jetzt aufwachen, Molly.«

Ihre Augenlider hoben sich langsam. Sie lag immer noch in diesem neuen Keller. Das Bett umgeben von halb transparenten Vorhängen, die Infusionsständer neben ihr, und auch der raue Beton der Kellerdecke sah immer noch genauso aus. Unsichtbar, in ihrem toten Winkel, saß immer noch die Frau.

»Wie fühlen Sie sich, Molly?«, fragte sie.

Molly schüttelte bloß lange den Kopf. Sie befand sich in einer Art Dämmerzustand, als wäre sie tief im heißen Badewasser ihrer Erinnerungen versunken.

Die Frauenstimme ließ nicht locker, jetzt klang sie entschlossener: »Sie müssen mir erzählen, was Sie wissen, Molly.«

Molly merkte, wie schwer sie atmete. Sie war nicht mehr in diesem Keller. Die Gegenwart gab es nicht mehr.

»Sie haben den Auftrag, den Sie von der Säpo bekommen haben, ein ganzes Stück weit überschritten«, sagte die Frauenstimme.

Molly starrte ins Leere und schüttelte den Kopf.

Als die Frauenstimme wieder ertönte, klang sie noch härter: »Im Grunde sind mir Ihre verdrängten Erlebnisse egal. Aber vielleicht sind sie nötig, um die einzige Erinnerung hervorzulocken, die uns interessiert. Und die hängt mit Stepanka zusammen.«

»Wenn man bedenkt, wer Sie sind, sollten Sie sich eigentlich gerade für das Verdrängte interessieren«, entgegnete Molly trotzig.

»Wer bin ich denn?«, fragte die Frauenstimme.

»Rita Ohlén«, sagte Blom.

Mit unterdrücktem Gelächter rollte Ohlén auf ihrem Drehstuhl neben dem Bett hervor. Ihr alles durchdringender Blick unter dem kurzen graublonden Haar betrachtete Molly Blom. Die Brille hielt aus unerfindlichen Gründen auf ihrer Stirn.

»Wo ist das Geld, Molly?«, fragte sie jetzt deutlich und klar.

Molly schloss die Augen, um Ohlén keinen Blick zu schenken, denn den hätte sie sofort durchschaut. *Darum* ging es also. Molly Bloms Rentenversicherung.

Nur wie kam Rita Ohlén überhaupt darauf? Es war ihr unbegreiflich, woher sie ihr Geheimnis kannte. Molly wusste nur, dass sie es niemals verraten würde.

Niemals.

Sie schlug die Augen auf und fragte: »Wovon reden Sie? Was für Geld?«

»Versuchen Sie es erst gar nicht«, sagte Rita Ohlén. »Sie wissen, wo es ist.«

»Ich habe keine Ahnung, wovon Sie sprechen.«

»Ich habe geahnt, dass Sie so reagieren würden«, nickte Ohlén. »Aber ich glaube, Sie möchten nicht, dass ich Ihnen noch mehr Drogen verabreiche. Also, Molly, das ist Ihre letzte Chance.«

»Verdammt, nein!«, wollte Molly schreien.

Daraufhin verstellte Rita Ohlén einen Regler am Tropf. Sofort setzte der Schwindel wieder ein und hielt Molly im Bett. Sie hörte sich selbst dumpf stöhnen.

»Fangen wir doch noch einmal bei den Ereignissen im *Svoboda* an«, schlug Ohlén vor. »Für mich war es absolut klar, dass Sie dorthin zurückkehren *mussten*. Als wir Sie in der Hütte gefangen genommen haben, hatten Sie Ihr Handy ausgestellt. Warum?«

»Ich wollte nicht gestört werden«, murmelte Molly mürrisch.

»Sie haben gemerkt, dass Sie auf dem Weg in die Abgründe Ihrer Seele waren, und Sie wollten ihnen Auge in Auge gegenübertreten, ganz allein. Denn sie waren das fehlende Puzzleteil in Ihrem Leben. Ihr Unterbewusstsein war sich darüber im Klaren, dass Sie es finden würden, wenn Sie in den Keller dieser Hütte gehen. Ohne Kontakt mit Berger.«

Es blieb eine Weile still. Molly Blom starrte an die kahle Decke. Dann fuhr Rita Ohlén fort: »Aber Sie haben nie geahnt, dass es um Geld ging.«

»Hören Sie doch auf, ständig von diesem Geld zu reden«, sagte Blom.

»Jetzt sind Sie schon viel näher am *Svoboda*, Molly. Was genau ist dort passiert in der ersten Novemberwoche 2002?«

»Sie wissen, dass ich das niemals verraten werde.«

»Zurück zum *Svoboda* im Schlachthofviertel. Wie sind Sie da rausgekommen, Molly?«

Molly Blom verstummte. Die Dinge hatten angefangen, sich zu öffnen, in ihrer entschlossenen Abwehr bildeten sich die ersten Risse. Plötzlich fiel ihr wieder ein, wie alles einfach nur kaputtgegangen war, wie das Dasein zum Mosaik geworden war. Wie ein Übergriff bewirkt hatte, dass sie einfach nicht mehr konnte.

Wie sie kaputtging.

»Fangen Sie einfach mit dem Anfang an.« Rita Ohlén sprach jetzt wieder mit ihrer Psychologenstimme.

»Ich sage kein Wort«, erwiderte Blom stur.

»Gut, dann müssen wir wohl mit der Hypnose weitermachen«, drohte Ohlén. »Korrigieren Sie mich, wenn ich mich täusche: Im Herbst 2002 hat die Kriminalpolizei auf ein Gerücht reagiert, dass das *Svoboda* im Schlachthofviertel in mehrere Fälle organisierter Prostitution verstrickt sei. Man eröffnete eine Ermittlung wegen Kuppelei. Doch als der Verdacht sich erhärtete, dass die Russenmafia darin verwickelt war, übernahm die Säpo den Fall und ließ die Ermittlungen der Kripo verschwinden. Die Säpo beschloss, einen V-Mann in die Verwaltung des *Svoboda* einzuschleusen. Das waren Sie, Molly, jung und extrem ehrgeizig. Sie bekamen einen Job als Sekretärin des Einkaufschefs. Saßen in einem Büro im Obergeschoss, über dem Restaurant selbst, und hatten ganz normale Bürozeiten. Ihr Undercover-Job bestand darin, in allen möglichen Papieren nach einer Spur zu suchen, nach einem Ansatzpunkt, wie man den Bordellbetrieb zu fassen kriegen könnte. Doch das war eine Sackgasse, weil Lokal und Puff gut voneinander getrennt betrieben und verwaltet wurden. Manchmal haben Sie die Prostituierten wohl flüchtig in einem Fenster gesehen. Aber Sie fanden keinen Weg hinein. Der einzige Weg, den Sie gesehen haben, war das Interesse Ihres Chefs an Ihnen. Er tauchte eines Tages auf, alle verhielten sich ungeheuer servil ihm gegenüber, und Sie haben gemerkt, dass er wichtig war. Haben Sie ihn verführt?«

Molly schaute Rita an. In Wirklichkeit war ihr Blick jedoch ganz woanders. Sie schaute tief in ihre Vergangenheit.

Rita Ohlén fuhr fort: »Er hat Sie jedenfalls unter seine Fittiche genommen, wie man so schön sagt. Sie kannten ihn entweder als Stepanka oder als Stefan Rodin. Wie haben Sie ihn genannt?«

»S«, sagte Molly zu ihrer eigenen Überraschung. »Einfach nur der Buchstabe. S.«

»Ich weiß nicht, wie lange Sie zusammen waren, aber dieser ›S‹ entwickelte, so viel steht fest, ein Faible für die aufgeweckte Sekretärin des Einkaufschefs. Vielleicht begann auch Stepankas Ehe zu zerbrechen, Molly, und er malte sich eine Zukunft mit Ihnen aus. So sehr, dass er eine ganze Geldlieferung veruntreute, wahrscheinlich, damit Sie bequem von dem Geld würden leben können, nach einer Flucht, die er ebenfalls schon bis ins Detail geplant hatte. Und im Oktober '02 war es dann so weit. Stepanka ließ das Geld von seiner privaten Leibwache an einen unbekannten Ort bringen. Als sie dort ankamen, richtete er die Männer hin, und damit waren alle Spuren getilgt. Alle außer Ihnen, Molly.«

»Ich weiß nicht, wovon Sie reden«, erwiderte Molly.

»O doch, das wissen Sie«, sagte Ohlén. »Denn Sie waren bei ihm.«

»Bei ihm wo?«

»Als er das Geld versteckte.«

Molly Blom schwieg. Sie fühlte sich entsetzlich eingeschnürt, eingewickelt in Stahldraht, der immer fester zugezogen wurde. Woher wusste Rita Ohlén das alles? Das war unmöglich. Niemand auf der ganzen Welt wusste von ihrer Rentenversicherung.

»Sie haben einen groben Dienstfehler begangen, Molly, als Sie das Versteck nicht sofort meldeten. Das ist ein Verbrechen, das jederzeit angezeigt werden kann und mit einer Gefängnisstrafe geahndet werden würde. Man könnte also sagen, dass ich Sie in der Hand habe. Ich frage mich, was Sie sich dabei gedacht haben, Molly. Können Sie mir das erklären?«

»Lecken Sie mich am Arsch.«

»Sie sprechen hier nicht mit einem Ihrer gewöhnlichen Verbrecher«, ermahnte sie Rita Ohlén, »also lassen Sie diesen Ton. Was haben Sie sich dabei gedacht, als Sie – bei Ihrem ersten großen Undercover-Auftrag für die Säpo, mit all Ihren hochfliegenden Ambitionen – nicht erzählt haben, was Sie beobachtet hatten? Das wären zweihundert Millionen Kronen für die Staatskasse gewesen.«

»Zweihundert Millionen?«

Molly wurde ganz kalt.

»So um die zwanzig Millionen Euro, genau. Das ist zu viel Geld für einen einzigen Menschen. Ganz egal, was er damit vorhat.«

Molly blieb stumm. Es gab nicht viel zu sagen. Sie hatte gehofft, dass ihre Rentenversicherung ein paar Millionen enthalten würde. Vielleicht genug, um ein Fitnessstudio zu eröffnen. Selbstverteidigung für Frauen. Eine ganze Palette von Trainingsmöglichkeiten. Aber was diese Frau hier sagte, war doch lächerlich.

»Ich komme wieder darauf zurück«, meinte Ohlén. »Wollen wir weitermachen?«

»Womit?«, fragte Blom.

»Sie waren im Oktober bei ihm. Vielleicht waren Sie sogar

dabei, als Ihr ›S‹ seine eigenen loyalen Leibwachen hinrichtete. Es wurde November. Niemand hat mir genau erzählen können, was dann passiert ist.«

»Was haben Sie eigentlich für Informanten bei der Säpo?«

»Gar keine«, sagte Rita Ohlén. »Bloß Patienten. Es hat sich so ergeben, dass ich nur noch zwei Patientengruppen habe: ausgebrannte Polizisten und Opfer von Sexualstraftaten. Sie sind intelligent, Molly. Sie ahnen, wie es weitergeht.«

Molly Blom schwieg. Doch in der Tat begann sie, zumindest in Umrissen zu erahnen, was Rita hier andeutete. Es ging um eine Umverteilung. Eine durch und durch vernünftige Umverteilung.

Fuck.

Rita Ohlén fragte: »Ihr Büro lag über dem *Svoboda*, Sie hatten nie Kontakt zum Geschäft. Außerdem wurden Sie von Ihrem ›S‹ geschützt. Warum ist es Ihnen an diesem Novemberabend eingefallen, in den Anbau rüberzugehen?«

Molly schüttelte nur den Kopf.

»Gut, dann spielen wir eben noch ein bisschen so weiter«, seufzte Ohlén. »Ich glaube, Sie haben die Sache mit dem Geld herausbekommen. Aber Sie entschieden sich, sie vor Ihren Auftraggebern geheim zu halten, weil Sie wussten, wie wertvoll es war, eine Art … Versicherung für die Zukunft zu haben.«

»Rentenversicherung«, hörte Blom sich selbst sagen.

Rita Ohlén musterte sie eingehend. Dann wandte sie ein: »Nein, Sie hätten wohl kaum bis zur Rente gewartet. Wenn Sie das Geld für Ihre Rentenversicherung gehalten haben, dann kennen Sie sich selbst nicht besonders gut, Molly. Sie sind hinter die Sache mit dem Geld gekommen, und irgendwie war das ja doch nicht Eigentum des Staates. Jedenfalls gelang es Ihnen, sich selbst zu überzeugen, dass Sie die Geschichte von Ihrem Job trennen sollten. Doch das lastete dann spürbar auf Ihrem Gewissen, sodass Sie Ihren Auftrag überschritten – wahrscheinlich als eine Art Kompensation. Sie mussten den Anbau mit eigenen Augen sehen, mussten sehen, was dort wirklich geschah, um einen Bericht abliefern zu können, mit dem sich Ihr schlechtes Gewissen beruhigen ließ. Sie kannten den Oberst, Sie wussten, dass er das personifizierte Böse war. Sie mussten den Betrieb im Anbau mit eigenen Augen sehen, ohne dem Oberst zu begegnen. Der Korridor kam Ihnen damals sicher sehr lang vor, oder?«

»Unendlich lang«, gestand Blom und sah, wie Ohlén am Regler des nächsten Infusionsbeutels drehte.

»Wahrscheinlich wusste der Oberst nicht von Ihrer Beziehung zu ›S‹, sonst hätte er wohl kaum gewagt, sich an Ihnen zu vergreifen. Sie hatten die Beziehung ja sehr geheim gehalten. Als Sie sich in den Anbau schlichen, um die Bordelltätigkeit zu dokumentieren, hat Sie der Oberst überrascht. Erzählen Sie mir, was dann passierte, Molly. Ich kann Ihnen garantieren, dass es Ihnen hinterher besser gehen wird.«

»Ich kann nicht …«

»Doch, Molly, Sie können. Es ist wichtig, dass Sie es selbst tun.«

»Der Korridor war unendlich lang«, begann Molly Blom und erkannte ihre eigene Stimme nicht mehr. »Was ich durch die Türspalte sah, war mehr als genug. Trotzdem bin ich weitergegangen. Irgendwas war da mit den Geräuschen weiter hinten im Korridor … Aus einer Tür kamen besonders laute Geräusche. Ich ging hin, schaute hinein …«

»Gut, Molly. Erzählen Sie weiter.«

»Das Glutbett. Da lag ein Paar drauf. Sie vögelten. Mit einer Heftigkeit …«

»Sie hatten also heftigen Sex?«

»Ich kam mir vor wie ein Eindringling. Hab weggeschaut. Und plötzlich sah ich die roten Neonbuchstaben durchs Fenster. *Svoboda. Freiheit.* Wie ein Hohn. Ich drehte mich um und wollte gehen. Da stand er auf einmal …«

»Der Oberst?«

»Ich wusste, wer er war, der Chef des *Svoboda,* aber ich hatte nie näher Kontakt mit ihm gehabt. Ein unmenschlicher Blick. Haiaugen. Er sagte: *Ich weiß, dass du drauf stehst.* Dann packte er meine Haare und drehte die zur Faust geballte Hand. Ich spürte, wie meine Haarwurzeln brannten, er schleifte mich zum Bett. Warf mich aufs Glutbett, riss mir die Kleider vom Leib und vergewaltigte mich. Brutal. Ich habe zur Frau neben mir rübergeschaut. Sie hatte lange rote Haare. Ich kann mich noch erinnern, dass sich unsere Blicke trafen.«

»Sie kann sich auch noch daran erinnern«, sagte Rita Ohlén.

»Was faseln Sie denn da?«, rief Molly.

»Sie ist eine meiner Patientinnen«, sagte Ohlén. »Gittan heißt sie.«

Blom verstummte. Diesen Kosenamen hatte sie schon mal gehört. Sam Berger hatte ihn erwähnt. Aber es gelang ihr nicht, einen Sinn hineinzubringen. Das Einzige, was Molly fühlte, war eine ungeheure Müdigkeit.

»Wir machen weiter«, sagte Rita Ohlén. »Wir können uns ja Zeit lassen. Die Vergewaltigung löste eine Krise aus, nehme ich an. Was passierte dann?«

»Ich erlitt einen Zusammenbruch«, erklärte Blom. »Die Säpo musste eingreifen und mich rausholen. Sie haben sich bloß ein paar stumme Handlanger geschnappt und dafür gesorgt, dass die anderen Angestellten alle zerstreut wurden, sodass ich auch verschwinden konnte, ohne dass es jemandem aufgefallen wäre. Ich brach zusammen und traf danach bewusst die Entscheidung, den ganzen Scheiß zu verdrängen und mit meinem Leben weiterzumachen.«

»Aber Sie konnten den ganzen Scheiß nicht verdrängen, nicht wahr?«

»Ach, Sie können mich mal«, knurrte Blom.

»Jaja«, sagte Ohlén. »Lassen Sie mich fortfahren. Die Razzia der Säpo im November 2002 war im Großen und Ganzen ein Misserfolg, genau wie Sie sagen, bedeutete aber doch einen heftigen Schlag gegen das *Svoboda*. Die Sache zog so weite Kreise, dass sie auch den Vorstand der Eigentümer des Lokals erreichte, der Njord Investment AB. Die meisten Vorstandsmitglieder waren durchaus damit einverstanden, dass das Kapital aus einer Art Geldwäscheunternehmen stammte, aber als das mit dem Bordell ans Tageslicht kam, verließen drei Mitglieder aus Protest den Vorstand. Man hat sich jedoch mit einer üppigen Entschädigung ihr Stillschweigen erkauft – Geld ist bekanntermaßen das Einzige, was bei einer bestimmten Sorte Mensch wirkt –, und der Säpo ist es nie gelungen, eine Verbindung zwischen dem *Svoboda* und der Njord herzustellen. Die Wellen legten sich, Njord konnte weiter in die schwedische Wirtschaft investieren. Und ihr ›S‹, Stefan Rodin, Stepanka, blieb am Ruder, bis er zehn Jahre später unter ungeklärten Umständen ums Leben kam. Allem Anschein nach hat er das verschwundene Geld niemals erwähnt. Vielleicht hat Stepanka bis zuletzt davon geträumt, dass Sie zurückkommen und seine Zukunft werden. Doch dann verschwand er von der Bildfläche und wurde ersetzt, ohne größere Proteste.«

»Durch wen?«, fragte Molly Blom atemlos.

44

Eine einzige Lampe brannte im Bootshaus, ganz schwach, nur auf den Tisch zwischen ihnen gerichtet. Er erinnerte sehr stark an einen Tisch in einem Vernehmungsraum. Abgesehen davon, dass hier eine der beiden Anwesenden mit Kabelbindern an ihren Stuhl gefesselt war.

»Das kannst du jetzt nicht wirklich ernst meinen, Sam«, sagte Deer und zog ein wenig an den Kabelbindern.

»Ich kann nicht riskieren, dass du fliehst«, erwiderte Berger.

Sie musterten sich gegenseitig im schwachen Schein der Lampe. Trotz der Situation lag kein Hass in der Luft, nur Kummer. Hier endete gerade eine große Freundschaft.

»Es ist einfach zu viel geworden«, fuhr er fort. »Erzähl, wie das angefangen hat.«

»Da hat nichts angefangen«, sagte Deer. »Du redest wirres Zeug, Sam.«

»Du bist Polizistin, Deer. Du hast eine Familie. Was hast du getan?«

»Nichts. Ich habe nur versucht, dir zu helfen und dich zu schützen. Mann, du bist wirklich die Undankbarkeit in Person.«

»Dann erzähl mir von deiner heimlichen Ermittlung«, verlangte Berger.

»Es gibt keine heimliche Ermittlung. Wovon redest du da bloß?«

»Und was hat Tompa dann so in Todesangst versetzt?«

»Tompa? Im Ernst?«

»Absolut im Ernst«, sagte Berger. »Vor ein paar Stunden war er kurz davor, mich mit seinem dämlichen kleinen Schießgewehr abzuknallen. Er hatte eine Todesangst wegen irgendwas, was du aus ihm herausbekommen wolltest. Was war das?«

»Das war ganz normale Polizeiarbeit, Sam.«

»Ganz normale Polizeiarbeit ...« Berger nickte. »Wenn ich jetzt also deinen Chef anrufe und nach der NOA-Ermittlung frage, in der Tompa *und Molly Blom* eine Rolle spielen, dann wird er mir bestätigen, dass das eine offizielle Geschichte ist?«

Deer zuckte zusammen, nur ganz leicht, aber merklich. Sie wandte den Blick ab. Berger schob ihr sein Handy zu. Sie betrachtete kurz das Bild ihres eigenen Schreibtischs im Präsidium. Berger zoomte das Foto einer jungen Molly Blom heran. Deer verzog das Gesicht.

Berger nahm das Handy wieder an sich und fuhr fort: »Tompa hat mir erzählt, dass du eine eigene kleine Privatermittlung am Laufen hast. Zu der gehören Molly und irgendeine Instanz, bei der Tompa das große Schlottern kriegt, ich würde mal auf Russenmafia tippen. Du tauchst nach achtmonatiger Abwesenheit bei mir auf und schickst mich zu einer Psychologin, die mir dann einen Auftrag mit einer Entführung gibt, die – wie sich herausstellt – von A bis Z inszeniert war. Und das Ganze scheint inszeniert worden zu sein, um Molly zu kriegen. Sie ist gekidnappt worden, Deer, und du hast etwas mit der Sache zu tun. Wie tief steckst du da mit drin? Bist du eine von den Entführern?«

Sam und Deer hatten viel zusammen durchgemacht, aber so eine Reaktion hatte er noch nie an ihr beobachtet. Sie wurde kreideweiß.

»Gekidnappt?«, wiederholte Deer schließlich.

»Wie du sehr gut weißt.« Berger betrachtete sie.

Deer saß ganz still. Die eigenartige Blässe blieb.

»Du hast Rita zugearbeitet, Deer. Rita hat mich angeheuert,

ich wiederum habe Molly ins Boot geholt, und jetzt haben Rita, Nadja, Ivan und sicher noch irgendwer meine Molly entführt, die Mutter meiner Tochter. Erzähl mir einfach, wo sie sind, dann kümmern wir uns später um den Rest.«

Der Blick, den sie ihm zuwarf, war von Deer und andererseits überhaupt nicht von Deer. Er war völlig leer. Es lag überhaupt nichts mehr darin.

»Aber …«, sagte sie nur.

»Wo ist Molly, Deer? Wie kann ich sie retten?«

Sie blickten sich an. Schließlich sagte Deer: »Aber das stimmt doch alles gar nicht.«

»Dann fang einfach an zu erzählen.«

»Es ist schon spät«, sagte Deer. »Meine Familie macht sich bestimmt Sorgen.«

»Meinst du nicht, dass *ich* etwas mehr Anlass habe, mir Sorgen um *meine* Familie zu machen?«

Deer starrte immer noch in die Luft.

»Deine Familie macht sich keine Sorgen.« Berger nahm Deers Handy aus der Innentasche. »Ich habe ihnen eine Nachricht geschickt, dass du heute Abend spät heimkommst. Johnny hat es entspannt aufgenommen. Er schickt dir einen Kuss-Smiley.«

Deer schaute auf ihr Handy, das zwischen ihnen auf dem Tisch lag. Berger sah ihren Blick, versuchte, ihn zu deuten. Früher hatte er so was wie das hier perfekt beherrscht, Leute verhören, aber vielleicht war er heute nicht mehr auf der Höhe. Auch auf diesem Gebiet. Er sagte: »Du scheinst ja noch dieselbe PIN zu haben wie früher.«

Deer schwieg. Ihr Blick hing an ihrem Telefon. Als würde er es festnageln wollen.

»Deine Notizen bin ich allerdings nicht durchgegangen«, fuhr Berger fort. »Ich weiß, dass du dein Handy wie ein klassisches Polizistennotizbuch benutzt. Es wird mich Stunden kosten, sie alle durchzuschauen. Du wirst da auf deiner Schreibtischseite sitzen, ich auf meiner, und ich werde dein ganzes *Scheißtelefon* durchschauen. Du *weißt,* dass ich was finden werde.«

Er zog ihr Handy zu sich herüber und begann, darauf herumzutippen.

»Warte«, sagte Deer.

»Warum?« Berger tippte weiter.

»Warte einfach. Ich muss überlegen.«

»Möchtest du einen Whisky, während du überlegst?«

Deer lachte.

»Wie sollte ich den denn bitte trinken?« Sie zog an den Kabelbindern.

»Ich kann dir das Glas an den Mund halten«, meinte Berger und legte das Handy aus der Hand.

Er ging zum Schrank neben dem Sofa und holte den Laphroaig heraus. Goss ihnen zwei kleine Gläser ein.

»Mund auf«, sagte er.

Deer machte den Mund auf und bekam einen kleinen Schluck Whisky. Sie schloss die Augen.

Berger ging auf seine Seite des Tisches zurück und nahm einen sehr kleinen Schluck. Er schloss die Augen nicht.

Dann sagte er: »Du bist der unegoistischste Mensch, den ich kenne, Deer. Du machst das hier nicht für dich. Es muss um etwas anderes gehen. Aber als du da so völlig grundlos bei dieser Liselotte de la Gardie aufgetaucht bist, war das Maß voll. Du warst eindeutig hinter Molly her. Du wolltest ihre Spuren verwischen. Die Sache vertuschen.«

»Einen größeren Schluck bitte«, sagte Deer.

Berger wiederholte die Prozedur. Diesmal fiel der Schluck wesentlich größer aus. Seiner auch. Er wartete. Wieder verging Zeit. Diesmal würde er ewig Geduld haben.

Dann sah es aus, als hätte Deer einen Entschluss gefasst. Sie schaute ihn fest an und sagte: »Ich versuche zu verstehen, was du meinst, was ich getan habe.«

»Du hast Molly an Rita Ohlén verkauft«, sagte Berger.

»Ist das dein Ernst?«

»Es sind zwei Entführungen. Die erste, die von Nadja, war ein Fake, inszeniert von Nadja Karlsson selbst, ihrem Freund Ivan Granström und ihrer Psychologin Rita Ohlén, die zufällig auch deine Psychologin war, Deer. Du hast mich auf diese getürkte Entführung angesetzt, indem du mich Rita in die Hände gespielt hast. Was Rita wiederum die Möglichkeit gab, eine andere Entführung zu arrangieren, die *richtige*. Die von Molly Blom. Bestimmt wollten Rita, Nadja und Ivan Molly aus der Deckung locken, nachdem sie fast neun Monate wie vom Erdboden verschluckt gewesen war. Sie war weg, das hat sie gebraucht. Aber ich habe keine Ahnung, warum.«

An irgendeiner Stelle in Bergers Antwort hatte es in Deers Augen gefunkelt, und nun versuchte er, sich zu entsinnen, wann genau das gewesen war. Jetzt saß sie schweigend da, wie versteinert. Sie starrte in die Luft, aber da war kaum noch ein Blick. Jedenfalls war er nicht mehr nach außen gerichtet.

Schließlich lachte sie. Sie lachte tatsächlich. Und dann meinte sie: »Gib mir noch einen Schluck Whisky.«

Berger schüttelte den Kopf.

»Wie war es möglich, dass du mich genau an Myrinas Geburtstag besucht hast? Woher wusstest du das? Hattest du mit Molly Kontakt, während sie weg war?«

»Ich war vor ungefähr acht Monaten im Krankenhaus dabei«, erklärte Deer. »Damals hat sie dir das Datum gesagt.«

Berger stieß einen tiefen Seufzer aus. Das stimmte tatsächlich, Deer hatte hinter ihm gestanden.

»Jetzt erzähl«, sagte er.

Deer holte tief Luft.

»Es hat mehrere Monate gedauert, bis ich mir eingestand, dass ich Ende letzten Jahres ganz schön viel eingesteckt habe. Irgendwann hat Johnny mich dazu überredet, mir Hilfe zu holen. Ich bin zur Polizeigewerkschaft gegangen und habe den Namen einer Person bekommen, die schon massenweise ausgebrannte Polizisten behandelt hatte. Sie hieß Rita Ohlén. Nach ein paar Sitzungen kamen wir darauf, was letzten November in Andalusien passiert ist. Von dir, Sam, hatte ich im Laufe der Therapie schon häufiger erzählt, aber das war das erste Mal, dass ich Molly erwähnte. Es war nicht zu übersehen, dass Rita irgendwie hellwach wurde, als die Sprache auf sie kam.«

Berger sah das Videogespräch im Bootshaus vor seinem inneren Auge, Rita Ohléns Gesicht auf dem großen Bildschirm. Ohléns Gesicht hatte sich jedes Mal aufgehellt, sobald sie an Molly dachte. Als er ihr erzählte, dass Molly zurückgekommen war, hatte sie geantwortet: »Das freut mich in vielerlei Hinsicht.«

»Weiter«, sagte er nur.

»Rita stellte ein paar Folgefragen«, sagte Deer, »die nicht so recht zur Therapie passten. Ich war mitten in einer Sitzung, die Tränen liefen mir über die Wangen, sie unterlag der Schweigepflicht und hatte ja schon unzählige ausgebrannte Bullen behandelt. Kann sein, dass ich das eine oder andere Wort zu viel gesagt habe, ich weiß es tatsächlich nicht mehr. Vielleicht habe ich gesagt, dass Molly weg war ...«

»Und dann hast du mich in ihre Fänge getrieben.«

Deer schaute ihm in die Augen, und es lag etwas unendlich Trauriges darin.

»Sie ist mit Abstand die Beste«, sagte sie. »Sie hat mir unglaublich gutgetan. Und du hast so entsetzlich ausgesehen, Sam, ich wollte bloß, dass du das Beste bekommst, was es gibt.«

Berger schüttelte den Kopf.

»Ich stimme dir zu, sie ist eine großartige Therapeutin. Aber ich kauf dir das so nicht ab, Deer. Du hattest einen Hintergedanken. Du musst mir jetzt wirklich alles erzählen, Mollys Leben hängt davon ab.«

Deer seufzte tief und sank ein wenig in sich zusammen.

»Ich habe Rita überprüft«, sagte sie. »Sie kümmerte sich nicht nur um Polizisten mit Burn-out, sondern auch um Opfer von sexuellen Übergriffen. Vielleicht gab es da irgendeine Verbindung zu Mollys Undercover-Vergangenheit. Ich habe heimlich bei einigen Bullen rumgefragt, die auch bei Rita in Behandlung waren, und stieß so auf ein nicht bestätigtes Gerücht über Molly.«

»Ein Gerücht?«, rief Berger verblüfft.

»Indirekte Quellen. Irgendein alter Bulle von der Säpo, der mittlerweile tot ist, hatte vor langer Zeit Leute bei einer Razzia in einem Lokal im Schlachthofviertel verhört.«

»Wie lange ist das her?«

»Vierzehn Jahre«, sagte Deer.

»Und was hat dieser tote Säpo-Bulle gesagt?«

»Nach meiner unsicheren Quelle ist eine sehr junge Molly in dieses Lokal eingeschleust worden. Sie ist einem Mafiaboss nähergekommen und war eventuell dabei, als der einen großen Batzen unterschlagenes Geld versteckt hat.«

Berger starrte sie an, bevor ihm die Frage einfiel: »Und warum sollte dieses Gerücht jetzt wieder von Belang sein?«

»Das war es nicht«, sagte Deer. »Ich ließ es darauf beruhen. Bis ich in einem anderen Zusammenhang auf zwei verstümmelte russische Wasserleichen stieß. Irgendeine Abteilung der Russenmafia schien Leute um jeden Preis zum Reden zwingen zu wollen. Es schien zu eskalieren. Ich musste einfach nachprüfen, ob das mit Molly zu tun hatte. Ich musste mich einfach an Mollys Fersen heften.«

Berger schwieg einen Augenblick, bevor er sagte: »Du wusstest, dass es der Geburtstermin unserer Tochter war. Die Wahrscheinlichkeit, dass Molly mit mir Kontakt aufnehmen würde, war groß. Du hast geahnt, dass Rita sich aufgrund dieses blöden Geldes für Molly interessierte. Du musstest sehen, ob Rita reagierte, um dich ›an Mollys Fersen zu heften‹. Du hast uns beide verraten und verkauft.«

»Bitte glaub mir doch, Sam«, flehte Deer. »Ich habe Rita

genommen, weil sie die Beste ist. Ich wusste nichts von irgendeiner Nadja. Ich wusste nicht, dass Rita dich mit einem Entführungsfall betraut hat. Und ich hatte keine Ahnung, dass Rita sich Molly schnappen würde, Mann. Weil Rita für mich die totale Lichtgestalt war. Ich wollte nur näher an die Geschehnisse herankommen. Und *vielleicht* als i-Tüpfelchen auch noch etwas näher an den lichtscheuesten, ältesten Teil der Russenmafia in Schweden. Der sich in der Welt der Großkonzerne versteckt. Aber damit konnte ich bei meinen Vorgesetzten nicht landen. Conny Landin meinte, ich halluziniere bloß. Ich musste also in aller Heimlichkeit ermitteln.«

Deer verstummte. Sie zerrte an den Kabelbindern, die an der Stuhllehne befestigt waren. Berger meinte, etwas Blut an ihren Handgelenken zu entdecken. Er kam sich vor wie ein gemeines Aas.

Deer offensichtlich auch. Sie nickte, während sie seinen Blick mied. Ohne die Augen vom Tisch zu heben, sagte sie: »Ich hätte dich einweihen sollen, Sam.«

Berger kratzte sich wild den Kopf und antwortete: »Du hast also ein Gerücht gehört, dass Molly illegal über irgendwelche Mafiagelder Bescheid weiß – in dem Fall hast du als Polizistin reagiert. Aber als was reagierte Rita Ohlén? Als Verbrecherin, die eine Chance wittert, sich Millionen von pechschwarzen Mafiakronen unter den Nagel zu reißen? Ist das die Rita Ohlén, die du kennst, Deer? Ist sie ganz einfach ein gieriger Mensch?«

»Leben wir nicht in einer Zeit, in der die Gier alle lockt?«

»Natürlich«, sagte Berger. »Aber in Ritas Fall wäre es schon sehr *out of character*.«

»Wenn Rita das Geld finden würde, würde sie es wahrscheinlich für wohltätige Zwecke spenden oder so was.«

»Du hast mich ausgenutzt, Deer. Du hast mich angelogen.«

»Ich wollte doch nur Molly beobachten, nachdem sie ihr Kind bekommen hatte und sich ein neues Leben aufzubauen versuchte. Sie durfte nicht wieder verschwinden. Und wenn sie überhaupt noch mal zu diesem versteckten Schatz zurückgehen sollte, dann war jetzt der Zeitpunkt, jetzt, wo sie ein neues Leben anfangen wollte. Dann hätte ich sie gut im Blick gehabt, dank dir. Denn Molly hat *gegen das Gesetz verstoßen*, das ist dir schon klar, oder? Sie hat dem Staat etwas vorenthalten, dessen Wert sich der Legende nach auf über hundert Millionen Kronen beläuft. Ich könnte das Geld finden und Molly gleichzeitig raushalten.«

»Ach komm«, sagte Berger.

»Ich hab doch gesagt – die ganze Zeit muss ich euch aus irgendwas retten.«

»Dein Altruismus ist wirklich herzzerreißend, Deer. Dass du wahrscheinlich meilenweit an deinem Erzfeind Tommy Sandlin vorbeibefördert werden würdest, wäre da natürlich ein reiner Nebeneffekt.«

»Conny Landin«, murmelte Deer.

»Aber zurück zu Rita Ohlén«, sagte Berger. Er holte ein Messer aus der Tasche und durchschnitt die Kabelbinder. »Hat sie wirklich genauso edle Motive wie du? Wohltätige Zwecke?«

Deer seufzte und schaute auf ihre mittlerweile blutigen Handgelenke.

»Ich glaube, dass Rita ebenso mit Herz und Seele Therapeutin ist, wie du und ich und Molly Polizisten sind. Sie will *heilen*.«

»Heilen?«

»Ich habe sie als Polizeipsychologin kennengelernt«, sagte Deer. »Aber deine Nadja ist ja wohl einem Sexualverbrechen zum Opfer gefallen?«

»Dann würde Rita das Geld von Molly nehmen und es Nadja geben?«

»Wohl kaum nur Nadja«, meinte Deer.

»Julia«, sagte Berger atemlos. »*Best friends forever*. Auch eine Überlebende aus dem *Svoboda*. Verdammt, Rita hat die ja richtig *gesammelt*. Und jetzt sollen sie ihre rechtmäßige Entschädigung bekommen.«

Berger beugte sich vor und küsste Deer auf die Stirn. Sie schüttelte sich wie ein nasser Hund.

»Und, wie genau geht es jetzt weiter?«, fragte er.

»Haben sie Molly wirklich entführt?«, fragte Deer zurück.

»Daran habe ich mittlerweile keinen Zweifel mehr.« Berger war selbst überrascht von seinem Enthusiasmus. »Wir wissen, dass sie mindestens zu viert sind: Rita, Nadja, Julia und Ivan. Sie wollen Molly dazu bringen, dass sie ihnen erzählt, wo das Geld ist. Wir haben keine Ahnung, wo sich diese Gang aufhält, aber Rita muss die Sache ganz genau geplant haben. Schließlich müssten sie im Erfolgsfall Unmengen von Bargeld aus dem Land schaffen und sie auf ein heimliches Offshore-Konto einzahlen. Sie müssen sich eine Reihe falscher Identitäten besorgt haben, wahrscheinlich an ganz verschiedenen Orten in der Welt. Gibt es wirklich nirgendwo die winzigste Spur?«

Deer hatte kaum Einblick in diesen Teil des Falles. Die Frage war daher so gut wie rhetorisch, und er erwartete keine Antwort. Trotzdem bekam er eine.

»Vergisst du nicht eines, Sam?«

»Was?«

»Gleichzeitig ist eine der übelsten Mafiaabteilungen, die mir jemals untergekommen ist, hinter dem Geld her. Alle, die in diese Geschichte verwickelt sind, schweben in akuter Lebensgefahr.«

»Verdammt«, sagte Berger. »Und damit nicht genug …«

»Was denn noch?«

»Wenn Ritas Amateurbande die Mafia um mehrere Millionen prellen will, dürfen sie keine Spuren hinterlassen. Molly ist eine Spur. Wenn diese Sache hier wirklich so gut geplant ist, wie wir glauben, darf es am Ende keine losen Fäden geben.«

Berger musterte Deer. Sie runzelte die Stirn, aber da lag

noch etwas anderes in ihrem Blick. Eine unerwartete Energie. Er versuchte, sich noch einmal in eine strikte Vernehmungssituation zu versetzen, ihren Blick, ihre Miene bis ins kleinste Detail zu analysieren. Hier stimmte irgendetwas nicht.

»Fuck«, sagte er.

»Was?«, sagte sie.

»Du hast doch ein Ass im Ärmel«, meinte Berger.

»Was meinst du?«

»Ich habe gesehen, wie es in deinen Augen geleuchtet hat, als ich die Liste der potenziellen Kidnapper aufgezählt habe. Nadja, Rita, Ivan. Was hast du noch?«

Deer atmete tief durch und sagte: »Ivan der Schreckliche.«

»Bitte wie?«

»Ich habe Ivan Granström verhaftet«, sagte Deer.

45

Molly Blom schlug die Augen auf und wurde vom unerwartet offenen Lächeln einer braunhaarigen Frau begrüßt. Auf dem Stuhl hinter ihrem Bett saß nicht mehr Rita Ohlén. Es war Nadja Karlsson.

»Entschuldigung«, sagte sie und nahm Mollys Hand.

Molly blinzelte heftig und versuchte aufzunehmen, was sie sah.

»Nicht nur für den Keller«, fuhr Nadja fort. »Für alles.«

»Für den Keller?« Molly steckte immer noch zur Hälfte in ihrem herrlich traumlosen Schlaf.

»Dass wir Sie dort gekidnappt haben.«

Einen Augenblick lang war es ganz still. Sie schauten sich in die Augen. Erkannten sich selbst ineinander. Trotz allem.

»Ich erkenne Sie tatsächlich wieder«, sagte Nadja. »Aus dem *Svoboda*. Sie haben da mal vorübergehend im Büro gearbeitet.«

»Ich habe Sie leider nicht wiedererkannt«, sagte Molly.

Ihr Blick fiel auf Nadjas Arm. Man sah ein schwarzes Band, das um den Oberarm lief, direkt unter dem Ärmel ihres T-Shirts.

»Trauern Sie um jemanden, Nadja?«

Nadja lächelte bekümmert und nickte.

»Um Julia.«

»Julia Berglund? Ihre *best friend forever*?«

»*Forever* ist jetzt doch kürzer ausgefallen, als wir uns gedacht hatten.«

»Was ist passiert?«

»Sie sollte an einem sicheren Treffpunkt zu uns stoßen. Aber sie ist nie dort aufgetaucht. Da wussten wir Bescheid.«

»Dass man sie gefangen genommen hat?«

»Dass sie uns näher auf den Fersen sind, als wir vermutet hatten.«

Molly spürte sofort wieder den Ruck in ihren Haarwurzeln. Sie wurde zu einem glühenden Wasserbett geschleift. Der Ekel war geradezu körperlich.

Ich weiß, dass du drauf stehst.

»Dann können die hier jeden Augenblick reingestürmt kommen?«

Es war ein so lauter, entsetzter Ausruf, wie Molly ihn in ihrem Zustand eben zustande bringen konnte. Doch Nadja schüttelte den Kopf.

»Ich kenne Julia«, sagte sie. »*Kannte* sie. Sie hätte niemals geredet, ganz besonders nicht bei ihm. Außerdem weiß nur Rita von diesem Haus hier, und er kann gar nichts von einer Verbindung zwischen Julia und Rita ahnen. Aber ich habe Julia verloren. Sie war so flatterig, mit ihren ganzen heimlichen Drinks immer, ist nie so richtig aus der *Freiheit* rausgekommen. Hat nie kapiert, dass der einzige Weg nach draußen in der Selbstdisziplin liegt. Aber jetzt hätte sie ihre Chance bekommen sollen. Wir hätten zusammen gewohnt, sie und ich und Ivan. Ich kann aber nicht verraten, wo.«

»Nicht bei ihm?«, wiederholte Molly. »Reden wir hier vom *Oberst*?«

»Ja«, nickte Nadja. »Julia war kurz mit ihm verheiratet.«

»Wie bitte?«, fragte Molly. »Sie hat den Oberst geheiratet?«

»Man könnte es wohl eine Zwangsehe nennen. Ich weiß nicht genau, was er gegen sie in der Hand hatte, aber sie hat ihn nicht gerade freiwillig geheiratet.«

»Wie lange waren die beiden verheiratet? Und wann?«

»Nur ein Jahr«, sagte Nadja. »Dann deutete sie an, dass sie ein Schlupfloch gefunden hätte, und vor ein paar Monaten haben sie sich scheiden lassen. Sie waren oft auf Reisen, aber ihr Haus in Akalladalen hat Julia immer behalten. Wenn sie dort war und ich gerade nicht arbeitete, haben wir uns getroffen. Die Ehe tat Julia nicht gut, das habe ich ihr ganz deutlich angesehen. Aber jetzt war sie frei.«

»*Freiheit* …«, sagte Molly erstaunt.

»Sie ist jedenfalls freier als damals, als sie mit ihm zusammen war.«

Schweigen breitete sich im Keller aus. Noch immer bewegte sich etwas hinter den halb transparenten Vorhängen.

»Und Julia und Ivan und Sie hätten dann irgendwo im Ausland zusammengewohnt?«

»So hatten wir es vor, ja.«

»Ist er hier?« Molly deutete mit einem Nicken zum Vorhang. »Ist Ivan bei Ihnen?«

Nadja schüttelte den Kopf.

»Er ist zu sensibel. Das ist genau das, was ich an ihm liebe. Der Druck ist zu groß geworden für ihn. Wir sehen uns hinterher, wenn alles vorbei ist.«

»Wie meinen Sie das?«

Nadja lächelte schwach und schaute Molly in die Augen.

»So fragt nur ein echter Bulle, Molly.«

Molly Blom musste tatsächlich laut lachen.

»Wollen Sie mir von Ivan erzählen?«, bat sie stattdessen.

Nadja lächelte und schüttelte den Kopf.

»Es war ganz komisch. Total unerwartet. Ich hatte mich schon damit arrangiert, für immer allein zu bleiben. Wissen Sie, ich musste alles immer so im Griff haben, dass es in meinem Leben gar keinen Raum mehr für die Liebe gab. Eines Tages sollte ich im Södersjukhuset putzen. Ich war im Zimmer eines Patienten, der im Suff gestürzt war, glaube ich. Gehirnerschütterung. Er hat mich wiedererkannt und begann, mit mir zu reden. Erst da erkannte ich ihn auch wieder. Es war Ivan der Schreckliche.«

»Der Schreckliche?«

»Im *Svoboda* haben sie ihn so genannt, aber das war ein bösartiger Witz. Er war überhaupt nicht schrecklich, er war ganz unten in der Hierarchie, hat die Toiletten geputzt, den Müll rausgetragen, Kotze aufgewischt, diese Scheißwasserbetten sauber gemacht.«

»Das Glutbett«, sagte Molly. Nadja schaute sie kurz fragend an, bevor sie fortfuhr: »Er war total heruntergekommen und so weit entfernt von meiner geordneten Welt, wie ein Mensch nur sein kann. Trotzdem hatte er irgendwas, einen Humor, eine Wärme. Man kann die Liebe nicht hinterfragen, sie kommt einfach. Wahrscheinlich war ich auch irgendwie bereit. Wir waren beide beschädigt durch unsere Vergangenheit, aber wir konnten unsere Albträume verwandeln in … ja, in Liebe.«

»Auch im Keller seiner Hütte?«, fragte Molly.

»Ja«, sagte Nadja. »Es wäre sinnlos, wenn ich versuchen würde, das zu erklären. Es würde sich einfach nur krank anhören.«

»Versuchen Sie es.«

»Wir haben ja in der Hütte da oben gewohnt. Aber der Keller war so perfekt. Ivan fühlte sich da unten an irgendeinen Lavatunnel auf Island erinnert, in dem er mal in die absolute Dunkelheit gestarrt hatte. Ab und zu ging ich in den Keller, zündete eine Kerze an und wartete auf ihn. Es war schon irgendwo romantisch, aber ich hatte auch Angst. Dann kam er runter, nackt, und wir hatten den besten Sex meines Lebens.«

Molly beobachtete Nadja. Das zaghafte, nach innen gerichtete Lächeln. Sie bemerkte ihre Halskette mit Anhängern, die aussahen wie Achtelnoten.

»Und wie steht es mittlerweile mit Ihren Albträumen?«, fragte Molly.

Nadja suchte nach einem Stück Holz und klopfte kräftig darauf.

»Weg«, sagte sie. »Im Moment jedenfalls. Ihre werden

auch verschwinden, Molly. Sobald Sie uns verraten haben, wo das Geld ist.«

Molly lächelte. Es war seltsam. Sie war ein Entführungsopfer, man hielt sie gefangen, aber es fühlte sich überhaupt nicht so an. Vielleicht war es nur der Drogennebel, aber sie fühlte sich dieser Frau wirklich nah.

Nadja stand auf, beugte sich vor und umarmte sie. Ihre Infusionsschläuche hinderten Molly daran, die Umarmung richtig zu erwidern. Stattdessen sagte sie: »Darf ich Sie was fragen?«

»Natürlich«, antwortete Nadja und richtete sich wieder auf.

»Ich muss sagen, dass Sie sehr viel besser sprechen, als Sie schreiben.«

Nadja lachte laut auf.

»Sie meinen wegen dem Brief mit der Lösegeldforderung?«, fragte sie. »Ach was, das war doch bloß ein Fake. Rita Darling meinte, dass ein paar Rechtschreibfehler den Eindruck des unschuldigen Opfers verstärken würden.«

»Dann war Rita also dabei, als Sie den Brief geschrieben haben?«

»Nein«, sagte Nadja. »Den haben Ivan und ich zusammen geschrieben. Bei Kerzenlicht im Keller. Wir haben uns kaputtgelacht dabei.«

46

Erst im Auto fragte Berger: »Warum zum Teufel hast du Ivan Granström verhaftet?«

Deer hielt sich in den Kurven fest und antwortete: »Es ging um eine Razzia im *Svoboda* vor vierzehn Jahren. Die Säpo hatte es über ein paar Monate infiltriert, nicht länger, und dann folgte plötzlich eine schlampig vorbereitete Razzia. Die Vernehmungsprotokolle sind offensichtlich vernichtet worden. Deswegen habe ich deinen und meinen alten Informanten Tompa gebeten, die Verhörten von damals einen nach dem anderen zu suchen – ich musste wissen, was sie wussten. Der Letzte war dann verschwunden. Ivan Granström. Am Ende tauchte er durch einen Geldautomaten am Hauptbahnhof auf. Ich hatte nämlich seine Bankkarte überwachen lassen und habe direkt in seiner Wohnung im Zentrum von Tyresö zugeschlagen. Dahin ist er nämlich noch einmal zurückgekehrt.«

»Verstehe«, sagte Berger. »Aber warum hast du ihn verhaftet?«

»Ach, verdammt«, erwiderte Deer und verzog das Gesicht. »Ich musste eben irgendwas aus dem Hut zaubern.«

»Doch wohl keine Drogen?«

»Das wäre das Naheliegendste gewesen. Aber es wurde dann Waffenbesitz.«

Das Gespräch versickerte. Es war zehn Uhr abends, als der Firmenwagen in der Floragatan vorfuhr und auf einem Behindertenparkplatz abgestellt wurde. Deer folgte Berger durch die imposante Haustür.

Molly Bloms Adoptivmutter Nora Steen, gerade aus Äppelviken hergezogen, machte ihnen auf. Sie war nicht sonderlich überrascht. Doch sie ließ sie nicht herein. Sie hatte die kleine Myrina an ihrer Schulter und hörte Berger aufmerksam zu. Offenbar hatte sie es bei ihrem letzten Besuch so interpretiert, dass er Mollys Freund und der Vater ihrer Tochter war, und das auch akzeptiert.

»Es ist so schön, sie wiederzusehen«, sagte Berger und strich Myrina sanft über den Kopf. »Danke, dass du so einspringst, Nora.«

»Wo ist Molly?«, fragte die Großmutter.

»Genau das wollte ich dir mitteilen«, sagte Berger. »Sie muss heute Abend länger arbeiten. Es ist geheim, das verstehst du sicher.«

Nora Steen nickte. Sie hatte sich bereits ein bisschen an diese Welt gewöhnt, in der man »am Abend länger arbeitet«. Dann wandte sie den Blick zu Deer: »Und wer ist das?«

Deer hielt ihr die Hand hin und stellte sich vor, nachdem Berger ihr signalisiert hatte, dass das okay sei.

»Kommissarin Desiré Rosenkvist«, sagte sie und zeigte sogar ihren Dienstausweis.

»Deer ist Mollys und meine allerbeste Freundin«, ergänzte Berger. »Du kannst dich hundertprozentig auf sie verlassen.«

Nora nickte kurz und lächelte noch kürzer.

Es war das erste Mal, dass Deer Myrina zu sehen bekam. Während Nora und Berger ein paar praktische Details besprachen – wie viel Milch Molly noch im Kühlschrank gelagert habe und wie lange die für gewöhnlich so halte –, musste Desiré der Versuchung widerstehen, Myrina über die dicken braunen Haare zu streichen. Nora sah es und sagte: »Mach ruhig, Desiré.«

Und da streichelte Deer Myrina zärtlich über den feinen Schopf. Ein ganz natürliches Lächeln breitete sich auf ihren Lippen aus. Dann verabschiedeten sie sich, und Nora Steen zog die dicke Tür hinter sich zu. Berger und Deer hörten mindestens ein Sicherheitsschloss klicken, vielleicht sogar das Einschalten einer Alarmanlage.

Anschließend fuhren sie von Östermalm nach Kungsholmen. Vor dem dunkelblauen Himmel der Spätsommernacht erhob sich mächtig das Stockholmer Polizeigebäude. Die denkmalgeschützten Bauten waren beleuchtet und erinnerten an ein Empire-Schloss. Wenn man jedoch auf der anderen Seite in der Bergsgatan um die Ecke bog, wie Berger und Deer es jetzt taten, wurde einem das ganze Blickfeld von versiffter Siebziger-Jahre-Architektur verdorben.

Das war das Untersuchungsgefängnis Kronoberg. Obwohl die Gefängniswachen sich ablösten, gelang es Deer ohne größere Schwierigkeiten, Berger mit in den innersten Flur zu schmuggeln. Die letzte Wache schaute durchs Guckloch in die Zelle und nickte. Deer hielt ihn zurück, bevor er ihnen aufschloss.

Der Mann, der fast manisch in der Zelle auf und ab lief, sah seltsam bekannt aus, nur fehlte sein weinrotes Käppi. Was neu war, war sein Blick – rein, klar und … gehetzt.

Deer und Berger schauten nacheinander durch das Guckloch. Man konnte keine unmittelbaren Schlussfolgerungen aus seiner Nervosität ziehen. Höchstwahrscheinlich lag es aber doch am Entzug. Es war noch nicht so lange her, dass Ivan Granström sich aus seinem langjährigen Drogenmissbrauch befreit hatte, noch nicht lange genug, um wirklich auf sicherem Boden zu stehen. Aber waren es wirklich nur die Drogen?

»Wer willst du sein?«, fragte Berger.

»Wir heißen jedenfalls beide ›Cop‹ mit Nachnamen«, antwortete Deer.

»Irgendwie kommt es mir passend vor, dass ich Bad bin«, meinte Berger.

»Dann kann ich ja Good spielen«, sagte Deer.

Sie ließen sich von der Wache aufsperren und schlüpften

in die kleine Zelle. Kurz darauf hörten sie, wie hinter ihnen wieder zugesperrt wurde.

»Alles cool, Ivan«, sagte Deer mit ihrer beruhigendsten Stimme. »Ich bin es, Desiré.«

»Und wer ist er?«, fragte Ivan mit belegter Stimme, aber sehr aufgewühlt.

»Ein guter Freund. Sam. Er will ein bisschen mit Ihnen reden. Und wie gesagt – Sie brauchen keine Angst zu haben, das verspreche ich Ihnen.«

»Sie haben kein Recht, mich mehr als vierundzwanzig Stunden festzuhalten.«

»Da müssen Sie sich wohl noch ein bisschen besser einlesen«, sagte Berger. »Das mit der U-Haft ist eine komplizierte Angelegenheit.«

»Aber ich muss hier raus«, sagte Ivan hilflos.

»*Das* interessiert mich jetzt«, erwiderte Berger. »Wieso *müssen* Sie raus, Ivan?«

Ivan Granström starrte ihn an und schüttelte energisch den Kopf, als müsste er überhaupt erst mal richtig wach werden.

Und erst da sah er aus wie der vermeintliche Meisterschütze von der Überwachungskamera in Akalladalen, den Nadja scheinbar auf der Straße hatte ermorden wollen. Es fehlte wirklich nur das weinrote Käppi. Dann schien Ivan auf einmal von einem gnadenlosen Grauen gepackt zu werden.

»Ich bin nicht von der Mafia«, sagte Berger testweise.

Ivan betrachtete ihn mit aufgerissenen Augen.

»Waren Sie dabei, als Ihre Komplizen Molly Blom entführt haben?«, fragte Berger.

Ivan hatte sich jetzt wieder erholt und fragte zurück: »Was reden Sie denn da für einen Scheiß?«

Berger schaute ihn etwas schärfer an.

»Wie soll Nadja Sie kontaktieren?«

Ivan antwortete nicht. Sein Blick irrte hin und her, und er

begann, wieder in der Zelle auf und ab zu wandern. Doch zuvor hatte Berger ein Zucken in seinen Augen entdeckt, das Gutes verhieß.

»Desiré«, sagte Ivan und lief weiter auf und ab. »Wer ist dieser Mann? Er ist gefährlich, warum haben Sie den mit in meine Zelle geschleppt?«

»Sam ist ein guter Vernehmungsleiter«, sagte Deer ruhig. »Und wir wissen alle, dass Sie lügen. Vielleicht kriegt er ja die Wahrheit aus Ihnen raus. Obwohl er es auf die harte Tour machen wird. Ich bin ja mehr fürs Sanfte – mit mir können Sie auch sprechen.«

»Ich hab nicht gelogen«, brüllte Ivan.

»Sie haben auf jeden Fall nicht die Wahrheit gesagt«, gab Deer ruhig zurück.

»Kommen Sie, ich will Ihnen mal was zeigen«, sagte Berger und hielt sein Handy hoch.

Deer führte ihn zu Berger. Ihre weibliche Berührung hatte eine beruhigende Wirkung auf ihn. Ivan schaute auf Bergers Display: Es war die Aufnahme aus der Überwachungskamera in Akalladalen. Nadja im Auto, die Entführung. Berger ging genau an der Stelle auf Pause, als der Mann mit dem weinroten Käppi die Kamera kaputt zu schießen schien.

»Netter Schuss«, sagte Berger.

Ivan starrte auf das Standbild. Als wollte er den Film noch einmal anschauen.

»Haben Sie den denn noch nicht gesehen?«, fragte Berger. »Ihre große schauspielerische Leistung. Ganz schön fies von Rita, Ihnen das nicht zu zeigen.«

»Ich weiß nicht, wovon Sie reden«, sagte Ivan.

»Genau diese Antwort ist immer das sicherste Anzeichen dafür, dass jemand lügt«, sagte Berger und zoomte den Mann mit dem weinroten Käppi heran. Dann reichte er Ivan das Handy, der es mit widerstrebender Faszination betrachtete. Berger spielte den Film noch einmal ab.

»So ein Käppi hab ich überhaupt nicht«, sagte Ivan.

»Nicht mehr, stimmt«, sagte Berger »Das lag in der Hütte. Jede Menge DNA von Ihnen drauf. Ganz zu schweigen vom Sand. Dem Sand vom Eyjafjallajökull. Ein großer Teil davon sind Hautschüppchen von Ihnen.«

»Ich weiß nicht, wovon Sie reden, ich ...«

»Jaja«, fiel ihm Berger ins Wort. »Also, ich kann so nicht mehr weitermachen. Wir können das Pferd ja andersrum aufzäumen, Ivan. Erzählen Sie mal von Island.«

Ivan schaute ihn von der Seite an und sagte: »Island war gut. So ein Sozpäd-Mädel, frisch von der Uni, hat mich da reingebracht. Die Isländer waren *zu* gut, die schafften es echt, mich zu heilen. Da bin ich abgehauen. Ich hatte Brennivín versteckt. Genau in dem Moment kam dieser blöde Vulkanausbruch. Ich war sicher, dass ich sterben würde. Ich hab die Sterne nicht mehr gesehen.«

»Sie haben die Asche dieses Vulkanausbruchs mitgenommen ...«

»Zur Erinnerung. Daran, dass ich auf Island clean geworden bin. Ich bin richtig clean geworden. Und lange clean geblieben. Eine Weile hatte ich sogar einen richtigen Job. Dann tauchte ein alter Kumpel auf, und ich ... ich weiß nicht ... ich bin ...«

»Und warum *My Little Pony*?«, fragte Berger.

Es dauerte eine Weile, bis der Groschen fiel. Dann nickte Ivan Granström.

»Das war von meiner kleinen Schwester. Die war oft in der Hütte mit Oma und Opa. Sie ist an einem Gehirntumor gestorben, das war echt ätzend. Nachdem Oma und Opa auch gestorben waren, gehörte die Hütte mir, und ich wollte den Block nicht wegschmeißen. Er ist meine einzige Erinnerung an Sonja.«

Berger nickte und sagte: »Und jetzt erzählen Sie uns von Nadja.«

Ivan starrte ihn eine Weile an. Dann begann er: »Ich weiß nicht, ob Sie auch nur einen Schimmer davon haben, wie mein Job im *Svoboda* aussah. Wie die mich da gemobbt haben, Mann. Ivan der Schreckliche, Aufwischer der Kotzfluten. Die Tage, an denen ich mal keine Prügel bezog oder angepisst wurde, waren echt Glückstage. Am allerschlimmsten war dieser Scheißoberst. Gott, wie ich den hasse. Eines Nachts kam er aus dem Klo im *Svoboda* und hat mich gepackt, an den Haaren hier im Nacken gepackt, und so hat er mich ins Klo geschleift und gebrüllt: *Meinst du, dass es hier so aussehen soll, hä?* Die Kloschüssel war total zugeschissen, so durchfallmäßig, und er hat mein Gesicht in die Scheiße gedrückt und mich da festgehalten, bis ich unter Wasser gekotzt habe. Und dazu hab ich ihn sagen hören: *Ich weiß, dass du drauf stehst.*«

Berger hielt inne und musterte Ivan Granström. Das war ein Mann, der sich vor dem Bösen geschlagen gegeben hatte. Drogen waren da nur die logische Konsequenz gewesen.

»Wer ist der Oberst?«, fragte Berger zum Schluss.

»Der Chef vom *Svoboda*«, murmelte Ivan. »Derböseste Mensch, den es gibt.«

»Und Nadja war damals auch dort?«, fragte Berger.

»Nadja war eine von den Netten. Ich mochte sie schon damals, aber ich weiß nicht, ob sie mich da so richtig wahrgenommen hat. Als wir uns dann im Krankenhaus wiederbegegnet sind, konnte sie sich schon an mich erinnern ...«

»Sie waren abhängig, als Sie sich begegnet sind, oder?«

»Nadja hatte es satt, dass ich immer high war. Sie dachte, sie könnte mir helfen. Wenn ich wollte.«

»Und Sie wollten?«

»Sie hatte eine Gruppe von alten Freunden. Julia hab ich auch wiedererkannt. Julia war im *Svoboda* ziemlich wild gewesen, deswegen war ich überrascht, dass sie noch am Leben war. Otilia war auch da, und Gittan. Wie ein komischer Traum. Und dann noch eine Psychologin. Rita. Furchtbar effektive Frau. Das hat keine Viertelstunde gedauert, da hatte sich mich auch schon in dieser Entzugsklinik untergebracht, Nämndemansgården hieß die. Und diesmal war ich absolut entschlossen, es zu schaffen. Diese Frauen, *meine Engel*, haben mir das Leben gerettet. Die haben mich aus der Scheiße gezogen.«

Otilia, dachte Berger mit einer gewissen Besorgnis. Aber er blieb in seiner Rolle.

»Und dieser Plan jetzt? Sie wissen doch bestimmt noch mehr darüber?«

Ivan Granström hielt inne. Er musterte Berger. Dann sagte er: »Ich weiß nicht, wovon Sie …«

Ivan verstummte, und Berger suchte die richtige Dramaturgie für den Abschluss.

»Sie wissen, wo *Ihre Engel* sind.«

»Nein«, sagte Ivan. »Ich schwöre, ich habe keine Ahnung.«

»Deswegen rennen Sie hier auch auf und ab wie ein Gespenst, das keine Ruhe findet«, meinte Berger. »Sie haben Ihnen das Blaue vom Himmel versprochen. Aber Sie müssen sie ja auch kontaktieren können. Irgendwo gibt es also ein Handy. Sie gehen schier kaputt, Ivan, weil Sie nicht an Ihr Handy kommen. Sie suchen einen Ausweg, denn der führt direkt ins Paradies.«

»Ich weiß nicht, wovon Sie reden«, erwiderte Ivan mit Nachdruck.

»Weil Sie es jetzt verstanden haben, oder? Sie haben endlich verstanden, wie viel auf dem Spiel steht?«

»Ich scheiß drauf. Ich will Nadja wiedersehen, ich will mit ihr leben. Auf den Rest scheiß ich.«

Berger hielt inne. Er hatte einen Treffer gelandet, jetzt drehte er sich um und überließ Deer den Rest. Er hörte sie mit gedämpften Stimmen sprechen. Hörte, wie Deer aus vollem Herzen den *Good Cop* spielte. Und sammelte sich für den bösen Höhepunkt seines *Bad Cop*-Auftritts.

Als er hörte, wie das leise Gespräch hinter ihm verebbte, drehte er sich um und sagte: »Sie wissen, dass Sie hier nie wieder rauskommen werden, Ivan. Sie werden hier drin verfaulen.«

»Ich weiß nicht, wovon Sie …«, begann Ivan, doch Berger hatte noch seinen Trumpf im Ärmel.

»Im Gefängnis werden Sie wieder anfangen, Drogen zu nehmen, Ivan. Sie können genauso gut gleich damit anfangen. Sich ein bisschen Trost verschaffen. Hier, ich habe ein paar Schuss feinstes Heroin dabei. Mit Fentanyl gestreckt. Sie können gleich einen Schuss haben. Ich helf Ihnen sogar beim Spritzen.«

Berger schob die Hand in die Jackentasche. Ivan warf sich gegen die Tür, kratzte daran, schrie laut.

»Die Wachen werden Ihnen nicht helfen, Ivan«, sagte Berger und machte einen Schritt auf ihn zu. Er sah deutlich, wie die Polizistin in Deer eingreifen wollte. Wie sie mit ihrem inneren Bullen rang. Wieder.

»Desiré«, schrie Ivan. »Helfen Sie mir.«

Deer machte die Augen zu. Dann schlug sie sie wieder auf und sagte: »Ich kann Ihnen helfen, Ivan. Aber dazu müssen Sie mir die Wahrheit sagen.«

Ivan schrie weiter. Berger war jetzt bei ihm, packte ihn am Arm.

»Ich weiß nichts von irgendeinem Plan«, brüllte Ivan.

»Dann geben Sie mir was anderes«, schrie Berger.

Ivan starrte ihn mit panisch aufgerissenen Augen an. Da schob sich Deer an Berger vorbei und sagte sanft: »Wenn Sie erzählen, was Sie wissen, wird alles gut, Ivan. Kommen Sie, setzen wir uns.«

Ivan beruhigte sich allmählich. Deer führte ihn behutsam zur Pritsche, Berger trat beiseite.

Good Cop, Bad Cop, dieses Spiel beinhaltete auch immer ein gewisses Risiko. Deer tröstete Ivan. Er weinte jetzt, die Tränen strömten nur so über seine Wangen. In jedem anderen Zusammenhang hätte sich Berger wie ein absolutes Aas gefühlt.

Aber nicht jetzt. Jetzt stand zu viel auf dem Spiel.

Schließlich fand der bis ins Mark aufgewühlte Ivan Granström seine Sprache wieder.

»Ich muss an einen Ort, an dem ein Handy hinterlegt ist«, schniefte er. »Rita soll mich darauf anrufen und mir sagen, was ich machen soll. Die Nummer, von der sie anruft, ist die einzige, die im Adressbuch gespeichert ist.«

Deer tätschelte ihm weiter den Arm.

»Wo ist das Handy?«, fragte sie geduldig.

»In einer Kommodenschublade in Otilias Haus«, antwortete Ivan Granström.

47

Molly Blom hatte keinen Schimmer, wie spät es war. Sie wusste, dass sie geschlafen hatte – in der Tat ein ungewöhnlich traumloser Schlaf –, und wieder sah sie die vagen Bewegungen hinter dem Schleier. Das Licht war schwach, schien hauptsächlich von den Monitoren der Computer zu kommen.

Da glitt Rita Ohlén hinter dem Vorhang hervor, lächelte und setzte sich auf den Hocker neben Mollys Bett. Sie drehte den Tropf ein wenig auf und sagte: »Es wird wohl Zeit, dass wir unsere Unterhaltung fortsetzen.«

»Die Folter besteht also auch darin, dass Sie mich auf die Folter spannen?«

»Ich weiß ehrlich gesagt nicht mehr, wo wir waren«, sagte Rita Ohlén.

In diesem Augenblick hätte Molly sie am liebsten umgebracht. Aber sie riss sich zusammen und erklärte: »Ich hatte Sie gefragt, wer Stepanka als Boss ersetzt hat.«

»Ach so, ja«, antwortete Ohlén. »Der Oberst natürlich.«

Molly merkte, dass sie nur noch starren konnte.

Ohlén fuhr fort: »Der Oberst ist jetzt domestiziert, er hat perfekt Schwedisch gelernt und ist Geschäftsmann geworden, ohne aber auch nur ein Fünkchen seiner charakteristischen Brutalität einzubüßen. Und er ist *nicht* Generaldirektor der Njord Investment AB geworden. Dort sitzt ein Strohmann, ein echter Geschäftsmann. Nein, der Oberst versteckt sich weiter unten in der Hierarchie. Hat aber trotzdem alle Fäden in der Hand.«

»Wissen Sie, wer er ist?«

»Natürlich«, sagte Ohlén ruhig. »Aber darauf kommen wir später zurück. Jetzt müssen Sie mir von dem Geld erzählen, Molly. Bis jetzt haben Sie sich den Drogen mit erstaunlicher Kraft widersetzt. Es wird leichter für uns alle, wenn Sie uns jetzt einfach alles erzählen. Und ich werde Ihnen das beste Argument der Welt liefern. Ich mache das hier nämlich nicht für mich.«

»Wollen Sie mir jetzt wirklich weismachen, dass Sie *nicht* hinter dem Geld her sind?«, rief Molly. »Nach allem, was Sie mir hier antun?«

»Ich *bin* hinter dem Geld her«, erwiderte Rita, »aber nicht für mich. Ich habe genug, um zurechtzukommen. Nein, es geht um vier Frauen, die alle die harten Zeiten im Anbau des *Svoboda* überlebt haben, im Herzen der *Freiheit*. Diese vier sollen eine Entschädigung für ihr jahrelanges Leid bekommen. Ich bin *niemand* in diesem Zusammenhang, Molly. Ich bin nur eine Therapeutin, die versucht, die Vergangenheit zurechtzurücken.«

»Vier?«

Ohlén nickte und stand auf. Sie ging zum Vorhang und zog ihn langsam auf. Die vagen Silhouetten auf der anderen Seite nahmen jetzt deutliche Umrisse an. Der Keller ging noch ein paar Meter weiter. An einem großen Schreibtisch saßen zwei Frauen vor Computerbildschirmen, eine braunhaarig, eine blond. Eine dritte, mit roten Haaren, lehnte sich über sie. Alle drei blickten auf und winkten Molly zu. Und alle drei trugen einen Trauerflor am Arm.

Da waren Nadja Karlsson und Otilia Grimberg. Und dann erkannte Blom auch die Rothaarige wieder. Sie hatten sich das letzte Mal vor vierzehn Jahren gesehen, auf einem Glutbett im Anbau des *Svoboda*. Auf einem Wasserbett. Ihre Blicke hatten sich getroffen. Das war offensichtlich die Frau namens Gittan. Ohlén zog den Vorhang wieder zu und kehrte zu Blom zurück.

»Das sind drei«, sagte Blom. »Keine vier.«

»Mit Ihnen sind es vier, Molly.«

»Mit mir?«

»Sie waren auch ein Opfer des *Svoboda* und des Obersts. Natürlich nur sehr marginal im Vergleich zu den anderen, aber wir hatten mit vier gerechnet. Julia ist ja jetzt weg, wie Sie wissen.«

»Sie wollen mir also ein Viertel meiner Rentenversicherung geben?«

»Nein, Sie geben drei Viertel ab«, korrigierte sie Rita Ohlén, »an eine Gruppe von Frauen, die das im höchsten Grad verdient haben. Wenn Sie darüber nachdenken, wird es einfacher. Es dürften ungefähr fünfzig Millionen Kronen pro Kopf werden. Das reicht doch wohl als Rentenversicherung, oder?«

Molly verstummte. Sie starrte an die Decke. Das hatte sie nun wirklich nicht erwartet. Sie hatte aber auch nicht erwartet, dass das Geld irgendwann so stinken würde. Es stieg ein widerlicher Gestank von Sklavenhandel, Sexualverbrechen, illegalen Waffen, Drogen und Elend aus diesem Drecksgeld auf. Könnte sie auf dieser Basis überhaupt ein Fitnessstudio errichten? Selbstverteidigung für Frauen mit Geld, das aus der Misshandlung von Frauen stammte? An und für sich steckte darin ja ein herrliches Paradox, das ihr sogar gefiel, aber im Grunde war es einfach zu erbärmlich.

»Ich weiß ja nicht mal, ob S das Geld danach wieder ausgegraben hat«, sagte sie.

»Aber ich weiß es«, sagte Rita. »Wir wissen es.«

»Weil der Oberst auch dahinter her ist?«

»Es liegt noch immer dort, wo Sie es gemeinsam versteckt haben, Molly. Je schneller Sie es uns erzählen, desto größer wird unser Vorsprung sein.«

»Ich glaube nicht, dass Sie mir Geld abgeben werden«, sagte Blom. »Warum sollten Sie einem Bullen fünfzig Millionen geben?«

»Wie gesagt, Sie sind auch ein Opfer, Molly. Wo ist das Geld?«

»Verdammt noch mal, ich trau Ihnen nicht, Rita. Sie haben zu oft gelogen und Ihre Position zu eklatant missbraucht. Wenn ich es Ihnen erzähle, gibt es nichts, was Sie daran hindern könnte, mich sofort zu töten. Ich bin ein loses Ende, und wenn das hier alles funktionieren soll, darf es keine losen Enden geben.«

»Glauben Sie denn im Ernst, dass wir Sie töten wollen?«, fragte Rita Ohlén mit einem Ton, aus dem tatsächlich eine gewisse Verblüffung sprach.

»Sie können es sich nicht leisten, Spuren zu hinterlassen.«

»Sie kennen die genaue Position des Geldverstecks nicht, Molly. Vor vierzehn Jahren gab es ja kaum GPS. Und da das Geld wahrscheinlich irgendwo tief im Wald vergraben ist, werden wir Sie brauchen, um die genaue Stelle zu finden.«

»Und anschließend werden Sie mich töten.«

Es war das erste Mal, dass Molly Rita empört erlebte. Ihre Empörung äußerte sich nicht in Form großer Gesten oder heiligen Zorns, nur durch angespannte Kiefermuskeln und einen harten Blick.

»Haben Sie denn kein Wort von dem gehört, was ich Ihnen gesagt habe?«, fragte sie dumpf. »Hier geht es um eine *Entschädigung für Verbrechensopfer*. Verbrechensopfer, die obendrein meine Freunde geworden sind. Wollen Sie eine detaillierte Beschreibung der Scheußlichkeiten, denen diese Frauen in all den Jahren ausgesetzt waren? Wollen Sie eine hautnahe Schilderung der schlimmsten Demütigungen, die sich ein Mensch vorstellen kann? Wollen Sie wissen, wie es hinter den Kulissen aussieht in der feministischen Großmacht Schweden? Wenn machtgeile Männer ihren Frust an Frauen auslassen, die sie gekauft zu haben meinen? Wollen Sie wissen, was für Traumata Nadja, Otilia und Gittan genau mit sich herumschleppen? Welche Beschädigungen Julia mit ins Grab genommen hat?«

Molly Blom seufzte tief.

»Nein«, sagte sie, »nicht nötig.«

»Ich habe mein Leben damit verbracht, mir die Berichte dieser Frauen anzuhören«, fuhr Rita Ohlén fort, immer noch im Nachbeben ihrer Wut. »Es war meine Aufgabe, ruhig, neutral, rational und tröstend zu bleiben. Ich saß in meiner Praxis und musste mir eine immer dickere Metallrüstung zulegen, um das auszuhalten. Aber als ich zum ersten Mal vom *Svoboda* hörte und von dem, was dort geschehen war, ging meine Rüstung in Stücke. Otilia erzählte mir davon. Sie war die Erste, die es da rausschaffte. Meine erste Patientin aus der *Freiheit.*«

»Otilia?«

»Das sind Opfer, Molly, keine Gewalttäter. Sie alle waren zu verschiedenen Zeiten im *Svoboda*. Otilia war früh dort, sie stieg aus mit einem falschen ärztlichen Attest, das ihr AIDS bescheinigte. Sowohl Nadja als auch Julia wurden rausgeworfen, als sie zu *alt und hässlich* wurden. Und als Gittan zu *alt und hässlich* wurde, wurde sie ins legale Firmengeschäft von Njord Investment AB versetzt, als Empfangsdame in einer Reinigungsfirma namens Hausputz AB in Lidingö. Aber natürlich gehörte sie da weiter der Njord Investment AB. Dort bekam sie einmal mit, wie ihr Chef von der verschwundenen Lieferung redete. Da wussten wir, dass es eine Jagd auf das Geld geben würde. Es würde nicht lange dauern, bis der Oberst kapierte, dass es noch andere gab, die es suchten.«

»Gittan.« Blom lachte. »Von Hausputz AB.«

»Was reden Sie denn da?«

Blom schüttelte den Kopf, so gut es ging. Eine kurze Welle verschiedenster Gefühle durchlief sie.

Sam.

»Nein«, sagte sie, »ist schon gut. Sam hat was von *komischen Vibes* gesagt, als wir bei Hausputz AB waren – da hat er sich dann ja nicht getäuscht. Gittan habe ihren Chef schon sehr speziell angeschaut, meinte Sam. *Golden Boy Viktor und die kleine Gittan.* Und Gittans Chef war also …?«

»Der Oberst«, nickte Ohlén. »Weit unten in der Organisation versteckt.«

»Und er heißt Viktor?«

»Mittlerweile, ja«, nickte Ohlén. »Viktor Gustafsson. Es gibt einen russischen Kosenamen für Viktor.«

»Und zwar?«

»Die, die ihm am nächsten stehen, nennen ihn Vitenka.«

48

Seit sie vom Untersuchungsgefängnis Kronoberg losgefahren waren, war es im Auto still geblieben. Erst als sie den Akallalänken hinabfuhren, sagte Berger: »Und es ist sicher, dass dein Techniker vor Ort sein wird?«

»Albin hat mir eine Nachricht aus der U-Bahn geschickt, dass er auf dem Weg zum Polizeipräsidium ist«, antwortete Deer. »Jetzt baut er gerade alles auf.«

Berger nickte und bog nach Akalladalen ab, in die Seitenstraße, die vor Otilia Grimbergs Haus endete. Dort war niemand zu Hause. Nicht ganz unerwartet.

Der Rottweiler Garm bellte nicht hinter der abgeschlossenen Tür. Andererseits bellte Garm ja nie. Denn wenn Garm bellt, nimmt der Weltuntergang seinen Lauf, der Höllenschlund öffnet sich, und der Untergang ist nah. Was durchaus der Fall sein konnte, als Berger die Tür mit dem Dietrich öffnete.

Sie traten ein. Keine Spur von Garm. Überhaupt sah Otilias kleine Drei-Zimmer-Reihenhauswohnung ganz anders aus als beim letzten Mal, äußerst aufgeräumt. Als hätte man sie vorm Umzug geputzt.

Otilia Grimberg war eine grandiose Schauspielerin, so viel stand fest. Berger hatte wirklich an die Ernsthaftigkeit ihrer sexuellen Begegnung geglaubt. Oder vielleicht war es ja doch ernst gemeint gewesen, allerdings im Rahmen von etwas viel Größerem.

Im Rahmen eines lebensverändernden Plans. Wenn Ivan die Wahrheit sagte, sollten sie alle ein neues Leben bekommen. Nadja, Julia, Otilia, Gittan, vielleicht auch Rita Ohlén. Und Ivan durfte am Rande mitlaufen.

Berger und Deer machten sich sofort auf die Suche in den Kommoden. Zogen Schubläden heraus. Durchwühlten Unterwäsche, Kassenbons, Hüttensocken. In einer Kommode im Flur fand Deer schließlich ein weinrotes Handy der billigsten Sorte. Es hatte genau dieselbe Farbe wie Ivan Granströms Käppi.

»Ist es das?«, fragte Deer.

»Höchstwahrscheinlich«, meinte Berger. »Aber lass uns die restlichen Kommodenschubladen vorsichtshalber auch noch ausräumen.«

Sie fanden nichts weiter. Berger checkte das Handy. Es war nicht durch eine PIN gesichert, und im rudimentären Adressbuch war tatsächlich nur eine einzige Nummer gespeichert.

Auf dem Weg hinaus fiel Berger aber noch ein Zettel ins Auge, der am Flurspiegel hing. Er nahm ihn und las. Es war eine Quittung. Von einem Tierarzt. Die Kosten waren spezifiziert als »Einschläfern eines Hundes«.

Otilia Grimberg hatte Garm für etwas Größeres geopfert. Neben dem Spiegel hing ein Diplom. Allem Anschein nach hatte das auch schon hier gehangen, als Berger da gewesen war. Doch damals hatte er nur daran denken können, wie gut es ihm ging.

Wie scharf er doch war.

Diplom-Ingenieurs-Examen stand dort. Diplom-Ingenieurin Otilia Grimberg, Königliche Technische Hochschule, Stockholm.

Diplom-Ingenieurin Otilia Grimberg mit dem Tattoo eines Herzens mit der Aufschrift ›Sam‹, von einem Pfeil durchschossen und mit einem einzelnen Blutstropfen geschmückt. Das Herzblut.

Berger konnte die Gefühle nicht analysieren, die in diesem kurzen Augenblick durch seinen Körper rauschten, während er dort stand.

Sie verließen die Wohnung wieder. Er starrte die lange, gerade Straße hinunter. Und dachte sich, dass sie im Nichts verschwand. Dann stiegen die beiden in Bergers Firmenwagen und rollten langsam die Straße entlang. Berger schaute auch zu Nadjas Haus; die Tür des hohen Holzzauns war geschlossen und verriet nicht, was dahinter geschah. Ein paar Hausnummern weiter sah es jedoch anders aus.

In Julia Bergströms riesigem Zaun klaffte eine weite Öffnung – dort befanden sich offenbar Scharniere, und der Zaun ließ sich bewegen wie eine riesige Tür. Zwei große Container standen im schwachen Licht der Außenbeleuchtung in Julias ärmlichem Garten. Ein kräftig gebauter Typ mit rasiertem Schädel und schweißgetränktem weißen Hemd schien in einem der Container im Schutt zu wühlen. Es sah aus, als würde jemand umziehen.

Berger und Deer rollten langsam vorbei. Da wurde es dem Mann mit dem rasierten Schädel zu warm. Er drehte der Straße den Rücken zu, riss sich energisch das Hemd vom Leib und enthüllte einen durchtrainierten Oberkörper mit Tattoos, die sich über seine Schultern erstreckten, bis hin zu den Schulterblättern. Es waren die Schulterstücke einer Uniform, direkt in die Haut tätowierte Rangabzeichen.

Doch sie hatten es eilig und fuhren weiter. Berger bretterte jetzt wieder Richtung Kungsholmen. Ihm fiel schon überhaupt nicht mehr auf, wie schnell er fuhr. Das Bild des Umzugshelfers verflüchtigte sich.

Sie nahmen eine andere Einfahrt, von der Polhemsgatan kommend, rannten durchs nächtliche Polizeigebäude. Dann erreichten sie die Zentrale der Kriminaltechniker, fanden die richtige Tür, traten ein.

In einem veritablen Computerpark hockte ein junger Mann, der leicht verblüfft den Mann anstarrte, der ihm gegenübersaß. Er war mit Handschellen an den Stuhl gefesselt. Und neben der Tür stand noch ein Mann, in Uniform. Die Wache aus dem Untersuchungsgefängnis.

Der junge Mann war Albin, Deers Kontakt bei den Technikern. Mit Ivan Granström. Deer nickte dem Wachmann zu, der zurücknickte und sich verzog. Im nächsten Moment ging sie zu Albin, überreichte ihm das weinrote Mobiltelefon und wandte sich an Ivan: »Sind Sie bereit, Ivan? Wissen Sie noch, was wir eingeübt haben?«

Ivan blickte zu ihr auf, schüttelte den Kopf und sagte: »O Mann …«

»Ja oder nein, Ivan?«

Er nickte widerwillig.

Albin steckte ein Kabel ins Handy und tippte ein bisschen auf seinem Computer herum. Dann sagte er: »Alles vorbereitet. Ich aktiviere den Prozess jetzt.«

Niemand erhob Einspruch.

Nach einer Weile huschte ein Lächeln über Albins Gesicht, und er übergab das Handy an Deer, die zurücklächelte. Er tippte noch ein bisschen auf der Tastatur herum und sagte schließlich: »Bereit zur Triangulation. Sie können jetzt jederzeit telefonieren.«

»Dann legen wir los«, sagte Deer. »Wie lange müssen wir das Gespräch halten?«

»Nicht so lange wie bei den alten Geräten«, meinte Albin. »Aber schon so um die zehn Sekunden.«

Deer wählte die Nummer und hielt Ivan das Handy an die Wange. Ein Freizeichen kam aus den Lautsprechern des Computers. Zwei. Drei. Vier. Fünf.

Berger merkte, wie sich sein Gesicht verzog.

Endlich klickte es, es schepperte. Eine Frauenstimme meldete sich: »Ja?«

Berger schaute Ivan an. Der sagte: »Rita? Bist du das?«

Es blieb kurz still. Dann sagte die Stimme: »Ivan? Du solltest doch nicht anrufen, bevor es so weit ist.«

»Ich weiß, ich weiß«, stöhnte Ivan drehbuchgemäß. »Aber ich werd hier langsam echt verrückt. Ich hab in unserem Versteck hier schon Löcher in den Teppich gelaufen vor lauter Auf-und-ab-Gehen. Was ist denn los, Mann? Kann ich mit Nadja sprechen? Bitte. Ich halt's nicht aus ohne sie.«

Wieder war es kurz still. Dann hörte man: »Du rufst ab jetzt nicht mehr an, Ivan. Hier ist alles unter Kontrolle. Warte, bis wir dich kontaktieren. Warte einfach ab.«

Kurz darauf wurde die Verbindung unterbrochen.

Berger schaute Ivan scharf an und nickte. Ivan atmete tief aus. Dann warf Berger einen Blick zu Deer.

»Das war Rita Ohlén«, sagte sie.

Berger wandte sich zu Albin, der weiter seelenruhig auf seinem Computer herumtippte. Berger bekam ein stummes Okay, das Kabel zu ziehen, und steckte das weinrote Handy in seine Tasche.

»Bitte lass es funktioniert haben«, sagte er. Teils zu Albin, aber wahrscheinlich mehr zum lieben Gott. Albin verzog unterdessen keine Miene, während er fertig tippte. Ein etwas kräftigerer Druck auf eine Taste schloss das Klappern ab. Er wartete ein paar Sekunden, dann nickte er langsam.

»Ich schick euch die GPS-Koordinaten«, sagte er.

Berger ging zu Deer, schaute ihr in die Augen und sagte: »Fahr nach Hause und schlaf jetzt.«

Dann umarmte er sie, und sie erwiderte die Umarmung.

»Als ob ich jetzt schlafen könnte«, sagte sie.

Im Hinausgehen sagte er noch: »Du bist nach wie vor die Einzige auf der ganzen Welt, der ich hundertprozentig vertraue.«

49

Molly Blom dachte an ihre Rentenversicherung. Die Chance, dass sie sie allein behalten würde, war dahin, aber sie hatte ja nicht ahnen können, um wie viel Geld es da ging. Sie konnte immer noch mit einer wahnwitzigen Summe aus der Sache rauskommen. Die Frage war nur, wie schlimm dieses Geld stinken würde. Und ob diese Summe in der Staatskasse wirklich nützlicher war als in den Händen von ein paar echten Gewaltopfern?

Ihr Hirn lief auf Hochtouren.

»Viktor Gustafsson?«, brachte sie heraus. »Vitenka? Der mit Gittan bei der Hausputz AB in Lidingö arbeitet? Und der bis vor Kurzem mit Julia Berglund verheiratet war?«

»Und der Julia jetzt offenbar umgebracht hat«, sagte Ohlén. »Nadja ist sich allerdings sicher, dass Julia nicht geredet hat.«

»Aber wenn Vitenka Julia auf die Schliche gekommen ist, dann ist er ganz bestimmt auch uns auf der Spur.«

»Das ist nicht gesagt«, entgegnete Rita ruhig. »Aber je früher Sie uns verraten, wo das Geld ist, desto geringer bleibt das Risiko.«

Da klingelte ein Telefon.

Ohlén verzog das Gesicht, schaute auf die Uhr und ging zum Vorhang. Sie zog ihn beiseite. Otilia saß über den Computer gebeugt, Nadja streckte Rita ein billiges Handy hin. Es klingelte eindringlich.

»Kannst du noch einrichten, dass das aufgenommen wird?«, fragte Rita und nahm es entgegen.

Otilia ließ die Finger übers Keyboard fliegen. Sie biss sich auf die Unterlippe, während die Tasten klapperten. Nach fünfmaligem Läuten nickte sie. Rita nahm das Telefon und meldete sich: »Ja?«

Eine Männerstimme im Lautsprecher des Computers: »Rita? Bist du das?«

Rita legte die Hand aufs Handy und schaut Nadja an. Die lächelte breit.

»Ivan?«, sagte Rita. »Du solltest doch nicht anrufen, bevor es so weit ist.«

»Ich weiß, ich weiß«, schnaubte die Männerstimme. »Aber ich werd hier langsam echt verrückt. Ich hab in unserem Versteck hier schon Löcher in den Teppich gelaufen vor lauter Auf-und-ab-Gehen. Was ist denn los, Mann? Kann ich mit Nadja sprechen? Bitte. Ich halt's nicht aus ohne sie.«

Wieder war es kurz still. Dann hörte man: »Du rufst ab jetzt nicht mehr an, Ivan. Hier ist alles unter Kontrolle. Warte, bis wir dich kontaktieren. Warte einfach ab.«

Kurz darauf drückte Rita das Gespräch weg und schaltete das Handy komplett aus. Sie schauten sich an.

»Was meinst du, Nadja?«, fragte Rita. »Klang er wie immer?«

»Ich fand, seine Stimme klang ein bisschen komisch …«, antwortete Nadja unsicher.

»Spiel's noch mal ab«, bat Rita.

Otilia tippte auf der Tastatur herum, und dann tönten Ritas und Ivans Stimme noch einmal durch den Keller. Anschließend wandte sich Rita wieder zu Nadja.

»Und?«, fragte sie.

»Ivan und ich sind die Einzigen, die das Versteck gesehen haben«, sagte Nadja. »Und da gibt es keinen Teppich.«

»Irgendwie ziemlich clever von Ivan«, lächelte Rita. »Obwohl dieser Berger auch ganz schön gut ist.«

»Lässt sich aber im Handumdrehen verführen«, merkte Otilia kurz an.

Ohlén musste lächeln. Dann nahm sie Nadja und Gittan

mit an Bloms Bett. Das Bett war in Wirklichkeit nicht mehr als eine Krankentrage auf Rollen. Sie wurde jetzt in die andere Hälfte des Zimmers geschoben, die Infusionsständer kamen mit.

»Dann bleibt uns wohl nur noch eine knappe halbe Stunde«, sagte Rita. »Sam Berger wird bestimmt gewaltig aufs Gas steigen.«

Sie zog den Hocker heran und setzte sich an die Krankentrage.

»Das heißt, jetzt geht es ums Ganze, Molly«, sagte Rita Ohlén. »Wenn Ihr Sam hier ankommt, ist die Hölle los. Und wenn Sie sterben, bekommt keiner das Geld. Das wird irgendwo im Wald verrotten, bis der Oberst es am Schluss doch noch findet. Ist das wirklich die bessere Alternative als fünfzig Millionen für Sie und fünfzig für jede dieser Frauen, die das mehr verdient haben als sonst ein Mensch auf der ganzen Welt?«

»Leck mich am Arsch«, erwiderte Blom.

»Wir meinen das ernst, Molly«, sagte Ohlén. »Es gibt jetzt zwei Alternativen: Entweder reden Sie jetzt, werden reich und tun ein wahrhaft gutes Werk. Oder ich muss richtig durchgreifen. Entscheiden Sie sich *jetzt.*«

Molly Blom erkannte, dass nun der Augenblick gekommen war. Sie musste sich für eine Seite entscheiden. Sich fürs Leben entscheiden. Und das Gesetz hatte sie ja ohnehin schon gebrochen. Vor vierzehn Jahren.

Sie musste sich selbst eingestehen, dass sie ihren Entschluss bereits gefasst hatte.

»Hedesunda«, sagte sie.

Am Schreibtisch brach Hektik aus. Alle beugten sich hinter Otilia über den großen Laptop.

»Richtung Nordwesten«, sagte Otilia. »In Gävleborg. Hundertzwanzig Kilometer von hier.«

Blom meinte, das Spiegelbild einer Landkarte in der Brille auf Rita Ohléns kurzen graublonden Haaren zu sehen.

»Wo in Hedesunda?«, fragte Ohlén. »Molly, wachen Sie auf!«

»In so einer Siedlung mit lauter Sommerhäuschen, nördlich vom Dorf«, sagte Blom. »Im Wald.«

»Auf welcher Seite der Straße?«

»Links.«

Rita riss das Notebook an sich und trug es zu Molly. Sie hielt ihr den Laptop hin und deutete auf die Karte. Molly nickte kraftlos. Rita trug das Gerät wieder zum Schreibtisch.

»Wechsel zu Satellitenbild«, sagte sie und beugte sich über das Notebook. »Und zoom das mal näher ran.«

Otilia und sie musterten den Bildschirm.

»Hier vielleicht?« Otilia zeigte auf eine Stelle.

»Ist das eine Lichtung?« Rita deutete ebenfalls darauf.

»Ja«, sagte Otilia. »Sieht so aus, als wäre das die einzige flache Stelle im ganzen Waldgebiet. Das wäre schon möglich.«

»Die Stelle nehmen wir«, beschloss Rita. »Schick die Koordinaten nach Bromma.«

»Können wir uns darauf verlassen, dass Julias Buchung immer noch gilt?«

»Die Buchung ist Julias Erbe an uns«, sagte Rita. »Und sie gilt.«

Otilia nickte und schickte eine Nachricht.

Jetzt beschleunigte sich auf einmal das Tempo. Alles ging im Handumdrehen. Molly Blom beobachtete das Treiben, und ihr Entschluss kam ihr immer richtiger vor. Nadja und Gittan liefen eine Treppe hoch und verschwanden außer Sichtweite, dann kamen sie mit einer Holzkiste und begannen, die Ausrüstung darin zu verstauen. Otilia packte beide Notebooks in eine Tasche, dann bückte sie sich mit gezücktem silbernem Filzmarker.

Rita nahm ein kleines Päckchen vom Schreibtisch und ging zu Mollys Trage, lächelte sie an und öffnete das Paket. Zum Vorschein kam ein seltsamer Gegenstand, eine kleine elektronische Vorrichtung an einem Gurt. Ganz außen an dem Plastikteil hing eine Kanüle an einem kurzen Schlauch.

»Strecken Sie die Hände aus«, befahl Rita.

Molly streckte die Hände aus. Rita schlang ihr rasch einen Kabelbinder um die Handgelenke und meinte: »Jetzt werden Sie diesen Tropf los.«

Sie zog die Nadeln aus Mollys Armen, schnallte ihr stattdessen das Gerät an den Oberarm und schob zum Schluss die Kanüle in eine noch nicht benutzte Vene. Dann nahm sie eine kleine Fernbedienung aus dem Karton, drückte darauf, und das Gerät begann, leise zu brummen. Sofort spürte Molly, wie ihre Benommenheit wiederkehrte. Sie gingen bereits den Korridor entlang.

Otilia kam zu ihr und rollte die Krankentrage Richtung Treppe. Wie durch Nebelschleier sah Molly, was man in die Holzkiste gepackt hatte. Während die Räder der Trage hochgeklappt wurden, man sie hochhob und die Treppe hinauftrug, konnte Molly Blom ein Objekt auf dem Boden erkennen, das aussah wie ein Radarschirm, ein zwanzig Zentimeter breiter Quader auf dünnen Beinen. Dann wurde sie an die frische Luft getragen.

Sie sah Regentropfen, vergrößert zwischen Baumkronen. Sah dunkle Wolken über die Dunkelheit gleiten, ein Haus, das seine erbsengrüne Fassade zeigte, den zerschlissenen Dachhimmel eines Vans, der den Blick auf die Wolken jäh unterbrach. Die Trage wurde befestigt.

Durch die offenen Hecktüren sah Blom, wie Rita Ohlén aus dem grünen Haus kam. Otilia machte gerade die letzten Verankerungen der Trage am Fahrzeugboden fest und sprang im nächsten Moment schon heraus. Rita ging zu ihr und sagte: »Dann kannst du sie jetzt aufbauen, Otilia.«

Otilia Grimberg nickte und ging in den Keller. Die anderen stiegen in die Fahrerkabine des Vans. Blom hörte, wie das Ding an ihrem Oberarm erneut brummte. Ihr Blickfeld verengte sich noch ein Stück. Trotzdem sah sie ganz deutlich den Gegenstand, der aus der Holzkiste genommen worden war und nun auf dem Boden im Keller stand.

Den Quader auf den dünnen Beinen. Kakigrün, wie eine große, umgekippte Zündholzschachtel auf Stelzen. So etwas hatte sie doch schon mal irgendwo gesehen, nicht? Das war eine Mine, oder? Eine Schützenabwehrmine, Splittermine, Tretmine? Die über eine gespannte Schnur ausgelöst wurde?

Sie wollten ihnen eine Falle stellen.

»Dann kannst du sie jetzt aufbauen, Otilia.«

Und auf einmal erkannte Molly mit eiskalter Klarheit, warum sie Sam Berger hergelockt hatten.

Keine losen Enden.

Das Ding an ihrem Arm brummte wieder.

Sie konnte nicht schreien.

50

Er war jetzt ganz *unten* im Container. Es stank. Der ganze Dreck, den er aus den paar versifften Zimmern in Julias jämmerlichem kleinen Haus geworfen hatte. Aber es musste getan werden, im Moment war das die naheliegendste Option.

Sie hatte nämlich nicht geredet.

Kein Wort hatte sie gesagt.

Vitenka war wider Willen beeindruckt.

Nach der Sackgasse bei der Hütte oben in Bergslagen hatten sein Team und er zurückkommen und andere Steine umdrehen müssen. Dieser Stein hier war der vielversprechendste gewesen.

Manchmal vermisste er Alvar Eldner, ging es Vitenka jetzt durch den Kopf. Nicht seine erbärmliche Persönlichkeit, aber seine analytischen Fähigkeiten. Er hatte stärker geblutet als die anderen. Bluthochdruck wahrscheinlich.

Unter einer Ladung Haarspraydosen verschiedenen Alters ragte ein Ordner hervor, aus dem schlaff mehrere Blätter heraushingen. Er wischte sich den Matsch von den Fingern, bückte sich und blätterte im schlechten Licht die Papiere durch, eines nach dem anderen. Doch er fand nichts. Er tat sich schwer damit zu lesen, was da stand, aber verdammt, da war einfach nichts.

Als Vitenka aus dem Container sprang, merkte er erst, wie verschwitzt und schmutzig sein nackter Oberkörper war. Seine zwei Wachen standen unsichtbar hinter dem hohen Holzzaun. Er ging zu ihnen, und sie reichten ihm ein nagelneues, schön zusammengefaltetes weißes Seidenhemd. Während er die Stecknadeln herauszog und es überstreifte, streckte er einem von ihnen ein verdrecktes Blatt Papier hin und fragte: »Radoslav, wie zum Teufel soll man diese Rechnung interpretieren?«

*

Lars-Åke wanderte über den ebenen Asphalt, der sich bis ins Unendliche auszudehnen schien. Er wusste genau, wo er gehen durfte und wo nicht. Schaute sich um, sah den fernen Lichtschein der verschiedenen Gebäude, die Landebahnen und Terminals, die jetzt geschlossen waren. Denn es war ja Nacht. Nichts deutete darauf hin, dass ihn jemand gesehen hatte. Und im Übrigen gehörte er auch hierher. Manchmal fragte er sich, ob er hier vielleicht sogar schon öfter langgegangen war als irgendein anderer Mensch.

Sein Auftrag aber gehörte nicht hierher. Deswegen musste er es vorsichtig angehen. Es war nicht mal mehr legal zu dieser Tageszeit. Neuer EU-Erlass.

Doch das Honorar hatte alle Erwartungen überstiegen. Er wusste, wie man unterm Radar flog, und war sicher, dass er sich rechtzeitig würde zurückziehen können.

Lars-Åke ging zum Firmengelände. Dort standen mehrere Exemplare, zwischen denen man um diese Uhrzeit freie Wahl hatte. Er brauchte den größten, den es hier gab, und er hatte die Schlüssel dafür bereits in der Tasche. Dort lagen auch die Bordcomputer – immer kleiner und kleiner waren sie geworden, seit er in diesem Job angefangen hatte.

Natürlich ahnte er irgendwie, dass bei diesem Auftrag etwas nicht ganz astrein war. Er hatte den Zeitpunkt auf der Rechnung manipuliert, damit alles ganz regelkonform aussah. Denn dass seine Kunden etwas speziellere Arrangements verlangten, war er gewöhnt.

Er warf einen Blick auf die Uhr, schätzte in Gedanken die Zeit neu ab, checkte sein Handy und platzierte es in Griffweite. Jetzt musste er nur noch auf die SMS warten. Mit den Koordinaten.

Lars-Åke näherte sich dem Hangar. Ein paar von den grazilen Körpern standen in einer Reihe draußen im schwachen Licht der Sicherheitsbeleuchtung. Er näherte sich der größten Silhouette. Seiner eigenen Bell. Seiner Bell 429.

Aus dem Schatten des Hangars zog er sich einen Stuhl heran. Stellte ihn genau neben den Helikopter. Setzte sich, steckte sich eine Zigarette an, wartete.

Es verging eine geraume Weile.

Lars-Åke schaffte noch ein paar Zigaretten mehr, bis endlich die Nachricht kam. Er sah die Koordinaten. Es schien alles in Ordnung zu sein. Er stellte den Stuhl zurück an seinen Platz, berechnete die benötigte Zeit, den Kraftstoffverbrauch und Auftrieb. Und wieder schien alles in Ordnung zu sein.

*

Gerade als Lars-Åke den Bordcomputer befestigt, die Kopfhörer aufgesetzt und alle erforderlichen Regler eingestellt hatte, merkte er, dass er nicht allein war. Er hörte Bewegungen im hinteren Teil der Maschine, und wie aus dem Nichts saß plötzlich ein Mann auf dem Co-Piloten-Sitz neben ihm. Ein kräftiger Mann Mitte fünfzig, mit rasiertem Schädel, geschmackvollem Anzug und sauberem, weißem Seidenhemd. Er zog seinen roten Seidenschlips zurecht, drehte die Manschettenknöpfe gerade und sagte: »Die Bell 429. Nicht so schön wie eine Jakowlew Jak-24. Aber jetzt muss sie eben reichen.«

Eine Jak-24?, dachte Lars-Åke überrascht. Ein *Horse*?

Dann machte er den Mund auf, um zu protestieren. Doch der Mann legte den Finger auf die Lippen, und Lars-Åke hörte, wie hinter ihm mindestens zwei Automatikwaffen mit einem Klicken entsichert wurden.

»Es hat sich nichts geändert«, sagte der Mann und deutete

auf den Bordcomputer. »Nehmen Sie einfach die Route, die Sie geplant hatten.«

Lars-Åke blinzelte heftig und starrte den Mann mit dem kahlen Schädel an. Erst jetzt sah er, dass er ein längliches Etui zwischen den Beinen hielt, dünn, aber über einen Meter lang.

»Tun Sie einfach so, als wären wir überhaupt nicht hier«, sagte er.

51

Von Norrtälje raste Berger weiter über die kleinen Straßen der Küstenregion Roslagen Richtung Hallstavik. Es hatte angefangen zu regnen, die Sicht war mies, und seine riskanten Überholmanöver konnte er schon gar nicht mehr zählen.

Sklavisch folgte er seinem GPS. Fuhr durch Hallstavik, kam rasch auf der anderen Seite wieder heraus, glitt in den Wald. Als er nur noch hundert Meter vom Ziel entfernt war, blieb er stehen, sprang aus dem Auto mit der Taschenlampe in der einen Hand, der Waffe in der anderen und schlich sich geduckt durch den zunehmenden Regen auf seine Zielkoordinaten zu.

Kein Zaun, ein Holzhaus, erbsengrün und heruntergekommen. Links führte eine Treppe hinauf zu einer Veranda. Geradeaus in Bodenhöhe gab es noch eine andere Tür, die vermutlich in den Keller führte. Dass er keine Überwachungskameras entdecken konnte, war nicht weiter relevant. Er musste näher herankommen.

Nicht weit von der Kellertür befand sich ein kleinerer kiesbestreuter Platz, vermutlich ein Parkplatz. Als er an tiefen Reifenspuren vorbeilief, sah er, dass sie noch nicht ganz vom Wasser überspült worden waren. Er betrachtete sie im Licht seiner Taschenlampe. Sie schrien ihm entgegen, dass er zu spät gekommen war. Dass er *wieder* zu spät gekommen war.

Mit der Waffenhand wischte er sich das Gesicht ab und schlich die Verandatreppe hoch. Drinnen brannte kein Licht. Als er durchs Fenster spähte, sah er nur einen leeren

Raum. Das Haus wirkte verlassen, so, als hätte jahrelang niemand darin gewohnt.

Er ging wieder zurück auf Bodenhöhe, umrundete das Haus noch einmal im hartnäckigen Regen und fand ein paar weitere Fenster, durch die er spähen konnte. Überall die gleiche Leere. Immer deutlichere Staubschichten. Nein, wenn das hier das richtige Haus war, dann waren die Entführer nicht darin gewesen. Dann gab es nur eine Alternative.

Er kam aus der anderen Richtung zurück zum Kiesplatz. Die Reifenspuren sahen relativ breit aus, sein Blick blieb an ihnen hängen – ein etwas größerer Kastenwagen vielleicht, vor weniger als einer Stunde weggefahren. Sofort wanderte sein Blick zur Stahltür, hinter der er den Keller vermutete.

Er blieb stehen und musterte die Tür. Irgendetwas war hier faul, das sagte ihm sein Gefühl, aber er hatte keine Ahnung, was es war. Es fühlte sich einfach nur so *an*.

Intuition ist ja nichts anderes als ein Konzentrat gesammelter Erfahrungen.

Trotzdem musste er hinein. Modernes Schloss, Standard. Dietrich rein, die richtigen Widerstände finden. Klick. Berger fasste die Klinke. Blieb eine Weile so stehen. Wartete auf etwas. Der undeutliche, schwarze Umriss eines Vogels segelte durch den Regen. Segelte. Als ob er etwas von ihm wollte.

Dann zog er die Tür auf.

Innen Pechschwärze. Berger atmete aus. Die Taschenlampe enthüllte eine steile Treppe. Er meinte, vor nicht allzu langer Zeit eine ähnliche Treppe hochgegangen zu sein. Setzte dann einen Schritt vor den anderen, leise, vorsichtig. Schaute sich gründlich nach allen Seiten um, damit keine Sägeklinge von der Seite kommen und ihm die Beine absäbeln konnte.

Die Treppe endete vor einer weiteren geschlossenen Tür, einer ganz gewöhnlichen Haustür, die in seine Richtung aufging. Er beugte sich hinunter und sah, dass sie unverschlossen war. Hob die Pistole, holte tief Luft.

Und zog die Tür auf.

Auf einmal lief die Zeit wie in Zeitlupe. Noch während die Tür aufglitt, sah er im schwachen Licht einen kleinen metallisch schimmernden Lichtrand kurz über dem Boden. Ein an der Tür befestigter Stahldraht, den er beim Öffnen straffgezogen hatte. Sein Blick fiel auf eine kakigrüne Schützenabwehrmine direkt vor ihm.

Berger fühlte noch, wie ihm jäh die Kehle eng wurde, bevor alles explodierte.

In Licht.

Er blieb ein paar Sekunden stehen und war sicher, dass er jetzt tot war. Dann blinzelte er heftig und starrte ins blendende Licht. Noch immer glaubte er, dass es ein göttliches Licht war. Das Licht am Ende des Tunnels.

Der Stahldraht war mit einem massiven Scheinwerfer verbunden. Die Schützenabwehrmine stand auf dem Boden, allerdings nicht angeschlossen. Es war jedoch etwas daraufgemalt worden, mit einem silbernen Filzmarker. Immer noch zitternd bückte er sich. Sah ein »Sam« in silbernen Buchstaben, durchschossen von einem Pfeil. Und einen herabfallenden Blutstropfen. Herzblut.

Er stand auf, atmete schwer, schaute sich im Keller um. Ein Sofa, ein kleiner Tisch mit einer Kaffeemaschine, ein größerer Schreibtisch, herumstehende Stühle, ein Vorhang an einem Gestell, zwei Infusionsständer. Er ging hin, betrachtete die Schläuche mit den Kanülen, die auf dem Kellerboden lagen. Sah die kleinen Blutflecken dort unten. Er richtete sich wieder auf, zog den Vorhang hin und her: halb transparent, wie ein Schleier.

Berger versuchte, sich einen Reim auf all das zu machen. Molly musste hier gelegen und Infusionen bekommen haben. Irgendjemand hatte neben ihr gesessen, hinter dem Vorhang. Mindestens drei Personen hatten sich über den großen Schreibtisch gebeugt. Plastikkaffeebecher standen überall im Raum verteilt. Er zählte vier.

Sie waren alle zusammen hier gewesen. Sie hatten Molly hier festgehalten – nach den halb mit Regenwasser gefüllten Reifenspuren zu urteilen, waren sie höchstens vor einer knappen Stunde aufgebrochen. Und sie hatten ihr intravenös zwei verschiedene Medikamente verabreicht. Sie hatten alles getan, was in ihrer Macht stand, um sie zum Reden zu bringen.

Aber das musste er vorerst ignorieren. Nun galt es, konkrete Spuren zu suchen. Irgendeine Kleinigkeit, die ihm den Anflug einer Idee gab, wohin sie sie gebracht hatten. Sachlich brachte er den Teil in sich zum Schweigen, der ihm sagte, dass es hoffnungslos war. Sie hatten ihn ja hergelockt, hatten »Sam« auf eine nicht ausgelöste Schützenmine geschrieben – das Ganze hatte etwas Hämisches. Eine rausgestreckte Zunge als Schlusspunkt. Ein hochgereckter Mittelfinger, den er nie zu fassen bekommen würde.

Er suchte fieberhaft. Scannte jeden Quadratzentimeter des grell beleuchteten Kellerbodens ab. Hier war nichts. Hier war absolut nichts.

Berger lehnte sich mit dem Rücken an die raue Betonwand, ließ sich langsam nach unten sinken und blieb auf dem Kellerboden sitzen.

Er war zu spät gekommen.

Wieder.

52

Der Findling war größer, als sie ihn in Erinnerung gehabt hatte. Rita Ohlén beobachtete sie, schien ihre Augen, ihren Blick zu analysieren. Sie sagte: »Ab hier finden Sie es doch bestimmt, oder? Sie bekommen auch Hilfe.«

Das Ding an ihrem Arm begann wieder zu brummen. Alles verschwamm. Und ihre Erinnerung wurde hellwach. Natürlich konnte sie sich erinnern. Sie konnte sich an jeden noch so kleinen Schritt erinnern, dazu brauchte sie keine Drogen. Aber sie wusste, dass die Drogen dazu da waren, sie in Schach zu halten.

Da tauchte plötzlich Myrina aus dem Nebel auf. Es war ein unglaublich starkes Bild. Molly Blom hatte nur eine einzige Aufgabe: überleben. Das war das Wichtigste.

Doch dann kam die Vergangenheit zurück. Der alte Mann hatte sie an der Hand gehalten. Sie waren weiter in den Wald hineingegangen, am Weg entlang. Es war Herbst gewesen, der Pfad komplett bedeckt mit gelbem Laub. Und rotem. Sie deutete ins Waldinnere.

Der Boden war durchnässt, es regnete beinahe lautlos. Starke Frauenarme hielten sie aufrecht. Zusammen wanderten sie über den Pfad. Molly versuchte, sich umzuschauen. Langsam wurde es dunkel.

Otilia hielt sie aufrecht. Sie sah, dass Nadja und Gittan hinter ihnen die Trage schleppten, die Trage, auf der Molly ihr halbes Leben verbracht zu haben meinte. Darauf lagen lauter Gegenstände. Ein großer Stapel zusammengefalteter Umzugskartons, eine Werkzeugkiste, ein paar Spaten.

Sie näherten sich einem Elektrokasten. Er war umgefallen, eine rostige Industrieruine aus einfacheren Zeiten. Irgendein Tier hatte sich im Schrank einen Bau hergerichtet, ihn dann aber wieder verlassen.

»Daran sind wir vorbeigekommen«, sagte Molly. »Dann ging so ein Pfad nach rechts ab.«

Rita nickte und rief den anderen zu: »Ausschau halten nach einem Pfad, der nach rechts abzweigt.«

Sie folgten dem Weg, immer weiter in den Wald hinein. Molly hörte das Ding an ihrem Arm lauter brummen. Eine neue Klarheit überkam sie.

»Geradeaus«, sagte sie. »Bis wir zu so einer Senke kommen.«

Molly wusste kaum mehr, was eine Senke war. Hatte er das gesagt? Hatte S das Wort *Senke* ausgesprochen, während er seine Geliebte liebevoll durch den Wald führte?

Sie spürte wieder seine Hand. Warm und trocken in der Herbstkühle. Sie führte sie den Pfad entlang. Das gelbe Laub hatte Gesellschaft von rotem und braunem bekommen. Eine farbenprächtige Wanderung.

Die Gruppe erreichte jetzt im Regen ein Tal, eine Mulde, eine Vertiefung, eine Kluft, eine Schlucht – eine *Senke*. Otilia hielt sie mit kraftvollem Griff fest. Dicht vor ihnen ging Rita und hielt ihre Hand. Eine kleinere Lichtung öffnete sich vor ihnen, und zwischen die Regentropfen stahlen sich paradoxerweise ein paar Sonnenstrahlen. Inmitten einiger hoher Kiefern auf der linken Seite meinte sie, einen Regenbogen zu erkennen.

Bäume, die hauptsächlich aus Stamm bestanden.

Rita drehte sich fragend zu ihr um. Molly sah sich um. Ja, doch, sie gingen durch ein Portal. S zog sie zwischen den hohen Baumstämmen hindurch. Sie folgte ihm, schaute zum Regenbogen. Wenn er denn wirklich da war.

Dann hörte sie das Brummen an ihrem Oberarm.

Die Welt wurde anders, kälter. Im Gehen sah sie Laub von den

Bäumen fallen. Der Mann hielt immer noch ihre Hand. Etwas fester jetzt, aber nicht, weil er böse auf sie war, sondern einfach nur aus Nervosität. Dann sah er etwas, einen kleinen Hügel. Er drehte sich zu ihr, schaute ihr in die Augen, schob sie behutsam neben den nächsten Baumstamm, damit sie sich anlehnen konnte. Dann knöpfte er die Jacke auf, und sie sah eine Pistole darunter.

»Warte hier«, sagte er.

Sie gingen durch das Portal. Hier gab es keinen richtigen Pfad mehr.

»Woher wusste Ihr S, wo Sie stehen bleiben mussten?«, fragte Rita Ohlén.

»Da war so ein Hügel«, sagte Molly und schaute hoch in die fallenden Regentropfen.

»Aber da muss doch noch irgendwas anderes gewesen sein, oder?«, fragte Rita weiter. »Da muss doch noch irgendwas gewesen sein, woran er erkennen konnte, dass es die richtige Stelle war.«

»Da war so ein Hügel«, wiederholte Molly. »Nicht besonders hoch. Und da war ...«

»Was war da, Molly?«

Das Ding an ihrem Arm brummte.

»So eine Art Luftschacht«, sagte Molly. »Wie ein kleiner Schornstein.«

Sie schloss die Augen. Hörte Dinge. Ein paar wischende, gedämpfte Geräusche. Eine Pistole mit Schalldämpfer? Kurz darauf ein weiteres Geräusch, wie von einer Tür, die aufgeschlossen wird. Eine Tür mitten im Wald? Dann Stille, totale Stille. Dann das Geräusch eines Spatens, der sich in die Erde grub. Es hielt lange an, als hätte es mehrere Phasen.

Im nächsten Moment war der Mann wieder da, schaute auf sie herab. Verschwitzt, aber auch erleichtert. Er zeigte auf den Hügel und sagte: »Dort drinnen liegt unsere Zukunft. Deine und meine.«

Sie gingen weg, Hand in Hand. Und er hatte keinen Spaten mehr dabei.

Wieder der Regen. Jetzt durchquerten sie etwas hügeligeres Gelände. Otilias stabile Arme hielten sie weiterhin aufrecht. Dichter Wald.

Da blieb Rita stehen. Die anderen blieben auch stehen. Molly hörte ihre eigenen unregelmäßigen Atemzüge. Sie sah, wie Rita Ohlén sich einem kleinen Hügel näherte, mit Gestrüpp und Büschen überwuchert. Wie sie auf den Hügel stieg, die Pflanzen aus der Erde rupfte, etwas Verschimmeltes, Grünes, mit Flechten Überwachsenes freilegte. Es war wie ein kleiner Lüftungsschacht, fast schon ein Schornstein.

Und sie sah Ritas Beine zittern. Rita Ohlén ging auf dem Hügel in die Knie, ihr Kopf fiel nach vorn, ihre Stirn traf auf den kühlen Waldboden. In dieser Position verharrte sie, als bräuchte ihr ganzes Wesen eine Abkühlung. Wahrscheinlich war sie schon zu lange über die Maßen angespannt gewesen.

Dann stand Rita auf und winkte Nadja und Gittan heran. Sie gingen mit der Trage an Molly vorbei. Rita nickte ihren ehemaligen Patientinnen zu. Otilia setzte Molly an einen Baum. Es kam ihr so vor, als wäre die Perspektive haargenau dieselbe wie vor vierzehn Jahren. Sie hatte schon einmal an diesem Baum gelehnt. Und gewartet. Otilia zog ihre Arme nach hinten um den Baum und fesselte sie mit einem Kabelbinder. Diesmal war sie an den Baum gefesselt – das war ein Unterschied.

Während die anderen zu den Spaten griffen, stieg Rita vom Hügel herunter und ging zu Molly. Ihr Gesicht war voller Erde, Nadeln, Moos, aber sie lächelte breit. Sie streichelte Molly die Wange und sagte: »Danke, Molly. Jetzt dürfen Sie schlafen.«

Und das Ding an Mollys Arm brummte länger als je zuvor.

*

Sie wachte von einem anderen Brummen auf. Sowie sie die Augen aufschlug, folgte das wohlbekannte Brummen an ihrem Oberarm. Es kam ihr vor, als würde sie zu früh aufwachen. Eine Frauenstimme drang aus diffuser Ferne an ihr Ohr: »Julias Buchung galt.«

Das Letzte, was Molly sah, bevor sie zurück in einen tiefen Dämmerschlaf fiel, war etwas Fliegendes. Ein Helikopter. Ganz nah. Wahrscheinlich ein Teil ihres Traums.

*

Als sie wieder aufwachte, lag sie auf der Krankentrage und war zugedeckt. Der Regen fiel nicht mehr auf sie. Schwaches Dämmerlicht sickerte durch eine offene, schiefe, fast liegende Tür herein.

Auf der obersten Treppenstufe unterhalb der Tür saß Rita Ohlén und schaute sie an. Molly versuchte, den Raum zu überblicken. Die Decke war dicht über ihrem Kopf, Erdwände umgaben sie zu allen Seiten hin. Kein Zweifel: Sie war in einem Erdkeller.

Ein paar Paletten standen rechts neben ihr auf dem Boden. Auf der Palette, die ihr am nächsten war, lag etwas unter einer Plastikplane, ansonsten konnte man die Holzlatten erkennen.

Rita stand auf und ging hin. Sie bückte sich im Dunkeln.

Das Einzige, was Molly in diesem Augenblick wusste, war, dass sie das lose Ende war, die Spur, die beseitigt werden musste. Genauso wie Sam Berger.

Sie hatten den Vater ihres Kindes in die Luft gesprengt. Sie hatten ihn wirklich in die Luft gesprengt. Sie spürte, wie schwer ihr das Atmen fiel.

Rita hob unterdessen die Abdeckplane von dem kleinen Berg auf der Palette und sagte: »Hier ist Ihr Anteil, Molly. Ihr Teil der Entschädigung.«

Molly wusste, wie Fünfzig-Euro-Scheine aussahen. Stapel um Stapel. Aber Hundert- oder Zweihundert-Euro-Scheine hatte sie noch nicht so oft gesehen. Von Fünfhundertern ganz zu schweigen.

»Wollen Sie mich hierlassen?«, fragte Molly heiser.

Rita beugte sich wieder über die Treppe. Sie musterte Molly einen Augenblick lang. Dann sagte sie: »Kommt ganz drauf an, wie gut Sie Ihren Partner kennen.« Dann zog sie ein Handy heraus, das Molly schon einmal gesehen hatte. »Ich gehe davon aus, dass Sie nicht mit uns mitkommen wollen, oder?«

»Sie sind Mörder«, sagte Molly Blom.

»Neues Leben, zweite Chance?«, fragte Rita Ohlén.

»Nein.«

Rita lächelte kurz, tippte auf das Handy, legte es oben auf die Treppe vor der Tür und sagte: »Ich hatte es ja fast geahnt. Dann wünsche ich Ihnen noch viel Glück im Leben, Molly.«

Und bevor sie die Tür zuschlug, drückte Rita noch auf die kleine Fernbedienung. Das Ding an Mollys Arm brummte gefährlich laut. Um sie herum wurde es pechschwarz.

Molly Bloms Atem ging noch schwerer. Aus dem Erdkeller im verlassenen Wald stieg ein Schrei in den dämmrigen Abendhimmel, ein Schrei, der zwar nichts Menschliches mehr an sich hatte, aber dennoch ein Wort formte: »Sam!«

53

Berger lag in Embryonalstellung auf dem Kellerboden. Er wurde von einem unbekannten Geräusch geweckt. Mit knochentrockenem Mund holte er das Handy aus der Innentasche seiner Jacke. Keine Nachricht. Hatte er sich diesen Ton nur eingebildet?

Da hörte er ihn erneut. Er kam aus seinem Inneren. Aus der andere Innentasche. Ivans weinrotes Telefon. Eine SMS von einem unbekannten Absender. Sie bestand nur aus Ziffern. Berger starrte auf das Display. Fühlte sich träge und begriffsstutzig. Doch dann verstand er. Vielleicht.

Hinter der Zahlenfolge verbargen sich GPS-Koordinaten.

Er stand mit einer Kraft auf, die er gar nicht mehr in sich vermutet hätte, und stürzte zur Kellertür. Warf einen hastigen Blick auf die nicht ausgelöste Schützenabwehrmine auf dem Boden, hoffte innigst, dass es wirklich eine Attrappe war und seine Innereien nicht gleich den Weg nach oben mit graffitiartigen Spritzern überziehen würden. Aber nichts geschah.

Berger trat aus dem Haus. Die Dämmerung hatte begonnen, und es regnete immer noch, wenn auch zurückhaltender. Er stolperte hinunter zum Dienstwagen und schickte ein paar stumme Gebete gen Himmel, während er die Ziffern ins GPS seines Navis eingab.

Das System hing einen Moment, schien sich quasi zu räuspern.

Alles stand und fiel mit diesen Zahlen hier. Damit, ob sie wirklich eine Position bezeichneten. Da erschien ein Ort auf dem GPS. Er schloss die Augen, dankte nicht existierenden Mächten und nahm Kurs Richtung Nordwesten.

Hedesunda sagte ihm überhaupt nichts. Ein Ort mitten im Nirgendwo. Über endlose Landstraßen fuhr er durch Uppland und dann über die Grenze nach Gästrikland. Die Dichte des Waldes war beeindruckend, die Dunkelheit umschloss ihn immer mehr. Er fuhr, so schnell er konnte.

In Hedesunda bog er auf einen Kiesweg, der tief ins Nichts zu führen schien. Kein Auto weit und breit. Die Welt war verlassen. Vereinzelte Lichter von Hütten, die hier und da im Wald standen, ansonsten war es pechschwarz.

Jetzt war er ganz nah. Richtig nah.

Er fuhr langsamer. Das Ziel befand sich offensichtlich im Wald. Hier gab es keine Straßen, keine Häuser. Ein Stückchen weiter rechts lag eine Ferienhaussiedlung. Aber das war weit weg.

Berger näherte sich dem Ziel, links von der Straße. Rechts glitt eine Briefkastenreihe vorbei. Er blieb stehen, sobald er konnte, an einer kleinen Verbreiterung der Straße. Eine Weile blieb er dort sitzen. Die Dunkelheit begann unmittelbar auf der anderen Straßenseite. Sie schien undurchdringlich, eine Mauer aus Finsternis. Er gab die Koordinaten ins GPS seines Handys ein und sah, dass es noch drei Kilometer waren, im Großen und Ganzen pfeilgerade in den Wald hinein. Luftlinie.

Aber die Luftlinie konnte er schlecht nehmen.

Er öffnete das Handschuhfach, wühlte darin, holte die stärkere Taschenlampe heraus und probierte sie aus. Wühlte noch nach etwas anderem – einem Jagdmesser, das er an seinem Hosenbund befestigte.

Ein Teil von ihm wollte nicht aus dem Auto steigen. Aber dann ging er doch los, leuchtete auf den Waldrand an der Straße und fand einen Eingang, der ihm sinnvoll erschien. Stand wenig später vor einem großen Findling. Der Regen lief ihm übers Gesicht. Er war so unendlich müde.

Der Akku seines Handys war so gut wie leer. Aber es schickte ihn tiefer in den Wald. Weitab von jedweder Zivilisation. Er war in der Wildnis. Die Dunkelheit war die Finsternis seiner Seele.

Berger kämpfte sich weiter voran. Noch funktionierte das GPS, aber es konnte jeden Moment passieren, dass er das Signal verlor, dass sein letzter Kontakt mit der Wirklichkeit erlosch. Außerdem ging jetzt wirklich der Akku zur Neige.

Er fand keine Wege, keine Anzeichen menschlicher Gegenwart. Kämpfte sich zwischen den Bäumen hindurch, und alles um ihn herum fühlte sich feindselig an. Die Natur peitschte, kniff, schlug ihn.

Noch ein Kilometer. Er blieb stehen, leuchtete einmal rundherum. Alles, was er sah, waren Bäume. Bis der undeutliche, schwarze Umriss eines Vogels durch den Regen segelte. Als ob er etwas von ihm wollte.

Er taumelte weiter. Stolperte. Wäre beinahe einen Abhang hinuntergestürzt. Eine Senke? Er fing seinen Sturz gerade noch ab, und das Licht seiner Taschenlampe fiel auf ein paar hohe, nackte Kiefernstämme. Er musste zwischen ihnen hindurch. Es war, als würde man durch ein Portal treten. Das Portal ins Totenreich.

Berger meinte, in der Ferne einen Hund bellen zu hören. Garms Seele.

Dann ging er weiter. Noch fünfhundert Meter. Er zog seine Pistole, entsicherte sie. Sah sie im kalten Licht seiner Taschenlampe zittern. Noch dichterer Wald. Er kämpfte sich vorwärts. Wahrscheinlich gab es in diesen Wäldern auch Bären.

Als er sich der Stelle bis auf zweihundert Meter genähert hatte, wurde der Wald lichter. Es war kaum eine Lichtung, aber die Bäume standen weniger dicht beieinander. Der Boden war eben. Er leuchtete in alle Richtungen. Immer noch keine Spur menschlicher Gegenwart. Der Regen tönte.

Der Wald tönte. Und dort vorn hob sich der Boden ein wenig. Erhob sich zu einem kleinen Hügel.

Er blieb stehen, schaltete die Taschenlampe aus. Stand in der reinen Dunkelheit. Noch fünfzig Meter. Glaubte er seinem GPS, so war der Hügel das Ziel.

Noch ein paar Schritte nach vorn, er stürzte und stieß einen Laut aus. Jetzt war es zu spät. Wieder machte er die Taschenlampe an. Wenn hier Feinde lauerten, hatten sie ihn ja sowieso schon im Visier. Der Lichtschein fiel auf den Hügel. Dort hatte jemand das Gestrüpp heruntergerissen, anscheinend erst vor Kurzem. Frisch gebrochene Zweige.

Mit erhobener Waffe begann er, langsam um den Hügel zu kreisen. Auf der anderen Seite sah er einen uralten, verrosteten Spaten im Boden stecken. Der hatte dort sicher vierzehn Jahre lang gesteckt. Seit 2002.

Er richtete den Lichtkegel der Taschenlampe auf die Rückseite des Hügels. Und entdeckte dort frische Spuren. Von ganz anderen Spaten. Irgendetwas war aus dem Hügel herausgegraben worden. Er beleuchtete das fast quadratische Stück.

Es stellte sich als eine robuste Stahltür heraus, deren Neigung genau dem Hügel angepasst war: Wie es aussah, war sie lange bedeckt gewesen, vom Erdreich dunkel gefärbt, aber gerostet war sie nicht. Sie schien verschlossen zu sein.

Auf einem Absatz unterhalb der Tür lag ein Handy. Berger nahm es und sah, dass es nicht mit einer PIN gesichert war. Mit wenigen Klicks holte er die letzte gesendete SMS aufs Display.

Da standen sie, die Zahlenfolgen, die GPS-Koordinaten.

Er beleuchtete noch einmal den Hügel. Wie eine Grabkammer aus der Bronzezeit. Dann ließ er den Lichtkegel ein letztes Mal über die Umgebung wandern, einfach um sich zu vergewissern, dass er nicht gleich eine Schrotladung in den Rücken bekommen würde, sobald er das Schloss öffnete.

Hinter ihm war niemand. Hier war nirgendwo eine Menschenseele. Er hatte mehr Schwierigkeiten als sonst mit dem Dietrich, wahrscheinlich, weil er so unkontrolliert zitterte.

Es durfte keine Grabkammer sein. Es durfte einfach keine sein.

Schließlich hatte er doch noch Erfolg. Hörte das Klicken. Eine Klinke gab es nicht. Also musste er die Tür mit dem Jagdmesser aufhebeln. Was bedeutete, dass er nicht gleichzeitig seine Waffe schussbereit in der Hand halten konnte. Schließlich hatte er die Tür aufgestemmt und hob sie ein kleines Stück nach oben. Sie glitt mit einem angestrengten Knarren auf.

Er leuchtete in den Erdkeller hinunter. Das Erste, worauf der Lichtkegel fiel, war ein Haufen Bargeld auf einer Palette. Eine absurde Menge Geld. Dann fiel das Licht auf eine Krankentrage. Ein Kopf schaute unter einer Decke hervor. Die Augen waren geschlossen.

Die Sekunden, die vergingen, bevor Molly Blom die Augen aufschlug, kamen ihm vor wie eine eiskalte Ewigkeit.

Er sah ihren Blick. Er hatte sich so sehr verändert.

Als wäre sie viel zu lange im Dunkeln gewesen.

In der Finsternis der Seele.

Dann stolperte er hastig die Treppe hinunter. Sank auf die Knie und ergriff ihre Hand.

»Du bist gekommen«, sagte sie heiser.

Berger berührte ihre Wange mit seiner nassen Hand.

»Ja«, antwortete er. »Ich bin gekommen.«

Und alles, aber auch wirklich alles, war gut.

Wie in einem Traum.

54

Eine ganze Weile kniete er neben ihrem Bett. Keiner von ihnen sagte einen Ton. Eine alles umschließende Nacht umgab sie, die nichts anderes hereinließ. Es roch nach modrigem, schimmligem Erdkeller, und das einzige Licht kam von seiner Taschenlampe, die so auf dem Boden gelandet war, dass sie den riesigen Haufen Geld anleuchtete.

»Kannst du aufstehen?«, fragte er schließlich.

»Ich glaube schon«, sagte sie heiser.

Er half ihr hoch. Sie schwankte. Er stützte sie, und sie hielt sich an ihm fest. Er entdeckte einen Apparat, der um ihren Arm geschnallt war, mit einer Kanüle und irgendeiner Droge. Vorsichtig zog er die Kanüle heraus und warf das Ding weg. Dann bückte er sich nach der Taschenlampe und ließ das Licht auf den Geldscheinen ruhen.

»Warum sind die noch hier?«, fragte er.

»Das ist ›mein Anteil‹«, sagte sie mit hörbaren Anführungszeichen. »Ein Viertel des Geldes.«

Er zog eine Plastiktüte zu sich heran, die neben dem Geld lag, und richtete das Licht auf die offene Tür. Draußen hatten sich ein paar hellere Streifen in die Nacht geschlichen. Sie traten hinaus an die frische Luft. Er breitete die Plastiktüte aus und half ihr den kleinen Abhang über dem Erdkeller hinunter. Dann blieb sie erst einmal auf dem Gras im blassen, aber deutlichen Regen sitzen.

»Das sind ja Millionen«, sagte Berger.

Blom nickte.

»Ich habe einen Helikopter gesehen«, sagte sie.

»Wie geht's dir eigentlich?«, fragte Berger und versuchte, die Antwort in ihrem Blick zu lesen. »Mit diesem Dingsda am Arm. Und den ganzen Einstichen. Sollten wir nicht sofort ins Krankenhaus fahren?«

Blom schüttelte den Kopf.

»Rita hat mir versprochen, dass es nur vorübergehend ist.«

»Rita Ohlén«, schnaubte Berger verächtlich. »Auf die ist ja bekanntlich Verlass.«

»Ich muss mich nur ein bisschen ausruhen«, sagte Blom.

Er setzte sich neben sie, neben die Plastikplane, direkt ins nasse Gras, und legte vorsichtig den Arm um sie. Gemeinsam starrten sie hinaus in die sich langsam aufhellende Nacht.

»Ich ahne, dass du an einem sehr dunklen Ort warst.«

»Kann man so sagen«, antwortete Blom.

Dann schwieg sie.

Es gab nicht so viel zu sagen.

Schließlich brach Berger das Schweigen.

»Du lebst, das ist das einzig Wichtige. Und jetzt fahren wir nach Hause zu Myrina.«

Sie lächelte kurz und nickte.

Doch sie blieben sitzen. Die Zeit verstrich wie ein leichter Regen.

»Was weißt du über die Sache?«, fragte Berger.

»Dass alles gut vorbereitet war«, entgegnete Blom. »Dass Rita, Otilia, Nadja und Gittan das Geld in Umzugskartons gepackt haben. Dass ein Helikopter gekommen ist. Dass sie schon weg sind mit der Kohle. Dass es Entschädigung und Rache zugleich ist. Dass Nadja, Otilia, Gittan, Julia und Ivan die *Freiheit* überlebt haben, das *Svoboda*. Dass alle ein Recht auf ihren Anteil haben.«

»Du auch, Molly.«

»Und deswegen habe ich auch etwas bekommen«, sagte Blom müde. »Ich bin nicht mal sicher, ob dieses Geld dem schwedischen Staat gehört.«

»Ein landesweiter Fahndungsalarm könnte Rita und die Truppe aufhalten, bevor sie die Grenze passieren.«

»Wollen wir das?«, fragte Blom. »Dass sie festgenommen werden und hinterher eine nach der anderen im Gefängnis auf Geheiß des Obersts ermordet werden?«

»Ganz zu schweigen von dem Verbrechen, das du selbst begangen hast«, fügte Berger hinzu. »Vor vierzehn Jahren. Als du nichts von dem Geld erzählt hast.«

Sie lächelte schwach. Er wusste also Bescheid.

Berger betrachtete Bloms abgehärmtes Gesicht in der Nacht.

»Wie lange haben sie dich in die Dunkelheit gezwungen?«, wollte er wissen. »Willst du nicht auch eine Entschädigung für die ganzen Drogen, die sie dir in den Körper gepumpt haben?«

»Nein«, sagte Blom schlicht. »Sie haben uns leben lassen, obwohl wir die einzigen losen Fäden sind. Ich dachte, dass du tot bist, dass sie dich im Keller in die Luft gesprengt haben. Haben sie aber nicht. Und mich haben sie nicht bloß leben lassen, sie haben mir auch noch Geld gegeben. Sie rechnen damit, dass wir im Gegenzug menschlich denken. Nicht bürokratisch.«

»Meinst du im Ernst, dass sie sich diese Entschädigung verdient haben?«

»Wir sind keine Polizisten mehr, Sam.«

Ihre Blicke trafen sich. Irgendwo im Morgengrauen schrie eine Eule. Berger wandte den Kopf, leuchtete hinunter in den Erdkeller und betrachtete den Haufen Euroscheine.

»Das ist das Geld, Molly«, sagte er. »Damit kannst du dein Fitnessstudio gründen. Mann, damit kannst du eine ganze Kette aufziehen.«

»Das Geld stinkt«, antwortete sie. »Ich will es nicht.«

Bergers Blick ruhte weiter auf dem Geldhaufen. Er stellte sich vor, wie das Blut an der Seite herunterlief, zwischen den einzelnen Scheinen hervorquoll. Drogen, Glücksspiel, Prostitution, Bestechung, Waffenhandel, Drohungen und Mord.

So sauber die Scheine auch aussehen mochten, sie würden es niemals sein.

Molly Blom sagte: »In der altnordischen Mythologie ist Njord der Gott des Reichtums.«

Da riss sich Berger los vom Bannkreis des Reichtums.

»Komm, wir hauen ab«, meinte er.

Blom schüttelte den Kopf.

»Es wird schon hell. Der Helikopter muss hier irgendwo gelandet sein«, bemerkte sie.

Berger schnaubte und packte sie unter den Armen. Sie hievte sich hoch, bis sie auf den Beinen stand. Er fasste ihre beiden Oberarme und schaute ihr aus nächster Nähe in die Augen. Dann nickte er und meinte: »Wie gesagt, Molly, wir sind keine Polizisten mehr. Wir brauchen keine Spuren zu sichern.«

»Und was, wenn ich es *will?*«, erwiderte Molly.

Darauf hatte er keine Antwort. Er zückte sein Handy, hatte nur noch einen schmalen Streifen in der Akkuanzeige. Auf der Landkarte des Handys fand er eine Art Öffnung, vielleicht eine Lichtung. Es schien ihm die einzige Stelle zu sein, an der ein Hubschrauber landen konnte.

Sie machten sich auf in diese Richtung. Die Wanderung schien Ewigkeiten zu dauern. Nach ungefähr hundert gestolperten Metern erreichten sie die Lichtung. Schon aus der Ferne sah man in der Mitte deutliche Landespuren eines Helikopters.

Doch im immer heller werdenden Morgenlicht sah man noch etwas anderes.

Es war spürbar, wie Bergers Gehirn versuchte, den Fall abzufedern. Im ersten Moment sah es aus wie ein Pilz, ein großer Pilz.

Aber es war ein Kopf.

Er ließ Blom los, drehte sie weg und machte ein paar unsichere Schritte näher heran. So erreichte er einen kleinen Hügel, von dem aus er die Lichtung überblicken konnte.

Es war Rita Ohléns Kopf. Er ragte gerade aus dem Boden. Die Zunge hing ihr aus dem Mund. Die Brille saß rätselhafterweise noch immer auf ihrer Stirn. Auch der Rest des regendurchtränkten Bodens der Lichtung war mit Körperteilen übersät. Es sah aus wie ein mittelalterliches Schlachtfeld im Morgengrauen nach der Schlacht.

Er drehte sich um und sah, dass Molly auf der Wiese zusammengesunken war. Sie war ganz weiß im Gesicht. Zweifelsohne hatte sie den Wahnsinn auch gesehen. Er ging zu ihr, legte ihr die Hand auf die Schulter, schaute ihr in die Augen. Sie schloss sie und nickte, um zu signalisieren, dass sie das alles trotzdem irgendwie überstehen werde. Innerlich völlig leer ging er hinunter auf die Lichtung.

Es war das Schlimmste, was Berger je in seinem ganzen Leben gesehen hatte. Unmöglich auszumachen, welcher Körperteil wem gehörte. Während er zwischen den Überresten umherwanderte, merkte er, dass er kurz davorstand, sich zu übergeben. Er beugte sich nach vorn. Bereute es, als er prompt auf einen Oberschenkel starrte. Er richtete sich wieder auf. Und erbrach sich in den Mund. Schluckte. Bloß keine DNA an einem Tatort dieser Größenordnung hinterlassen.

Er versuchte, diese Rationalität beizubehalten. Ihm wurde klar, dass man die verschiedenen Körper ja doch unterscheiden konnte, anhand der Köpfe. Ganz hinten lag ein großer roter Haarschopf, das Blut über den nassen Boden verschmiert. Gittan.

Er stolperte an Ritas Kopf vorbei. Fühlte den wahnsinnigen Schmerz. Rita hatte ihm direkt in die Seele geschaut und Balsam draufgegossen. Jetzt flog ihre eigene Seele gen Himmel.

Dann erkannte er einen dritten Kopf, ebenfalls blond, ebenfalls kurzhaarig. Die Augen schienen weit ins Universum zu blicken, ohne die Regentropfen zu registrieren, die ihnen auf die Netzhaut prasselten.

Er sank neben einem Unterarm auf die Knie. Erkannte ein Tattoo am Handgelenk. Sah den Namen »Sam«, durchschossen von einem Pfeil. Sah einen fallenden Blutstropfen. Das Herzblut.

Da begann er zu weinen. Das Herz brach ihm. Die Tränen liefen nicht, sie schossen geradezu aus ihm heraus. Er schluchzte, konnte nicht mehr atmen, die Tränen füllten sein ganzes Inneres aus.

Es war schwer zu sagen, wie lange er dort saß. Der Morgen kam, der Regen ließ nach. Molly war auf die Lichtung heruntergekommen. Sie kniete neben ihm. Ihre Blicke trafen sich.

»Keine Nadja«, sagte sie leise.

Berger hob den Blick und ließ ihn über die Lichtung schweifen. Was er sah, war das Werk des Teufels selbst. Aber es stimmte. Keine Nadja. Jetzt war sie wirklich gekidnappt worden.

»Wir müssen gehen«, sagte Blom. Sie stützte sich auf Bergers Schulter und stand auf. Dann zog sie ihn auf die Füße.

Da standen sie. Schlangen die Arme umeinander.

Es war zu viel, um es wirklich zu erfassen.

Sie stützten sich gegenseitig, während sie davonstolperten. Oben auf dem Hügel blieb Berger noch einmal stehen. Er drehte sich um und blickte über das Schlachtfeld. Dann zückte er sein Handy, nicht um jemanden anzurufen – wen auch? –, sondern um Fotos zu machen, die Hölle auf Erden zu verewigen. Doch sein Handyakku war jetzt endgültig leer. Absolut tot. Er grub in seiner Innentasche und holte Ivans weinrotes Handy heraus, aber das hatte weder Kamerafunktion noch Internet.

Blom hielt ein drittes Handy hoch.

»Das ist das von Rita«, sagte sie. »Das hat sie am Erdkeller liegen lassen. Aber es ist auch bloß so ein Schrotthandy, ohne Kamera.«

Berger nickte.

Blom bückte sich mühsam zum nassen Gras und hob einen durchnässten Zettel auf. Er war lila und weiß und trug ein Bild, das ein futuristisches Gebäude zeigte. Es waren fünfhundert Euro.

»Verdammt«, sagte Berger.

Als sie zum Erdkeller zurückkamen, blieben sie stehen.

*

Es war schwer, den Rückweg zur Straße zu finden. Berger fand sich im Hellen nicht mehr zurecht. Und Bloms Vergangenheit half ihr diesmal nicht. Sie stolperten durch den Wald, völlig orientierungslos. Wussten aber, dass sie im Grunde nur immer geradeaus gehen mussten.

Ein paar hundert Meter vor der Straße warf Berger erneut einen Blick auf sein Handy. Das Display blieb komplett schwarz. Und sein eigenes Spiegelbild auf der schwarzen Fläche wirkte leichenblass. Er erkannte sich selbst nicht mehr.

Auch Molly Blom war in miserabler Verfassung: Sie zitterte, bekam Schüttelfrost, hatte immer wieder Halluzinationen, doch sie kämpfte und hielt sich wacker auf den Beinen. Berger musste sie mehr oder weniger tragen. Geradeaus zu gehen war ein Ding der Unmöglichkeit.

Zu guter Letzt kamen sie trotz allem wieder auf die Straße und entdeckten die Reihe von Briefkästen. Erreichten den Firmenwagen. Berger befreite sich von einem Großteil seiner Last, schloss das Auto auf, ging auf die andere Seite, bugsierte Blom auf den Beifahrersitz, ging wieder auf die Fahrerseite, ließ den Motor an und drehte die Heizung voll auf. Dann stieg er wieder aus. Ging zu seiner Last.

Im Erdkeller hatten drei leere schwarze Plastiktüten gelegen, inklusive derjenigen, auf die sie sich gesetzt hatten. Die Tüten waren perfekt für ihre Fracht. Wie ein Teil von Rita Ohléns Geschenk. Jetzt lagen die Säcke im Graben, wo Berger sie hingeschleppt hatte. Er holte tief Luft und machte den Kofferraum seines Wagens auf. Dann hievte er die randvollen Plastiksäcke hinein, einen nach dem anderen.

Er kletterte ein letztes Mal aus dem Graben und schaute in den offenen Kofferraum. Hier und da leuchteten Zahlen durch das schwarze Plastik. Da stand 50, 100, 200. Und an einer Stelle ein lila Bild, das ein futuristisches Gebäude zeigte. Sam Berger stieß einen tiefen Seufzer aus und knallte die Klappe des Kofferraums zu.

55

Deer saß in ihrem Büro im Polizeipräsidium und sah die Morgendämmerung heraufziehen. Sie hatte es nicht fertiggebracht, sich in einen chaotischen Nachtpendlerzug nach Hause zu setzen. Hatte ihrer Familie stattdessen eine Nachricht geschrieben, und dann war sie in der Stadt geblieben. Sie hatte ein paar Stunden unruhig auf dem Sofa in ihrem Büro geschlafen. Und sich verkniffen, Berger anzurufen, um ihre Neugier zu stillen. Am Ende aber hatte sie nicht mehr anders gekonnt. Doch es war niemand rangegangen. Sein Handy schien ausgeschaltet zu sein.

Jetzt saß sie am Schreibtisch und starrte aus dem Fenster. Die Dämmerung im späten schwedischen August hatte eine ganz besondere Tiefe, die sie liebte. Sie versuchte, auch diese Morgendämmerung zu lieben. Aber es wollte ihr nicht gelingen.

Da klopfte es an der Tür. Das konnte um diese Uhrzeit nur die Putzfrau sein. Einen Augenblick bildete sie sich ein, dass es Nadja war.

Die Putzfrau Nadja.

Sie war es nicht. Es war überhaupt keine Putzfrau. Deer brauchte einen Moment, um den großen Mann zu erkennen. Er hatte ein iPhone in der Hand.

»Kent Döös, Säpo«, sagte er. »Ich habe gehört, dass Sie hier sind. Darf ich reinkommen?«

Säpo.

War sie aufgeflogen? Waren all ihre Dienstfehler, all ihre Straftaten am Ende doch ans Tageslicht gekommen?

»Selbstverständlich«, sagte sie und lächelte. »Unsere Wege haben sich ab und an schon mal gekreuzt. Ich habe Sie im Södersjukhuset besucht, als Sie von einer Biene gestochen worden sind.«

Döös lächelte ebenfalls, trat ein und sagte: »Bienenstiche sind zehnmal schlimmer als Wespenstiche.«

»Schön, dass Sie sich wieder erholt haben.« Deer spürte ihren Achselschweiß.

»Ich habe da eine Sache, die sehr eilig ist«, erklärte Döös und setzte sich nicht in den angebotenen Besucherstuhl. »Unsere Wege haben sich im Zusammenhang mit Berger und Blom ja in der Tat immer gekreuzt. Und darum geht es jetzt auch. Wir hatten da eine Abhöraktion im Zusammenhang mit den zerstückelten Wasserleichen – darum kümmern Sie sich doch bei der NOA, oder?«

Deer nickte. Eine Abhöraktion?

»Es ist eine vorübergehende Zusammenarbeit mit der Polizei Stockholm – deswegen bin ich hier im Hause –, und wir haben beim Abhören eines bekannten russischen Mafioso etwas aufgeschnappt, was eventuell mit dem Fall zu tun haben könnte.«

Deer war es scheißegal, dass sie hier offenbar übergangen worden war. Die Polizei Stockholm? Auf sicherem Boden fühlte sie sich aber noch immer nicht.

»Aufgeschnappt?«, wiederholte sie.

»Gerade neulich«, sagte Döös. »Hören Sie zu.«

Er drückte auf sein iPhone. Eine brüchige Stimme sagte auf Schwedisch: »… Scheißmorgen, alle Hände voll zu tun gehabt. Erst diesen blöden Hamid plattmachen, der nie pünktlich zahlt, dann irgend so ein blödes Baby von Blom holen und am Ende Reuterswärd wegen dem geschmuggelten Schnaps vermöbeln …«

Kent Döös stoppte die Aufzeichnung, zuckte mit den Schultern und sagte: »Könnte jetzt natürlich jede Blom sein, aber war es nicht so, dass Molly schwanger war? Ich weiß nicht, ob Sie immer noch irgendwie Kontakt mit ihr haben?«

»Danke«, sagte Deer neutral. »Ich werde mich darum kümmern.«

Döös runzelte die Stirn.

»Sicher?«

»Ja. Ganz sicher.«

»Okay.« Döös deutete auf die Tür. »Ich muss dann mal …«

»Ciao, Kent«, sagte Deer. »Und danke schön!«

Er ließ sie allein. Sie saß ein paar Sekunden still am Tisch und versuchte nachzudenken. Doch der einzige Gedanke, der ihr kam, war: *Verdammt und zugeschissen.*

Deer rief einen Zivilwagen, schnappte sich ihre Dienstwaffe, lief in die Garage, warf sich ins Auto und fuhr wie eine Gesengte von Kungsholmen nach Östermalm, wobei sie den Polizeifunk ganz laut stellte, um es bloß nicht zu überhören, wenn Großalarm ausgelöst wurde. Sie parkte auf einem Behindertenparkplatz in der Floragatan und stürzte durch die Haustür, lief die Treppe hoch und klingelte wild an der Tür.

Obwohl es unchristlich früh war, wirkte Mollys Mutter wie eine ziemlich frische Siebzigjährige. Sie war offenbar schon eine ganze Weile wach. Nora Steen betrachtete Deer skeptisch über Myrina hinweg, die in einer Trage über ihrer Brust hing.

Deer gab sich alle Mühe, wieder langsamer zu atmen, hielt ihren Dienstausweis in die Höhe und sagte: »Ich hoffe, Sie können sich an mich erinnern. Kommissarin Desiré Rosenkvist.«

»Natürlich kann ich mich an Sie erinnern«, sagte Nora Steen. »Mollys und Sams Freundin. Die Einzige, auf die sie sich hundertprozentig verlassen.«

»Und jetzt müssen Sie mir auch ein bisschen vertrauen«, sagte Deer. »Wir müssen hier weg. Jetzt sofort. Sie sind in Gefahr.«

Nora Steen starrte Deer an.

»Aber ich kann nirgendwohin«, sagte sie. »Ich habe einen gebrochenen Oberschenkelhals.«

Erst da sah Deer die Krücke, die Nora Steen hinter ihrem Rücken versteckt hatte.

»Umso wichtiger, dass wir auf der Stelle losgehen«, sagte sie und beugte sich vor, um ihr unter die Arme zu greifen.

»Ich gehe nirgendwohin«, protestierte Nora.

»Kommen Sie bitte einfach mit«, bat Deer.

»Ich nehme an, dass es bei der gefährlichen Situation um Myrina geht«, sagte Nora. »Ich würde Sie nur behindern. Nehmen Sie sie mit. Ich bleibe hier.«

»Aber ...«, sagte Deer.

»Ich habe ein Sicherheitsschloss und eine Alarmanlage. Ich komme schon zurecht.«

Deer hörte unten auf der Floragatan eine Tür zuschlagen. Sie fasste einen schnellen Entschluss.

»Ich schicke einen Streifenwagen vorbei«, sagte sie und nahm Myrina in ihrer Trage mitsamt Wickeltasche entgegen, die sich leicht in eine Umhängetasche verwandeln ließ. Als sie die Tür zum zweiten Mal hörte, versenkte sie die Trage, in der Myrina lag, kurzerhand in der Wickeltasche. Das Kind quengelte ein bisschen, doch Deer fand einen Schnuller in einem Außenfach, den sie ihr in den Mund schob. Myrina durfte jetzt kein Geräusch machen.

Deer ging Stockwerk um Stockwerk hinunter. Sie war im zweiten Stock, als sie den Aufzug losfahren hörte. Blieb stehen. Zog die Dienstwaffe, verbarg sie hinter dem Rücken. Musste ein paar unerträgliche Sekunden lang abwarten, hörte dann aber zu guter Letzt ein paar Kinder ein Stockwerk über ihr quatschen und die Aufzugtür zuwerfen.

Sie schlich sich weiter.

Als sie auf die Floragatan trat, war es schon ganz hell geworden. Sie schaute sich in alle Richtungen um, bevor sie die Tragetasche mit Myrina auf den Beifahrersitz stellte und davonfuhr. Sie musste einfach nur weg.

Aus dem Auto rief sie einen Streifenwagen für den Notfalleinsatz und fuhr auf gut Glück durch Östermalm, bis sie schließlich in der Roslagsgatan landete und auf einen Parkplatz zuhielt. Dort blieb sie stehen.

Wohin sollte sie jetzt fahren?

Am sichersten wäre wohl das Polizeipräsidium, aber der Arbeitstag brach gerade erst an. Es wäre unmöglich zu erklären, warum sie ein unbekanntes Kind dabeihatte. Sie würde lügen müssen. Wieder. Und unnötige Aufmerksamkeit wecken.

Sie überlegte angestrengt. Offenbar wusste die Mafia jetzt von Blom, wie auch immer das zugegangen sein mochte. Aber wussten sie auch von Berger? Sie ging den ganzen Fall noch einmal durch, wie sie ihn kannte, und sie fand keine Verbindung zwischen ihnen. Aus der Perspektive des Oberststs gab es keinen Sam Berger. Und wenn Sam Molly geholt hatte und sie auf dem Rückweg waren, wenn sein Handy aus einem ganz banalen Grund ausgegangen war, dann müssten sie jetzt auf dem Weg zum Bootshaus sein.

Sie fuhr dorthin.

Der Oberst *konnte* gar nichts vom Bootshaus wissen.

Erneut versuchte sie, Berger zu erreichen. Keine Antwort. Sie rief sogar Blom an, obwohl ihr klar war, dass dieses Telefon nicht mehr in der materiellen Welt weilte.

Edsviken, Helenelund, Sollentuna – sie fuhr so schnell, wie ihr Mut es zuließ. Die Tasche mit Myrina schwankte auf dem Beifahrersitz vor und zurück. Manchmal kam ein vereinzeltes Quäken von ihr, mehr nicht. Ab und zu sogar etwas, was sich anhörte wie ein Lachen.

Da tönte auf einmal eine laute Männerstimme durchs Auto. Deer zuckte zusammen, fuhr einen Augenblick in Schlangenlinien über die Schnellstraße. Es dauerte ein bisschen zu lange, bis ihr klar wurde, dass es nur der Polizeifunk war. Die Stimme sagte: »Einbruchsalarm, Floragatan, Östermalm. Eventuell Körperverletzung. Noteinsatz.«

Deer stöhnte.

Warum hatte sie Nora Steen nicht gezwungen, mit ihr zu fliehen? Aber dann wären sie so langsam vorangekommen, dass das Schwein es vorher zu ihnen geschafft hätte. Sie hatte trotz allem die richtige Entscheidung getroffen.

Sie hatte Myrina gerettet. Das musste ihr jetzt vorerst genügen. Noch eine Weile. Sie versuchte erneut, Berger anzurufen. Keine Antwort.

Dann bog sie auf den Parkplatz der Reihenhaussiedlung und suchte mit ihrem Blick die Wiese hinunter bis zum Bootshaus ab. Sie fand den Schlüssel an dem Versteck, das Sam ihr gezeigt hatte. Ging ins Bootshaus, schloss sorgfältig hinter sich ab. Stellte Myrina in der Tragetasche auf den Boden in Sams Büro und schaltete seinen großen Computer ein.

Abermals versuchte sie es bei Berger. Wieder dasselbe. Warum sollte er sein Handy ausgeschaltet haben? Langsam machte sie sich doch ein wenig Sorgen.

Myrina begann zu schreien. Der Schnuller fiel ihr aus dem Mund und kullerte in die Tragetasche. Deer ging in die winzige Küche des Bootshauses, fand kleine Fläschchen mit Muttermilch im Kühlschrank, fischte eine Babyflasche heraus und wärmte sie hastig auf. Sie kehrte zurück in Bergers Büro, nahm Myrina aus der Trage und fütterte sie. Die Kleine saugte gierig an dem Fläschchen, trank sich pappsatt und schlief dann auf Deers Arm ein, während Sie mit der Maus herumklickte und einen Icon mit Überwachungskameras suchte.

Sie musste die Brille aufsetzen. Am Ende fand sie das Icon, öffnete die Livebilder der Überwachungskameras auf dem großen Bildschirm. Vier Felder, vier Kameras.

Keine Bewegung.

Keine Bewegung bei keiner der vier Kameras.

Deer legte die schnaufende Myrina vorsichtig zurück in die Tragetasche und versuchte, klar zu denken. Gab es wirklich keine andere Möglichkeit, Berger zu kontaktieren?

Da kam es ihr. Ivan Granströms Handy, das weinrote aus Otilias Zuhause – das hatte Berger doch dabei, oder? Sie hatte die Nummer gesehen, hatte sie gewählt – konnte sie sich noch an sie erinnern?

Sie versuchte es ein paar Mal, tippte aber daneben. Vertauschte ein paar Zahlen, versuchte es erneut. Eine alte Dame in Eksjö ging ans Telefon. Sie versuchte eine andere Variante. Jetzt kam ihr die Nummer plötzlich bekannter vor.

Und tatsächlich antwortete er. Wenn auch sehr gedämpft. Sie erkannte seine Stimme gar nicht richtig wieder.

»Ist alles in Ordnung bei euch?«, fragte sie.

»Nein«, sagte Berger. »Aber wir sind beide hier im Auto. Und wir leben.«

»Okay, hier ist was passiert«, erklärte Deer und versuchte, die richtigen Worte zu finden.

»Warum rufst du auf Ivans Handy an?«

»Deins ist aus.«

»Ach so, ja, klar«, antwortete Berger mit der gleichen seltsam gedämpften Stimme. »Da ist der Akku leer.«

»Hör zu jetzt«, sagte Deer. »Kent hat angedeutet, dass die Mafia Myrina ins Visier genommen hat. Ich habe sie ihnen gerade noch vor der Nase wegschnappen können.«

»Verdammt, was redest du da, Deer?«

Erst jetzt erkannte sie seine Stimme wieder.

»Ich habe sie bei mir«, sagte sie. »Aber es ist möglich, dass ihre Großmutter verletzt wurde. Sie sind nämlich zu ihr gefahren.«

»Wo zum Teufel bist du jetzt?«

»Ich bin im Bootshaus. Kommt, so schnell ihr könnt. Ich fühl mich hier ziemlich exponiert.«

»Verdammt!«, schrie Berger. »Okay, ich fahr, so schnell ich kann.«

»Wo seid ihr denn jetzt?«

»Kungsängen, glaub ich.«

»Scheiße«, sagte Deer. »Steig aufs Gas, Sam.«

In der nächsten Sekunde war Berger weg.

Deer betrachtete das Handy und seufzte tief. Dann warf sie einen Blick auf Myrina in der Tragetasche auf dem Boden. Sie schlief tief, in seliger Unkenntnis der grenzenlosen Bösartigkeit dieser Welt.

Deer stand auf. Wanderte auf und ab. Konnte nicht still sitzen. Sie ging an jedes Fenster, schaute hinaus, versuchte, das Haus zu sichern, so gut es ging. Sie brachte die Babyflasche in die Küchennische, stellte sie in die Spüle. Betrachtete sie eine Weile und hörte ihren eigenen schweren Atem. Dann nahm sie das Fläschchen wieder mit hinaus.

Sie ging wieder zu Myrina und legte das Fläschchen in die Tragetasche. Als ihr Blick erneut auf den Bildschirm fiel, meinte sie, eine Bewegung zwischen den Espen auszumachen, die die große Wiese säumten. Wie ein leises Huschen zwischen den belaubten Zweigen. Aber vielleicht war es nur ein Windstoß gewesen, denn schon im nächsten Moment sah sie nichts mehr. Auch in den anderen drei Kameras war kein Anzeichen von Leben zu entdecken.

Sie konzentrierte sich auf den Waldrand. Ging mit dem Gesicht ganz nah an den Monitor. Da sah sie es, ganz kurz, wie eine Fata Morgana. Die Kalaschnikow in den Händen des maskierten Mannes war deutlich zu erkennen, fast als würde sie fluoreszieren. Dann verschwand er wieder zwischen den Bäumen.

Deer stand auf. Ihr Herz hatte aufgehört zu schlagen.

Sie dachte an Lykke, sie dachte an Johnny.

Sie war so unfassbar dumm gewesen.

56

Während der Fahrt starrte Berger auf das weinrote Handy. Er fühlte sich nicht in der Lage, wirklich aufzunehmen, was Deer ihm gerade gesagt hatte. Er war schon so kaputt. Unterwegs hatte er mehrmals halten müssen, weil seine Hände so unkontrolliert zitterten.

Blom war während des Gesprächs aufgewacht. Sie hatte seit Hedesunda geschlafen, ein zuckender, fiebriger Schlaf, der ihr wahrscheinlich keinerlei Erholung geschenkt hatte. Aber immerhin Abwesenheit. Eine Abwesenheit von der grimmigen Wirklichkeit.

»Wer war das?«, fragte sie schlaftrunken.

»Deer«, sagte Berger.

»Okay ...?«

»Scheiße, ich komm mir vor wie im Buch Hiob«, fluchte Berger und holte aus dem Firmenwagen das letzte bisschen Geschwindigkeit heraus. Er donnerte an Kungsängen vorbei. Hoffentlich schafften sie es vor dem morgendlichen Berufsverkehr. Auf jeden Fall bis Sollentuna.

Jetzt starrte Blom ihn nur an. Er spürte ihren Blick wie einen Laserstrahl.

»Halt dich fest«, begann er. »Es geht um Myrina.«

»Red Klartext«, sagte sie scharf.

»Deer hat eine Warnung bekommen, dass sie hinter Myrina her sind. Sie ist zu deiner Mutter gefahren und hat sie mitgenommen. Jetzt sitzen Deer und Myrina im Bootshaus und warten auf uns. Oder auf die Mafia!«

»Mann, dann fahr gefälligst!«, schrie Blom.

Und er fuhr. Er fuhr, wie er noch nie gefahren war. Die lautlose Beschleunigung des Firmenwagens drückte sie beide in die Sitze.

Keiner von ihnen konnte sprechen. Es war, als wären alle Worte zu klein. Berger warf einen hastigen Blick zu Blom. Sie hatte die Beine angezogen, war wieder Kind geworden, die totale Regression. Da saß sie nun mit angezogenen Knien und kaute auf ihrer Lippe herum. Die Angst waberte wie eine greifbare Materie zwischen ihnen im Auto, eine zähflüssige, glühende Masse. Die Angst davor, was mit ihrem Kind geschehen würde, war wie Lava in einem unendlich engen Raum.

In Stadtnähe hatten sich bereits erste Schlangen gebildet. Berger fuhr zickzack, fädelte sich rasant zwischen Autos hindurch, legte ein wahnwitziges Tempo vor. Als sie fast da waren, sagte er: »Meine Reservepistole liegt im Handschuhfach.«

Ohne zu zögern, öffnete Blom das Fach, nahm die Pistole, hielt sie fest in der Hand. Berger bog auf den Parkplatz bei den Reihenhäusern ein. Stürzte aus dem Auto. Er rannte ohne Rücksicht auf das Risiko, entdeckt zu werden, über die Wiese, dessen Gras ihm früher mal bis zur Brust gegangen war. Zu seiner Überraschung merkte er, wie nah Blom hinter ihm war. Ihr Körper schien völlig am Ende, wollte aber nicht akzeptieren, was hier passierte. Und so übertraf sie sich selbst.

Man hätte schwer sagen können, wann das Gefühl sich einstellte. Und bei wem zuerst. Doch einmal trafen sich ihre Blicke kurz, und sie erkannten darin nichts anderes als blanke Angst. Keine Vernunft, kein rationales Denken, nur noch das reine und schiere Entsetzen.

Mit gezogenen Waffen rannten sie gemeinsam auf die geschlossene Haustür zu. Berger nahm die Treppe mit einem Satz. Die Tür war abgesperrt. Eine gefühlte Ewigkeit fummelte er mit den Schlüsseln, bevor er das Bootshaus aufbekam. Er blieb jäh stehen. Hörte Blom die Treppe hochstolpern. Hörte ihre Schreie. Eine Art Heulen. Hörte sie mit beträchtlichem Krach zu Boden fallen.

Das Erste, worauf sein Blick fiel, war die Kochnische direkt vor ihm. Alles war komplett kaputt geschlagen. Dann sah er das Sofa. Das war nicht mehr hellblau, sondern weiß. Weiß von der Füllung, die aus einer Reihe von langen Schnitten herausgerissen worden war. Der Sessel sah genauso aus.

Berger zog die Waffe und stolperte in sein Büro. Kein Computer. Der Schreibtisch umgeworfen. Das Whiteboard ebenfalls, zerbrochen unter dem Schreibtisch, ganz weiß. Nicht mal mehr die Bilder in der unteren kleinen Ecke waren noch da.

Als er sich umwandte, kam Molly gerade aus ihrem eigenen Büro gestolpert. Er hatte wahrscheinlich noch nie in seinem Leben ein so bleiches Gesicht gesehen. Sie schüttelte den Kopf.

Er rannte zum Steg, die Glasschiebetür stand halb offen. Rasch ließ er den Blick über die Umgebung gleiten, dann ging er hinaus. Auch dort war alles leer.

Es war niemand hier. Nicht mehr.

Er sah die Pistole in seiner Hand. Ihr Bewegungsmuster war unergründlich. Dann ging er ins Haus zurück. Blom kniete auf dem Boden, mitten im Wohnzimmer. Berger ging neben ihr in die Hocke. Starrte auf den einen Quadratzentimeter großen Blutfleck. Er war frisch. Sie waren zu spät gekommen.

Viel zu spät.

Berger hörte Bloms lang gezogenes Schluchzen. Er spürte, wie sein eigenes Herzblut auf den Boden fiel, doch er *durfte* sich jetzt nicht überwältigen lassen. Also hob er Blom hoch, trug sie behutsam zum aufgeschlitzten Sofa, setzte sie mitten in die zerrupfte Füllung und versuchte, ihren Blick aufzufangen. Doch sie war wieder in einer Albtraumwelt – da war kein Blick, den er hätte auffangen können.

»Bleib hier sitzen«, sagte er. »Und rühr dich nicht von der Stelle.«

Mit erhobener Waffe ging er hinaus auf die Wiese. Schaute zurück zum Haus, sah die nächstgelegene Überwachungskamera, unter dem Dachfirst, zerschossen. Lief das hinauf, was einmal ein Kiesweg hätte werden sollen. Betrachtete Kamera Nummer zwei, die in einem Baum hing, auch dort war das Glas zerbrochen. Er kehrte zum Bootshaus zurück. Und fast wäre er auf etwas getreten, kickte es aber stattdessen vor sich ins Gras. Er bückte sich.

Es war eine Lesebrille, eines der Gläser war zerbrochen. Auf dem anderen waren deutliche Blutspuren zu sehen. Er nahm die Brille, ging nach drinnen, sah Blom halb versunken in der Sofafüllung.

»Meine Tochter ist tot«, sagte sie mit dünner Stimme.

»Das wissen wir noch nicht«, erwiderte er. »Aber wir müssen jetzt hier weg.«

»Ich bleibe hier.«

Berger hielt inne. Er verstand es. Am liebsten hätte er dasselbe getan. Einfach aufgegeben. Und sich selbst bis ins Grab verflucht. Sich auf dem Weg hinab in die Hölle ununterbrochen gegeißelt für diese Naivität, gegen die er mittlerweile doch immun hätte sein müssen.

Sie hatten gewusst, wo sie sich trafen. Es musste lose Enden gegeben haben. Noch andere lose Enden. Sie hätten es ahnen müssen.

Er hielt ihr die zerbrochene, blutige Brille hin und sagte: »Die hätten wohl kaum Deers Leiche weggeschleift, sie muss also noch gelebt haben. Und Myrina hat auch noch gelebt. Alles andere wäre unlogisch. Der Oberst will den Rest des Geldes, sonst nichts. Er scheißt drauf, dass er schon drei Viertel des Schatzes hat, er will *alles*.«

Blom lachte auf. Es war ein unerträgliches Lachen.

»Und du glaubst tatsächlich, dass irgendeiner von uns das hier überlebt?«, fragte sie.

Berger betrachtete sie. Er weigerte sich, ihr recht zu geben. Zumindest nicht kampflos.

»Es gibt nur zwei Personen, die Myrina retten können«, sagte er. »Und Deer. Und diese zwei müssen jetzt eben überleben. Deswegen müssen wir weg, hier sind wir nämlich wandelnde Zielscheiben.«

Wieder dasselbe Lachen. Als käme es aus der Unterwelt. Sie weigerte sich aufzustehen. Machte ein paar Anläufe, dann gab sie auf. Und Berger akzeptierte es. Er setzte sich neben sie und legte den Arm um sie. Aber da war niemand.

Er starrte der nackten Trauer in den Rachen. Molly Blom war schon dort, von der Trauer geschluckt, sie war völlig in sich selbst verschwunden. Und er war ebenfalls auf dem besten Weg, wurde immer näher an die äußerste Finsternis gesogen. Er hatte heute früh schon zu viel gesehen. Das hätte gereicht, um ihn nachts auf ewig heimzusuchen, aber wie sich nun herausstellte, war es nur ein Vorspiel gewesen. Jetzt hatte er mit einem Mal seine beste Freundin *und* seine neugeborene Tochter verloren. Er fragte sich, ob es überhaupt möglich war, diesen Tag zu überleben.

Und so wurde auch er in die Dunkelheit gezogen. Sie schloss sich um ihn. Er war tief darin versunken. Doch in der tiefsten Dunkelheit gab es keine Gemeinschaft. In ihr war man immer einsam. Bis man es nicht mehr aushielt.

Sie saßen auf dem zerschnittenen Sofa. Sie saßen so lange dort, dass die Zeit aufhörte zu existieren. Sie stiegen aus der Zeit aus, jeder in seine eigene groteske Einsamkeit, und eine seltsame Form von existenzieller Betäubung stellte sich ein. Berger dämmerte weg. Es war völlig unmöglich, dass einer von ihnen jetzt noch aufstand, um zurückzuschlagen.

Der Oberst hatte gewonnen. Sie konnten ihm einfach nur das Geld überlassen und auf seine Gnade hoffen. Vitenkas Gnade.

Berger hatte nicht mal mehr die Kraft, bitter aufzulachen. Trotzdem war irgendetwas in ihm, was ihn wieder aufrichtete. Was ihn dazu brachte, sich über Blom zu beugen und ihr einen Kuss auf die Wange zu geben. Sie reagierte nicht. Er verstand sie, sie hatte Myrina schließlich all die Monate in sich getragen, ihr Körper war immer noch eins mit dem des Kindes.

Aber sie war auch Molly Blom. Sie hatte Dinge getan und Dinge überlebt, die jeden anderen Menschen auf die Bretter geschickt hätten. Sie würde wieder aufstehen. Sie *musste* wieder aufstehen.

Das Innere des Bootshauses sah jetzt anders aus, in der kränklichen Blässe des Danach. Die Zerstörung war deutlicher, detaillierter. So viel war zerschlagen und zerstört worden. Sogar die Toilettentür, ohne Schloss und Klinke, war eingetreten worden und hing in Trümmern herab. Der Toilettenspiegel war zerbrochen. Nur die Glastür, die auf den Steg hinausführte, hatte aus irgendeinem Grund heil bleiben dürfen.

Berger ging dorthin. Die Gartenstühle waren ebenfalls umgeworfen worden, ohne Sinn und Verstand, und der Ausblick auf Schloss Edsberg hatte seine Schönheit völlig eingebüßt. Nie würde die Schönheit in Sam Bergers Leben zurückkehren.

Einen Augenblick blieb er so stehen, über das Geländer des Landungsstegs gebeugt, den Blick ins klare Wasser gerichtet. Er sah einen kleinen Fischschwarm vorbeihuschen, sah die bekannten algenüberzogenen Steine – und noch etwas. Eine Art flachen schwarzen Gurt, der sich wie ein Streifen Tang über den Meeresgrund bewegte. Er versuchte, sich vorzubeugen, um einen besseren Blick darauf zu bekommen, aber vergebens. Da ging er ein paar Schritte den Steg entlang, Richtung Wasser. Er lehnte sich zur Seite, so weit wie möglich, bis er erkennen konnte, was da im Wasser unter dem hinausragenden Steg schwamm. Es war eine Babytrage.

Unter der Trage ragte die Wickeltasche heraus, die zu einer Wickelunterlage auseinandergefaltet war. Und auf der Trage lag etwas, was er nicht richtig erkennen konnte. Etwas, was sowohl die Trage als auch die Wickeltasche beschwerte. Etwas Schweres.

Wie ein Baby …

Obwohl er keine Luft mehr bekam, zögerte er nicht. Er sprang ins Wasser und duckte sich unter den Steg. Das Herz schlug ihm bis zum Hals, als er das gesamte Stoffpaket heraufzog und endlich sah, was da in der Trage lag.

Er sah es.

Es war der große Tacker aus seinem Büro.

Er hievte das nasse Zeug auf die Brücke und suchte wie wild im Wasser rundherum. Doch da war keine Spur von Myrina.

Als er wieder auf den Steg kletterte, stand Blom dort. Sie beugte sich über den triefenden Stoffhaufen. Hob dann die nasse Trage ein bisschen an. Ein lang gezogenes Schluchzen stieg in den Morgenhimmel.

Berger stand neben ihr. Ratlos, wie er diesen Fund deuten sollte. Er fühlte sich wie gelähmt.

Blom hielt den Tacker hoch und sagte mit verzerrter Stimme: »Damit haben sie sie erschlagen.«

Das war *eine* Deutung. Aber nicht notwendigerweise die einzige.

Er musste so denken. Berger fasste sie an den Schultern und dirigierte sie zurück ins Haus, weg von Myrinas kleinem Bett.

Drinnen blieben sie ratlos stehen. Es gab nichts mehr, womit sie jetzt weitermachen konnten.

Da hörte er ein Geräusch.

Eine Art kurzes Quietschen, das Berger im ersten Moment nicht recht identifizieren konnte. Er drehte sich zu Blom, doch die war schon nicht mehr da. Sie war in sein Zimmer gestürzt und stand neben den Trümmern des zerschlagenen Schreibtischs.

»Was …?«, begann er, aber sie legte sofort den Finger auf

die Lippen und lauschte angestrengt. Er hielt ebenfalls still und lauschte.

Nichts zu hören.

Die Stille war wie ein eigenes Wesen.

Kurz darauf hörte man das Quietschen erneut, und diesmal kam es ihnen schon bekannter vor. Blom pflügte sich in die Richtung des Geräuschs vor, zum hinteren Fenster. Wieder blieben sie stehen und lauschten. Doch man hörte nichts mehr. Da kam es Berger. Hatte er nicht die Bodenklappe mit den Steckdosenanschlüssen offen stehen lassen, als er mit der Arbeit an diesem Fall begonnen hatte?

Die war jetzt definitiv geschlossen.

Er ging in die Hocke, holte seine Schlüssel hervor, schob einen in die Lücken zwischen zwei Dielen, hebelte die Luke auf und starrte in das Loch. Starrte in zwei gerade erwachte Augen.

Myrina quäkte wieder ein bisschen, mehr nicht.

Blom schubste ihn mit einem undefinierbaren Laut beiseite und hob vorsichtig und innig ihre Tochter hoch. Sie drückte sie an sich, fester als je zuvor. Berger spürte, wie er in einer frenetischen, fast schon religiösen Art niederkniete. Unten in der kleinen Bodenaussparung lagen zwischen den Kabelhaufen ein Schnuller und ein Fläschchen.

Er umarmte seine beiden. Lange blieben sie wortlos so stehen.

Alle zusammen.

Dann ging Berger wieder hinaus. Arbeitete das ganze Szenario gedanklich noch einmal durch und begriff, was hier passiert war. Und er schickte alle Dankbarkeit, die in ihm war, zu einer einzigen Person.

Deer.

Blom kam ihm entgegen. Sie umklammerte Myrina, die mittlerweile etwas anhaltender quietschte.

»Deer hat Myrina unter der Bodenluke versteckt und die Babysachen, mit dem Tacker beschwert, im Wasser versenkt«, sagte Berger. »Damit die Angreifer nicht sehen, dass sie das Baby dabeihat. Dann ist sie wieder reingegangen, um ihnen entgegenzutreten.«

Blom drückte Myrina weiter fest an sich und nickte.

»Deer hat sie gerettet«, sagte sie.

»Und jetzt müssen wir Deer retten«, erklärte Berger.

57

Ihr Blick lief über die Bucht. Kein Schiff durchbrach die stille Oberfläche, keine Welle. Sie ging auf einer Wiese umher, oben auf einer Anhöhe. Ihre Schritte waren schleppend. Eigentlich war sie gar nicht da. Ihr Gehirn war wie ausgeleert. Das Einzige, was zwischenzeitlich darin aufblitzte, waren Körperteile. Das Blut ihrer besten Freundinnen, das spritzte, floss, sprühte, lief. Köpfe, die von Körpern abgeschlagen wurden. Ansonsten war ihr Geist leer.

Gleichzeitig wusste irgendetwas in ihr, dass sie um ihr Überleben kämpfte. Vielleicht war da ja doch noch eine Spur von Bewusstsein. Ein Arm legte sich um ihre Schultern. Ein zweiter Arm deutete über die Bucht.

»Die Zeit der Landnahme«, sagte die Stimme, vor der sie immer noch erschauderte. Und dann der Haiblick, bei dem es ihr immer noch kalt den Rücken hinunterlief. Vitenka schaute ihr in die Augen und fragte: »Hörst du mir jetzt zu, Nadja? Du bekommst gleich nachgeschenkt, keine Sorge.«

Nadja wandte den Blick wieder dem Wasser zu.

»Ich habe mir immer vorgestellt, dass diese Insel hier Island ist«, fuhr Vitenka fort. »Dänemark da unten ist klein und schwach. Wir sind die Wikinger von heute, Nadja. Wir sind gekommen, wir haben das Land genommen, wir regieren hart, aber gerecht. Es gibt eine Ehre. Und wenn die Ehre verletzt wird, kennen wir keine Rücksichten mehr.«

Er drückte ihre Schultern noch etwas fester.

»Ihr habt versucht, mich zu bestehlen, Nadja. Ihr hättet

wissen sollen, wie das ausgeht. Aber komm, lass uns reingehen, du frierst ja.«

Sie drehten um. Nadjas Blick wanderte zu dem großen Haus, das aussah, als wäre es ganz aus Glas. Sie gingen durch eine Glastür und standen in einem großen Wohnzimmer. Vor einer antik wirkenden Kommode blieb Vitenka stehen, ließ Nadja los und sagte: »Gleich gehen wir weiter ins Schlafzimmer, Nadja, aber zuerst will ich dir noch etwas zeigen.«

Bevor sie es sich versah, waren plötzlich zwei bewaffnete Männer aufgetaucht. Einer von ihnen sprach in ein Handy, das er hastig auf einen Lautsprecher legte, als er Vitenkas Blick sah. Dann deutete Vitenka mit einem Nicken zur Kommode. Die beiden Wachen bückten sich, packten an und hoben sie hoch.

Es war nur eine Attrappe. Darunter standen mehrere Paletten. Auf ihnen Berge von Geld, stapelweise gebündelte Euroscheine.

Vitenka schickte die beiden Wachen hinaus und näherte sich den Paletten. Er legte die Hand auf die Stapel und sagte: »So ganz *konkreter* Reichtum hat schon was Besonderes, oder, Nadja? So ein paar Kubikmeter vom Sinn des Lebens. Aber schau mal her.«

Vitenka deutete auf eine Asymmetrie. Die äußersten Geldscheinstapel waren sichtlich niedriger als die anderen.

»Siehst du das, Nadja? Da fehlt was. Da fehlt ein Viertel.«

Nadja schaute hin. Sie sah es. Und sie wusste sogar, wo dieses Geld abgeblieben war. Sie hatte darauf bestanden, es im Erdkeller zu lassen.

Doch jetzt musste sie die bleiben, die sie geworden war. Sie durfte nicht aus ihrer Rolle fallen: Ihr Blick war träge, die Lider schwer. Vitenka fuhr fort: »Ich weiß jetzt, wer den fehlenden Teil hat. Gittan hat es mir erzählt, bevor ich sie in der Mitte durchgeschlagen habe. Ihr habt mich gezwungen, eine Polizistin zu kidnappen, um den fehlenden Anteil zu beschaffen. Sie ist da unten. Im Gewölbekeller. Mal sehen, wie ich sie mir am besten zunutze machen kann.«

Nadja wollte gar nicht wissen, was der Gewölbekeller war. Sie schauderte erneut. Währenddessen betrachtete Vitenka sie, fuhr ihr mit dem Finger über die Stirn und leckte ihn ab.

»Du schwitzt ja, Nadja. Kommen jetzt schon die Entzugserscheinungen? Na los, ich hol dir, was du brauchst.«

Bevor Vitenka verschwand, hob er die Kommodenattrappe allein hoch und ließ die Geldstapel wieder darunter verschwinden. Sekunden später war er weg. Nadja wartete ab, dann schlich sie sich vorsichtig zum Lautsprecher. Das Handy lag immer noch da. Es war noch nicht ausgegangen, sie brauchte also keine PIN. Nadja ging in die Einstellungen, wo sie das Passwort änderte und den Ton abstellte, und schob das Handy kurzerhand in den Bund ihrer Jeans. Begab sich wieder an ihren alten Platz und senkte die Lider auf halbmast.

Er kam zurück und zerrte sie ins Schlafzimmer.

»Zieh dich aus«, forderte er und legte seinerseits seine Sachen ab. Als sie sich auszog, schob sie das Handy unter die Matratze, bevor sie sich ins Bett legte und auf ihn wartete.

Er näherte sich ihr mit Kanüle und Gummischlauch. Zog das Gummiband fest um ihren Oberarm und klopfte auf eine Arterie. Dann stieß er ihr die Spritze unter die Haut.

Das Schlimmste war, dass es sich so wunderschön anfühlte. Sie hatte fast schon vergessen, wie wunderschön es war. Dabei war sie so sicher gewesen, dass der letzte Rausch ihres Lebens weiter hinter ihr lag.

Abgesehen vom Rausch der Rache.

Der Rache, die jetzt nur noch ein Kater war.

Trotzdem war sie nicht sicher, ob man das hier einen Rausch nennen konnte. Die Situation war zu grässlich. Trotz aller Wonnegefühle war es eher wie eine Fehlzündung. Nicht zuletzt, als sein nackter Körper vor ihr aufs Bett sank, zwischen ihre gespreizten Beine. Er berührte sie noch nicht, schaute nur ihren Körper an.

Er ließ die Muskeln an seinem Oberkörper spielen, sodass sich die eintätowierten Rangabzeichen hin- und herbewegten, wie Wellen, die auf ein Meeresufer branden.

»Du bist jetzt meine Fickpuppe, Nadja. Du verstehst sicher, dass ich dich nur habe überleben lassen, damit du meine Sklavin wirst. Du wirst mich alles machen lassen, was ich mit dir machen will.«

Mit brutal hartem Griff packte er die Haare an ihrem Hinterkopf, sie merkte richtig, wie einige Wurzeln ausrissen. Und während er in sie eindrang, zischte er: »Ich weiß, dass du drauf stehst.«

58

Kent Döös saß in seinem Büro im Hauptquartier der Säpo im Solnaer Stadtteil Ingenting. Er schaute sich gerade einen Überwachungsfilm an, auf dem nichts Besonderes zu entdecken war, als es an der Tür klopfte.

Zwei Personen traten ein, die aussahen, als wären sie einer anderen Zeit entstiegen. Nichtsdestoweniger hatte er einen der beiden erst vor Kurzem getroffen. Und die andere war einmal seine Chefin gewesen.

»Die Firma Berger und Blom. Wie seid ihr denn hier reingekommen?«

»Trick siebzehn«, sagte Berger.

»Versteht sich von selbst.« Döös drückte auf den Pausenknopf. »Was wollt ihr?«

»Lange Geschichte«, antwortete Berger. »Du kannst selbst entscheiden, ob du sie ganz hören willst. Aber vorweg: Du hast Kommissarin Desiré Rosenkvist von der NOA den Tipp gegeben, dass die Russenmafia hinter Mollys neugeborenem Kind her ist, oder?«

Döös zuckte mit den Schultern.

»Es war ein Schuss ins Blaue«, sagte er. »Ich hab einfach geschätzt. Das ist bei einer streng geheimen Abhöraktion rausgekommen. ›Irgend so ein blödes Baby von Blom‹ oder etwas in der Art, hieß es da. Aber das konnte alles Mögliche bedeuten.«

»Aber du hast dann trotzdem beschlossen, es Deer zu erzählen?«

»Deer?«, spottete Döös.

»Das hat meinem Kind das Leben gerettet«, erklärte Blom. »Dafür werde ich dir mein Leben lang dankbar sein.«

Döös blinzelte heftig und betrachtete seine ehemalige Chefin.

»Ach du Scheiße«, stammelte er.

»Stattdessen haben sie jetzt aber Kommissarin Rosenkvist entführt«, sagte Blom.

Döös runzelte die Stirn und seufzte.

»*Good news, bad news*. Gute Menschen erzählen ja die schlechten Neuigkeiten zuerst ...«

»Sie haben bei meiner Mutter zugeschlagen, die für mich babygesittet hat. Da war Desiré aber schon da gewesen. Sie hat meine Tochter Myrina mitgenommen, an einen Ort, den sie für sicher hielt.«

»Ins Bootshaus in Edsviken«, erklärte Berger. »Meine Firma. Das kennst du auch noch, Kent, damals war das noch ein richtiges Bootshaus. Dort haben sie sie erwischt, aber sie konnte Myrina vorher verstecken.«

Döös nickte.

»Dann ist sie die Heldin, nicht ich.«

»Wir sind sicher, dass Vitenka höchstpersönlich sie gefangen hält«, fuhr Berger fort.

Es sah aus, als würde Kent Döös zu Eis gefrieren. Er blieb ganz starr sitzen, verzog keine Miene.

»Dann wisst ihr also, wer er ist? Stepankas Nachfolger?«

»Das und noch viel mehr«, sagte Berger. »Arbeitest du gerade an der Geschichte mit den zerstückelten Wasserleichen?«

»Das ist topsecret«, erwiderte Döös.

»Ach, hör doch auf«, sagte Berger. »Wir können die Säpo pfeilgerade ins Zentrum einer der größten und am besten etablierten Abteilungen der Russenmafia in Schweden führen.«

Döös seufzte und sagte: »Mittlerweile sind es drei. Und das Letzte ist nicht mal eine Wasserleiche.«

»Okay ...?«

»Wurde heute Morgen in einem Helikopterhangar am Flugplatz Bromma gefunden. Ein völlig zerstückelter Mann namens Lars-Åke Olsson, Pilot bei einer Leihfirma da draußen. Ich schau mir gerade die Filme aus den dortigen Überwachungskameras an. Noch kein Treffer bis jetzt.«

»Wir wissen, wohin er geflogen ist«, sagte Berger.

Döös starrte ihn an. Berger fuhr fort: »Zu einer Lichtung, auf der drei zerstückelte Frauenleichen liegen.«

»Drei?«, rief Döös entsetzt.

»Wir können dir auch die Identität der Opfer nennen.«

»Und Vitenka?«

»Er wird auch ›der Oberst‹ genannt. Aber eigentlich heißt er Viktor Gustafsson und leitet eine Reinigungsfirma in Lidingö, Hausputz AB.«

»Versteckt sich also weit unten in der Firmenhierarchie«, nickte Döös, warf sich vor seinen Computer und begann zu tippen.

»Gut«, sagte Berger. »Unsere gesamte Computerausrüstung ist gestohlen worden.«

Döös ignorierte ihn bravourös und schnaubte nach einer Weile.

»Nichts«, sagte er.

»Überrascht mich nicht«, entgegnete Berger. »Wenn man die richtigen Kontakte hat, kann man ziemlich flott die Identität wechseln.«

»Aber kommen wir zur wichtigsten Frage«, sagte Döös. »Wer sind diese Frauenleichen auf der Lichtung? Und vor allem: Woher kennt *ihr* die?«

»Das ist jetzt das mit der langen Geschichte«, meinte Berger. »Dazu gehören aber auch ein paar Gesetzesverstöße, deswegen musst du die Sache *off the record* behandeln, wenn du sie hören willst.«

Kent Döös verdrehte die Augen.

»Euer Besuch ist unten im Besucherverzeichnis registriert worden«, sagte er.

Berger zeigte auf den Computer.

»Entweder so, oder du kannst weiter mit deinen Überwachungsfilmchen arbeiten.«

»Jonas liebt uns«, warf Blom ein.

»Jonas?«, fragte Döös.

»Jonas Andersson, der operative Chef der Säpo.«

Döös seufzte und schüttelte den Kopf.

»Was ist mit deiner Mutter passiert?«, wollte er wissen.

Blom schaute ihn überrascht an.

»Sie hat Verletzungen im Gesicht davongetragen. Und den anderen Oberschenkelhals hat sie sich jetzt auch noch mal gebrochen. Sie liegt im Krankenhaus, aber es geht ihr den Umständen entsprechend gut. Nett, dass du fragst.«

»Und das Baby?«

»Ist in sicheren Händen«, sagte Blom.

»Schön. Okay. Dann schießt mal los.«

Und so geschah es. Berger und Blom wechselten sich ab. Sie versuchten, alle wesentlichen Einzelheiten zu erwähnen, aber trotzdem so schnell und effektiv wie möglich zu erzählen.

Immerhin tickte die Uhr. Mal wieder.

Als sie fertig waren, lehnte sich Kent Döös zurück und fragte: »Und warum erzählt ihr mir das alles?«

»Wir brauchen inoffizielle Hilfe, um Deer zu retten«, sagte Berger.

»Und Nadja«, fügte Blom hinzu.

»Ihr müsst denkbare Verstecke überwachen lassen«, sagte Berger. »Wir brauchen so viele Leute wie möglich. Wir wissen, dass Vitenka Deer und Nadja in seiner Gewalt hat, aber wir haben keine Ahnung, wo er sie festhält. Wir brauchen eure Hilfe bei der Lokalisierung. Einen Ort.«

Döös massierte sich energisch das Kinn, als wollte er die Informationsflut besser verteilen.

»Aber zuallererst solltet ihr einen Helikopter nach Hedesunda schicken«, fuhr Berger fort. »Bevor irgendein Jagdhund diese Höllenlichtung aufstöbert. Dort könnt ihr dann auf jeden Fall auch die Spuren des Hubschraubers sichern.«

Döös nickte und starrte in die Luft. Dann sagte er: »Ich werde Jonas diese Sache direkt unterbreiten.«

»Aber die Kurzversion«, erinnerte ihn Berger. »Die Uhr tickt.«

Döös schüttelte den Kopf und verschwand.

Berger und Blom lehnten sich zurück. Ihre Blicke trafen sich. Beide fanden die Bestätigung, die sie so dringend brauchten. Das hier war notwendig. Sie hatten nun mal keinen blassen Schimmer, wo Deer war, was sie durchmachte, ob sie überhaupt noch lebte. Von Nadja mal ganz zu schweigen.

Ein Telefon läutete mit einem seltsamen Klingelton. Sie schauten sich im Zimmer um, um es zu lokalisieren, sahen aber nichts. Es klingelte weiter.

Berger holte sein eigenes Handy heraus, er schaute auch auf Ivan Granströms weinrotes Telefon. Beide waren stumm.

Blom hatte nicht mal mehr ein Handy. Trotzdem kam das Klingeln von ihr, wenn man ganz genau hinhörte. Sie wühlte in ihren Taschen, fischte ein unbekanntes Telefon heraus und begriff im nächsten Moment, dass es Ritas Billighandy war, das *Burnerhandy*, das sie vor den Erdkeller gelegt hatte. Sie nahm ab und stellte gleichzeitig auf Lautsprecher.

»Ja?«

»Hallo? Wer ist da?«

Es war eine schleppende Frauenstimme, die sie wiedererkannten, andererseits aber auch nicht. Beide hätten sie im ersten Augenblick nicht sagen können, wer dran war.

»Hier ist Molly«, sagte Blom zögernd.

»Molly, verdammt. Du lebst also.«

»Nadja?«, rief Blom.

»Mann, ich hatte Ritas Nummer noch im Kopf. *Big fucking surprise*, aber die wusste ich noch.«

Erst in dem Moment erkannte auch Berger ihre Stimme. Doch sie klang anders. Das war nicht ihre Art zu sprechen.

Sie klang, als stünde sie unter Drogen. Er wagte sich nicht auszumalen, was man mit ihr gemacht hatte.

»Ich bin beim Oberst«, erklärte Nadja. »Er hat auch so eine Polizistin entführt, die ist ebenfalls hier. In irgendeinem Scheißkellergewölbe.«

»Lebt sie noch?«, fragte Blom atemlos.

»Ich glaube schon. Er überlegt gerade, was er mit ihr machen soll.«

»Wo bist du, Nadja?«

»Weiß ich nicht. Ich glaube, wir sind in Schonen. Obwohl …«

»In Schonen?«, rief Molly aus.

»In so einem großen, schicken Haus, das aussieht, als wäre es aus Glas. Es liegt auf einem Hügel. Und unten ist Wasser. Schmal. Wie ein Stück Scheiße. Ich bin seine Fickpuppe. Ich mag den Drogenrausch nicht mehr. Fühlt sich beschissen an. Es tut weh.«

»Versuch durchzuhalten«, sagte Blom. »Du bist zäh, Nadja. Konzentrier dich. Warum meinst du, dass es in Schonen ist?«

»Er hat gesagt, da unten liegt Dänemark. Es ist klein und schwach. Wobei …«

»Wobei …?«

»Er hat gesagt, dass wir auf einer Insel sind. Wie Island. Schonen ist doch keine Insel, oder? Ach, ich weiß auch nicht …«

»Fällt dir sonst noch was ein, Nadja? Irgendwas, was uns helfen kann, dich zu finden?«

»Verdammt, da kommt er wieder. Ich muss aufhören.«

»Behalt das Handy, wenn du kannst, Nadja.«

»Bitte rettet mich.«

Dann wurde es stumm im Hörer.

59

Seltsam, wie die Zeit verrann. Wie sich die Stunden nicht mehr zählen ließen. Irgendwann hatte sie jedes Gefühl in den Armen verloren, aber sie hätte nicht sagen können, wie lange das her war. Jetzt begannen die Schultern zu schmerzen und taub zu werden. Das bedeutete ja auf jeden Fall, dass die Zeit verging. Irgendwie verging sie.

Die Nacktheit war das eine, mit der kam sie klar, die Kälte war schlimmer, aber auch die hatte sich mittlerweile verflüchtigt, und zu dem Blut, das ihr von der Stirn gelaufen und auf ihrem Gesicht eingetrocknet war, hatte sie überhaupt keinen Bezug. Es war wohl die Position, die am schlimmsten war. Dass sie keinen richtigen Boden unter den Füßen hatte.

Sie sah, wie die Kabelbinder anfingen, ihr in die Handgelenke zu schneiden, aber sie spürte es nicht. Andere Binder hielten die Finger an den Ringen, und auch die hatten angefangen, sich in ihre Haut zu graben, an den Knöcheln.

Sie versuchte, sich selbst von außen zu sehen, wie sie so an diesen Turnringen hing, nackt mit einem Scheißknebel im Mund, und mit den Füßen nur so gerade eben den rauen Betonboden berührte.

Es war *unmöglich,* sich selbst von außen zu betrachten. Sie blickte nur nach außen, in den Raum, aus der Ecke, in der sie halb hing, halb stand.

Es gab nicht viel zu sehen. Das Zimmer war zwar dunkel, aber irgendwo leuchtete eine schwache Notbeleuchtung. Die Teile von Deer, die noch Polizist waren und nicht nur

Biomasse, suchten die Lichtquelle. Es musste doch von irgendwoher kommen?

Ansonsten standen in einiger Entfernung ein paar Stühle, in ihrer unmittelbaren Nähe ein größerer Stuhl, und dann natürlich die Stahltür da hinten. Sie sah unglaublich massiv aus.

Das war alles.

Und vor allem war nirgends ein Mensch zu sehen. Die ganze Zeit hatte sie nicht eine Menschenseele gesehen. Als man sie aufgehängt und die Kabelbinder zugezogen hatte, war sie offenbar bewusstlos gewesen – betäubt? Zusammengeschlagen? Seit dem Einbruch ins Bootshaus hatte sie keine Spur mehr von einem lebendigen Menschen gesehen. Sie hatte ja schon im Bootshaus kaum etwas gesehen.

Manchmal entschied sich ihre Seele fürs Selbstmitleid. Dann dachte sie vor allem an Lykke. Wie es sich anfühlen musste, mit neun Jahren die Mutter zu verlieren, wie ihre Tochter damit umgehen würde, wie groß die Gefahr war, dass sie in der Schule zurückblieb, mit dem Fußball aufhörte, die Orientierung im Leben verlor. Sie dachte daran, dass sie niemals sehen würde, wie ihre Tochter aufwuchs, die Pubertät erreichte, eine erwachsene Frau wurde, auszog. Dass sie nicht mit ihrem Johnny alt werden durfte, dem Rettungssanitäter, dem lieben, festen, stabilen Punkt in ihrem Leben.

Da weinte sie.

Aber es kam auch vor, dass sich ihre Seele für die Selbstvorwürfe entschied. Dann hasste sie sich selbst dafür, so bescheuert gewesen zu sein, mit Myrina zum Bootshaus zu fahren. Wenn sie Mollys Mutter in der Floragatan gefunden hatten, konnten sie selbstredend auch das Bootshaus finden. Sie hasste sich für ihre eigene Dummheit.

Da schrie sie.

Wofür ihre Seele sich jedoch nie entschied, war der Schmerz. Der physische Schmerz. Dort würde man sie nicht hinbekommen. Dem würde sie Widerstand leisten.

Da schwieg sie.

Doch ihre Seele gestattete sich auch eine gewisse Befriedigung. Sie hatten Myrina nicht gefunden. Als sie selbst fortgeschleift worden war, kurz bevor sie das Bewusstsein verloren hatte, hatte sie noch gesehen, wie der letzte Mann die Tür zuknallte, abschloss und den Reserveschlüssel wegwarf. Myrina war satt und zufrieden genug gewesen, um nicht zu schreien, sondern mit dem Schnuller im Mund einzuschlafen. Die Trage und die Wickeltasche hatte Deer außer Sichtweite versenken können.

Da fühlte sie sich trotz allem ziemlich zufrieden.

Da lächelte sie.

Doch ihr wollte nicht in den Kopf, was sie hier machte. War sie die Geisel? Oder sollte ein Exempel an ihr statuiert werden? Das Einzige, was sie tun konnte, war warten. Aushalten. Widerstand leisten. Das verdammte Gleichgewicht nicht verlieren. Richtig durch die Nase atmen, denn durch den Mund bekam sie keine Luft.

Auf einmal klickte die Tür. Völlig ohne Vorwarnung, sie hatte keine Möglichkeit, sich vorzubereiten. Das bedeutete, dass die Schallisolierung hier unten hundertprozentig war.

Schau mal an, dachte sie und lächelte, der Scheißbulle in mir atmet auch immer noch.

Der Mann, der eintrat, trug einen eleganten maßgeschneiderten Anzug, Seidenhemd und einen blauen Seidenschlips. Er war über fünfzig, riesengroß und hatte einen rasierten Schädel. Er lächelte sie an, ging zum Stuhl neben der Kommode, setzte sich in ein paar Metern Abstand vor sie hin und musterte eingehend ihren nackten Körper.

»Blau«, sagte er und hob seinen Schlips etwas an. »Zur Feier des Tages. Ich hatte noch nie einen Polizisten zu Besuch in meinem Kellergewölbe.«

Sie erwiderte seinen Blick, so fest sie konnte. Konnte das hier wirklich der Oberst selbst sein? War Deer so wichtig? Er hatte doch überhaupt keinen russischen Akzent.

»Kriminalkommissarin Desiré Rosenkvist«, fuhr er fort. »Ich überlege ja immer noch, was ich mit Ihnen machen soll. Das kommt jetzt ganz drauf an, in welchem Verhältnis Sie zu Molly Blom stehen. Würde sie Sie für ihre neu gewonnenen Millionen freikaufen? Das ist mein Dilemma.«

Deer schaute ihn bloß an. Was konnte sie schon groß tun? Sie hatte sich noch nie im Leben so hilflos, so unmündig gefühlt.

Der Mann stand auf, zog langsam die blaue Krawatte aus, faltete sie bedächtig einmal in der Mitte zusammen und legte sie gerade auf die Kommode. Dann zog er die oberste Schublade auf und nahm ein großes Schwert mit breiter Klinge heraus. Er legte es neben den Schlips.

Ließ es dort liegen.

Deer hörte auf zu atmen.

Auf einmal wusste sie, was es mit den Wasserleichen auf sich hatte. Wusste, was rein körperlich mit den Wasserleichen geschehen war.

Der Mann setzte sich wieder hin und fuhr fort: »Andererseits kann ich Molly Blom vielleicht so erschrecken, dass sie bezahlt, indem ich ihr täglich einen Ihrer Körperteile schicke. Über mehrere Wochen hinweg. Aber hab ich so viel Geduld?«

Deer war jetzt kurz davor, den Stand zu verlieren, zum ersten Mal seit langer Zeit spürte sie einen zunehmend schärfer werdenden Schmerz in ihren Handgelenken, kam jedoch wieder auf die Füße. Spürte einen wachsenden, rot glühenden Zorn auf den Mann, der der Oberst selbst sein musste, sie war sich immer sicherer. Sie nahm sich vor, ihn ab jetzt so zu nennen. Aber den Piss-Oberst.

Der Piss-Oberst setzte seinen Piss-Monolog fort: »Rita hat mir am Ende Bloms Namen verraten. Sie konnte nicht so viel Schmerzen ertragen, wie sie meinte. Ich frage mich, ob es bei Ihnen vielleicht genauso wäre, Kriminalkommissarin Desiré Rosenkvist. Rita hat mir sogar verraten, dass Molly

Blom vor langer Zeit einmal in unsere Organisation eingeschleust wurde. Ich bin ja neugierig, was Sie mir so verraten werden, Frau Kriminalkommissarin.«

Der traurige Stich, den es Deer versetzte, als ihr klar wurde, dass Rita Ohlén tot war, war schwächer als erwartet. Im Stillen dachte sie an Sam und Molly. Sie dachte, dass sie vorher auf der anderen Seite gewesen war. Mit Sam. Sie hatte gesehen, was er ausrichten konnte. Sam und Molly zusammen, das war eine Wahnsinnskombination. Aber hier unten? Gab es überhaupt eine Möglichkeit, zu diesem Scheißkeller vorzudringen? Es war ja, als wäre sie in einem Bergwerksstollen.

Einem Schacht.

Da stand der Piss-Oberst auf und betastete prüfend sein Piss-Schwert.

»Dass der alte Stepanka sich von all den Huren aber auch ausgerechnet den Spitzel als Geliebte ausgesucht hat. Ihre Molly Blom muss ja wirklich eine gewaltig gute Schwanzlutscherin gewesen sein.«

Der Piss-Oberst hob seinen offensichtlichen Piss-Liebling und setzte sich hin, wobei er das Piss-Schwert quer auf seinen Piss-Schoß legte.

Er schloss die Augen und sagte: »Ich werde mir jetzt mal zehn Sekunden lang überlegen, was ich mit Ihnen mache, Frau Kommissarin.«

Deer spürte in ihrem ganzen Körper, wie der Countdown begann. Du jämmerliches, feiges Stück Piss-Mensch, dachte sie.

60

Die Ansicht glitt über Nacka. Straßen, Autos, Hausdächer, Wald, viel Wald zogen vorbei. Die Ansicht glitt über Yasuragi Hasseludden, Dampf stieg aus den heißen Außenbecken in dem japanischen Bad. Die Ansicht glitt die Küstenlinie entlang, berührte etwas, was aussah wie eine Raffinerie im Kleinformat, ein paar vertäute Frachtschiffe, dann glitt sie über die Bucht hinaus, vorbei an der kleinen dänischen Insel, huschte über zwei sich begegnende Finnlandfähren, über einen Freizeithafen in Lidingö, näherte sich dem Stadtteil Brevik, erklomm einen Hügel, stieß auf einen mit Mauern umfriedeten Garten, flog über einen kahlen Rasen ohne weitere Bepflanzung, eine Kiesauffahrt, gesäumt von Scheinwerfern, und kam zu einem großen Haus, das aus Glas gemacht schien.

Ein Glashaus.

Dort verharrte die Ansicht eine Weile, glitt umher, erforschte die Umgebung. In der Nähe des Hauses war kein Mensch zu sehen.

Doch dann schwenkte sie um, glitt wieder näher an die Mauer, zu etwas, was an einen Eingang, ein Portal erinnerte. Dort war eine Bewegung auszumachen, neben einem kleinen Gebäude, das aussah wie ein vergrößertes Schilderhäuschen. Aus dem Gebüsch löste sich eine Truppe Männer in Camouflage-Outfits, die sich bei näherem Hinsehen als bewaffnet herausstellten. Ein Mann blickte nach oben, es klickte, und eine Aufnahme seines Gesichts wanderte nach unten und heftete sich links an den Bildschirmrand.

Ein weiterer Mann schaute ein bisschen nach oben. Klickend wurde ein neues Bild gemacht. Wanderte neben das erste.

Dann verging etwas Zeit. Die Ansicht kreiste, als würde sie abwarten. Dann blies ein dritter Mann Rauch in den Himmel, und wieder klickte es. Auch er landete am unteren Bildrand. Man teilte Zigaretten aus. Steckte sie an. Noch ein Mann schaute nach oben, während er den Rauch in die Lungen sog.

Bild vier von fünf.

Es dauerte eine Weile. Die Gruppe zog sich zusammen. Vielleicht wegen der Zigaretten. Es war nicht ganz ersichtlich, was da vor sich ging. Bis der letzte Mann in den Himmel schaute. Es sah fast so aus, als wollte er zum Himmel deuten, doch er überlegte es sich anders und ließ sich am Ende nur die nächste Zigarette anstecken.

Fünf Porträts am unteren Bildschirmrand.

Berger und Blom hoben den Blick und schauten sich an.

»Verdammt«, sagte Berger. »Die Bilder hat also eine Drohne gemacht? Im Ernst?«

»Der letzte Mann hätte sie um ein Haar gesehen«, sagte Kent Döös. »Das hätte nicht passieren dürfen. *High Altitude Drones. Topsecret.* Ein Glück, dass ihr zwei Herrschaften beim Chef einen Stein im Brett habt.«

»Echt schlau, dass du auf Danmarks Holme gekommen bist.«

»Danke«, sagte Blom. »Und, was passiert jetzt?«

*

Der Erste wurde zu Hause festgenommen. Nickerchen am helllichten Tag. Als er sie sah, wurde ihm klar, dass er verloren hatte. Er schüttelte den Kopf und lächelte selbstsicher.

Der Zweite wurde auf der Straße festgenommen. Leistete Widerstand. Tastete nach seiner Waffe. Wurde zu Boden geschlagen. Drei Personen riefen die Polizei. Zwei Videos wurden beschlagnahmt, bevor sie in den sozialen Medien landen konnten.

Der Dritte saß beim Tinderdate auf einem Ponton in Riddarfjärden und aß zu Mittag. Er ging mit, als hätte er alte Kumpels getroffen, und suchte krampfhaft sein Handy, fand es aber nicht. Stattdessen machte er eine Geste, die ihr bedeuten sollte: »Ich ruf dich an.« Sein Date blieb auf der Rechnung sitzen.

Der Vierte wurde auf Västerbron gezockt. Die große Bonusfamilie blieb im überdimensionierten Auto sitzen, bis der Abschleppwagen kam.

Der Fünfte schließlich fand sich in einer illegalen Glücksspielhalle in einem Keller in Västberga. Der Pott war zu groß, als dass man nicht die Waffe gezogen hätte, als die Einsatztruppe hereingestürmt kam. Es fielen Schüsse. Als der Fünfte seinen Verletzungen erlag, warfen sich vier bestürzte Damen auf ihn.

*

Molly Blom betrachtete den Bildschirm. Der im Moment komplett schwarz war.

»Es dauert ein paar Minuten«, sagte Kent Döös.

»Was ist denn los?«, erkundigte sich Blom.

»Drei von vieren weigern sich, auch nur einen Ton zu sagen. Der Vierte hat Kooperationsbereitschaft signalisiert. Wenn auch mit einer gewissen antrainierten Zurückhaltung. Und das kommt durchaus unerwartet. Neben dem Ehrenkodex, der in diesen Mafiaabteilungen herrscht, nehmen sich die weichlichen Süditaliener blass aus.«

»Wer ist es?«

»Rate mal«, lächelte Döös.

Er klickte eine Bilderserie auf den Schirm.

Blom musterte die fünf Gesichter.

»Der da ist bei dem Zugriff gestorben.« Döös zeigte auf eines der Porträts.

»Gestorben?«, rief Blom.

»Gewalttätiger Widerstand«, sagte Döös kurz. »Na, und was glaubst du, wer der mögliche Informant ist?«

»Der da«, sagte Blom und zeigte auf ein Bild.

»Warum?«, fragte Döös und zoomte das Gesicht eines ungefähr dreißigjährigen Mannes mit ausgeprägt slawischen Zügen heran.

»Der strahlt so eine Art ... Lebensfreude aus?«

»Interessant«, sagte Döös. »Du hast auf jeden Fall den Mann rausgepickt, der das Tinderdate hatte. Wir werden bald sehen, ob du recht hast.«

»Hat die Säpo das Mittagessen bezahlt?«, fragte Blom.

Döös lachte laut.

Die Zeit verging.

Das Warten war unerträglich, deswegen fragte Blom: »Die Insel, auf der sie sind, ist also Lidingö, oder?«

»Da hat euer Viktor Gustafsson gearbeitet, ja. Wenn man das denn arbeiten nennen will. Wie es aussieht, wird das meiste von eurer Gittan erledigt, einer Brigitta Edwall. Und die ist ebenfalls tot, offiziell bestätigt als eines der Opfer oben in Hedesunda. Abgesehen von diesen ... na ja, diesen übel zugerichteten Leichen hat man noch eine vierte menschliche DNA gefunden. Offensichtlich Tränenflüssigkeit ...?«

Da kratzte es im Lautsprecher, ein Bild schob die fünf Porträts zur Seite. Es war ein Vernehmungszimmer. Wie ein Standbild.

Auf der einen Seite des Tisches saß tatsächlich der junge Mann von dem Foto, auf das Blom getippt hatte. Auf der anderen saß Sam Berger. Nach einer Weile störte er das Standbild und sagte: »Ich hab es eilig. Also, es ist ganz einfach: Wenn Sie sprechen, dürfen Sie gehen.«

»Ich glaube, da brauchen wir einen aussagekräftigeren Vertrag«, sagte der Mann.

»So sieht es aus«, insistierte Berger. »Ganz einfach. Freies Geleit.«

»Das klingt mir nicht so sonderlich einfach«, meinte der Mann mürrisch.

»Sie heißen Radoslav Blok. Geboren in Jekaterinburg '86, schwedischer Staatsbürger seit '91. Wir wissen, dass Sie in Ihrer kriminellen Laufbahn auch gemordet haben, Radoslav. Sie kriegen unter Garantie lebenslänglich. Sie können wählen zwischen dem Knast und der Freiheit.«

»Der Freiheit?«, lachte Blok. »Sie wissen ja gar nicht, wie recht Sie haben.«

»Was meinen Sie damit?«, fragte Berger.

»So hieß das Gebäude«, sagte Blok. »Die *Freiheit. Svoboda dva.*«

»Zwei?«

»Genau, *Freiheit* Nummer zwei. Ich hab allerdings keine Ahnung, was *Freiheit* Nummer eins ist.«

»Ich schon«, sagte Berger. »Aber jetzt erzählen Sie uns alles, dann sind Sie frei.«

»Die *Freiheit* ist der Tod«, sagte Radoslav Blok und verschränkte die Arme vor der Brust.

»Deswegen wollen Sie ja wahrscheinlich auch mit uns reden.«

»Verdammt, ich will ganz bestimmt nicht mit Ihnen reden.«

»Aber wenn die *Freiheit* doch der Tod ist? Was haben Sie gemacht, dass Sie so schlecht angeschrieben sind bei Vitenka?«

Damit hatte er offensichtlich einen wunden Punkt getroffen. Blok verzog leicht das Gesicht, biss sich dann jedoch auf die Zunge und sagte nichts.

»Was könnte das wohl sein?«, fuhr Berger fort. »Ich dachte, das ist eine auf Ehre basierende Übereinkunft? Und bei Vitenka macht man keine Fehler?«

Jetzt schloss Radoslav Blok die Augen. Er schwieg weiter, doch Berger blieb hartnäckig.

»*Shit*, Radoslav. Sie sind wirklich zum Tode verurteilt.«

Immer noch dasselbe Schweigen. Jetzt eine richtige Grimasse. Berger bohrte weiter.

»Bei lebendigem Leibe zerstückelt …«

Neuerliches Schweigen. Pause. Radoslav Blok versuchte, wieder cool dreinzuschauen.

»Wahnsinn, was für ein Schicksal.« Berger ließ nicht locker. »Sie haben sicher auch geholfen, die Reste wegzuschaffen. Haben die ganzen Körperteile in einen kleinen Käfig gelegt, sind mit dem Schiff in den Schärengarten rausgefahren und haben sie versenkt. Sie wissen genau, wie das läuft.«

Jetzt kam ein Seufzer, ein tiefer Seufzer.

»Wie haben Sie sich so unmöglich gemacht, Radoslav?«

»Mit dem Handy«, sagte Blok dumpf. »Ich hab mein Diensthandy verschlampt. Ich kann nicht dahin zurück.«

Berger lachte, holte Rita Ohléns Handy heraus, tippte kurz darauf herum und fragte: »Hat Ihr Handy am Ende diese Nummer?«

Es war die Nummer, von der Nadja sie in ihrem leicht desorientierten Zustand angerufen hatte.

Blok starrte Berger nur verblüfft an. Und nickte.

Berger schob das Telefon wieder in die Tasche.

»Jetzt gilt es also, die Prioritäten richtig zu setzen, Radoslav. Ist das nicht eigentlich furchtbar einfach? Entweder zurück zu *Freiheit zwei* und bei lebendigem Leibe zerstückelt werden – oder frei sein? Richtig frei? Heute noch?«

»Fick dich doch«, knurrte Radoslav Blok.

»Gut«, sagte Sam Berger. *»It's a deal.«*

61

Sie waren fünf Fremde in einem fremden Fahrzeug. Als es über die Brücke zur Insel fuhr, sah man, dass das letzte Licht der Dämmerung endgültig hinter den Horizont getaucht war. Es war Nacht.

Das Auto gehörte Radoslav Blok. Auch eine von den Uniformen. Wobei es genau genommen keine Uniformen waren, eher eine Art kakigrünes Militärdesign, das aussah, als hätte es sich eine Speznas-Uniform zum Vorbild genommen, mit Kapuze und allem Drum und Dran.

Kent Döös fuhr. Molly Blom saß auf dem Beifahrersitz. Berger hinten in der Mitte. Er wandte den Kopf nach rechts. Samir hatte sich die Bartstoppeln abrasiert. Aus seinem Blick sprach wieder der alte Hunger. Wie er gesagt hatte: Er würde alles Mögliche tun, wenn es ihn bloß von der Verkehrspolizei fortbrächte. Als Berger den Blick in die andere Richtung wandte, kam die Überraschung wieder.

Dies war eine kleine, straff organisierte, vorübergehende und höchst inoffizielle Einheit. *Full deniability* für die Säpo. Wasserdichte Abschottung von der Öffentlichkeit, niemand konnte in ihren Kreis vordringen. Aber sie mussten zu fünft sein. Und sie brauchten jemanden, der Russisch sprach.

Außerdem war der fünfte Passagier persönlich genauso involviert wie Berger. Vielleicht noch mehr. Das war sein Antrieb, aber gleichzeitig auch das Risiko.

Berger versuchte, Ivan Granströms Blick zu erfassen. Seinen Gemütszustand. Ivan wusste inzwischen Bescheid über Nadja. Dass sie sich in einer schlimmeren Situation befand, als er es gewesen war, als sie ihn aus dem Dreck holte – dass sie, mit Drogen vollgepumpt, in der Gewalt des Obersts ausharrte. Er hatte keine Sekunde lang gezögert. Ivan würde jedoch auf keinen Fall eine Waffe bekommen. Das hatte Berger so entschieden.

Döös fuhr weiter über die immer dunkleren Straßen von Lidingö. Streckenweise konnte es einem richtig seltsam vorkommen, dass sie hier in einem nahen Vorort von Stockholm waren. Die Gegend hier hatte etwas von einem Ödland, und das dunkle Wasser bildete den ständigen Hintergrund.

Keiner sagte ein Wort. Alles, was gesagt werden musste, war bereits gesagt worden.

Sie kamen zu einem Hügel. Die Steigung wurde immer spürbarer. Sie näherten sich dem Gipfel. Kent Döös bremste, fuhr an den Straßenrand und fand einen akzeptablen Parkplatz. Eine Weile blieben sie im Auto sitzen. Hörten einander atmen. Auf Döös' Zeichen stiegen sie aus und begannen, den Hügel hochzumarschieren.

Radoslav Blok im Vernehmungsraum: *Es ist nicht ungewöhnlich, dass wir in Gruppen kommen. Wir nehmen uns gegenseitig im Auto mit. Verdammt, wir bilden Fahrgemeinschaften.*

Nach fünfzig Metern stießen sie auf eine Mauer, der sie bis zum Eingangstor folgten. Sie hatten sich aufgeteilt, damit es spontaner aussah. Samir ging allein, Berger mit Ivan, um ihn im Auge zu behalten, und Blom versteckte sich ein wenig in Döös' Schatten. Eigentlich war sie ein paar Zentimeter zu klein, um in Vitenkas Wachmannschaft zu arbeiten.

Radoslav Blok: *Wenn Sie ungefähr zehn Minuten zu spät kommen, ist die vorherige Schicht bereits gegangen. Wir gehen sehr pünktlich und verlassen uns blind aufeinander. Da gibt es dann oft minimale Lücken zwischen den Schichten.*

Als die fünf sich jetzt am Eingangstor sammelten, unter der Überwachungskamera, hatten sich die meisten ihre

Kapuzen schon über den Kopf gezogen. Döös und Berger sahen den Originalen ähnlich genug, um ohne Kapuze gehen zu können. Sie mussten sich nur im richtigen Winkel hinstellen. Nicht zu viel Gesicht zeigen. Solange es nur für einen kurzen Moment normal aussah.

Blok: *Ja, ich hab ja den Schlüssel. Als Nächstes muss man einen Code eingeben, den kriegen Sie auch von mir. Dann wird es vielleicht ein bisschen haariger …*

Berger: *Wovon reden Sie?*

Blok: *Na ja, dann kommt der Irisscanner.*

Sie blieben stehen und plauderten *ganz natürlich* vor dem Tor. Döös glitt näher heran, holte eine kleine Plastikdose hervor. Schob den Schlüssel ins Schloss und drehte ihn, gab kurz darauf den Code ein und tauchte die Finger in die Flüssigkeit in der Dose.

Mit einem schmatzenden Geräusch fischte er ein menschliches Auge heraus und hielt es vor den Irisscanner. Das Letzte, was dieses Auge gesehen hatte, waren vier bestürzte Damen gewesen. Es dauerte etwas zu lange. Die Frage war, ob ihr Bewegungsmuster immer noch *natürlich* aussah.

Dann klickte es erneut im Schloss. Döös zog das mächtige Tor auf. Als sie eintraten, bellte in der Ferne ein Hund. Ein einziges Mal. Berger war ziemlich sicher, dass es Garm war. Otilia stand neben ihm und hielt das Halsband gut fest. Sie lächelte ein letztes Mal einem Sam zu, den es nicht mehr gab.

Sie waren in der *Freiheit.*

Gleich links vom Eingangstor befand sich ein Gebüsch, dahinter ein kleines Haus, das aussah wie ein zu groß geratenes Schilderhäuschen. Vor ihnen lag die Tür, es gab keine Fenster. Drei von ihnen blieben dort, gingen in den Umkleideraum, der zugleich der Waffenraum war. Zwei schlichen sich weiter.

Diese zwei waren Berger und Döös. Sie hielten sich nahe am Gebäude, ohne es zu berühren. Nirgendwo waren Fenster zu sehen. Aber auf der anderen Seite gab es noch eine zweite Tür. Sie holten ihre Ausrüstung heraus. Nickten sich zu. Döös legte die Rechte auf die Klinke. Zählte mit der Linken herunter. Immer weniger Finger – drei, zwei, eins.

Döös drückte die Klinke herunter. Drinnen saßen zwei Männer und glotzten auf Bildschirme. Als die Tür aufgerissen wurde, starrten sie völlig verdattert hoch in die Außenwelt.

Berger und Döös schossen.

Beide Männer fielen zuckend zu Boden. Berger riss ihnen die leicht ins Fleisch eingedrungenen Pfeile ihrer E-Pistolen aus der Brust. Döös war sofort da und schob ihnen Kanülen in die Halsvenen. Sie fielen in Dämmerschlaf.

Die Überwachungszentrale war damit schon mal eliminiert.

Berger und Döös musterten die Kamerabilder. Hauptsächlich leere Rasenfläche, aber auch Bilder vom Glashaus, als sie sich durch die Einstellungen klickten. Allerdings nichts von drinnen. Offenbar durften die Blicke nicht ins Hausinnere vordringen. Aber durch die Fenster sah man auch schon ziemlich viel, und auf keinem Bild war irgendeine Bewegung zu erkennen.

Berger sah aus dem Augenwinkel, wie Döös das Gesicht verzog.

Als ob es alles schon zu spät wäre.

Wieder.

Berger versuchte, sich einen Überblick zu verschaffen, wo die ganzen Kameras angebracht waren. Die meisten saßen an den Pfählen mit den Scheinwerfern, die die Kiesauffahrt säumten. Eine Kamera zeigte auf einen schwer zu überblickenden Teil des Gartens, wo die Wiese ein bisschen abfiel. Aber es war zu dunkel, um wirklich etwas auf dem Bild zu sehen. Sonst gab es nicht mehr viele.

Dann zogen sie los. Sie trafen Blom, Samir und Ivan hinter dem Wachhäuschen. Samir verteilte die Waffen, eine für Berger, eine für Blom und eine für Döös. Berger erkannte die relativ neu entwickelte Maschinenpistole PP-2000, mit der die russische Armee vor nicht allzu langer Zeit ausgerüstet worden war. Ivan machte eine fragende Geste zu Berger. Doch der klopfte ihm nur auf die Schulter und bedeutete ihm: Geh mit Kent.

Berger und Samir machten sich mit energischen Schritten auf den Weg zum Glashaus. Als ob sie wirklich zur Wache gehörten. Für den Fall, dass irgendwo noch eine versteckte Kamera war, vor der jetzt der Oberst saß und sie beobachtete. Blom schlich sich den Abhang hinunter Richtung Bucht. Döös und Ivan nahmen genau die entgegengesetzte Richtung.

Gemeinsam umzingelten sie das Glashaus.

Als Berger und Samir das Haus erreichten, fanden sie zwischen den Fenstern einen kleinen Vorsprung und gingen dort hintereinander in die Hocke. Berger spähte um die Ecke ins erleuchtete Glashaus. Er sah ein hell eingerichtetes Wohnzimmer. Aber keinerlei Bewegung. Dieselbe Reaktion von Samir. Sie warteten ab.

Auf einmal knatterte Bergers Walkie-Talkie. Dann vergingen Minuten, die sich anfühlten wie Stunden. Berger schaute zum Himmel. Nichts als Schwärze.

Kurz darauf knatterte es noch einmal. Er nickte Samir zu, der eine Weile damit beschäftigt gewesen war, seine Maschinenpistole richtig einzustellen, dann drückte er selbst ein einziges Mal auf den Kommunikationsknopf des Funkgeräts. Anschließend zählte er rückwärts. Er sah, wie Samir dasselbe tat.

Bei null erhoben sie ihre Maschinenpistolen. Um die Wohnzimmerfenster einzuschlagen. Glasscherben regneten auf sie herab. Samir stürzte schon hinein, bevor der Glasregen aufgehört hatte. Er rutschte auf dem Glas aus und ging in den Spagat. Berger folgte ihm, hatte freien Blick diagonal durchs Haus, durch offene Türen. Er sah, wie Blom von der anderen Seite hereinkam und die Scherben abschüttelte. Und er hörte Döös eher, als dass er sah, wie er in einen Raum am anderen Ende des Glashauses eindrang.

Mit hocherhobenen Waffen durchsuchten sie das Haus, öffneten sämtliche Schranktüren, schauten in alle verborgenen Räume. Berger bemerkte, dass ein seltsamer Geruch in der Luft lag. Auch die anderen schienen die Nase zu rümpfen.

Er kehrte als Erster ins Wohnzimmer zurück, versuchte, eine Schublade an einer großen Kommode aufzuziehen, die dort stand. Als es ihm nicht gelang, versuchte er es an einer anderen, aber wieder ohne Erfolg. Er klopfte dagegen – es hallte ganz eigenartig.

»Mann, das ist eine Attrappe«, sagte er zu Samir, der gerade ins Wohnzimmer kam. Die anderen stießen in kurzer Folge zu ihnen. Sie versammelten sich, musterten sich gegenseitig. Ivan Granström war sichtlich blass. Als ob die Erkenntnis erst jetzt langsam zu ihm durchdrang.

»Wir sind zu spät gekommen«, sagte er leise.

»Es ist ein einstöckiges Haus«, sagte Döös. »Kein Dachboden, kein Keller. Verdammt, die sind nicht mehr hier.«

»Riecht es hier nicht nach Kotze?« Blom schnupperte.

Die anderen nickten nachdenklich.

»Suchen«, sagte Döös.

Sie suchten sämtliche leere Flächen ab, hoben Teppiche an, drehten Kissen und Matratzen um. Zu guter Letzt meldete sich Samir aus einem Raum, der aussah wie ein Arbeitszimmer.

»Hier«, rief er.

Als Berger hereinkam, hockte Samir neben einem großen, nach Maß eingebauten Bücherregal. Er deutete auf den Boden. Tatsächlich war dort eine Pfütze Erbrochenes, aber nur eine halbe. Ein Teil des Erbrochenen war irgendwie ins niedrigste Regalfach gelaufen, das dicht über dem Holzboden saß. Als wäre etwas am Boden verschmiert worden.

Alle waren zur Stelle und betrachteten die seltsame Pfütze.

»Da hat sich schon eine dünne Haut drauf gebildet«, sagte Samir, der die Pfütze näher musterte. »Eine Stunde alt, würde ich schätzen.«

»Es sieht aus, als wäre das Bücherregal über die Kotze gefahren«, sagte Ivan.

Die Blicke hefteten sich auf ihn.

»Verdammt«, stieß Berger aus. »Ist da am Ende noch ein *Raum* dahinter?«

»Deswegen war es auch nicht möglich, den Scheißgrundriss für das Haus zu kriegen«, rief Döös. »Die *Freiheit zwei* hat starke Connections zur russischen Botschaft. Die haben einen offiziellen Antrag verlangt.«

Samir zog los, zusammen mit Blom und Ivan. Berger sah, wie sie Maß nahmen, sich den Raum hinter dem Raum vorzustellen versuchten. Dann kamen sie zurück.

»Es wäre auf jeden Fall ein kleiner Raum«, erklärte Samir.

»Maximal zwei mal zwei Meter«, sagte Blom.

»Nadja hat an sich von einem ›Gewölbe‹ gesprochen«, überlegte Berger.

»Aber das hier hätten wir doch eigentlich schon wissen müssen«, sagte Blom. »Oder, Sam?«

Berger fing ihren Blick auf. Er drang nur langsam durch zu seinem Gehirn, das in reinem Adrenalin zu schwimmen schien.

Berger: *So, Radoslav, sind Sie vollkommen sicher, dass Sie uns jedes Detail ganz präzise geschildert haben?*

Blok: *Absolut supersicher.*

»Er hat gelogen.« Berger merkte, wie er blass wurde.

»Und das bedeutet ...«, sagte Blom.

»... dass uns hier drinnen was weiß ich erwarten kann.«

Sie schauten sich im zerbrochenen Glashaus um. Nichts bewegte sich. Alles schien ganz friedlich zu ruhen.

»Und nicht nur hier drinnen«, ergänzte Döös. »Durchs Eingangstor könnte jeden Augenblick eine ganze Schwadron Berufsmörder gestürmt kommen.«

Wieder herrschte einen Augenblick lang Schweigen. Ratlosigkeit. Dann zeigte Molly Blom auf das Bücherregal: »Aber *wenn* es hier drinnen irgendwas gibt, dann verbirgt es sich *dort* dahinter. Nadja hat sich übergeben, als sie in diesen kleinen Raum geschleift wurde. Das Bücherregal ist über ihre Kotzpfütze geglitten. Das heißt, irgendwie müssen sie alle drei da drinnen kauern: Deer, Nadja und der Oberst.«

»Dann haben sie uns aber längst gehört«, sagte Berger.

»Im Grunde könnte es auch schallisoliert sein«, gab Samir zu bedenken.

»Wir könnten es drauf ankommen lassen und das Bücherregal kaputt schlagen«, meinte Döös. »Und schauen, was zum Teufel dahinter verborgen liegt.«

»Nein«, sagte Ivan. »Dann stirbt Nadja.«

»Ivan hat recht«, sagte Blom. »Andererseits können wir aber auch nicht warten. Die Zeit arbeitet gegen uns.«

Sie schauten durch die zerbrochenen Glasfenster in die Nacht.

In dieser Nacht lauerten Monster.

Und plötzlicher Tod.

»Und wenn es gar kein Zimmer ist?«, schlug Samir vor.

»Was sollte es denn sonst sein?«, fragte Döös.

»Ein Fahrstuhl«, meinte Samir.

62

Eine Weile lang grübelten sie alle im zerbrochenen Glashaus. Es war klar, dass dieses helle, hohe, schöne Haus nicht die ganze *Freiheit zwei* sein konnte. Schließlich ergriff Molly Blom das Wort: »Was auch immer da unten liegen mag – das hier kann nicht der einzige Eingang sein.«

»Erst recht nicht, wenn dort unten Gräueltaten begangen werden«, nickte Berger. »Wenn man Leichen zerstückelt und so was. Die Leichen müssen auf irgendeinem anderen Weg abtransportiert werden. Nicht durch dieses schicke Haus.«

»Wahrscheinlich mit dem Auto«, sagte Döös. »Aber innerhalb der Mauern haben wir keine weiteren Wege gesehen, oder? Besteht nicht die Gefahr, dass sich der zweite Eingang am Ende auf der Wasserseite befindet?«

»Falls es sie gibt, wissen wir nicht, in welcher Tiefe diese unterirdische Anlage liegt«, sagte Samir. »Es wird sehr schwer, eine Einfahrt außerhalb der Mauern zu finden. Aber wie wäre es mit der Mauer selbst? Kann man mit einem Auto durchs Tor fahren?«

Döös holte das Handy aus der Tasche, blätterte unter den Bildern, die die Drohne gemacht hatte, und zoomte sie heran. Währenddessen sagte Berger: »Ich habe da unten in der Überwachungszentrale was gesehen.«

»Was denn?«, fragte Blom.

»Ich konnte es nicht richtig erkennen«, sagte Berger. »Auf der Wiese war so eine Art … Niedergang …«

»Was ist denn ein Niedergang?«, fragte Döös und fummelte weiter an seinem Handy herum. Dann hielt er es Samir hin. Der betrachtete das Bild mit gerunzelter Stirn, nickte daraufhin und sagte: »Man kann die Mauer anscheinend irgendwie aufmachen. Da oben sind ein paar kleine Spalten.«

»Wo?«, fragte Berger.

Döös zeigte darauf.

»Das müsste in dieser Richtung sein. Hinterm Haus.«

»Ich glaube, in der Richtung habe ich auch den Niedergang gesehen. Das könnte so eine Art Öffnung im Hügel sein.«

»Ich nehme Samir und Ivan mit«, sagte Döös. »Ihr zwei bleibt hier und bewacht das Bücherregal.«

»Allerhöchste Wachsamkeit lautet die Devise, Jungs«, sagte Berger. »Es kann wirklich überall alles Mögliche lauern. Auch ein Angriff.«

Berger und Blom sahen, wie sie mit hocherhobenen Waffen in die Nacht davonschlichen. Es folgte ein langes Schweigen.

»Geht es dir gut?«, fragte Berger.

»Ich habe hier echt kein gutes Gefühl«, sagte Blom.

Er musterte sie. Vielleicht holte der Wahnsinn der letzten Tage sie jetzt erst so richtig ein. Sie sah schrecklich mitgenommen aus. Als müsste sie mehrere Wochen am Stück schlafen.

»Ich auch nicht«, sagte er. »Aber was sollen wir machen? Abbrechen? Abhauen? Auf die nationale Eingreiftruppe warten? Deer ist irgendwo da unten. Und Nadja hat zumindest vor einer Stunde noch gelebt. Das Erbrochene war fast frisch. Natürlich könnte das auch von Deer sein …«

Es knisterte im Walkie-Talkie. Berger hob es ans Ohr.

»Jetzt weiß ich auch, was ein Niedergang ist«, hörte er Döös sagen.

Sie machten sich auf den Weg. Die Nacht fühlte sich extrem frisch an, wie vor einem Platzregen. Am schwarzen

Himmel war kein Mond zu sehen, nicht mal eine Andeutung von Sternen. Es war so kalt wie schon lange nicht mehr.

Berger und Blom umrundeten das Haus in einem gewissen Abstand. Wie eine Leuchtbake lag es dort auf dem grasbewachsenen Hügel. Und darunter die finstere Hölle.

Auf einmal ragte Ivans Kopf aus dem Rasen. Für eine Sekunde sah Berger drei andere Köpfe vor sich aufblitzen. Für eine gute Sekunde gefror alles zu Eis. Doch dann reckte Ivan den Arm in die Höhe und winkte sie zu sich heran.

Er stand ein Stückchen weiter unten im Niedergang, mit einer Taschenlampe in der Hand. Es war eine Senke im Rasen, eine Welle nach unten mitten in der großen Erhebung. Sein Kopf hatte nur über die Rasenkante geschaut. Jetzt winkte er Berger und Blom über die bergab laufende Wiese herunter, und dort unten war der Weg tatsächlich breit genug für ein Auto. Als sich der Hügel über ihren Köpfen schloss, sahen sie, dass hier in der Tat ein Kastenwagen Platz hatte. Das Gras unter ihren Füßen wurde zu Asphalt.

Dort stand Döös mit erhobener Waffe. Er deutete mit der Mündung seiner Maschinenpistole nach draußen und meinte: »Die Richtung führt direkt zur Öffnung in der Mauer. Aber auf dem Rasen sind keine Reifenspuren. Wahrscheinlich legen sie eine Art Schutz auf den Rasen, wenn sie reinfahren.«

»Wo reinfahren?«, fragte Berger.

Döös nickte und kniff die Augen zusammen.

»Das ist jetzt das Dilemma«, sagte er. »Ich bin ziemlich sicher, dass das hier wirklich eine Aufzugtür ist.«

Er folgte ihnen auf dem asphaltierten Weg. Als sie an dessen Ende angelangten, war es komplett dunkel, bis auf das schwache Licht von Samirs Taschenlampe, das eine Stahltür beleuchtete. Tatsächlich sah sie aus wie eine Fahrstuhltür.

»Ein zweiter Irisscanner«, sagte Samir und deutete mit der Taschenlampe darauf. »Und ein Code mit Schloss. Hoffentlich derselbe Code. Und hoffentlich funktioniert das Auge hier oben auch.«

»Immerhin haben wir ja zwei«, sagte Döös und reichte Berger eine Plastikdose. »Hier ist der Eingang für die Männer fürs Grobe, und der Besitzer dieses Auges war ein Mann fürs Grobe. Sollte also funktionieren.«

»Und das *Dilemma* ist die Breite der Fahrstuhltür, oder?«, fragte Blom.

Döös nickte.

»Unter anderem. Und dann ist da noch der Lärm. Mit einem Aufzug kann man schlecht geräuschlos ankommen. Aber es ist auch kein großer Fahrstuhl. Mehr als drei Personen werden da wohl kaum reinpassen.«

Berger schaute hinaus in die Nacht, die dort draußen trotz allem ein bisschen heller war als hier drinnen.

»Wir brauchen vor dem Fahrstuhl trotzdem zwei richtige Wachen«, sagte er.

»Stimmt, wir müssen den Niedergang um jeden Preis halten«, nickte Döös und zog ihn beiseite. Er flüsterte. »Wenn Samir und ich hierbleiben, habt ihr da unten nicht gerade die superstärkste Truppe. Ich meine – dieser Ivan, was bringt der eigentlich mit? Und was ist überhaupt mit Molly? Die sieht total fertig aus.«

»Wenn es jemanden gibt, der immer dann am besten ist, wenn es drauf ankommt, dann ist das Molly Blom«, sagte Berger. »Und wenn das einer wissen sollte, dann du, Kent.«

Döös nickte.

»Okay«, sagte er und zog Samir ein paar Meter mit sich fort. Er entsicherte die Maschinenpistole, richtete sie auf die Aufzugtür und nickte erneut.

Blom stellte sich neben die Tür. Berger schob Ivan auf die andere Seite. Dann gab er den Code ein. Ein vielversprechendes grünes Lämpchen leuchtete auf. Er holte das Plastikdöschen aus der Tasche und fischte eines der Augen heraus. Angeekelt hielt er es vor den Irisscanner.

Die Erde bebte ein wenig. Aber es war nicht besonders laut. Nur ein ganz leichtes Surren verriet, dass sich hier ein Fahrstuhl in Bewegung gesetzt hatte. Von unten kommend, allem Anschein nach.

Sie hörten deutlich, wie es hinter der Fahrstuhltür polterte. Samir und Döös richteten ihre Waffen darauf, jederzeit schussbereit. Es dauerte ein paar unglaublich lang gezogene Sekunden, bevor die Tür aufging.

Und der Fahrstuhl war leer. Völlig leer. Bis auf eine halbe Pfütze Erbrochenes genau hinter der Tür. Berger seufzte tief und stellte sich in die Türöffnung. Er ließ Ivan hineingehen, aber als Blom an ihm vorbeiwollte, hielt er sie kurz zurück.

»Du musst nicht mitkommen, Molly«, sagte er. »Myrina braucht ihre Mama.«

Sie schnaubte verächtlich und stieg ein.

»Deer hat mir in Andalusien das Leben gerettet«, sagte sie. »Außerdem braucht Myrina auch ihren Papa.«

Er musste wider Willen lächeln. In Wirklichkeit wollte er Molly Blom unbedingt an seiner Seite haben, wenn sie in die Unterwelt fuhren.

Ein letztes Mal schaute er Kent Döös in die Augen, ebenso Samir. Sie nickten. Er nickte. Dann stieg er ein. Die Aufzugtüren schlossen sich. Der Aufzug setzte sich in Bewegung.

Berger, Blom und Ivan drückten sich jeweils an ihre Stahlwand, während sie durch die Zeitschichten fielen, tief hinab in die Geologie. Dann blieb der Fahrstuhl mit einem Ruck stehen. Die beiden russischen Maschinenpistolen wurden erhoben und schussbereit gemacht. Die Türen glitten auf.

Da war niemand.

Abgesehen von der Pfütze Erbrochenem im Lift war nirgendwo ein Lebenszeichen zu entdecken. Sie traten aus dem Aufzug in etwas, was an eine Grotte erinnerte. Steinwände mit hoher Decke, der Geruch der Unterwelt, getrüffelt mit Schimmel. Berger hätte sich nicht weiter gewundert, Höhlenmalereien mit Mammuts an den Wänden vorzufinden, wäre da nicht ein entscheidendes Detail gewesen: eine hypermoderne Stahltür. Direkt vor ihnen, direkt in der Felswand.

Es war, als würden sie sich in einem Vorraum befinden, einem Vorhof. Nadja hatte von einem *Gewölbe* gesprochen. Die Tür besaß ein massives Schloss für große Schlüssel, aber kein Codeschloss, keinen Irisscanner. Es gab keinen Weg dort hinein.

Außer Klopfen.

Normalerweise standen hier wohl Wachen. Radoslav Blok, der Verräter, hatte mit Sicherheit oft hier gestanden. Und es sah aus, als wäre die einzige Möglichkeit der Wachen genau diese gewesen – an die große Stahltür zu *klopfen*.

Berger schaute rasch auf sein Handy. Kein Internet hier unten, kein Wi-Fi. Und natürlich auch kein Handyempfang. Sie waren in ein anderes Zeitalter eingetreten. In dem andere Gesetze galten.

Bergers und Bloms Blicke trafen sich. Großer Ernst lag darin. Beide hielten ihre Waffen dicht am Gesicht und sorgten dafür, dass Ivan Granström hinter ihnen blieb. Geschützt.

Molly Blom nickte. Sam Berger hob die Hand.

Und klopfte an die Tür.

Es vergingen ein paar Sekunden. Noch ein paar. Alles blieb still.

Die Waffen waren schussbereit.

Dann glitt die große Stahltür leise auf.

63

Die Stahltür musste mit einer Fernbedienung geöffnet worden sein. Das einzig Schöne an der Szenerie, die sich ihnen bot, war der Funken von Überraschung im Blick des Oberst. Er hatte wirklich geglaubt, es seien seine Wachen, die da klopften.

Wie lange dauert es, bis das menschliche Gehirn eine Szene in sich aufgenommen hat? Vitenka war schneller. Die Überraschung in seinen Augen hielt nur für einen Sekundenbruchteil an, während er die Fernbedienung fallen ließ. Dann handelte er so blitzschnell, dass Berger überhaupt keine freie Schusslinie bekam. Der Augenblick war da gewesen, und jetzt war er vertan.

Es war eine völlig wahnwitzige Szene. Nadja saß auf einem Stuhl am Boden, sabbernd, mit hängenden Lidern und Resten von Erbrochenem um den Mund. Deer hing an zwei Ringen, die an der Decke befestigt waren. Sie war nackt, hatte einen Knebel im Mund, und ihr Blick schien klar, doch erfüllt von einem Hass, wie Berger ihn noch nie zuvor gesehen hatte.

Immerhin war sie unversehrt.

Bevor Vitenka den Stuhl mit Nadja wegtrat, zückte er ein Nahkampfmesser und hielt es ihr ans Gesicht. Aber nicht das Messer nahm Bergers Aufmerksamkeit gefangen, sondern die Waffe in Vitenkas anderer Hand, die er jetzt, da er hinter Deer getreten war, quer vor ihren Hals hielt.

Es war ein Wikingerschwert.

Die Tattoos auf Vitenkas nackten Schultern zeichneten

sich drohend über den Köpfen der beiden Frauen ab. Seine Epauletten bebten wie in einem Orkan.

»Legt die Waffen weg«, brüllte er. »Sonst stirbt eine von den beiden sofort.«

Bevor Berger und Blom reagieren konnten, hörte man einen Laut. Der Stuhl, auf dem Nadja gesessen hatte, knallte auf den Betonboden. Jetzt baumelte sie im Schwitzkasten im linken Arm des Obersts, halb stranguliert. Das Messer in derselben Hand war direkt auf ihr Auge gerichtet.

Gleichzeitig glitt das Schwert in seiner Rechten näher an Deers Hals. Berger meinte zu sehen, wie es durch die Hautschichten drang. Dann sah er ganz deutlich das Blut, das aus ihrem Hals quoll.

Er legte seine Maschinenpistole auf den Boden. Blom hatte bereits das Gleiche getan. Ivan stand halb verdeckt hinter ihnen. Aus dem Augenwinkel sah Berger, wie Blom zusammensank. Wie sie ohnmächtig auf den Betonboden sackte.

Als Vitenka spürte, dass er die Kontrolle über die Situation zurückgewonnen hatte, grinste er schief.

»Der Herr Privatdetektiv, wahrhaftig«, sagte Viktor Gustafsson. »Und das Fräulein Blom, wenn auch ohnmächtig. Ich hoffe, sie hat den Rest von meinem Geld dabei. Aber was für einen *Ras* haben Sie denn da mitgeschleift? Ivan den Ach-so-Schrecklichen?«

Nadja zuckte zusammen, als sie die Worte hörte. Der Oberst packte sie noch etwas fester. Ihre Lider hingen jetzt nicht mehr so schlaff herunter wie zuvor. Ihr Blick suchte Ivan.

Berger streckte den Arm aus und hielt Ivan zurück. Der brachte gerade einmal zwei kleine Schluchzer zustande, mehr nicht.

»Ich habe Sie überschätzt«, sagte Berger.

»Was faseln Sie da?«, schrie der Oberst.

»Ich dachte, dass Sie Ihre Wachen instruiert hätten. Und

einen Plan hätten, um uns zu schnappen. Dass Sie uns erwarten. Aber Sie sind bloß ein ganz durchschnittlicher, dummer Scheißverbrecher.«

In Vitenkas eiskaltem Haiblick glänzte etwas auf. Es sah nicht so aus, als hätte er sich noch lange unter Kontrolle. Er musste sie zurückgewinnen.

»Hel«, blaffte er. »Sagt Ihnen der Name was, Herr Privatdetektiv?«

»Heliumballons kenne ich«, antwortete Berger und schaute Deer in die Augen. Ihr Blick war wach. Er bewegte sich. Sie versuchte, Bergers Gedanken zu folgen. Sie wusste, was er da tat. Die Frage war, ob er selbst es wusste.

»Hel ist die Hölle in der altnordischen Mythologie«, sagte der Oberst. »Dort kommen diejenigen hin, die nicht den Mut haben zu kämpfen. Und Hel selbst ist eine Frau. Die haben nicht den Mut zu kämpfen, das wissen Sie, Sam Berger. Die eignen sich nur als Fickpüppchen.«

Die Worte strömten dem Oberst nur so über die Lippen. Er war aus dem Gleichgewicht. Berger musste ihn stoppen, sonst würde die Sache hier gleich entgleisen. Und das durfte auf keinen Fall passieren.

»Ist das ein echtes Wikingerschwert?«, erkundigte er sich. »Aus Island?«

»Aus Norwegen«, sagte der Oberst und lächelte. »Kurz bevor die ersten Kämpfer sich aufmachten und die Tyrannen hinter sich ließen. Die Zeit der Landnahme.«

»Wie Sie«, sagte Berger. »Genau wie Sie. Sie sind von einem krummen System vertrieben worden. Dann haben Sie sich freigekämpft. Und haben das Gesetz in die eigenen Hände genommen.«

Der Oberst lächelte selig und erwiderte: »Sie denken genau richtig, Sam Berger. Sie wollen mich in Sicherheit und Selbstgerechtigkeit wiegen. Nur bin ich leider ein besserer Schachspieler als Sie. So was lernt man in russischen Gefängnissen.«

Was dann kam, lief wie in Zeitlupe ab. Berger konnte sogar noch Deers Blick über dem Knebel auffangen. Der ihm sagte, dass sie jetzt geliefert war.

Der Oberst hob das Schwert über ihren Kopf. Er ließ es auf Deer hinuntersausen. Berger duckte sich nach seiner Maschinenpistole. Aber die war nicht mehr da.

Mit widerlicher Klarheit sah er, wie das Schwert Deers rechtes Schienbein traf, wie der abgeschlagene Unterschenkel zur Seite plumpste, wie der Oberst das Schwert zu einem weiteren Hieb hob. Er sah Deers Blick. Sah die große Klarheit darin. Sah, wie ein Blick aussieht, der den Tod akzeptiert hat.

Was er jedoch nicht sah, war, dass Nadja plötzlich das Nahkampfmesser gepackt hatte und es nun dem Oberst in die Kehle stieß. Mit ihren allerletzten Kräften trieb sie die Klinge bis zum Anschlag hinein.

Während Nadja ihm aus dem Arm und zu Boden glitt, brachte der Oberst noch einen Schwerthieb zustande, um Deers zerfetzten Körper herum. Das Wikingerschwert blieb tief in Nadjas Oberkörper stecken. Der Oberst fiel zu Boden, konnte aber das Schwer nicht mehr herausziehen. Als er fiel, trat Deer mit ihrem verbliebenen, linken Fuß nach ihm. Er taumelte durch das Gewölbe, starrte Berger an, das Nahkampfmesser tief in seinem Adamsapfel. Deer trat erneut zu, von der Seite diesmal. Der Oberst kippte langsam zur Seite. Er war noch nicht am Boden, als eine erste Kugel seine Stirn traf.

Ivan stürmte an Berger vorbei, dessen Maschinenpistole in der hocherhobenen Hand. Er setzte sich auf die Brust des gefallenen Obersts und schob ihm die Mündung der PP-2000 tief ins Auge. Dann schoss er, dass es wahnwitzig durchs Gewölbe hallte.

Trotzdem hörte Berger, wie Ivan zischte: »Ich weiß, dass du drauf stehst.«

Als Berger zu Deer rannte, sah er Nadjas Körper auf dem Boden. Das Schwert ragte senkrecht aus ihrer Brust. Als würde sie ihr eigenes Grab mit sich herumtragen. Während Berger seine Jacke auf den Stummel drückte, an dem Deers Unterschenkel hätte sitzen müssen, und den Gedanken zu verdrängen versuchte, wie viel Blut sie schon verloren hatte, taumelte Ivan zu Nadja hinüber. Er sank neben ihr auf die Knie. Strich ihr zärtlich über die Wange. Lächelte. Dann schob er sich den blutigen Lauf der Maschinenpistole in den eigenen Mund und drückte ab.

Eine letzte Kugel.

Er fiel neben ihr zu Boden. Und als sein Arm sich zu einer letzten Umarmung um Nadja legte, musste er bereits tot gewesen sein.

64

Es war ein Krankenwagen mit zwei Tragen. Deer wusste, dass es solche Wagen gab. Sie war schließlich mit einem Rettungssanitäter verheiratet. Das Letzte, was sie sah, bevor das Schlafmittel wirkte, war, wie Berger zwischen den Tragen saß und ihren rechten Unterschenkel auf dem Schoß hielt. Alle Farbe war aus seinem Gesicht gewichen.

Er war gekommen. Er war wirklich gekommen.

Kühlschrank, dachte sie und verschwand lächelnd in einer barmherzigen Ohnmacht.

»Ich glaube, das legen wir besser in den Kühlschrank«, sagte die Sanitäterin und nahm Berger das Bein ab. Er sah zu, wie sie es in eine Art Schrank legte und die Tür zumachte.

»Das mit dem Eis ist ein weitverbreiteter Irrtum«, erklärte sie und lächelte ihn an. »Wir bekommen viel zu viele amputierte Körperteile, die erfroren sind. Man muss sie feucht und bei Kühlschranktemperatur lagern.«

Genau in dem Moment bog der Krankenwagen um eine Kurve, sodass vor dem Fenster ein Hügel ins Blickfeld kam. Er reckte sich grün zum Himmel und war gekrönt von einem schön leuchtenden Haus. Man konnte nicht einmal erkennen, dass jedes Fenster in diesem Haus zerbrochen war.

Die *Freiheit.*

Verdammt.

Ein altes Sprichwort drang durch Bergers betäubten Geist. *Wer alles will, verliert oft alles.*

Dem Oberst war es wirklich gelungen, sich sein Geld zurückzuholen. Aber ein Viertel von seinem Geldhaufen hatte gefehlt. Er wollte alles haben und entführte Menschen, um den Rest zu bekommen. Um am Ende alles zu verlieren.

Auch sein Leben. Wenn man das denn ein Leben nennen wollte.

Berger hoffte, dass der Oberst in Hel war und dort bis in alle Ewigkeit täglich Prügel von den Frauen bezog, die er gequält hatte.

Zum ersten Mal schaute er jetzt an seinem Körper herab. Von seinem kakifarbenen Outfit tropfte das Blut. Das Herzblut.

Er musterte Deer auf ihrer Trage. Sie war so blass. Ihre Hände, die auf der Decke des Krankenwagens ruhten, waren ganz wund. Ihre Handgelenke sahen noch schlimmer aus. Die Schnittwunde am Hals hatte den provisorischen Verband auch schon wieder durchnässt. Und dort, wo der rechte Fuß sitzen sollte, hatte sie jetzt einen riesigen, blutigen Verband.

Alles in allem sah sie unglaublich mitgenommen aus. Aber sie lebte. Sie war am Leben. Wider alle Annahmen war ihre Rettung möglich gewesen. So wie auch sie ihn schon oft gerettet hatte. Und jetzt hatte sie seine Tochter gerettet.

Deer hatte Myrina gerettet.

Aber Nadja hatte Deer gerettet, nicht Berger.

Nadja, dachte Berger. Sie zu retten war ihm definitiv nicht gelungen. An seinem ursprünglichen Auftrag war er katastrophal gescheitert. Vielleicht war ihm ja etwas anderes geglückt, aber im Moment kam er nicht darauf, was es war.

Ihm war speiübel.

Er wandte sich zur anderen Trage. Ein Tropf versorgte Molly Blom mit Nährlösung. Sie war gekidnappt und mit Drogen vollgepumpt worden, war gezwungen worden, sich in die tiefste Dunkelheit ihrer eigenen Vergangenheit hinabzubegeben, und dann hatte ein Schock nach dem anderen auf sie eingedroschen. Sie hatte alle Feuertaufen heroisch durchgestanden, doch am Schluss hatte ihr Körper unter ihr nachgegeben.

Aber jetzt schaute sie. Berger sah, wie ihre Augen sich feste Punkte suchten, zu erfassen versuchten, in welcher Wirklichkeit sie sich befanden. Am Ende fanden sie ihn.

Ihre Blicke trafen sich. Sie lächelte schwach.

»Was ist denn passiert?«, fragte Molly Blom.

»Reden wir nachher drüber«, sagte Sam Berger.

Er nahm ihre Hand. Sie schloss ihre Finger schwach um seine.

»Es gibt immer noch kein ›wir‹«, erklärte sie und dämmerte weg.

*

Als sie am Krankenhaus in Söder ankamen, ging alles ganz schnell. Deers Trage wurde mit vollem Karacho herausgezogen, der bewusstlose Körper hüpfte wie auf einem Trampolin. Die Sanitäterin sprang mit dem »Kühlschrank« in der Hand hinterher auf den Asphalt vor der Notaufnahme. Sie stellte ihn auf die Trage und trabte dann neben ihr in die unendlichen Korridore des Södersjukhuset. Wenig später war der Tross auch schon aus ihrem Blickfeld verschwunden.

Berger und Blom blieben im Rettungswagen. Ihre Augen waren immer noch geschlossen. Und er hielt immer noch ihre Hand.

Schließlich kamen zwei trägere Pfleger und hoben auch Mollys Trage aus dem Krankenwagen. Nicht einmal auf der langen Wanderung durch die Flure ließ Sam Mollys Hand los.

Sie wurde in ein Mehrbettzimmer geschoben. Auf ein richtiges Bett gehoben. Der Tropf folgte. Ein Arzt kam. Die Schwestern zogen einen Vorhang ums Bett zu. Eine Schwester lächelte ihn vielsagend an.

Er blieb an der Tür stehen, wie gelähmt.

Last man standing, gewissermaßen.

Dann drehte er sich auf dem Absatz um und ging zur Tür hinaus.

*

Berger wanderte lange durch die dunklen Krankenhausflure. Er konnte einfach nicht stillhalten. Es kam ihm vor, als wäre er zu einer ewigen Wüstenwanderung verdammt. Sein Bewusstsein war leer. Er ging und ging. Wie im Leerlauf. Wusste schon längst nicht mehr, wo er war.

Am Ende gelangte er in einen sehr leeren und finsteren Flur. Es fühlte sich an, als wäre er der einzige Mensch auf Erden.

Im Flur stand eine Bank, eine einzige Bank.

Er setzte sich darauf. Blieb sitzen.

Die Tränen kamen ihm, ohne dass er es merkte. Als wüssten sie viel mehr als er selbst. Sie strömten ihm sanft und lautlos über die Wangen. Als würden sie gespeist aus einer unerschöpflichen Quelle, einem Füllhorn der Trauer, des Schmerzes, der Enttäuschung.

Er blieb dort, bis der Augenblick vorbei war.

Es wurde der längste Augenblick seines Lebens.

65

Trotz allem graute ein neuer Tag. Berger hatte ein paar Stunden im Schlafsack auf dem Steg des Bootshauses geschlafen. Er hatte es nicht geschafft, die umgeworfenen Möbel wieder aufzustellen. Es wäre auch kaum gegangen, denn die meisten waren sowieso kaputt.

Er stand da und blickte über den Edsviken.

Der sonnige Spätsommermorgen war bereits mit eiskalten Herbstwinden durchsetzt. Vielleicht war es endlich Zeit für einen Wechsel der Jahreszeit. Andererseits hatte er das jetzt schon eine ganze Weile gedacht.

Er ging ins Bootshaus und schaute sich um. Die Zerstörung war allgegenwärtig. Er hoffte, dass er seine Versicherungsbeiträge immer pünktlich gezahlt hatte.

Als er so darüber nachdachte, fand er es ziemlich unangenehm, dass seine Computer irgendwo da draußen unterwegs waren. Obwohl auf denen jetzt auch nicht mehr wirklich geheimes Material zu entdecken war.

Er warf einen Blick in die Toilette. Die Toilettenschüssel lag in Scherben. Trotzdem waren immer noch Blutspuren zu sehen von seinem alten Zahnunfall. Er musste lachen und ging wieder ins Wohnzimmer. Sanft strich er über die Füllung, die aus einer Reihe von langen Schnitten aus dem Sofa gerissen worden war. Undenkbar war es nicht, dass das Wikingerschwert dafür hatte herhalten müssen.

Wenn Berger sich von all dem hier schon verletzt fühlte, konnte er nur ahnen, wie Nadja sich gefühlt hatte. Und Otilia, Gittan, Julia. Und Molly Blom.

Wenn es jemanden in dieser Welt gab, der seine Entschädigung verdient hatte, dann sie. Stattdessen waren sie gestorben, alle außer Molly, zusammen mit ihrem Mastermind Rita Ohlén. Sie hatte nur versucht, ihnen zu helfen. Berger war seltsam überzeugt, dass Rita nicht vorgehabt hatte, einen Teil für sich zu behalten.

Er ging in sein Zimmer. Beugte sich über das Whiteboard. Es war in drei Teile zerbrochen. Auch der Schreibtisch war zertreten worden. War das hier sein Traum gewesen? Die Bootshaus Security AB? Sahen Träume wirklich so aus? Hatte er sich nicht einfach nur gewünscht, mit Molly zusammen zu sein?

Berger stieg über den Schreibtisch und kam zu der Bodenaussparung, in der Myrina gelegen hatte. Wo Deer sie hineingelegt hatte. Er bückte sich, fischte einen Schnuller heraus. Blieb eine Weile so stehen und betrachtete ihn. Merkte, wie er in dieser Stunde der Vernichtung lächelte. Träume, dachte er.

Dann verließ er das Zimmer und ging zur Haustür. Blieb dort stehen und schlängelte sich in die demolierte Küche. Er machte den Kühlschrank auf. Hinter einem Sixpack Bier stand ein kleines Fläschchen mit Muttermilch. Die hatte Deer übersehen. Aber wahrscheinlich hätten die Angreifer sowieso nicht kapiert, was das war.

Er nahm das Fläschchen mit.

An der Haustür stand eine riesige Hockeytasche. Er bückte sich, zog den Reißverschluss auf und schaute hinein. So *konkreter* Reichtum hatte schon etwas ganz Besonderes. Es war so unfassbar viel Geld. Damit könnten sie die Bootshaus Security AB zweifellos zu einer *blühenden* Security-Firma machen.

Er lächelte schief, stand auf, warf sich die Hockeytasche über die Schulter und ging hinaus.

*

Berger parkte an der kerzengeraden Straße, stieg aus und versuchte, Akalladalen ganz zu überblicken. Drei Häuser standen leer, und einen Augenblick lang überlegte er, was wohl aus ihnen werden würde. Er bezweifelte, dass Nadja, Julia und Otilia irgendwelche Verwandten hatten.

Sie waren ganz allein auf der Welt gewesen.

Allein mit ihren Erinnerungen und Albträumen.

Er trat an den höchsten Holzzaun, den um Nadja Karlssons Haus. Die Tür war abgeschlossen. Kurz stellte Berger sich vor, was darin alles passiert war: die Freude, als sie sich alle wiederbegegneten. Die Überraschung darüber, dass sie alle noch am Leben waren. Daneben Rita Ohlén, beobachtend mit ihrem freundlichen, aber alles durchdringenden Blick. Mit der Brille auf der Stirn. Wahrscheinlich lächelte sie. Als sie zusammen erzählten, was sie erlebt hatten, hatte es in Ritas lebhaftem Intellekt begonnen zu arbeiten.

Und am Ende hatte sie ein Kaninchen aus dem Hut gezaubert.

Das tödlichste Kaninchen der Welt.

Er lächelte schwach. Immerhin waren sie ja nahe dran gewesen. Vielleicht war es den Versuch wert gewesen. Für die weiblichen Überlebenden der *Freiheit.* Ivans Engel. Für Nadja, für Julia, für Otilia, für Gittan. Jetzt waren sie alle tot. Vier minus vier.

Aber das stimmte ja nicht. Es waren eher vier geteilt durch vier.

Denn das Ergebnis war die unerwartete Eins.

Vier durch vier. Mit dem Ergebnis Molly Blom.

Die einzige Überlebende der *Freiheit.*

Sein Blick fiel auf den Laternenpfahl, an dem die Überwachungskamera befestigt gewesen war. Er überlegte flüchtig, wer wohl so präzise die Fernbedienung gedrückt hatte, als Ivan seinen wackligen Schuss darauf abgab. Wahrscheinlich Otilia, die Diplom-Ingenieurin.

Auf einmal sah er wieder vor sich, wie sie ihn in ihr Haus gelassen hatte. Ihr Lächeln, als er ihr Tattoo entdeckte. Sam mit dem Herzblut. Berger sah sie auf dem Sofa, als die Kleidungsstücke fielen, roch ihren Duft.

Dann ging er.

*

Der Wind, der über den Riddarfjärden fegte, fühlte sich an wie Sommerwind, aber Berger wusste es besser.

Er drehte sich auf der Parkbank um. Samir versuchte nicht einmal mehr, seine Polizeiuniform zu verbergen. Er war wieder bei der Verkehrspolizei und schien ganz zufrieden damit. Er nickte Berger zu und meinte: »Das war wirklich das Allerschlimmste, was ich in meinem ganzen Leben gesehen habe.«

»Das war kein Spaß«, bestätigte Berger dumpf. »Aber du hast zusammen mit Deer einen gigantischen Einsatz hingelegt. Du hast sie im Fahrstuhl hochgeholt.«

»Deer und ich sind Freunde«, sagte Samir mit einem kleinen Lächeln. »Wir sind Freunde geworden, als wir für den besten Chef gearbeitet haben, den ich jemals hatte. Er hieß Sam Berger.«

Berger schnaubte.

»Du redest so einen Scheiß.«

»Jaja«, sagte Samir. »Was machst du hier? Hast du einen neuen Fall?«

Jetzt musste Berger laut lachen, wenn auch nicht besonders fröhlich.

»Ich wollte mich nur bei dir bedanken, Samir. Du bist darauf gekommen, dass hinter dem Bücherregal ein Aufzug ist. Weiß der Teufel, was wir sonst gemacht hätten.«

»Na, na, na«, sagte Samir und drohte mit dem Zeigefinger. »Du bist für mich ein offenes Buch, Sam. Und du willst doch noch was von mir. Du willst was von mir *haben.*«

Berger seufzte. »Ich könnte einen guten Rat gebrauchen.«

»Einen Rat?«

»Einen finanziellen Rat«, sagte Berger. »Es geht um Geld.«

*

Kent Döös saß an seinem Schreibtisch und starrte in die Luft, als Berger in sein Büro trat.

»Ich werde dich jetzt nicht fragen, wie du schon wieder hier reingekommen bist«, murmelte Döös, stand auf und schüttelte Berger die Hand.

»Woran hast du denn eben gedacht?«, fragte Berger.

»Was meinst du?«

»Du hast total nachdenklich ausgesehen gerade.«

Döös lachte.

»Ich habe über Konsequenzen nachgedacht«, sagte er und wurde ganz ernst. »Das hat nur so halb geklappt mit der Geheimhaltung. *Full deniability*, wasserdichte Abschottung von der Öffentlichkeit. Stattdessen ist uns ja halb Lidingö um die Ohren geflogen.«

»Echt?«, sagte Berger. »Ich hab gar nicht so auf die Medien geachtet. Was haben die denn berichtet?«

»Bis jetzt ist die Nachrichtenlage Gott sei Dank ziemlich konfus. Die Leute haben die ganzen Krankenwagen hinfahren sehen. Leider ist die Polizei von Lidingö ja auch noch aufgetaucht; aber vielleicht ist es mir gelungen, sie zu überreden, dass sie den Mund halten. Zuschauer haben Tragen mit verletzten und toten Menschen gesehen. Immerhin hat keiner Schüsse gehört, dieser verfluchte Höllenraum da unten war ja tatsächlich schallisoliert.«

»Was sagen denn deine Vorgesetzten?«

Döös verzog das Gesicht.

»Die Führungsetage ist zu einer Krisensitzung zusammengetreten, *as we speak*. Es laufen wohl gewisse Verhandlungen mit der russischen Botschaft. Aber das geht alles über meinen Kopf hinweg. Ich glaube, sie überlegen, ob sie gemeinsam mit den Russen eine Geschichte stricken können, die das alles erklärt und die Öffentlichkeit zufriedenstellt. Ein Gasleck oder so was. Man versucht wohl, es zu einer rein diplomatischen Frage zu machen.«

»Und, was glaubst du, was passieren wird?«

»Die Operation war ja immerhin offiziell abgesegnet«, sagte Döös und hob ratlos die Hände. »Wir müssen sehen, wie wir da mit heiler Haut rauskommen. Alle in diesem Raum anwesenden Personen stehen gerade ziemlich ungut da. Schlimmstenfalls wird man wohl einen Sündenbock brauchen. Und ich ahne schon, wer das sein wird. Du hast nicht zufällig eine Stelle frei bei der Bootshaus Security AB, nein?«

Sie musterten sich kurz. Dann fragte Berger: »Hast du aus diesem Wichser Radoslav Blok noch was rausgekriegt?«

Döös ging zurück zu seinem Platz und deutete mit der Hand auf einen Schemel vor seinem Schreibtisch. Berger ließ sich mit einer gewissen Verwunderung darauf nieder. Es sah aus, als würde es Kent Döös schwerfallen, die folgenden Worte über die Lippen zu bringen.

»Der ist nicht mehr da«, sagte er schließlich.

Berger spürte, wie er zu Eis erstarrte.

»Verdammt noch mal, was soll das heißen?«, brüllte er.

»Es läuft eine Untersuchung ...«

»Das musst du mir jetzt näher erklären, Kent. Ein Mafiakiller, der uns obendrein vor einem lebensgefährlichen Einsatz ins Gesicht gelogen hat – der Arsch muss lebenslänglich hinter Gitter.«

»Ich weiß ... aber einer von uns hat ihn in der Nacht aus der Zelle gelassen. Seitdem ist er spurlos verschwunden.«

»Einer von *euch*?«

»Die Wachen haben offenbar einen Säpo-Ausweis gesehen, aber sie konnten sich nicht an den Namen erinnern. Wie gesagt, die Untersuchung läuft.«

»Verdammt, nicht noch ein Maulwurf bei der Säpo«, sagte Berger.

»Oder schlimmer«, meinte Döös.

»Schlimmer?«

»Jemand, der eine funktionierende falsche Legitimation hat und im Säpo-Hauptquartier kommen und gehen kann, wie er will.«

Berger starrte ihn an. Ihm fehlten die Worte.

Diese Sache sollte doch eigentlich überstanden sein.

»Hast du schon mal darüber nachgedacht, was da eigentlich passiert ist?«, fragte Kent Döös zögerlich. »Wir dachten, dass Radoslav Blok uns im Auftrag des Obersts angelogen hat. Um uns zum Glashaus zu locken, sodass der Oberst uns umlegen kann. Aber für mich sieht es jetzt fast umgekehrt aus.«

»Umgekehrt?«

»War es nicht so, dass Blok das Handy in Nadjas Nähe *gelegt* hat? Damit wir nicht anders *konnten*, als die Spur des Obersts aufzunehmen? Und dann hat Blok uns reingeführt. Aber den Fahrstuhl mussten wir selber finden. Dadurch sollten wir nur noch motivierter sein.«

»Motiviert wozu?«

»Den Oberst zu töten«, sagte Döös.

Es wurde still in Kent Döös' nichtssagendem Büro. Totenstill.

»Ist das nicht ein bisschen weit hergeholt?«, meinte Berger am Ende.

»Vielleicht«, sagte Döös. »Aber es könnte hier auch um einen Generationenwechsel gegangen sein. Die Schlange streift ihre Haut ab. Der Oberst war alt und verbraucht. Er hatte Mist gebaut. War zu gierig geworden.«

»Und sie waren bereit, dafür das Geld zu opfern?«

»Das ist doch für die ein Witz«, schnaubte Döös. »Aber du hast recht, wahrscheinlich liege ich falsch. Unsere Finanzabteilung ist gerade dabei, die Njord Investment AB gründlich unter die Lupe zu nehmen. Das Syndikat, das Stepanka geschaffen hat, wird in seinen ökonomischen Grundfesten erschüttert.«

Wieder schwiegen sie eine geraume Weile. Waren sozusagen gemeinsam still. Dann schlug sich Kent Döös klatschend auf die Oberschenkel.

»Genug Trübsal geblasen. Ich will dir was zeigen.«

Sie gingen durch einen langen Korridor, fuhren mit dem Aufzug nach unten. Döös gab an mehreren Sicherheitstüren einen Code ein. Erst im letzten Flur fragte er: »Gehst du Hockey spielen?«

»Ich glaube, wir sind auf dem Weg zum Eisstadion«, sagte Berger.

Da kamen sie zu einer Tür mit einem großen Rad, wie an einem klassischen Banktresor. Döös gab noch ein paar Codes ein und drehte dann an dem Rad. Kurz darauf traten sie in einen hermetisch abgeschlossenen kleinen Raum. Auf dem Boden stand ein würfelförmiges Objekt, das mit einer Decke verhüllt war. Auf der Decke lag ein altes Wikingerschwert.

»Verdammich«, entfuhr es Berger unwillkürlich.

»Ich weiß«, sagte Döös. »Aber wir hatten heute Morgen einen Experten hier. Das ist ein absolut einzigartiges Stück. Im Lofotr Vikingmuseum auf den Lofoten sind sie ganz aus dem Häuschen geraten bei dem Anblick. Wir schicken es morgen zu ihnen. Sie sagen, dass die Geschichte umgeschrieben wird.«

»Das muss sie auch«, sagte Berger.

Döös hob das Schwert hoch und zog die Decke weg. Darunter kamen ein paar Paletten zum Vorschein. Sie waren voll mit Geld. Stapelweise Scheine, Bargeld. Meterweise Euros.

Berger zuckte zurück.

»Des Pudels Kern«, sagte Kent Döös.

»Aber wo war das?«, fragte Berger verblüfft.

»Das war tatsächlich alles oben im Glashaus. In einer falschen Kommode im Wohnzimmer. Die war bloß eine leere Holzhülle.«

»Die Attrappe«, lachte Berger und erklärte: »Ich habe die

Kommode gesehen. Und habe mir gleich gedacht, dass das ein Fake ist.«

»Wenn man fünfzehn Millionen echte Euros jetzt als Fake bezeichnen möchte …«

»Fünfzehn?«, fragte Berger.

Er wanderte langsam an den Geldbündeln entlang. Ganz rechts waren die Stapel ungleich, niedriger als die anderen.

Er legte die Hand auf die leere Stelle.

»Hier fehlt was«, sagte er und stellte seine schwere Hockeytasche mit einem leisen Rums daneben.

66

Berger winkte der Frau hinterm Zaun zum Abschied zu. Der Zaun gehörte zu einer pittoresken kleinen Hütte im Anthroposophenviertel in Järna, südlich von Södertälje. Die Frau hieß Elsa und war mit Molly Blom zusammen in die Grundschule gegangen. Sie trug ein Kopftuch, und die ganze Szenerie sah aus, als wäre sie direkt dem achtzehnten Jahrhundert entstiegen. Ganz kurz wurde Berger von einer nostalgischen Wehmut ergriffen. Wie definierte man eigentlich Glück?

Er selbst begnügte sich mit dem, dem er sich jetzt zuwandte. Das war seine Definition von Glück. Da wimmerte Myrina und drehte den Kopf ein bisschen. Er nahm die ganze Bewegung in sich auf. Was er in diesem Moment fühlte, war doch bestimmt biologisch?

Er war ein einziger Ozean aus Fragen. Aber dazwischen gab es auch immer wieder Inseln aus Antworten. Dieses kleine Wesen neben ihm war eine große Insel in seinem unendlichen Weltmeer.

Er fuhr in die Stockholmer Innenstadt. Myrina saß neben ihm in einem neuen Babysitz. Ab und zu schaute sie ihn an. Und dann war er froh, nicht im Gewölbe des Obersts gestorben zu sein.

Aber vielleicht nur dann.

Der Firmenwagen war in Höchstform, und Berger hoffte, dass Samirs Kollegen von der Verkehrspolizei gerade Donuts aßen. Es dauerte nicht allzu lang, bis er das Södersjukhuset erreichte. Er ging durch die Krankenhausflure. Am helllichten Tage fühlte es sich gleich ganz anders an. Als wäre er nie in der Dunkelheit gewesen.

Er kam zur richtigen Station, erhielt Zutritt, wurde in ein Einzelzimmer geführt und stellte sich an Deers Bett. Auf dem Nachttisch standen jede Menge Blumen, und ein Foto ihrer Tochter Lykke mit von Hand aufgemalten Herzen lehnte an einer Vase. Am größten Strauß hing eine Karte. Darauf stand: »Für die Liebe meines Lebens. Dein Johnny.«

Sie war tatsächlich wach. Berger setzte sich auf den Besucherstuhl. Er nahm ihre Hand. Als Deer den Blick zu ihm wandte, sah er, wie viel Morphin sie im Körper haben musste. Und wie viel sie ihm bedeutete.

»Sam?«, rasselte sie.

»Ich bin es«, sagte er. »Ob du's glaubst oder nicht.«

»Du hast da was an der Brust hängen«, antwortete sie.

Berger lachte.

»Aber du weißt doch, wer das ist. Du hast ihr das Leben gerettet.«

»Das hat mich aufrecht gehalten«, sagte Deer und streckte die Hand, in der keine Infusionsnadel steckte, nach dem Baby aus. Langsam und konzentriert streichelte sie Myrina über den Hinterkopf.

»Ich werde den ganzen Weg durch diese Hölle mit dir gehen«, versicherte Berger. »Ich werde hier sein.«

»Es war schon ein Engel hier«, sagte Deer ernst. »Und in der Hölle gibt es keine Engel. Sie hat gesagt, dass die Operation geglückt ist.«

»Es gibt immer noch Engel«, erwiderte Berger und drückte ihre Hand. »Aber die Teufel sind in der Überzahl.«

»Ich habe einen richtigen Piss-Teufel gesehen.«

»Ich weiß.«

»Er ist mit einem Mädel reingekommen, das nach Kotze roch«, fuhr Deer fort und hatte den Blick weit in die Ferne gerichtet. »Und draußen habe ich Wachen gesehen. Es hat eine Weile gedauert, bis mir klar wurde, dass das Nadja war.

Die Sachen, die der zu ihr gesagt hat … Wahnsinn. Das ist bestimmt eine Stunde lang so gegangen. Es hat sich angefühlt wie eine Ewigkeit, Mann.«

Berger merkte, wie er das Gesicht verzog.

»Du warst beeindruckend stark da unten im Gewölbe, Deer. Weißt du, dass du ihn mit dem linken Fuß getreten hast, als dein rechter schon ab war?«

Deer lachte seltsam. Aber wahrscheinlich hatte sie nur Schleim im Hals.

»Zweimal«, sagte sie. »Aus der Wut heraus.«

Berger lachte, dann verstummte er. Ihre Zusammengehörigkeit lag auch im Schweigen. Diesmal hatten sie wirklich Extremes geleistet, extremer denn je zuvor.

»Sie wissen noch nicht richtig, wann ich wieder nach Hause kann«, sagte Deer. »Ich brauche noch Rehabilationsmaßnahmen.«

»Rehabilitationsmaßnahmen«, korrigierte sie Berger und lächelte. »Verstehe. Aber du wirst wieder gehen können. Du wirst rennen, Deer, und springen wie ein wildes kleines Reh.«

»Sexist«, sagte Deer.

Und ja, es war ein gemeinsames Lachen.

Berger sah eine weitere Insel in seinem Ozean aus Fragen. Diese Insel hieß *Freundschaft*. Erst jetzt erfasste er sie so richtig.

Es schien, als würde Deer gleich wieder wegdösen. Eine ganze Weile sah er nur das Weiße in ihren Augen. Er stand auf, ohne ihre Hand loszulassen. Doch kaum, dass er es tat, waren die Augäpfel wieder an Ort und Stelle.

»Wir müssen Widerstand leisten«, sagte sie mit belegter Stimme. »Die Teufel kommen jetzt, und wir müssen Widerstand leisten.«

»Ich weiß«, sagte Berger und betrachtete ihr rechtes Bein. Es steckte in einer Art Gestell. Unterhalb des Knies konnte er einen seltsamen, klobigen Verband ausmachen.

»So ein Glück, dass du Linksfüßer bist«, sagte er.

Aber da war sie schon wieder weg.

Er stand auf. Vorsichtig streichelte er ihr über das verbundene rechte Bein und ging hinaus auf den Korridor. Diesmal irrte er nicht umher. Er fragte und bekam eine klare Antwort. Es war eine lange Wanderung, aber er fand auf Anhieb die richtige Station.

Sie stand mit dem Rücken zu ihm neben ihrem Bett. Abmarschbereit. Bevor er sich bemerkbar machte, betrachtete er diesen Rücken für einen Moment. Er hatte etwas Magisches. Dann drehte sie sich um und erblickte Myrina. Sie stürzte zu ihr. Berger nahm umständlich die Trage ab und legte ihre Tochter aufs Bett.

Er beobachtete das Zusammenspiel von Mutter und Tochter. Es gab nichts Vergleichbares. Aber er war kein passiver Zuschauer. Er war dabei. Er hatte Anteil. Es fühlte sich fast so an, als würde er leben.

Berger half Blom beim Anlegen der Trage. Gemeinsam gingen sie durch die hellen Flure. Es war das absolute Gegenteil seiner nächtlichen Wanderung durch die Korridore.

Dann kamen sie auf den bizarren Parkplatz des Södersjukhuset. Fanden ihr Auto und stiegen ein. Blom hätte sich beinahe auf den Babysitz gesetzt.

»Du hast ja einen gekauft«, sagte sie.

»Willst du fahren?«, fragte er.

Sie lachte.

»Mir tut immer noch alles weh. Aber danke fürs Fragen.«

Er fuhr los. Doch als sein Blick auf die Uhr fiel, wechselte er die Fahrtrichtung.

»Wo fahren wir hin?«, wollte sie wissen.

»Ich würde dich gerne an einen Ort mitnehmen«, sagte er. »Schaffst du das?«

Sie schaffte es. Obwohl ihr immer noch alles wehtat. Molly Blom war wohl der robusteste Mensch, den Sam Berger jemals kennengelernt hatte. Er fuhr auf vertrauten Straßen aus der Stadt. Die E18 Richtung Nordwesten. Aber nicht bis nach Västerås.

Blom lehnte sich auf dem Rücksitz in die Mitte und hielt Myrinas Hand. Sie wollte sie einfach nicht loslassen.

»Ich weiß ehrlich gesagt gar nicht so richtig, was eigentlich passiert ist«, sagte sie. »Das Letzte, woran ich mich erinnern kann, ist, dass ich in einem sehr engen Fahrstuhl stand, der nach Kotze roch. Dann hab ich Deer im Krankenwagen gesehen. Sie sah tot aus. Aber sie lebt doch, oder?«

»Sie lebt«, sagte Berger. »Man hat ihr den rechten Unterschenkel wieder annähen können. Aber das wird viele Monate Reha in Anspruch nehmen.«

Blom starrte ihn schockiert an.

»Er hat ihr das Bein abgehackt?«

»Dir fehlen viele Momente«, sagte Berger. »Bist du sicher, dass du das jetzt alles hören willst?«

»Ja, ganz sicher«, bestätigte Blom.

Er erzählte. Und er ließ kein Detail aus. Sie erfuhr alles über den Tod des Obersts, über den Tod von Nadja Karlsson, über den Tod von Ivan Granström. Über Deers schwere Verletzungen. Über das Wesen des Bösen in unserer Zeit.

Molly Blom trauerte. Sie hatte Nadja kennengelernt. Hatte eine Verbindung zu ihr aufgebaut. Die beiden hatten sich ineinander wiedererkannt. Einander verstanden. Molly hatte auch Nadjas komplizierte Beziehung zu Ivan verstanden. Die beiden Verlierer des Lebens, die das Leben wiedergefunden hatten, das nun neu beginnen sollte, in echter Freiheit. Stattdessen starben sie in der *Freiheit*.

Und dann waren sie fast da. Berger fuhr von der Autobahn ab. Kurvte durch immer spärlicher werdende Bebauung. Kam zu dem Treffpunkt, an dem der Pfad in den Wald führte, und parkte dort irgendwo.

»Willst du immer noch die Trage?«, fragte er.

»Jetzt bist du dran«, sagte sie.

Sie bahnten sich einen Weg durch das unerwartet dichte

Waldstück. Als der Pfad aufhörte, meinte Berger, seine eigenen Fußabdrücke wiederzuerkennen. Sie hatten einen eigenen kleinen Pfad bis zum Waldrand geschaffen. Nun kehrten sie dorthin zurück. Duckten sich.

Durchs Gestrüpp sah man einen Fußballplatz. Es spielten die Zwölfjährigen des Enköpings SK. Berger sagte nichts, er hielt einfach nur Myrinas Kopf. Als Blom genau hinschaute, erkannte sie zwei von den Spielern wieder. Dann beobachtete sie Berger. Und ihre Miene hellte sich auf.

Es war unübersehbar. Er schloss die Augen und spürte, wie das Leben in ihn zurückkehrte. Er sah, wie sie es sah. Wie Oscar im Tor ein paar Traumparaden ablieferte. Wie Marcus im Mittelfeld ein paar Traumpässe spielte. Trotzdem verlor Enköpings SK ziemlich hoch.

Doch das spielte nicht die geringste Rolle.

»Das bedeutet aber immer noch nicht, dass es ein ›wir‹ gibt«, sagte Molly Blom, als sie davongingen. Und Berger lächelte nur.

Als sie wieder am Auto waren, begann Myrina zu weinen. Berger wühlte in der Tragetasche, die Elsa ihm in Järna gegeben hatte. Dort hatte er die kleine Flasche Muttermilch hineingesteckt. Er goss sie ins Trinkfläschchen und reichte sie Blom. Doch die hatte schon angefangen zu stillen.

Als Vater war er zweifellos ziemlich aus der Übung. Vielleicht würde er nun die Chance bekommen, ein besserer Papa zu werden.

»Wohin fahren wir jetzt?«, fragte er.

Sie blickte auf.

»Es gibt da so einen Ort. Das ist ein Ort, den kein Mensch kennt außer mir. Mein Zufluchtsort, mein letzter Außenposten. Mein Winterquartier.«

Berger hockte vorm Auto und beobachtete die beiden auf dem Rücksitz.

»Dein Winterquartier?«, fragte er. »Hast du die ganze Schwangerschaft über hier gesessen?«

»Ich bin nach Brüssel gefahren und habe am Flughafen den Film gemacht, den du gesehen hast. Anschließend bin ich wieder heimgefahren. Mit falschen Papieren. Und habe dann während des Winterschlafs von Bargeld gelebt, ja.«

»Okay«, sagte Berger. »Fahren wir dahin. Wo liegt das denn?«

»Eolsgatan, Södermalm«, sagte Blom. »Das ist so eine Straße, die kein Mensch kennt.«

67

Die Sonne ging langsam unter, während sie nach Stockholm zurückfuhren. Myrina saß in ihrem Kindersitz und schlief. Sie schien äußerst zufrieden mit dem Leben.

»Erzähl mir von deinen Zwillingen«, sagte Blom vom Rücksitz aus.

»Sie wohnen in Enköping«, antwortete Berger. »Ich treffe sie ungefähr jedes zweite Wochenende. Bis jetzt ist das nie so richtig gelungen. Aber so oft ich kann, fahre ich hin und schaue ihnen beim Fußballspielen zu. Ich bilde mir ein, sie spüren, dass ich da bin.«

»Früher oder später solltest du wohl versuchen, ihnen wirklich wieder näherzukommen, oder?«

»Ich weiß«, nickte Berger. »Vielleicht bin ich bald bereit. Sie sind trotz allem *the still point of the turning world*. Aber bis dahin beobachte ich sie einfach.«

»Die Fußballsaison hat ein ziemlich absehbares Ende ...«

»Hockey spielen sie auch«, sagte Berger. »Ich habe eine leere Hockeytasche im Kofferraum.«

Sie erreichten Stockholm. Glitten über die Västerbron. Die fahler werdende Sonne spiegelte sich ungestüm auf dem Riddarfjärden, wie ein letztes Aufblühen vor dem Untergang.

Eine letzte Sommerspiegelung.

Blom gab Berger den Weg an, um den Hornstull, die Varvsgatan runter. Dann rechts auf die Heleneborgsgatan. Und dann war da eine kleine versteckte Gasse namens Eolsgatan, von der noch niemals jemand etwas gehört hatte.

Sie parkten. Berger hob die schlafende Myrina aus ihrem Sitz und folgte Blom über die kurze Sackgasse. Sie kamen zu dem Haus ganz hinten, das fast schon wieder an den Riddarfjärden grenzte. Beinahe bildete Berger sich ein, die Parkbank auf der anderen Seite des Wassers erkennen zu können, auf der er vor nicht allzu langer Zeit mit Samir gesessen hatte und zurechtgewiesen worden war.

Sie traten ein, gelangten in einen schönen, aber dezenten Aufgang. Dann ließ sie ihn in ihr Winterschlafquartier. Es war eine ziemlich kleine Wohnung. Eine Küche, die eher einer Kochnische glich, ein Sessel, der ganz bequem aussah, ein Kleiderschrank, der gleichzeitig als Raumteiler fungierte, ein Bett, breit genug, aber ungemacht, und eine Wiege neben dem Sessel.

»Eine Wiege?«, wunderte er sich.

»Das wird wieder hip«, sagte Blom. »Denk später dran, von wem du das zuerst gehört hast.«

Berger trat ans Fenster und blickte über den Riddarfjärden. Blom hob Myrina mit leichter Hand in die Wiege. Dann gab sie der Wiege einen kleinen Schubs, die daraufhin sanft und leise hin- und herschaukelte. Und ging zu ihm.

Molly legte von hinten die Arme um ihn. Er war nicht so unvorbereitet, wie er vorgab. Fasste ihre Hände und drückte sie. So blieben sie stehen, bis die letzten Spiegelungen der Sonne vom Wasser des Mälaren verschwunden waren. Erst dann drehte Sam Berger sich um.

»Komm«, sagte Molly und zog ihn hinter sich her zu dem ungemachten, schweren Bett.

Er folgte ihr.

Das Leben fand wieder an seinen Platz zurück. Sie legten sich jeder auf eine Seite des Bettes. Streckten die Arme nacheinander aus. Eine unheimlich lange Wartezeit war verstrichen. Jetzt näherten sie sich einander wieder an. Bewegten sich beide auf die Mitte des Bettes zu.

Dort war eine große Beule im Bettzeug. Sam versuchte, sie

glatt zu streichen. Molly half. Es wollte ihnen nicht gelingen, die Beule blieb. Da zog Sam kurzerhand das ganze Bettzeug beiseite, damit sie sich richtig nahekommen konnten.

Aber es lag etwas im Bett.

Als Erstes sahen sie die Nägel. Zehennägel. Dann den ganzen Fuß. Und das halbe Schienbein. Daneben das Foto eines jungen Mädchens, bedeckt mit handgemalten Herzchen. Vor nicht allzu langer Zeit hatte dieses Bild auf dem Tisch an Deers Krankenbett gestanden, mit den Grüßen ihrer Tochter Lykke.

Das Bein war Deers Unterschenkel.

Der linke.

Erst in diesem Moment begann der Herbst.